철학자 정석해

철학자 정석해

1판 1쇄 발행 2016년 6월 1일

지은이 박상규
펴낸이 안희곤
펴낸곳 사월의책

편집 박동수
디자인 김현진

등록번호 2009년 8월 20일 제396-2009-126호
주소 경기도 고양시 일산동구 무궁화로 7-45 451호
전화 031)912-9491 | 팩스 031)913-9491
이메일 aprilbooks@aprilbooks.net
홈페이지 www.aprilbooks.net
블로그 blog.naver.com/aprilbooks

ISBN 978-89-97186-62-4 03810

* 책값은 뒤표지에 있습니다.
* 이 도서의 국립중앙도서관 출판예정도서목록(CIP)은 서지정보유통지원시스템 홈페이지(http://seoji.nl.go.kr)와 국가자료공동목록시스템(http://www.nl.go.kr/kolisnet)에서 이용하실 수 있습니다.
(CIP제어번호: CIP2016013082)

철학자 정석해

그의 시대, 그의 사상

박상규 지음

사월의책

차례

새 판에 붙이는 저자의 말

이 책은 일찍이 우리 학계와 정신계의 어른으로서 특히 의식 있는 젊은이들의 존경을 한 몸에 받아온 서산(西山) 정석해(鄭錫海) 선생의 일생을 그린 것이다. 학덕과 용기를 겸비한 일세의 참 스승이자 큰 선비인 선생의 진면목을 알리고자 1989년 선생의 구순을 맞이하여 연세대학교 출판부에서 출간했던 바, 스물일곱 해가 되도록 단 한 번의 속간도 없이 묻혀 있었다. 당연히 저자로서는 아쉽고 섭섭한 감이 없지 않았는데, 이번에 다행히도 서산 선생님의 친조카, 면사랑 대표 정세장 님의 후의로 복간하게 되니 고맙고 기쁘기 그지없다.

책을 다시 내놓는 기회에 오자(誤字)도 바로 잡고, 몇 군데 가필 보완하기도 하고, 또 비록 사신(私信)이라고는 해도 만년의 선생님 심정을 조금이라도 더 알릴 수 있을 것 같아 저자와 주고받은 한두 편의 서신을 부록으로 실었다. 출판을 맡아준 사월의책 안희곤 대표에게도 깊은 사의를 표한다.

2016년 5월

박상규

초판 저자 후기

예로부터 우리에게는 자신의 공을 드러내지 않고 조용히 사는 것을 미덕으로 여기는 겸양의 아름다움이 없지 않다. 그러나 그 생각과 행함이 개인적 차원을 넘어서는 중요한 뜻을 갖는다면 마땅히 세상에 밝혀져서 온당한 평가와 맥락상의 지위를 얻어 참된 교훈이 되도록 해야 할 것이다. 서산 정석해 선생님의 생애는 바로 이런 경우의 하나일 것이다.

선생은 이미 90년이라는 긴 생애를 살면서 조국의 파란만장한 풍운을 그저 같이 하는 데만 그치지 않고 선각적 위치에서 행동하는 한 지성으로서 최선을 다했음에도, 기억 상실과 망각에 익숙한 이 나라 사람에게는 마치 역사의 뒤안이 바로 그분의 자리인 양 치부해 왔다. 게다가 당신 자신이 이런 세태를 푸념한 적도 없고 또 이런 부정을 탓하지도 않은 채 그 많은 값진 사연을 아예 묻어 두고자 하는 심산인 것만 같았다. 선생님의 결연한 태도에 한 가닥 변화의 틈이 보이게 된 것은 천만다행한 일이다.

그러나 소년기에서 시작하여 기나긴 망명 · 유학 시절을 거쳐 일제 말기와 건국 후 독재 치하에서 그 순수하고도 고결한 민족구국 운동과 민주 운동의 역정을 걸어 온 선생이 이제 와서 갑자기 본인의 행적을 알리기 위해서 그런 것은 물론 아니다. 이름도 없이 스러져 간 항일 · 민족운동의 별들을 아무래도 잊을 수가 없어서, 또 그리고 그 숭고한 뜻을 같이 했던 이국에서의 동지들과 광복 후 고국에서의 친지들을 되새기면서 사실을 사실대로 남겨두고자 하는 진실된 증언의 자세가 그 분명한 동기였다. 그러므로 개인적으로는 그 대가를 보상받을 수도 없는 생애의 만년에 이르러서야 공개할 것에 동의한 것이다.

선생의 생애가 어떤 형태로든 기록으로 남았으면 하는 희망은 1987년 여름 선생 댁을 방문한 조우현 교수에게 그 가족들이 처음 피력을 함으로써 알게 되었다. 선생 가족분들의 이런 의사타진은 우선 연세대학교 철학과 교수 모임에서 일차 검토되었고, 그 이후 필자에게 연락이 왔다. 그리고 이 과제를 정식으로 협의하기 위해 박영식, 오영환, 박동환 교수들과 필자가 회동하여 그 준비 작업을 서두르게 된 것이다.

이때의 대체적인 구상은 먼저 우리 4인과 우리의 선배인 조우현 교수, 그리고 마침 1년간 교환교수로 연세대에서 강의중인 최석규 교수(파리국립과학연구원 연구원), 타 학과 분으로는 선생님과 오랜 친분을 가지고 옆에서 모셨던 서울대의 장덕순 교수, 서강대의 이광린 교수 등 8인으로 선생님의 회고록 간행 추진위원회(가칭)를 구성하고 진행 일체를 협의한다는 계획이었다. 그러나 각자의 사정으로 다음번 모임에 역시 앞의 4인만이 다시 만나게 되니, 자연 진행의 신속성과 효율성을 고려하여 진행 방안을 우리 네 사람끼리 논의할 수밖에 없다는 결론에 도달했다. 이 자리에서 우리는 이 사업을 위한 기금 조성과 필자 선정의 문제를 협의했는데, 기금 조성은 학과장인 오영환 교수가, 그리고 집필은 필자가 맡는다는 데 합의를 보았던 것이다.

이렇게 해서 필자는 보조자로 철학과 박사과정의 김은중 군을 데리고 작업에 착수한 것이 동년 10월에 이르러서였다. 우선 선생님과의 직접 면담을 한 주 한 번씩(오전 10:00~12:00 두 시간씩) 12월 중순까지 10회 진행하였다. 그러나 이 면담 내용만으로는 90 평생을 충실하게 사신 선생님에 관한 한 권의 책을 꾸며 내는 데 미흡한 바가 많았다. 세월의 흐름은 역시 냉혹해서 선생님의 기억이 매우 흐려진데다 옛 친지들도 거의 생존해 있지 않아 적어도 생애 전반부의 자세한 기술을 어렵게 했다. 무엇보다 심각한 것은 자료난이었는데, 선생님의 진술이 사실의 최소한의 공개에 그쳤기에 얻을 수 있는 것은 오로지 이야기의 줄거리뿐, 마땅히 있어야만 할 세부 가지들이 돋아나지 않는다는 것이 문제였다. 이와 같은 자료의 빈곤은 자연 선생님의 생애를 총체적으로 부각시키는 데 도움이 될 다른 많은 분들과의 대담과 수개월에 걸친 기타 관계 자료들의 추적·조사·활용을 불가피하게 했다. 당초의 '회고록' 계획이 지금의 '평전'의 형태로 바뀔 수밖에 없었던 사연이기도 하다.

선생님이 뜻하신 일들은 대체로 미완성의 것으로 남았다. 그렇듯이 '평전' 또한 미완의 것이라고 할 수밖에 없다. 미완의 원고를 이렇게 내놓는 데는 필자로서 부끄럽기도 하고 불만스런 점이 물론 많다. 더욱이 선생이 선뜻 표현하기를 삼가는 부분들을 다른 자료에 의거하여 다룬 경우, 필자의 안목과 해석에 의존하는 수밖에 없었다. 개중엔 혹 선생의 의사에 반하는 것이거나, 혹 설령 사실이더라도 공개를 꺼려하는 것도 있을 것이요, 혹은 다른 이의 명예에 저촉되는 부분도 없지 않으리라고 본다. 그러나 이러한 일이 있다고 하더라도, 그것은 다만 이와 같은 저술이 요구하는 '진실'의 규명, 그리고 은폐된 선생의 '참모습'을 되도록 드러내 보고자 한 일념의 산물로 보아 양해되기를 바란다. 이 책에서 왜곡된 기술이나 잘못된 평가가 있다면 그것은 선생의 책임이 아니라 오직 필자를 질타하고 응징할 일이라고 믿는다. 이 부족하기 짝이 없는 미완결의 글이 앞으로 선생에 대한 더욱 충실한 연구와 이 나라 정신운동·사회운동, 그리고 나아가서는 우리 역사 정립에 한 자료가 되기라도 한다면 필자의 기쁨은 그것으로 족하다.

이 책의 집필 자료는 우선 선생님 당신과의 열 차례, 총 20시간의 면담 내용, 선생님의 저술, 필자의 학부 · 대학원 시절인 1953년에서 1959년에 이르기까지의 선생의 강의록을 들 수 있고, 그 밖에도 이 책 여기저기에 인용된 많은 분들의 대담 내용과 한결 김윤경 선생의 「일기」가 큰 도움이 되었다. 대담에 응해 주신 분들의 이름을 일일이 다시 밝히지 않으나 이 자리를 빌어 깊은 감사를 드린다. 특히 미간(未刊)의 한결 「일기」 복사본의 열람을 허락해준 한결의 두 자제 김학현 선생과 김학신 선생, 헌시를 써주신 혜산(兮山) 박두진(朴斗鎭) 선생, 제자(題字)를 써준 연민(淵民) 이가원(李家源) 선생, 그리고 아름다운 글씨로 헌시에 빛을 더해준 달해 김형순 여사와 표지의 오성진 선생 등에게 각별한 사의를 표하고 싶다.

김은중 군은 여러 가지로 바쁜 생활 중에서도 필요한 자료들을 열람하고 수없는 면담 일정을 잡으며 기록 · 타자 등 명실공히 필자의 충실한 보조 역할을 유감없이 해냈으며, 멀리 파리 제4대학에 유학중인 김상환 군은 백방으로 노력하여 이 책에 수록할 일부 사진자료들을 구입해 보내주었다. 이 모든 이들의 협조와 지원이 없었다면 지금의 이 책은 결코 햇빛을 볼 수 없었을 것이다. 심심한 사의를 표한다.

끝으로 선생님이 오래 몸담아 온 연세대학교 출판부가 이 책을 출판할 수 있도록 애써준 박영식 총장, 하현강 · 최철 두 출판부장 및 철학과 교수 여러분의 한결같은 후원에 필자는 그저 고마운 마음뿐이다.

1989년 2월

박상규

서산 정석해 선생—1979년 80세 무렵

1장

철학자의 생애

정석해 선생

박두진

활활타는 불의 불길 안에 지닌 이
달빛푸른 무한빙원 안에 지닌 이

나라 잃고 자유 잃고 꿈도 잃었던
암흑기 그 겨레의 얼 활활 더욱 불태워

나라 사랑 겨레 사랑 외줄기 길 뜨겁게
젊음을 그 한생애를 바쳐오는 이여

높은 학문 높은 지조의 이 시대의 석학
진리 자유 정의의 투사 이 시대의 참사람

근엄하되 소탈하고 겸허하되 호방한
태산처럼 의연하고 장강처럼 유유한

활활타는 불의 불길 안에 지닌 채
무한빙원 푸른 달빛 안에 지닌 채

손을 들어 하늘 성좌의 별을 부르는 이
무릎 꿇고 신의 앞에 기도하는 이여

일천구백팔십구년 달혜 김형순

박두진 선생의 헌시(김형순 글씨)

이 '평전'은 서산(西山) 정석해(鄭錫海) 선생을 회고하는 기록이다. 서산이라고 하면 아는 이가 거의 없고 본명을 써도 오늘의 세대에서는 거의 잊힌 인물이다. 선생이 학계에 있으면서 글을 별로 쓴 일이 없어서이기도 하겠지만, 본인이 자기를 표현하기는커녕 막무가내 자신을 감추고자 애를 써 온 그의 생애가 주원인이요, 그간의 몰가치적 · 몰역사적인 냉혹한 현실주의적 세태가 그 다음의 원인이다.

그러나 선생은 잊힐 수 없는 인간이며 또한 잊혀서도 안 될 인물이다. 그 이유는, 이 민족 현대사의 자랑스러운 2대 사건—기미년 3·1 독립만세운동의 학생시위 주모자의 한 사람이요, 4·19 혁명 당시 자유당 독재정권의 붕괴에 결정타가 된 '4·25 교수 데모'의 주도적 인물이었기 때문이다. 뿐만 아니라 선생은 1920년대에서 30년대에 걸친 긴 세월을 유럽에서 유학하여 일본 학계를 경유하지 않고 서양철학을 본바닥에서 수학한 후 해방된 조국의 대학 강단에서 강론한 우리 철학계의 원로이며 근 30년 전 대학 민주화 운동을 선도한 장본인이기도 하다. 실로 선생은 순수한 학자요, 민족 독립운동가이자, 반독재 · 민주화 실천운동의 투사이다.

돌이켜 보건대, 선생의 일생, 특히 그 전반의 생애는 땀에 젖고 피가 끓는 열과 성의 활활 타오르는 불길과도 같은 것이었다. 그것은 고결한 이상에 고취된 숨가쁜 움직임의 연속이었다. 유년기에 이미 10리 길이나 먼 서당에 드나들던 그는 신학문에의 길로 들어서기 위해 느닷없이 선천(宣川) 신성학교로 떠났으나, 즉시 출학당하자 창성(昌城) 프랑스인 광산의 소학교 교사로 부임한다. 그러나 한창 혈기왕성한 소년에게 산간벽촌의 소학교 교사란 아무래도 걸맞지를 않았다. 그리하여 당시 신학문의 유입 창구라 할 연희전문학교에 입학하고자 곧 서울로 떠나온다.

새로운 학문의 조류를 접한 연전 시절은 그의 지적 성장에 중요한 계기가 된다. 그러나 이것도 잠시의 꿈같은 시절이요, 3 · 1 독립만세운동의 발발로 국내에서의 그의 학창생활은 부득이 막을 내린다. 한편, 학업은 중단되었어도 이 시기는 그 생애의 방향과 삶의 자세를 결정지어준 정신적 성숙의 계기가 되기도 했다. 당시 학내 유일한 학생단체인 연전 기독학생회 회장이던 그는 3월 5일 남대문 역두에서의 학생 시위운동을 비밀리에 주도하고 이 시위의 지방 확산을 위한 다량의 독립선언문 준비와 배포를 적극적으로 추진했다. 이 같은 활동은 마침내 일경의 감시와 추적을 받게 되었으며, 이를 피해 그는 같은 달 13일 고향 철산(鐵山)으로 내려갔으나 거기도 안전치를 못하자 닷새만인 18일 국경을 넘어 만주 땅으로 망명의 길에 들어선다. 이후 수

개월 만주 일대를 누비면서, 혹은 압록강을 건너 국내에 잠입하면서 독립운동단체의 밀령을 충실히 수행하는 위험과 모험의 날들을 살게 된다.

이런 과정에서 봉천(奉天, 지금의 瀋陽)에 들렀다가는 거기서 곧바로 이튿날 북경행 열차에 오르며, 중단된 학업을 계속해 볼 셈으로 다시 상해로 갔다가 아예 서양 유학을 작정하고 유럽행 기선에 몸을 싣는다. 그 이후 그는 마르세유에서 파리로, 파리에서 보베로, 그리고 다시 파리에서 뷔르츠부르크로, 베를린으로 떠다니며 20년간 노동과 학업의 길고도 험난한 역정을 걷는다. 그리고는 유럽의 황혼과 아시아의 여명을 예고하는 제2차 세계대전 발발 직전에 홀연히 인도양을 경유, 귀향의 길에 오른다. 그러나 귀국과 동시에 연금, 은거의 5년을 홀려 보내고야 꿈에도 잊지 못한 조국의 광복을 맞는다. 고향의 작은 역사(驛舍)에서 감격스러운 해방의 소식에 접한 그는 즉시 서울로 올라와 식민지시대를 청산하고 독립, 자주적 국가를 세워야 하는 마당에서 마땅히 재건되어야 할 이 나라 대학의 강단에 서서 피와 땀으로 축적한 선진학문의 전파에 혼신의 힘을 쏟게 되는 것이다. 선생의 성품에 격한 면이 없지 않다고 하겠지만, 그의 삶의 추이와 그 움직임의 템포가 어찌나 급격한지 그 거침없는 줄달음은 마치도 헤르만 헤세의 '골드문트'가 걸은 인생 여정, 혹은 베토벤의 〈템페스트〉 3악장과도 같은 '바람'을 떠올리게 하는 바가 있다.

선생은 국가적 운명 때문이든 개인적 사정으로든 어쨌든 편안한 공부를 한 이가 아니다. 유럽에서의 오랜 학창시절에도 남들과 같은 여유를 갖지 못하고 혼자 일자리를 찾고 생계를 걱정하면서 어려움을 줄곧 감당해야만 했다. 그런 까닭에 어떤 상황에서건 선생이 내린 확고부동하고 단호한 결단은 현실적 근거를 지닌 소신과 개성의 표현일 수가 있었다. 아마도 '4·25 교수 데모'는 그 좋은 본보기가 될 수 있으리라. 그러니까 설령 학생의 신분에 있었을 때라도 선생은 단순한 학생일 수만은 없는 개인적 비애가 서려 있었다. 학생이면서도 나라와 민족을 염두에 두지 않을 수 없는 지사(志士)였고, 이것은 또 교수가 되어서도 물론 마찬가지였다.

선생은 해방된 조국에서 국가 건설의 일선에 나서지 않고 대학 교수로 남았다. 유럽에서 정치경제학·사회학 등을 이미 수학하고 우남 이승만, 도산 안창호, 허헌, 몽양 여운형, 인촌 김성수 등의 인사와 접촉이 있었으며, 나아가 백성욱(白性郁), 김법린(金法麟), 공진항(孔鎭恒)과 같은 지인들이 해방 후 관계에 진출하는 등 정계 일선에 적극적으로 나설 수 있는 여건이 없지 않았는데도 선생은 학계에 남는 길을 선택했다. 그 명백한 이유는 알기가 어렵고 따라서 구구한 추정이 가능하겠으나, 해방 후 어지러운 이 나라 정치 사회의 기류와 이른바 지도급 인사들의 변절 행위가 선비정신에 투철한 선생으로 하여금 차라리 은둔의 자리에 서게 했는지도 모른다. 선생의 여생이 우리 사회의 왜곡된 정치 윤리와 정치 풍토 내지 현실 비판에 모아지고 있다는 것을 고려해 보더라도 그러한 추정은 전혀 빗나간 것이라고 일축할 것이 아니다. 선생의 정치에 대한 관심은 강단의 교수로서 4·19 이후 사회 참여에 큰 걸음을 내디딘 후, 학원민주화운동의 주도, 박정희 정권 하의 군사 독재, 악법 제정 및 대일 굴욕외교 반대, 민족통일촉진회 결성을 통해서도 충분히 읽을 수 있는 일이다. 개인의 잘못을 화제에 떠올리기를 무엇보다도 삼가는 선생인지라 무수한 변절자를 질책한 법은 없어도 내심 왕년의 동지들의 변절을 결코 잊을 수는 없었을 것이다.

선생은 제1차 세계대전 직후의 프랑스와 독일 학계의 영향을 많이 받은 학자였다. 유럽 학문의 마지막 전성기라 할 이 시기에 선생은 인문·사회과학 분야는 물론 수학·논리와 같은 순수학문과 순수철학 분야의 정수를 흡수한 초기 외국 유학생의 하나였다. 선생이 해방 후 이 나라 대학에서 철학과 프랑스학의 뿌리를 내리게 하는 데 지대한 공헌을 하였음은 오히려 새삼스런 얘기가 되겠거니와, 어쨌든 새 나라의 학문 육성에 기여한 바는 장차 좀 더 깊고 넓게 음미되고 정리되어야만 할 일이라고 본다. 국내에서 서양철학의 연구 풍토가 조성된 것은 1930년대 초라고 하지만, 그것이 일제 식민지하 교육기관에서 일본인들의 손을 거쳐 수용된 것일 뿐더러, 한인들의 연구단체인 '철학연구회'의 주요 멤버들 가운데는 후일 알려진 대로 철학의 실천 과정에서 곡학아세(曲學阿世)의 행로를 따른 이도 있어서, 엄밀한 의미에서 이를 우리 철학계의 시원으로 삼기에는 문제가 없지 않을 것이다. 선생은 서양철학의 생산지에서 그 언어로 그들의 학문을 수용하여 조국의 후진들에게 직접 소개하고 전수한 인물인 바, 이것은 그의 실천적인 행적과 더불어 새로운 국가·사회의 건설을 준비하는 오늘의 우리 학계와 문화계의 요구에 부응하여 우리 철학계의 진정한 뿌리, 올바른 정통성 수립에서 반드시 적극적으로 고려해야 할 점이라고 본다. 여기서도 목전의 안녕과 무사안일 앞에 비굴한 타협과 자기기만 및 변절의 사례가 비일비재했던 터인데, 선생이 오직 학생 상대의 강의에 충실한 것 이외엔 다른 어떤 적극적인 표현 수단도 굳이 삼갔던 것 역시 어찌 보면 사이비 학자가 아닌 참다운 학자적 신념의 길을 걷고자 한 것은 아니었던가 하는 생각이다.

세속의 잣대로 볼 때 선생을 두고 실패의 인물이라고 하는 이들이 있다. 개인적으로 갖춘 높은 식견과 이 사회에 대한 성실한 봉사가 제대로 평가받지 못했다는 점에서는 일리가 없지 않다. 선생은 평생 철학 가운데서도 논리학과 인식론, 그리고 형이상학과 같은 순수철학 분야의 문제에 몰두했는데, 이러한 철학적 관심과 그의 실천적인 사회 참여와의 관계 문제라든가, 또는 각 분야 상호간의 연계 문제 등에 해답을 주지 못하였다는 지적도 받는다. 요컨대, 선생에게는 완수한 일이 별반 없어 보인다는 것이다.

그러나 선생이 학문에서나 실천에서나 그토록 집요하게 관심을 두었던 것이 객관적인 과학 정신의 추구요 공정성의 획득이었다는 것을 이해한다면, 선생이야말로 그의 실천적 · 학문적 활동의 중심에서 한 번도 벗어나지를 않았다는 점에서 오히려 근본적인 성취를 이루었다고 평가하는 것이 온당할 것이다. 순수철학과 과학정신에 대한 고집이 현실의 부정을 좌시할 수 없게 했던 것이요, 결정적 순간에 발휘된 그의 행동과 추진력은 바로 이러한 토대 위에서 가능했던 것이다. 이런 점에서 선생은 늘 커다란 문제와 질서에다가 자신을 내던졌으나 오히려 충실하고 풍부한 '자기'를 되돌려 받고 그것을 지킬 수 있었던 '의리'의 인물이었다.

선생은 19세기 말에 세상에 태어나 20세기를 온통 옹골차게 산 수복(壽福)을 누렸다. 60대에 심신의 과로로 쓰러진 이후에도 여전히 정열과 적극성을 잃지 않고 뜨겁게 살아오셨기에 사실상 강단에서 물러난 것도 90세에 이르기 몇 해 전이었다. 1989년 만 90세가 된 선생은 그때까지 지나온 파란만장한 일생을 조용히 회상하고 세상을 정리하는 자연의 슬기도 터득한 모습을 보이셨다. 가슴에 묻은 한도 많으련만, 어린아이처럼 지순하고도 밝은 표정을 그때까지 늘 잃지 않으셨던 기억이 생생하다.

2장

소년과 그의 시대

1. 철산군 정씨 집안 장남으로 태어나다

서산 정석해 선생은 19세기가 다 저문 1899년 3월 15일(양력 4월 24일) 평안북도 철산군 여한면 문봉리에서 태어났다. 선생의 댁이 안중근 의사가 돌아가신 그 해인 1910년 겨울에 부서면 인평리로 이사를 하게 되므로, 문봉과 인평은 선생이 소년기 전체를 보낸 무대였다. 아버지는 주언(伷彥, 그곳에서는 '두언'이라 읽음), 어머니는 광주(廣州) 노(盧)씨 신언(信彥)인 바, 선생은 이 두 분 사이에서 5남 3녀 중 장남이자 한림공(翰林公) 정림(鄭霖)의 21세손으로 태어났다.

선생의 가문인 하동(河東) 정씨의 유래는 대략 이러하다. 고려 덕종 초에 등제하여 금자광록대부 도첨의좌정승 검교태자첨사(金紫光祿大夫 都僉義左政丞 檢校太子詹事)에 오른 정응(鄭膺)을 하동 정씨의 시조로 삼는다. 그러다 한참 뒤인 조선 세종 초에 한림학사 정림이 국사에 직언을 하다가 철산에 유배되는데, 그가 곧 하동 정씨의 낙향 시조이다. 그의 후손은 철산에서 크게 번성하여 1현(賢) 6충(忠)이 나고 1서원(書院) 6정려(旌閭)가 내려졌다는 기록이 있다. 그 후에도 정묘호란 때의 정봉수, 정기수 형제의 용골산성 항쟁이나 의병 정기남, 정순남 형제의 심하(深河) 전투에서의 순절 등 이 지방 하동 정씨 가문의 자랑거리는 한둘이 아니다. 본디 평북인이 중앙에 줄이 없어 요직에 나가지 못하면서도 조선조 시대에 엄청난 숫자의 등과자(登科者)를 내고 또 한말 개화의 선구가 되었다는 점에서 이 지방민의 긍지는 대단한데, 철산군민의 다수를 점하는 하동 정씨네는 어엿한 가문에 대한 투철한 인식까지 겹쳐 자부심이 이만저만 강하지 않았다.

1930년도 통계에 의하면 하동 정씨는 군내 철산면에 239호, 여한면에 538호, 백양면에 87호, 정혜면에 252호, 부서면에 451호, 서림면에 79호, 총 1,646세대가 거주하였다고 하니, 군민의 40퍼센트가 정씨였다는 말이 반드시 과장은 아닌 듯하다.

선생의 고장은 이젠 쉽게 가볼 수 없는 북녘 땅이다. 어언 70년에 가까운 세월이 이 나라 남과 북을 단절시켜 놓았기에, 마치 교통이 발달되지 못했던 옛날의 동쪽과 서쪽 나라들만큼이나 소원해진 감이 없지 않다. 따라서 이 고장 풍물을 일별해보는 것도 그다지 무가치한 일은 아닐 것이다.

평안북도 서쪽에 위치한 철산군은 서해로 돌출한 반도형의 본토와 크고 작은 60여 개의 도서로 이루어졌다. 군의 북동부는 선천군의 심천면과 산면(山面)에 접해 있고, 북서부는 용천군에, 북단은 의주군에 각각 인접했으며, 남쪽의 동 · 서 · 남 3면은 바다에 면해 있다. 면적은 섬들까지 다 합쳐서 455.5제곱킬로미터로 평안북도에서 가장 작은 군일 뿐 아니라 우리나라 전역을 통해 이보다 규모가 작은 군은 없다고들 한다. 그래서 일제 강점 후 일본인들이 이곳을 주변의 군과 합치려는 기도도 해보았으나 워낙 역사적인 유서를 지닌 고장이라 뜻을 이루지 못했다. 군내 부서면(扶西面)은 실제로 잦은 외침에도 주민의 열렬한 애국애족 정신으로 국토를 사수했을 뿐 아니라 특히 정봉수 이하 수많은 충의열사를 낸 정씨 가문이 관서지방을 지켜낸 사실을 기려 영조가 하사한 이름이다.

지세는 아무래도 북동 면의 산줄기가 내리닫는 구릉 형성 지대라고 볼 수가 있다. 대개 북동쪽에서 힘차게 뻗어 내려온 산세가 해안에 다다르고 일단 바다로 침강했다가 다시 점점이 솟아올라 수많은 열도를 형성하고 있는 만큼, 산맥이 약화되는 구릉 지역에 촌락이 형성되어 자연히 농지는 그리 많은 편이 못 된다. 그러나 다른 한편 산야를 겸비한 고장이라 각종의 야생동물이 골고루 서식함은 물론, 긴 해안선을 끼고 있어 어족이 다양하고 풍부한 편이다. 특히 조기와 민어는 이 고장의 특산물이며, 또한 지명에 어울리게 금은광 · 모나즈광으로도 이름이 나 있다.

산이 많은 이 고장에는 소나무가 일품이었다고 한다. 빨리 자라지 않는 나무지만 이곳에는 낙락장송이 수백 수천 그루씩 밀집되어 학이나 백로가 서식하는 데가 많았는데, 특히 여한면이나 부서면의 그것은 장관이었던 모양이다. 소나무 가운데서도 키가 작고 줄기가 사방으로 뻗은 반송(盤松)이 군 북편 20리 밖에 있는 차련관(車輦館)에 있어 많은 시객들의 시제가 되었는데, 김식(金湜)의 다음 시는 그 아취는 물론이려니와 철산의 숨결을 듣는 것만 같다.

조용히 숲언덕 옆에서 밥을 먹고서 앉아 남훈(南薰)을 대하여 머리를 거듭 긁네.

땅에 가득한 포인(蒲茵)은 풀자리를 이었고 주방에 가득한 해물은 계모(溪毛, 냇물의 수초이끼)와 섞였네.

평생에 본래 관풍(觀風)할 뜻이 있었더니 오늘에 풍속을 묻고 수고가 많구나.

견여(肩輿)를 빌려 얻으니 가볍기가 작은 배 같은데, 옷깃을 헤치니 한길엔 송도(松濤, 소나무의 바람소리를 물결소리에 비긴 말)가 떴네.

이렇듯 적절한 산야와 길고 굴곡 있는 해역을 가진 경관과 산물을 골고루 갖춘 까닭에 주민의 생활은 비교적 풍부한 편이었으나 나라 변방에 가깝다는 이유로 일찍부터 북방 오랑캐의 침입을 자주 받게 되었다. 그리고 이 같은 외침에 저항하여 나라를 지키는 데는 늘 앞장서 왔음에도 나라의 혜택은 별로 받지를 못하여, 조선조 이후에는 오히려 주민들이 중앙 진출에서 크게 소외되는 경향까지 있었다. 따라서 이렇게 지리적 · 역사적으로 불리한 환경을 극복하기 위해서 이곳 주민들은 강한 정신력을 키우게 되었고, 이것이 또한 이곳 사람들의 진취적이고 적극적인 평등 · 평민 의식을 고무하는 데 이바지하지 않았는가 한다. 서북인의 기질을 맹호출림(猛虎出林)이라고 부르기도 하거니와, 그들 중에 세도와 권력 남용 등 불의를 참지 못하는 비분강개파가 많은 것도 우연은 아닌 것 같다. 「철산군지」의 기록자는 "긴긴 세월 속에 국운에는 영고가 있었고 문물에는 성쇠가 있었을망정, 가식을 싫어하고 아첨을 배격하며, 강한 자를 억누르고 약한 자를 부축하는 전통적인 기질……"을 자랑하고 있지만, 우리의 근대사에 비추어 볼 때 이는 결코 과장된 말이 아니다.

선생이 태어난 곳이 바로 이러한 고장 철산이다. 우리나라 구비문학의 저 유명한 「장화홍련전」의 무대인 바로 그곳, 청순한 두 처녀의 사무친 한을 풀어 주는 권선징악의 표본이기도 한 이 구비문학의 고장 철산에서 선생은 태어났다. 앞에서 말했듯이 이 고장엔 정씨네가 정말 많았다. 어찌나 정씨네가 많았던지 마을 우물 어디든 '정가가 안 먹은 우물은 없다'는 말까지 있어서, 철산에서 무슨 일을 하거나 외지에서 군민의 도움을 얻으려 하면 먼저 정씨네 동의를 얻어야만 할 정도였다고 한다. 이 지방 향교의 수장은 거의 정씨들이 맡았고, 지금도 남한에 조직된 군민회는 정씨들이 주축이 되어 운영되고 있다. 당시 이 마을의 경제 사정은 큰 부자가 없어도 쏠쏠한 알부자들이 꽤 많았다는 것을 보면 교육과 문화가 일어날 터전으로는 안성맞춤이었던 것 같다.

선생 역시 이렇다 할 부자는 아니되 생계를 걱정할 필요가 없는 중류층 선비의 가정에서 태어났다. 증조부도 서재에서 훈장 일을 했고, 조부는 특별히 한 일이 없지만, 부친 역시 훈학이 직업이었다. 개화 후 신문화가 흘러 들어와 소학교가 서면서 부친은 그대로 교원 노릇을 계속했으므로, 선생의 교육은 아예 처음부터 부친의 손에서 시작된 셈이다.

문봉에서 한 5리쯤 가면 화천(化川)이라는 마을(일제 강점 후 일본인들이 다른 마을과 합해 '德化洞'으로 개칭)이 있는데, 바로 이 덕화동 화천리에서 선생의 부친이 인화재(仁和齋)라는 서당을 내고 아이들을 가르치고 있었다. 그래서 선생도 여섯 살 되던 해에 이곳에 들어가 천자문을 읽고 이듬해 「십팔사략」 초권을 몇 달 배웠는데, 조금 뒤에 인화재가 신식학교로 변하면서 계속 부친이 그곳의 교장 겸 교사 일체를 담당함에 따라 이 신식 교육기관에서 신학문 공부도 겸하게 되었

선생의 양친
아버지 정주언 장로와 어머니 노신언
1937년 고향 인평동에서

던 것이다. 다시 말해 본래 학문하는 가통에서 태어난 선생은 서양 귀족들이 개인교사를 초빙해 공부하듯이 집에서 학교 공부를 시작했다고 할 수 있을 것이다. "우리가 다른 데서 글 빌지는 않았어. 증조부부터 내리, 내가 「대학」을 증조부한테서 배웠어요." 선생은 공부하는 분위기 속에서 인생을 출발한 셈이다.

서당이 신식학교로 바뀐 지 한 두해 쯤 지나서 조모와 부친이 기독교에 입교하고 예배당을 다니게 되었다. 우리나라 개신교의 유입을 1880년대로 볼 때 아주 이른 신자 집안이 되었던 셈이다. 선생은 지금까지도 교회와 인연을 끊지 않고 있다. 선생도 집에서 한 10리쯤 떨어진 교회에 나가게 되었는데, 동리 아이들의 조롱이 이만저만하지 않았던 모양이다. 성경책을 옆에 끼고 길에 나서면 "주이레 간다, 주이레 간다, 양코제 좆 주이레 간다" 하는 아이들의 놀림감이 되고는 했다는 것이다. 주일날 간다는 것인데, 양코제 좆을 손으로 쥐러 간다는 우스꽝스러운 뜻으로 바꿔 불렀던 것이다. '양코제'는 서양인을 양귀지라고 했던 것이 둔갑한 말이었다.

이렇게 선생의 가정은 유교 전통에 뿌리를 둔 한학 선비 집안이었지만, 서양에서 유입된 새로운 종교를 일찍이 수용하는 진취성을 보이고 있다. 선생이 후일 집을 떠나 서울로 상해로 그리고 유럽으로 멀리 가 청춘을 보내면서 선진 학문의 연마와 조국 광복을 위해 헌신하게 되는 것도 이 같은 진취적이고도 적극적인 삶의 태도를 일찍이 익히게 한 가풍의 영향이 있었다고 믿어진다. 선생의 아우 둘도 일본 나고야에 유학한 일이 있다.

선생은 이렇게 교회에 다니면서 1907년 장로회 철산교회 장관선(張寬善) 목사가 설립한 명흥학교(明興學校)로 옮겨 소학교 교육을 받고 13세 되던 1911년 4월에 졸업을 한다.

2. 관서문화 소묘

선생의 유년기에 해당하는 19세기 말에서 20세기 초의 나라 사정은 매우 혼미하고 어두웠음을 우리는 잘 알고 있다. 1876년 강화도조약으로 문호를 개방한 후 열국의 각축장이 되다시피 한 이 나라에 1894년 청일전쟁에서 패퇴한 청의 뒤를 이어 일본의 내정간섭은 날로 심해가고 있었다. 일본은 그 직후 을미사변을 일으켜 명성황후를 시해할 정도로 무법적인 만행을 자행했을 뿐더러, 이곳에서의 유일한 경쟁국인 러시아와의 일전을 이미 각오한 양 그 기세가 대단했다. 드디어 1904년 러일 양국 간에 전쟁이 발발하자 이를 계기로 일본은 한국에 대한 정치군사적 간섭을 합리화하는 한일협약의 체결을 강요해 왔으며, 이 전쟁이 일본의 승리로 돌아가자 그 이듬해엔 미 · 영 양국의 승인 하에 일본은 정식으로 한국에 통감부를 두어 외교권을 박탈하고 국치의 을사조약을 체결하고야 말았다.

나라의 운명이 풍전등화와 같은 처지에 빠지자 국내 여론은 비분강개로 들끓어 올랐다. 언론의 강력한 항의와 더불어 유생들의 상소와 연설이 꼬리를 물었으며, 이것만으로 분함을 참을 수 없었던 지사들의 자결 사태도 속출했다. 친일 행위자에 대한 폭행을 비롯해서 무력으로 항거하는 의병들의 봉기도 뒤따랐다. 그러나 전 민족의 이 같은 시위와 저항에도 불구하고 한국을 식민지화하려는 야망을 이미 오래 전부터 가지고서 기회만을 엿보던 일본은 1910년 8월 마침내 그들의 꼭두각시 정치가들을 앞세워 한일합방을 위한 문서에 조인케 함으로써 한국의 국권을 완전히 박탈하고 일본의 총독 통치하에 두게 되었다.

이런 암울한 시대 상황에서 태어나 어린 시절을 보낸 선생은 비운의 이 민족을 위한 살신의 희생과 헌신을 무슨 '정언적 명령'처럼 여기며 자랐다. 여섯 살에 러일전쟁을 목격하고 일곱 살에 을사보호조약의 체결을 당했으며 열두 살에 국권을 상실한 나라의 급격한 퇴락기에 나고 자란 이에게, 대쪽 같은 선비 어른들의 가르침이 어린 마음에 어떠한 결심과 각오를 세웠을지는 짐작하기 어렵지 않다.

우리나라의 개화기가 국운이 쇠해 가고 있던 때에 찾아왔다는 사실은 하나의 아이러니인 동시에 불행한 일이 아닐 수 없다. 개화의 물결이 새 사회 건설의 밑거름이 채 되기도 전에 걷잡을 수 없는 몰락의 회오리 속으로 말려들었기 때문이다.

그러나 한말의 이와 같은 정치 · 사회적인 소용돌이 속에서 그래도 내실을 기하고 나라의 장래를 기약해야겠다는 정신적인 각성은 오히려 더욱 강한 반동으로 움트고 있었다. 그리하여 을사조약 전후해서는 이 땅에 요원의 불길처럼 사학이 발흥하는데 이런 움직임은 관서지방에서 특히 두드러졌다. 교육에 초점을 두고 이 무렵 관서지방 문화를 살펴보는 것이 이런 점에서 결코 무익한 일이 아닐 것이다.

평양 숭실학교 설립자인 윌리엄 베어드(William M. Baird, 한국명 배위량裵緯良)는 1890년 입국하여 남한 일대를 두루 살피고 서북 지방을 답사한 후 서재필의 「독립신문」 영문판인 「The Independent」지에 '북한여행기'(Notes on a Trip into Northern Korea)를 투고했는데, 그 한 대목을 보면 이러하다.

> 북쪽 지방 사람들은 남쪽 지방 사람보다 더 사람답게 보였다. 그 원인을 살펴보니까 소위 양반 계급이라고 하는 것이 뚜렷하게 존재하지 않기 때문임을 알게 되었다. 남쪽 지방에는 자립적인 중산층이 위세당당한 양반과 허리를 굽실거리고 아첨하는 농노들 틈에서 어찌할 바를 몰라 짓눌리고 있기가 일쑤였다. 북쪽 지방은 자립적인 중산층이 우세하기 때문에 희망에 넘쳐 있다. 자립적인 중산층은 자기들의 생계를 직접 꾸려나가야만 했기 때문에 보다 더 많은 육체와 두뇌를 쓰고 있었다.(이광린, "개화기 관서지방과 개신교", 숭실대학교(편), 『한국 개화사상과 기독교』, 37쪽에서 전재. 원문은 「독립신문」 영문판 1897년 5월 20일자 Vol. 2, No. 59에 실림.)

여기에서 '자립적인 중산층'이란 중소지주, 자작농 또는 상인들이었을 것으로 보이는데, 특히 관서지방의 경제력은 주로 상업의 발달에 힘입은 바 컸다고 한다. 일찍부터 중국과의 교역이 활발히 이루어졌으며, 인삼은 그 주요 수출품이었다. 의주 출신의 상인 임상옥이 인삼 장사로 거부가 되었음은 널리 알려진 사실이다. 개항 후 국내 어느 지방 상인들보다도 앞서서 근대적인 상사를 만든 것도 평안도 사람들이었다. 여하튼 17세기 후반 이후에 이미 관서 상인들은 개성 상인들과 더불어 전국에 손을 뻗칠 정도로 그 세력이 컸다. 이러한 경제적 토대는 문화의 발달을 촉진할 수 있는 중요한 잠재력이었던 것이다. 그것은 이미 이 지방의 높은 교육열로도 입증되고 있었다.

관련 자료에 의하면 조선조 전 시대를 통해 과거합격자 총인원 1만 4천 명 중 거의 1천 명에 달하는 숫자가 평안도 출신이었다고 전한다. 이것은 선비가 많다고 하는 경상도의 그것을 상회하는 것이다. 그러니 이렇게 많은 사람들이 과거에 합격했음에도 천거해 주는 이가 없어 중앙 정계에 진출할 수가 없었다고 하는 것은 사회적 불만의 씨가 충분히 될 만한 일이다. 그들은 큰 벼슬하는 이 없이 그저 지방의 선비로 남는 수밖에 없었다. 특히 세도 정치가 극에 달한 조선조 후기에 이르러서는 이런 경향이 더욱 농후해져서, 자기 고장에서 서원이나 서당을 차리고 젊은 세대의 교육을 낙으로 한평생을 살아가는 이가 많았다.

과거에 합격하고도 중앙 정계에 진출하여 벼슬을 할 수 없었다는 것은 자연 현실에 대한 비판적 안목을 자라게 하는 결과를 낫는 법이다. 순조 11년인 1811년 홍경래의 난이 일어났을 당시 이곳 선비들이 여럿 가담한 사례는 좋은 예가 될 것이다. 지리적으로나 사회 신분상으로나 '주변인'의 위치에서 벗어날 수가 없었던 관서인에게는 무언가 새로운 돌파구가 반드시 필요했다. 이를테면 이들의 지도와 교육으로 관서지방에는 문맹이 매우 적었다고 하는 바, 이런 요인들이 겹쳐서 후일 신문화의 수용 또한 다른 곳보다 훨씬 수월했던 것이 아닐까 한다.

실제로도 관서인들은 상인 계층이건 선비 계층이건 간에 새로운 물결에 민감한 반응을 나타냈으며, 그래서 새로운 문물을 받아들이는 데도 그 어느 지역 사람들보다도 민첩한 데가 있었다. 개신교를 수용하는 데도 자립적이고 독립심 강한 관서 중산층 상인들이 앞장섰다고 하는 점은 익히 알려진 사실이다. 그들은 선교사가 이 땅에 들어오기도 전에 직접 외지에 나가 그것을 끌어들였던 것이다.

알다시피 우리나라에 최초로 온 선교사는 미국 북장로교파의 알렌(H. N. Allen)으로 1884년 9월의 일이었다. 같은 북장로교의 언더우드(H. G. Underwood)와 북감리교의 아펜젤러(H. G. Appenzeller)가 들어온 것은 각각 그 이듬해인 1885년 4월과 5월에 이르러서이다. 그런데 이들이 입국하기 8년 전인 1876년에 장사하러 만주에 갔던 의주 청년 이응찬 · 이성하 · 백홍준 · 김진기 · 이익세 등 5명은 스코틀랜드 장로회 목사 존 매킨타이어(John McIntyre)에게서 세례를 받았으며, 또한 의주 청년 서상윤은 1879년에 같은 스코틀랜드 장로회 목사 존 로스(John Ross)를 만나 세례를 받았던 것이다. 이들은 만주의 이들 두 목사가 번역한 한글판 성경책도 가지고 들어와 읽고 신앙을 퍼뜨렸다. 뒤에 가서 1887년 11월에야 언더우드는 송천 · 평양 · 의주 등 관서지방 여행에 나서서 현지인들에게 세례를 주게 되는데 이 시기보다 훨씬 전에 이미 관서 지역에서는 독자적으로 교회를 운영하고 있었다는 점이 주목된다.

그리하여 선교 수년 만에 서북지방에는 교회가 크게 일어나는데, 이때 설립된 교회를 토대로 하여 사립학교들의 설립도 뒤따른다. 통계에 의하면 1885년에서 1910년 사이에 교회 수는 전국이 683개소였다고 하는데, 그 가운데 평북이 98, 평남이 162, 황해도가 102개소로 관서지방만 해도 과반수를 상회하는 362개소에 이르렀으며, 이 숫자는 특히 1897년에서 1905년 6월까지 설립된 것이라는 데 놀라지 않을 수가 없다.

학교도 마찬가지였다. 통감부에서 1908년 8월 '사립학교령'을 내려 학교재단의 부실, 교원자격의 미비 등을 들어 많은 사립학교를 폐교한 뒤에 작성된 통계[관보 제456호, 융희 4년(1910년) 8월 13일 간행된 휘보에 수록]를 보면, 종교단체에서 세운 사립학교만 755개로서 극소수를 제외하고는 이들 모두가 기독교계 학교들이었음은 물론이다. 이 가운데 관서지방이 519교에 달했으니 단연 압도적인 숫자임에 틀림이 없다.

이렇게 우리나라 개신교 교회와 학교를 일으키는 데 앞장을 선 것이 관서지방의 상인 계층이었고, 그로 인하여 신식 교육기관이 우후죽순처럼 일어나게 된 것이다. 우리나라 독립운동의 지도자요 교육자인 남강 이승훈 선생도 본시 유기 생산지로 유명한 정주 납청의 상인이었고, 조만식 선생도 평양 종로에서 포목상을 경영했다는 것은 특기할 만한 일이다.

서도(西道)에서 개신교를 솔선 수용한 것은 상인들만이 아니었다. 선비들도 고루한 유학의 답습에서 대담하게 뛰쳐나왔다. 한말에 관서지방의 유학은 주로 태천 사람 운암(雲庵) 박문일(朴文一)과 성암(誠庵) 박문오(朴文五)가 이끌고 있었다. 두 형제 중 형 운암은 일찍이 화서(華西) 이항로(李恒老)를 사사한 후 고향에 돌아와 경의재(經義齋)를 짓고 쇄도한 젊은이들을 가르침으로써 그 고장 유풍(儒風)의 진작에 크게 이바지하였다. 아우 성암도 형으로부터 학문을 전수받아 역시 화서학파의 일원이 되었는데, 거처하던 장수재(藏修齋)에서 후학의 지도에 전념했다. 이들은 스승에 따라 어양척화론(禦洋斥和論)·위정척사론(衞正斥邪論)을 주장하고 있었다.

그리고 그들 문하에서 나온 이들도 외세의 바람이 세차게 불어오던 19세기 후반에 양이(洋夷)를 단호히 배격하고, 스승으로부터 전수한 바를 한평생 견지하면서 각 지방에서 모범적인 선비의 생애를 보냈을 것이 틀림없다. 그러나 운암과 성암의 문하 상당수가 국운이 급격히 쇠해가던 1900년대에 들어와서는 사상적 전회를 감행하여 위정척사의 사상을 버리고 새 시대의 소명에 따라 애국계몽운동에 참여한 이들이 많이 나오게 된다.(이광린, "구한말 관서지방 유학자의 사상적 전회" 참조.) 민족적 위기를 당하여 활로를 타개하기 위해서는 사상과 생활의 일대전환이 있어야 함을 절감하고 사회 계몽에 진력하고자 하는 움직임을 주저없이 나타냈던 것이다.

그들 중에는 구학문을 유지하면서 새로운 시대를 맞이했던 이들도 있었으나, 아예 구학문 자체의 과오를 비판하고 신학문에 주의를 돌리는 이들이 속출했다. 관서지방의 유생들이 이렇게 서양 근대학문과 새 사상으로 쉽게 전향할 수 있었던 데는 물론 타 지방의 경우와 같이 성리학이 깊이 뿌리를 내리지 못했다고 하는 특성에 기인하는 바도 없지 않으나, 그보다도 역사적으로 늘 '주변적' 성격이 심화되어 온, 앞서 지적한 관서지방의 특성이 그것을 용이하게 하지 않았을까 하는 것이다.

한편 화서 이항로와 성재(省齋) 유중교(柳重敎)의 문하인 한말의 학자 의암(毅菴) 유인석(柳麟錫)이 당시 날로 친일화해 가는 조정에 항거, 의병을 일으켜 부패한 관리 여러 명을 참살하고 진압되자 도피한 곳이 관서지방, 거기서도 특히 태천이었고 그곳에 정신적 영향을 깊이 남겨놓은 것도 의외의 일은 아니다. 이 학자·의병장이 보여준 학문과 실천의 통일은 이 지방민들의 기질과도 매우 일치하는 것이었다.

어쨌든 서북 지방의 이러한 특수성은 선생의 가풍에서도 쉽게 발견이 된다. 선생의 가정은 대대로 훈학을 하는 선비·유생 집안이었음에도 일찍이 기독교를 받아들이고서 내처 그 자식들을 교회학교에 보내는 대담한 조치를 취했다고 하는 것은 선생의 일생과 관련지어 볼 때 매우 뜻 깊은 결연한 자세였다고 하지 않을 수가 없다. 나라 사랑의 마음이 지극할 뿐더러 의를 위해서는 몸을 아끼지 않는 사상과 행동의 일치, 게다가 전통적 관례를 존중하면서도 새로운 사상의 흐름에 어둡지 않은, 어찌 보면 신구 양식의 갈등과 조화를 지향하고 실현한 인간의 모습을 선생은 훌륭하게 그 자신 속에 담고 있기 때문이다.

3. 선천 신성학교 시절

신학문이 들어와 퍼져 갔지만, 선생의 고향에서는 선생 집안만이 비교적 개화한 편이었고 아직은 대체로 구습에 묻혀 살고들 있었다. 그래서 고향의 명흥학교를 마친 선생은 신학문을 본격적으로 공부하기 위해 처음으로 어린 나이에 선천(宣川)의 신성학교(信聖學校)로 가게 된다.

당시엔 정월이면 각 노회(老會)에서 사경회를 개최하고는 했는데, 1914년 11월에 부친이 선천 사경회에 다녀오더니 "신성학교 교장 윤산온(尹山溫, George Shannon McCune) 씨가 학기 도중이지만 너를 받아주겠다고 하니 가자"고 해서 곧바로 집을 떠나 1학년 마지막 학기에 끼어들었던 것이다. 당시 일본의 학제는 4월이 신학기 초였으므로 얼마 안 있어 2학년이 되는 것이었다. 선생은 원래 총명하고 근면한 터라 시골에 있으면서도 웬만한 공부는 꽤 해두었던 것 같다.

그래서 중간에 들어갔지만 모든 과목을 다 따라갈 수가 있었는데 영어는 처음 대하는 과목이라 우선 새롭다는 생각이 앞섰다. 그도 그럴 것이 남들은 벌써 두 학기를 배웠는데, 듣도 보도 못한 영어 알파벳을 처음부터 시작해야 할 입장이었기 때문이다. 그런데 다행히도 영어 선생이 자주 갈리고 또 갈릴 때마다 선생이 새로이 처음부터 시작하곤 해서 무난히 따라갈 수가 있었다. 1학년에는 산술, 2학년에는 기하, 그리고 물리는 3학년에 들어 있었는데, 선생은 일찍부터 이과 과목, 특히 수학에 자신이 서서인지 학교 공부에 별 어려움을 몰랐다.

선교회 학교인 만큼 성경 시간에 선교사가 들어와 가르친 것을 제외하면 교사들은 이미 10여 년 전 설립된 평양의 숭실학교 대학부를 다닌 이들과 일본에서 고등학교를 졸업한 이들로 구성되어 있었으며, 역사는 서울 경신학교에서 가르치던 백남진(白南鎭) 씨가 와서 맡고 있었다. 백남진 씨는 애국지사로서 선생에게 참으로 많은 영향을 준 이다. 한창 학습열이 솟구치던 시기에 이곳에서 선생의 지적 성장은 일취월장을 하는 듯했다.

그런데 4년제 신성학교에서 이태를 지나 선생이 3학년 마지막 학기에 이르렀을 때 예기치 않았던 이상한 사건이 일어나고 말았다. 당시 선생들은 선교사들이 여기저기서 손닿는 대로 모집한 이들이어서 자격에 문제가 없지 않았던 모양이다. 따라서 선생들이 가르치는 바가 늘 불만스러울 수밖에 없었다.

> 사실상 수학은 나 혼자서 공부했지. 대수니 기하니 그 책을 사다놓고 밤에도 혼자 그저 풀어 보고 해서 해 나갔지…. 학교서 배운 게 없었어.

다른 학생들도 마찬가지로 불만이 컸다. 그래서 선생은 학교에 좋은 선생을 모셔다가 교육을 해 달라고 요구를 했다. 그러나 관철이 될 리 없었다. 이렇게 해서 선생과 다른 학생들이 힘을 합쳐 이른바 '스트라이크'를 단행하기에 이르렀다. 말하자면 동맹휴학이라는 것인데, 그때는 우리나라에 스트라이크라는 말조차 없었던 때였으니까 이 말의 용례상 효시이자 실제로 그 본보기를 처음 보여준 경우라고 할 수 있었다.

동맹휴학을 선언하고 단행하니 차츰 학생들이 크게 움직여 반응이 거세지게 되었다. 며칠 뒤에는 폭동으로까지 번지고 말았는데, 사태가 이렇게 악화되자 맥퀸 교장은 관련 학생들을 출학시키겠다고 위협하였다. 출학은 오늘의 퇴학을 의미하는 것이다. 그럼에도 학생들의 폭동은 수그러들지 않고 더욱 극심해지자 마침내 교장의 출학 명령이 떨어져서 학생들은 모두 학교를 떠나게 되었다. 당시 교회에서 쓰던 표현으로 '자각(自覺)을 하는 자', 다시 말해서 잘못을 시인하고 뉘우치는 자는 다시 받겠다고 했지만, 선생은 같은 상황에서는 더 배울 게 없다는 생각으로 아예 학교를 그만두고 말았다. 이때 학생들은 평안도 말씨로 학교를 '다까부신다'고 해서 동맹휴학을 주도한 학생모임을 '다까회'라고 이름 붙였는데, 선생이 바로 이 '다까회' 회장이었던 것이다.

당시에 같은 학년의 학생으로 이에 동조한 이로는 나중에 연희전문 상과 2회 졸업생으로 영락교회 장로가 된 계병호, 그리고 33인의 하나인 철산 사람 이명룡의 아들 이경화, 그리고 이태 아래로 뒤에 연세대 동료 교수가 된 심인곤 등이 있다. 이경화도 이때 신성학교를 그만두고 서울로 와 경신학교를 졸업한 후 연희전문에 들어옴으로써 선생과 다시 만나게 된다.

1916년 8월로 신성학교에서의 중학 시절은 단명하게 끝났다. 선생은 이제 어디 가서 무엇을 할까 궁리하다가 소학교 교원이라도 해볼 생각이 들었다. 그러나 이 일도 그리 간단하지가 않았다. 왜냐하면 그 당시 신성학교 학생에게는 소학교 교원 자격도 주지를 않았던 까닭이다.

그 무렵 평안북도에는 일인들이 세운 중등과정 학교 따위는 아예 없었다. 신의주고등보통학교가 선 것은 그 이후의 일이요, 겨우 평양에 하나 있었던 게 고작이었다. 함석헌 씨 같은 이가 이곳을 다니다가 오산으로 옮긴 경우다. 일인들은 자기네가 세운 평양고보에는 소학교 교원자격을 주고 그 밖에 대해서는 교원자격 시험을 치르도록 한 것이다. 시험은 도청에서 치렀다. 평북도청은 그 때 신의주가 아닌 구의주에 있어서 선생은 시험을 치기 위해 구의주로 갔다.

시험은 일본어가 위주였다. 일본말 할 줄 아는지, 일본 사상이 있는지, 일본에 복종할 수 있는 사람인지, 이런 것을 알아보려는 시험이었던 것이다. 시험 결과 8명이 합격했는데 선생은 3등이었다. "평양고등보통학교 다니다가 졸업 못한 자가 일어를 잘해서 1등, 신성학교 2년 선배인 졸업생이 2등…" 하고 꼽으면서 선생은 그 한심한 일본말 실력으로 3등이 되었다고 회상한다.

그런데 이때 선생은 생각하지도 못할 이상한 인연 하나를 맺게 된다. 이 무렵 구의주에서는 평안북도 장로회 노회가 개최되고 있었다. 그리고 창성 동창면 대유동(大楡洞)에 있는 프랑스인 금광에 교회가 있었는데, 이 교회 소학교에서 마침 아이들을 지도할 교사를 구하고자 사람이 의주에 와 있었던 것이다. 노회의 누구였는지는 모르나 어쨌든 누군가가 교사를 구하러 온 이에게 선생을 추천했다. 일인들의 시험도 통과한 유자격자이니 채용하는 것이 좋겠다고 한 것이다. 이렇게 해서 선생은 창성 대유동에 가게 된다.

> 창성 대유동에 가서 보니, 양인이라고 코가 길게 뻗치긴 했는데 영미인이나 독일인보다는 키도 작고 수염이 많이 나서 얼굴이 캄캄해 보이는 프랑스인이라는 이를 처음 만나 보았지.

이 사람에게서 교원 일을 부탁받고 선생은 처음으로 가르치는 일의 경험을 갖게 된다. 그리고 이 일과 꼭 관련된 것은 아니지만, 선생이 후일 유학을 결심했을 때도 프랑스를 먼저 생각한 사실을 보면 꽤나 기이한 인연이라 여길 만하다. 그러나 꿈 많은 10대 소년기의 선생으로 시골 소학교 교사 생활을 무작정 계속해 갈 수만은 없었다. 뭔가 현재 상태에 만족할 수 없다는 생각이 자꾸 솟구치는 것을 억제할 수 없었던 것이다. 그래서 한겨울을 지내고 이듬해 3월 선생은 더 공부해야겠다는 마음을 굳히고 서울로 떠날 결심을 한다.

3장

3·1운동 한가운데서

1. 연희전문 학생이 되다

이 무렵 서울에는 일인들의 경성제국대학이란 것도 설립되기 전이었고, 몇몇 전문학교가 있었을 뿐이었다. 공업학교도 없을 때고 의학전문학교가 하나 있었을 뿐인데, 선생은 기독교 가정에서 자라서 신학문에 남다른 관심을 가지고 있던 터라 당시 신학문 수입의 창구였던 연희전문학교를 찾았다. 연희전문학교는 1915년에 개교를 했으니까 두 해가 지난 뒤의 일이었다. 1917년 선생은 연전에 입학시험을 치고 합격하여 후일 평생의 인연을 맺은 '연희동산'에서 학업을 닦게 되었다.

연희전문학교는 1915년 3월 우리나라 사학에 대한 감독과 압력을 강화하기 위해 일제가 소위 '전문학교 규칙'과 '개정 사립학교 규칙'을 공포한 직후인 4월에 서울 YMCA에서 개교했다. 물론 이전에 경신학교 대학부라는 전신이 없었던 것은 아니나, 한국에 전문학교령은 있어도 대학령은 없다는 이유로 대학의 설립 허가를 내주지 않았기 때문에 정규 대학의 설치가 좌절된 것이다. 기독교의 자유사상이 고취되면 우리 민족의 권리의식 · 민족의식이 신장될까 염려한 일제 식민정책의 결과였다. 그래서 연희전문도 결국 1917년 4월에야 전문학교로 인가를 얻고서 학교 위치도 현 연세대학교 캠퍼스 자리로 이전한다. 그러니까 선생이 입학할 때는 벌써 3학년이 있었으며 따라서 선생은 연전 3회 입학생이 되는 셈이다.

당시의 학과로는 문과 · 상과 · 농과 · 신과 · 수물과(수학 · 물리) · 응용화학과의 6개 학과가 있었으며, 교직원 열여덟 명에 학생은 여든아홉 명으로 등록되어 있으나 실제로는 도합 예순 명이 못 되었다고 한다. 따라서 학과가 다르다고 해도 학생들은 서로 누가 누군지 훤히 알 수가 있었다. 수업 연한이 서로 달라서 문과 · 수물과 · 신학과는 4년제, 농학과 · 상과 · 응용화학과는 3년제였다. 이것도 실제로는 신학과와 응용화학과가 개강을 하지 않아서 4개 학과였다고 하는 것이 정확하다고 한다. 김원벽(金元壁)은 상과 1회, 천문학자 이원철(李源喆) 박사는 수물과 1회였다. 당시 선생과 함께 문과 3회로 입학한 이들은 김윤경(金允經) · 이묘묵(李卯默) 등 모두 합해서 겨우 여덟 명에 불과했다. 김윤경은 그때 벌써 마산 창신중학교에서 교편을 잡다가 온 어른학생이었는데, 선생은 이후 그와 장사동 어느 집에 같이 유숙도 했고 유럽에 유학하던 때에는 평균 4년에 한 번 서신교환을 가졌을 뿐더러 해방 후 연희대학-연세대학교의 교수로, 또 보직자로 함께 일하면서 많은 일에서 의견과 행동을 같이한 평생의 동지가 되었다.

연희전문학교는 우리 민족에게서 고등교육의 기회를 박탈하고 우민정책을 펴려는 일제의 계획과 방침에 희생이 되어 대학이 아닌 전문학교로 문을 열기는 했으나 그네들의 지시대로 교육을 하지는 않았다. 본래 의도했던 미국 대학의 체제로 교과목을 짜고 그 수준에서 교수를 임용했으며, 교명도 'Chosun Christian College'라 하여 대학 이름을 붙였다. 전문학교라면 필요치 않을 논리학 강의도 있었다. 이 과목은 원래 3학년에 들어가 있는데 이 공부에 흥미가 있었던 선생은 담당 교수와 학교 당국의 양해를 얻어 수강을 했다.

당시 이 강좌에는 수강생이 박태원(작곡가 박태준 씨의 형)과 또 다른 학생 한 명으로 모두 둘밖에 없어서 담당교수 백상규(白象圭) 씨는 좀 적적하다고 느꼈던 모양이다. 선생이 "논리학 좀 들어도 될까요?" 하니 백 선생이 쾌락했다고 한다. 또 당시 교무처장이던 수물과 교수 베커가 정식으로 허락을 해서 공식적으로 강의를 들을 수가 있었다. 당시는 학교 초창기이기도 하려니와 미국 칼리지의 자유스러움이 그대로 반영되고 있었던 것이다. 이때의 학교 사정을 회고하면서 선생은 이렇게 술회한 바 있다.

> 일본 선생 노인이 하나 있는데 한문을 잘 해요. 나도 집에서 한문을 한 게 있으니까 꽤 잘 따라 했죠. 선생들이라는 게 자기 과목 잘하면 귀여워하지 않아요? 과외로 무얼 가지고 가서 물으면 굉장히 좋아하면서 이야기를 해. 한 시간도 더 같이 앉아 있지. 내 지금도 '한우충동'(汗牛充棟)이라는 문자를 그이한테 배웠는데 아직 잊어버리고 있지 않지.

그때 물론 한국사람 중에도 한문 잘하는 이야 많이 있었지만 그는 일본어를 가르치는 이였는데 일본어 독본에 한문이 절반은 되었으므로 한문 공부에 열중할 수가 있었다는 것이다. 선교회 학교였던 만치 선교사 교수가 많았으며, 한국인 교수도 물론 있었다. 영어와 서양사를 가르치던 빌링스(邊永瑞)를 위시하여 언더우드(元漢慶), 베커(白雅

惠), 밀러(密儀斗), 롬스(魯解星), 피셔(皮時雅), 이로익(李魯翊), 베커 부인, 원한경 부인, 음악의 김영환, 스미스, 백상규, 다카하시, 이치지마 같은 이들이 있었다. 수학은 베커가 맡았으나 그 외에 이원철, 장세운, 임용필 등 상급반 학생들도 교수로 가르치곤 했다. 서양인 교수가 영어로 강의하면 따라가기가 어렵지만 이들이 하는 것은 알아듣기 쉬워서 오히려 배우는 쪽에서는 환영할 만한 일이었다. 나라를 잃은 서글픈 민족의 젊은이들이라 정말 진지한 학구열과 순수함이 가득했다. 김윤경 교수는 후일 이때의 학교 분위기를 이렇게 술회했다.

…교수와 학생 사이에 신뢰가 가득한 가족적 분위기였다. 빌링스 선생은 서양사 시험문제를 칠판에 써 놓고 나갔지만 우리는 부정직한 일을 생각한 일이 없었다. 나는 지금의 학생 중에 가끔가끔 부정직한 행동을 보고 들을 때마다 금석의 느낌[今昔之感]을 금할 수 없다.(「연희춘추」 제77호, 1956. 7. 16)

연전 시절 교수들에 대한 선생의 어렴풋한 회상을 통해 몇 토막 에피소드를 적어 둔다.

영어를 가르치던 빌링스는 아주 명석하고 유머가 풍부한 이였던 모양이다. 선생이 한번은 "왜 영어는 같은 말이 많은가요?" 했더니 그의 대답은 바로 "날래날래, 어서어서…" 주워대면서 "왜 한국에도 같은 말이 없던가요?" 하고 반문하더라는 것이다. 서양인 선교사이지만 이미 평양말과 서울말을 구별할 줄 알고 자유로이 구사하는 그의 일면을 잘 말해 주는 예일 것이다. 감리교계 선교사로서 배재학당 뒤편 선교사 사택에 살고 있던 그를 방문해 선생은 자주 대화를 나누고는 했다.

일본사와 서양사를 담당한 일본 교토대 출신의 다카하시(高橋) 교수는 연희를 위해 일하다가 희생된 일본인 제1호라고 한다. 연희전문학교 개교 이후 첫 번째 희생자였다는 것이다. 그는 밤중에 진고개에 있던 자신의 집 2층에서 램프를 켜놓고 강의 준비를 하다가 깜빡 잠이 들었는데 잘못하여 램프를 쳐서 쓰러뜨려 집에 불이 붙고 말았다. 몸을 피한 부인이 남편을 찾았으나 그는 이미 불에 싸인 집안에서 나오지 못하고 숨진 후였다.

그의 장례식은 옛 YMCA 2층에서 거행되었다. 그의 영전에 가족, 친지, 학생들이 모두 나가 절을 하니, 학교 대표로서도 누군가 앞으로 나가지 않을 수가 없었다. 모두 움직이려 하지를 않자 거기 참석했던 빌링스가 소탈한 사람이었으므로 선뜻 나서서 절을 하고 들어왔다. 이것이 그때 한국에 와 있던 선교사들 사이에서 문제가 되었다고 한다.

"그리스도 교인이 어떻게 사진에다가 절을 하느냐?" "그러나 경우에 따라서는 할 수도 있지 않느냐?" 이렇게 시비가 크게 일어났는데, 죽은 이가 학교를 위해 희생한 사람이요 현지 풍속을 존중한다는 뜻에서 결국은 화해가 되었다는 것이다. 이 나라에서의 선교 활동이 40년이나 되어가던 때에 아직도 선교계가 그토록 고루했다는 것은 어처구니없는 일이다.

백상규 선생에게서 논리학을 배우다

아무래도 연전 시절 선생에게 가장 큰 인연이 되었던 이는 백상규 선생일 것이다. 연호(蓮湖) 백상규 선생은 1880년 구한말 서울의 은행가 집안에서 태어나 한학과 영어를 익힌 다음 약관 16세에 자비로 미국 유학의 길에 올랐으며, 미국의 고등학교 및 브라운 대학에서 정치학 · 경제학을 전공한 후 귀국하였다. 1907년 구한국 내부참서(內部參書) · 농상공부참서(農商工部參書) 등 관직에 있다가 일제 강점 이후에는 일체의 관직을 사퇴했던 분이다. 일제하에서 그는 연전과 보전(普專)의 교수를 무보수로 수십 년 동안 재임했으며 해방 후엔 적십자사 창설을 적극 후원하고 대한민국 수립 후 제2대 국회의원을 지냈으나 6·25 때 납북되었다. 한때 언더우드 가의 서기 일도 보다가 연전이 설립되자 교수로 전임되었던 것이다.

연희전문에서 선생에게 처음으로 논리학에 대한 흥미를 일깨운 연호 백상규 선생

그는 경제학을 전공했으나 문과에서는 논리학을 가르쳤는데, 앞서 말한 대로 상급반에 설치된 이 강좌에 들어가면서 선생은 그의 영향을 적잖이 받았다. 선생의 학문이 평생 이 분야에서 주로 이루어졌다는 사실에서 더욱 그러하다고 본다. 선생의 말 가운데 필자가 기억하는 바로는 맥주를 난생 처음 맛본 것도 백 선생댁에서였다는 것이다. 입에 한 번도 대보지 못한 것을 무엇인지도 모르고 마신 다

음 얼굴을 찡그리니까 "이게 맥주라는 거야. 촌놈이 뭘 알겠나" 하더라는 것이었다. 그는 무슨 생각에서였는지 "철학을 하려면 독일을 가도록 해보게"라고 하였는데, 선생은 그때만 해도 아무 생각 없이 그냥 스쳐가는 말로 들었을 뿐이다. 그런데 무슨 운명인지 선생은 나중에 유럽 유학을 떠난 뒤 결국 철학을 전공하게 되었던 것이다. 선생이 귀국해서 해방이 된 후 백 선생을 찾아뵐 기회가 있었는데, 그때 일을 선생은 이렇게 전한다.

> 지금은 서린호텔인가 하는 것이 되었지만, 그때는 아주 큰 한옥이었어요. 백 선생 집에를 가니 황진남(黃鎭南)이가 와 있더구먼. 황진남이는 나보다 먼저 돌아와 있었으니까. 그때 백 선생에게 "내가 선생님한테 논리학을 배운 것이 내 철학하는 한 근본이 되었습니다"라고 했더니, 황진남이 백 선생한테 "아니 네가 논리학을 다 가르쳤어?" 하더라고. 그러자 백 선생은 "이거 다 호랑이 담배 먹던 시절이야!" 하고 크게 웃더구만.

여기서 이름이 언급되는 황진남 씨는 함경도 사람으로 일찍이 그 부친이 하와이를 경유하여 미국에 입국, 제1차 세계대전 무렵에 쌀농사로 크게 성공하였다고 한다. 황진남 씨는 캘리포니아 대학 광산과 졸업을 석 달 앞두고 도산 안창호의 통역 겸 서기로 발탁되었는데, 대학 시절 어찌나 영어를 잘했는지 미국 학생들마저 '움직이는 사전'(Moving Dictionary)이라고 불렀단다. 모르는 게 있으면 저 '무빙 딕셔너리'에게 물으라고 했다는 것이다. 그가 '석 달만 있으면 졸업을 할 터인데 도산이 나를 데리고 나가겠다고 하니 어떻게 해야겠냐'고 아버지에게 물으니, 그 부친 말이 '도산이 쓸 만큼의 사람이 됐다면 졸업장이 무슨 소용이 있느냐. 우리 민족의 지도자가 그러는데 그 따위 졸업 걱정을 하고 있느냐'고 꾸짖었다는 것이다. 그의 아버지는 그에게 미국에서 번 재산의 절반이나 되는 수천 달러를 주었고, 그는 그것을 가지고 나가 도산을 도왔다고 한다.

그러나 황진남 씨는 한 이태 도산과 같이 정치 운동을 하다가 공부가 더 하고 싶어 유럽에 오게 되었으며, 베를린 대학에서 물리학을(아인슈타인의 강의를 받았다고 함), 그리고 파리 대학에 와서는 수학을 공부했다. 이 시기에 그는 선생의 가까운 지기가 되기에 이른다. 이토록 높은 수준의 학문을 닦고 의로운 일에 투신했던 그가 조국 광복 후 맥아더 사령부와 오키나와의 유엔군 총사령부 방송국의 통역일을 하다 이 세상을 떴다는 점은 너무나 애석한 일이 아닐 수 없다. 그가 누구인지 주변 사람들은 까맣게 모른 채 1960년대 말 고국도 아닌 오키나와에서 숨을 거두었는데, 그의 유언이 한국 땅에 묻어달라는 것이어서 운구를 해왔다고 한다. (1969년 무렵 필자는 서울 이태원에 있던 유엔사령부방송 VUNC에 근무한 적이 있는데, 어느 날 오키나와의 방송국 본부에 근무하던 한 유명인사가 세상을 떠나서 유언대로 그의 시신을 고국으로 이송해 왔다는 이야기를 들은 바 있다. 당시에는 이 분에 대한 정보가 없었던 만큼 그저 간단히 흘러버렸는데, 뒷날 그의 이력을 알고 나서 마음이 그렇게 착잡할 수가 없었다. 조국의 광복을 맞고도 얼마나 큰 인물들이 역사의 뒤안길에서 조용히 스러져 갔는가를 보여주는 실례 같아서였다.)

순수학문을 좋아했던 학생

잠시 벗어났던 이야기를 다시 선생의 연전 시절로 되돌려야 하겠다. 선생이 연전 시절 좋아한 과목은 수학과 논리학이었다. 선생이 선천 신성학교 시절에도 수학 선생에게 특히 불만이 높았던 게 결국 학교 중퇴라는 파란을 몰고 왔거니와, 문과 과목에서도 논리학을 열심히 수강한 것은 아무래도 선생의 자질과 흥미가 이 방면에 있었음을 시사해준다. 사실인즉 선생이 연전에 발을 들여놓은 것은 원래 문과가 아니라 수물과였다고 한다. 이 사실은 잘 알려져 있지 않아서 화제가 된 적이 없고 오히려 후일 파리 대학에서 수학과에 다녔다는 소문만 나돌았지만, 이것은 사실과 다르다. 수학과를 택한 것은 연전 입학 당시였던 것이다. 그런데 선생은 연전에서도 가르치는 이들에게 문제가 없지 않다고 느꼈다.

나는 본시 첫 번째는 수학과에 입학을 했습니다. 그랬는데 가르치는 선생이 상급학년 학생들이었거든요. 나는 들어오기 전에 신성학교를 졸업 못하고 쉬고 있는 동안 한 해 내내 재미로 수학만 했어요. 수물과에 들어와 본즉, 뭐 다 내가 아는 걸 하고 있더군. 대수건 기하건 간에. 그리고 선생을 맡은 이도 상급반 이원철 씨는 수학을 잘하고 샤프한데, 우리를 가르친 장세운 씨 등은 신통치를 않아요. 그래 그까짓 것 수학은 내가 하면 될 것이니 전과나 하자고 해서 문과로 옮겼지요. 문과로 간다니까 허락하더군요. 수학과는 아마도 한두 달 있었을 거야.

소시부터 순수한 형식과학에 흥미를 느끼고 거기 몰두했다는 것은 개인의 천분이요 명석함에 기인하는 것이겠지만, 성품이 깨끗한 단면을 보게도 한다. 선생은 이런 순결한 자질로 해서 어지럽거나 불합리한 것을 보면 견디기 어려운 성품이었다. 그렇기 때문에 무슨 일에든 인내하고 상황을 감수하다가도, 어느 한계에 이르면 자신의 의중을 가감 없이 표출하는 직선적이고 과격한 성향이 있었다. 이러한 면이 사회생활을 하는 중에 위로는 가당치 않은 권위주의나 독선에 주저 없이 맞서고, 아래로는 부당하게 핍박받거나 어려움을 겪는 이에게 늘 힘이 되어 주고자 하는 의리로 발전되어 간 것이다. 선생을 '반골'이라 불러도 그리 잘못된 표현은 아니다. 다만 이 경우의 반골이란 고매한 정신과 기품이 겉으로 드러난 모습이었기에 인격의 발현이라고 보아야 할 것이다. 욱하고 격한 기질을 드러내다가도 뒤끝이 없었던 점은 사리를 중시하고 사소한 감정에 집착하지 않는 선생을 인품을 잘 엿보게 한다.

그러므로 후일 교단에 있을 때 학생이 본분인 공부를 태만히 하는 것, 불의를 외면하는 것을 엄하게 꾸짖을 수 있었던 것은 선생이 학생 시절에 부실한 강의를 참지 못하고 격분했던 것과 그 맥을 같이한다. 그러나 선생이 이런 일로 연전에서도 학교생활을 끝장낸 것은 아니다. 연전 시절이 중단된 것은 개인적 문제 때문이 아니라 민족적인 대사건의 여파 때문이었다. 바로 기미년 독립운동이 그것이었다.

선생은 어려운 시대를 살면서 이미 국내외적으로 꽤 충격적인 사건들을 겪었다. 어려서 러일전쟁이 이 땅에서 벌어지고 있음을 보았고, 안중근 의사의 이토 암살사건, 을사늑약, 그리고 105인 사건—특히 이 105인 사건에서는 오산학교와 신성학교 학생들이 근 여든 명이나 관련되었다고 하고, 또 안태국(安泰國) 씨 등 서북지방 인사들 상당수가 검거되었다—등, 일련의 숨 가쁜 역사적 추이를 지켜보았던 것이다. 이런 과정에서 당시 배일사상이 우리 젊은이들에게 굉장히 비등했던 것은 당연한데, 선생도 이와 같은 정세를 직시하고 의분을 금치 못하던 중이었다. 그런데 선생이 연전 2학년 말이 되어서였다. 그렇게 안에서 들끓고 있던 민족적 분노는 때 마침 한 기폭제를 얻어 일시에 폭발하고야 말았으니, 이것이 3 · 1 운동의 발발이다.

2. 3·1 독립운동의 숨은 주모자

기미년 3·1운동의 전말에 관한 기록은 선생이 3·1운동 50주년이 되는 1969년 3월 『신동아』에 기고한 글 "남대문 역두의 독립만세—기미년 3·1운동의 증언"(「진리와 그 주변」에 재수록) 이상의 생생한 기술을 접하기는 어려우리라. 따라서 여기서는 그 글을 그대로 전재한 후 몇 가지 사항을 여담으로 첨언해 둔다.

*

남대문 역두의 독립만세—기미년 3·1운동의 증언

들은 대로 본 대로 기억이 날 것인가. 1919년 1월 22일 고종께서 돌아가셨다는 소식이 전해지자 여러 가지 소문이 꼬리를 물고 일어났다. 그의 돌아가신 원인이 무엇이며 그 날짜가 언제인가 하는 데 대한 의혹 때문이었다. 원인은 왜놈의 독살이었고 날짜는 발표한 것보다는 몇 날 전이었을 것이라는 것이 우리나라 사람들의 심증이었다. 이 부음이 발표되자 장안은 온통 슬픔에 잠기었다. 친 어버이를 잃은듯이 애절히 통곡하였다. 당시 우리 2천만 동포가 품은 망국의 원한은 고종에게 동정의 눈물로 화하였다. 왜적의 압력에 의하여 왕위에서 물러나시고 경술년 망국의 비분을 설치(雪恥)하지 못한 채 종내 천명까지도 보전하시지 못하고 독살을 당하다니 웬 말인가! 그의 운명이 곧 우리 자신의 운명같이 느껴졌다. 누구나 입을 다물고 있었으나 왜적에 대한 적개심은 강렬하여지고 독립을 사모하는 마음은 더욱 간절하였다.

3·1운동 전야

고종이 돌아가신 덕수궁의 대한문 앞에는 거적자리가 펴 놓였고 오고가는 조문객이 줄을 지어 기다리고 있었다. 한 떼가 꿇어 엎디어 통곡하고 끝나면, 또 다른 한 떼가 엎드려 통곡하였다. 이 호곡하는 소리는 시청 앞 광장에 메아리쳐 하늘에까지 미치는 듯하였다. 그 근처를 지나가는 이는 같이 호곡하지 않을 수 없었으며 울음이 잠시도 끊일 사이가 없었다. 민족의 애달픔과 쓰라림이 이 울음을 통하여 이 넋두리를 통하여 자기 정화의 극에 이르렀다. 노인도 부복하여 애곡하고, 학생도 남자도, 아니 멀리 시골에서 흰 상립을 쓰고 온 선비님들도, 개화한 지식인들도 이 한자리에서, 이 울음의 도가니 속에서 한 동포로 순화되는 것이었다. 마음대로 울대로 울고 일어서면 후련하기도 하려니와 서로 알지 못하는 사이지만 서로 붙잡고 하소연하고 싶은 형제의 심정이었다.

너는 남이 아니다. 한 할아버지의 자손이다.

하는, 같은 동포로서의 감정이 시선과 시선이 마주쳐 눈물이 서로 어림으로써 교감되는 것이었다. 고종의 상례가 40일간 걸리는 동안 지방 여러 곳에서 서울로 올라오는 이가 많아지고, 누구나 한번 대한문 앞에서 애곡하고 나면 저절로 민족의식이 각성되어 민족의 단결을 절실히 다짐하게 되는 것이었다. 고종의 국상이야말로 국민으로 하여금 계급이나 지위의 차별 없이 민족감정의 일치를 볼 수 있는 계기를 마련하였던 것이다.

4년간이나 오래 끌어오던 제1차 세계대전이 몇 달 전에 휴전을 고하고,

그 해(기미년) 5월에는 세계평화회의가 파리에서 열린다.

하는 소문이 우리 귓전에 이상한 반영과 희망을 일으키는 것이었다. 미국 대통령 윌슨이 제창한 14개 평화원칙 가운데 '민족자결'이라는 주장은 우리 민족에게 큰 충격을 주었을 뿐 아니라 우리의 가슴에 큰 희망을 불어 넣었던 것이다. 민족자결이란 것은 그 당시 강국들이 유럽 약소민족들의 문제 해결을 위하여 내세웠던 것이요, 이 원칙이 우리 아시아 민족들에게 적용될 아무 근거가 없었던 것이다. 그러나 그 때 우리가 생각하기를 침략주의는 구시대의 유물이요, 이제 세계 개조의 새 시대에서는 정의와 민족자결의 원칙이 어디서나 적용되어야 한다고 믿었던 것이다. 헝가리가 오스트리아에서 분리되어 독립될 것이라 하며 체코슬로바키아가 신생하리라 하며, 폴란드가 재생하리라 하는 등등의 소문은 우리 가슴을 설레게 하였다. 4천 년의 유구한 역사를 가진 우리 대한이 당연히 국가적 주권을 회복하여야 할 것이요, 우리는 어서 독립운동을 일으켜야 한다는 것이 이때 학생층의 염원이었다. 학생들이 서로 모이면 세계정세에 대한 의견을 교환하는 것

이었다. 그리고 미주에서는 누구누구가, 노령(露領)에서는 누구누구가 우리 독립운동의 지도자라는 풍문이 떠돌았다. 그 인물들에 대하여 한 가지 행적을 아는 것이 있으면 서로 이야기함으로써 우리는 해외지사들에게 의지할 기둥을 찾은 듯이 내심으로 기뻐하고 사모하였다. 그 해 2월이 되자 쑤군쑤군하는 소문이 이상하였다. 동경에서 큰 일이 터졌다는 것이다. 2월 8일에 동경 유학생들이 조선인기독교청년회관에 모여 조선독립을 선언했다는 소식은 우리를 흥분케 하였다.

남강 선생의 심부름을 하고

왜정 하에서는 학생의 단체 결성을 일체 금지하였고 종교적 집회만이 허락되었던 것이다. 그때 나는 연희전문 문과 2년생이었다. 중학 동창이요 연희 동문인 계병호 군과 이경화 군과 함께 같은 하숙에 유숙하고 있었다. 그 하숙은 냉동(冷洞)에 있는 김춘수(金春洙?) 목사의 댁이었다. 이경화 군으로 말하면 33인의 1인인 이명룡 선생의 장남이다.

2월 어느 날인지는 기억이 나지 않는데 이군은 자기 부친이 상경하셨으니 같이 찾아가 인사를 하자고 하였다. 이명룡 선생은 보신각 뒤 신행여관에 묶고 계셨다. 이 여관은 기독교 신자들이 흔히 투숙하는 곳이었다. 그 자리에서 이군의 소개로 나는 처음 남강 이승훈(南岡 李昇薰)선생을 뵙게 되었다. 그 후 우리는 저녁이면 자주 그 여관을 찾아가 두 분에게 인사를 드리곤 하였다. 때로는 남강 선생이 이군에게 심부름을 시키기도 하였다. 주로 편지를 전하는 심부름이었다. 이군은 혼자 가기보다 항상 나와 동행을 원하였다. 그때 심부름을 갔던 곳이 어디어디였는지 지금은 잘 기억이 나지 않는다. 그런데 그때 우리는 한 가지 소식을 얻어 들었다. 상해에 있는 우리 동포들이 파리평화회의에 우리 민족대표를 파송하였다는 것이다. 대표로 가신 이가 김규식(金奎植) 박사였고 은사 선우혁(鮮于爀) 선생이 상해로부터 정주 고향에 몰래 들어와 남강 선생에게 이 소식을 연락하셨다는 것이다. 이에 남강 선생은 평양에서와 서울에서 기독교 각파를 총 규합하여 천도교와 불교의 대표들과 상의하여 3월 1일 독립선언을 계획하고 계시다는 것이었다.

지휘 없는 시위 군중

국제 정세로 보거나 국내의 항일 분위기로 보거나 독립운동의 시기는 도래하였다. 그때 연희전문은 신촌에 새로이 지은 치원관(致遠館)이었고 학생 수는 70명 미만이었다고 생각된다.

2월 28일 오후였다. 모든 학생은 대강당으로 모이라는 급작스런 통문이 있었다. 우리는 심상치 않은 사태를 예감하여 너나 할 것 없이 앞을 다투어 일시에 강당으로 모였다. 장내는 몹시 긴장되었다. 김원벽 군이 등단하여

> 내일(3월 1일) 파고다 공원에서 독립선언이 있을 것이다. 학생들은 모두 내일 오후 2시에 그곳에 집합하시오.

하는 학생 대표단의 결정을 공표하는 것이었다. 그리고 이 일은 극히 중대한 비밀이니 누설하지 말라고 신신당부하는 것이었다.

3월 1일 나와 이경화 군은 가슴 두근거리며 예정시간보다 일찍이

파고다 공원으로 갔다. 일기는 맑고 이른 봄치고는 따뜻하였다. 정각 좀 전에 파고다 공원에 이르러 보니 놀랍게도 전문학교, 중학교 학생들이 많이 모여드는 것이었다. 새까만 교복을 입은 학생들이 수없이 몰려들었다. 어느새 공원 안은 입추의 여지없이 학생으로 꽉 차 있었다. 일은 일어나는구나 생각하니 나는 온몸에 소름이 끼치며 긴장으로 가슴이 조여들었다.

공원을 메운 군중들은 웅성대기 시작했다. 긴장한 마음으로 무엇인가를 기다리는 그들 앞에 아무 일도 일어나지 않고 그럴 만한 사람도 통 나타나지 않으니 초조한 마음은 모두 마찬가지였다. 나도 두리번거리며 학생 대표 김원벽 군을 찾았으나 그도 눈에 띄지 않았다. 내 짐작으로는 군중이 다 모이면 우선 민족대표들이 나와 독립을 선언하고 시위행진을 하든지 다른 중대한 행동이 있을 것으로 생각했는데 도무지 그런 낌새가 없으니 불안하기 짝이 없었다. 이러다가는 모처럼의 거사가 실패가 되지 않을까 하여 어린 마음에도 걱정이 되었다.

나는 이경화 군과 함께 태화관(泰和館)으로 달려갔다. 태화관에 민족대표들이 모여 있다는 풍문을 들었기 때문이었다. 그들은 무엇을 하고 있는 것일까. 그들이 회의를 하고 있는 줄은 알았지만 이처럼 길어지리라고는 예상치 못하였다. 안타까운 마음으로 태화관에 이르러 보니 벌써 형사들이 태화관 입구를 에워싸고 출입을 금하고 있었다. 하는 수 없이 다시 파고다 공원으로 돌아오면서 나는 우리 학생들끼리라도 거사하는 수밖에 없다고 생각하였다.

그런데 우리가 공원 뒷문 안에 들어서니 군중 속에서 누군가가 선언서 낭독을 끝마친 참이었다. 그는 학생복을 입지 않고 있어 짐작에 학생 대표는 아닌 모양이었다. 낭독이 끝나자 누구의 선창으로인지 '대한독립만세' 소리가 군중들 속에서 일어났다. 연달아 '만세' '만세' 외치는 군중들의 소리는 포효로 변하였다. 공원은 일시에 흥분의 도가니로 화했다.

의기충천한 학생들은 누구의 신호도 지도도 없이 노한 파도와 같이 종로거리로 쏟아져 나갔다. 그리고 종로 1가 쪽으로 향하여 시위가 벌어졌다. 선언문 전단이 하늘에서 시위 군중을 향해 쏟아졌다.

지금 돌이켜 생각하면 그날 거사 진행은 상당한 차질이 있었던 것 같다. 사전에 치밀한 계획을 세웠다고 하더라도 그날 정세에 따라 변동되었을 것은 짐작할 수 있다. 태화관에 민족대표들이 모일 적부터 왜경이 냄새를 맡기 쉬운 일이며, 그렇게 되면 외부와 연락이 단절될 것이니 33인 말고도 누구 한 분이, 적어도 학생 대표 몇 명을 파고다 공원에서 대중을 지휘할 것을 미리 계획했어야 옳았을 것이다.

군중들이 웅성대며 갈 바를 못 찾을 때 누군가가 팔각정에 올라가 선언서를 낭독한 것은 사전 계획에는 없었던 즉흥적인 일이었던 것으로 알며, 결국 학생의 시위행진이 도화선이 되어 거족적 시위운동이 일어났던 것이 사실이다.

그때 선언서를 낭독한 사람이 정재용(鄭在鎔) 씨인 것을 나는 후에서야 알았다. 1962년 3월 1일 중앙방송에서 나는 정 옹을 직접 만나 아래와 같은 이야기를 들었다.

칼부림 속의 데모대

그는 본시 해주 사람으로 당시 서울에 올라와 있었으며 종교단체 간의 연락을 맡고 있었는데 원산에 있는 전도사 곽명이 씨가 서울의 일을 보고 내려갈 때 곽 씨에게 선언서 백여 장을 전달할 임무를 맡고 서울역에 달려갔었다. 그때 정 옹은 이것이 매우 중요하고 필요한 것이라 생각하여 한 장을 주머니에 넣어 두었다. 그는 3월 1일 정오(?)에는 파고다 공원에 모이기로 결정된 것을 알았고 그 집회 상황을 보러 그곳에 가 있었다. 이윽고 1시쯤(?)에 정 옹은 예정에 있었던 것은 아니지만 자기가 가지고 있던 선언문을 낭독하였다는 것이다.

그 후 들은 바에 의하면 민족대표 33인이 다 잡혀 들어가면 제2 대표진이 이를 계속하기로 계획이 돼 있었다고 한다. 그들이 왜 그날 파고다 공원에서 횃불을 들지 아니하였는지, 그 이유를 나는 아직까지 확실히 알지 못한다. 나는 그날 파고다공원에서 태극기를 본 일이 기억나지 않는다. 진정한 일꾼은 모두 역사의 망각 속에 숨겨져 버리는 것인가.

시위대는 거리 거리를 달려 나갈수록 수가 늘어났다. 백의의 청년들이 앞을 다투어 대열에 가담했다. 인파는 광화문 네거리까지 꽉 메웠다. 우리 눈에는 왜놈 하나 보이지 않았다. 모두 만세꾼들뿐이다. 우리의 발걸음 앞에는 거칠 것이 없었다. "왜놈 물러가라"는 함성이 지축을 진동했다. 광화문 네거리에 이르러서 대열은 양분되었다. 한 대열은 경복궁으로 향했다. 그 후에 들은 말이지만 그리로 가서 광화문 앞에서 만세를 부를 때에는 순사 한 사람이 순사 모자와 제복을 찢어 던지고 '조선독립만세'를 부르며 시위에 가담하여 대중에게 깊은 인상을 주었다는 것이다.

우리가 끼었던 다른 대열은 정동 외국 영사관으로 가자고 누군가가 외쳤다. 나는 듯이 대한문 앞을 지나 법원 골목을 돌아 미국 영사관 앞에 이르러 '조선독립만세'를 부르며 미 영사를 만나자고 하니 곧 미국인 한 사람이 나왔다. 우리 중에서 누군가가 영어로,

> 코리아는 독립을 선언하였으니 미국 정부에 이 소식을 전달하여 달라.

하고 외쳤다. 미국인은 웃는 얼굴로 그리하겠다고 쾌히 대답했다. 그 때 서울에는 외국 통신원이 상주하지 않았다.

기쁨에 찬 우리 대열은 서대문 네거리를 돌아서 프랑스 영사관에 다다랐다. 영사관의 문은 꽉 닫히었고 아무도 나와 보는 사람이 없었다. 실로 섭섭한 장면이었다. 다음은 왜성대(倭城臺)로 가자는 고함소리가 군중 속에서 들렸다. 대열이 방향을 바꾸니 선두에 섰던 우리는 뒷꼬리가 되었다. 서대문 거리를 지나, 지금의 소공동을 지나, 진고개 입구에 들어섰다. 시위 군중은 갈수록 수가 늘어났다. 짐작컨대 여러 갈래로 갈렸던 데모대가 다 이곳으로 합세한 것 같았다. 진고개 좁은 거리에는 수많은 군중이 꽉 들어차 입추의 여지도 없었다. 좌우편 상점의 왜놈들은 영문을 알지 못하는지 모두 나와 구경을 하고 있었다.

데모 대열이 지금의 세종호텔 근처에 도달했을 때 갑자기 두 명의 기병이 마상에서 검을 휘두르면서 데모대를 향하여 마구 내려치는 것이었다. 그 비좁은 거리에서 데모대는 좌우로 갈라졌다. 많은 사람이 왜놈의 상점으로 밀려들게 되니 유리 창문이 깨어졌다. 이 무자비한 칼부림 바람에 대열은 골목으로 흩어지지 않을 수 없었다. 이때는 오

후 5시쯤이었다. 나는 지금의 퇴계로 쪽으로 빠져 나왔다. 이제는 힘도 지쳐 있었다. 회현동 골목으로 가서 배 한 개와 빵 한 개를 사 가지고 남산으로 올라갔다. 길가에서 왜놈들끼리 하는 말을 들으니 조선놈들이 만세를 외치니 대체 무슨 뜻이냐는 것이었다. 남산 지금의 음악당 근처에 앉아서 빵과 배를 먹고 쉬노라니 어느새 용산 쪽에서 남산으로 왜군대가 개미떼같이 기어오르는 것이 보였다. 나는 한숨을 돌리고 서서히 산을 내려와 다시 정동 골목에 이르렀다. 석양은 벌써 기울어져 땅거미가 지고 있었다. 정동교회 앞에서 나는 백상규 선생을 만났다. 그는 반가워하며 그 옆에 있는 양식당으로 나를 데리고 들어가서 우유 한 잔을 사주시는 것이었다.

> 우리 세대가 잘못하여 나라를 잃어버리고 오늘날 너희들이 고생하는구나.

하고 위로의 말을 하여 주셨다. 그 말씀에 피로가 풀리는 것 같았다.

독립선언문을 등사

3월 2일. 나는 아침 일찍 학교에 등교했다. 그 당시 나는 연희전문학교 2학년이었다. 벌써 상당수의 학생들이 나와 있었다. 우리들은 전날의 정보를 서로 교환하고 앞일을 의논하였다. 의외로 많은 학생이 경찰에 붙잡힌 모양이지만 우리 학교 학생은 누구누구 잡혔는지 확인할 수 없었다. 1일 밤부터 일경과 일본 헌병들은 총에 날창을 꽂아들고 시내 요소요소를 경계하며 시위 용의자들을 마구 잡아들인 모양이었다. 우리는 이제부터 어떻게 운동을 전개할 것인가 의논이 분분하였다. 3월 3일은 인산(因山, 고종황제의 장례일)이요, 따라서 군중이 많이 모일 것이니 이날 다시 만세를 부르자고 주장하는 이도 있었다. 그러나 고종의 장의는 엄숙하게 지내는 게 마땅하여 이날만은 소요를 피해야 한다. 4일에는 지방에서 온 사람들이 서울 구경도 하고 선물도 사가지고 5일에야 귀향할 것이니 5일 아침에 서울역에서 거사하여 독립운동을 지방에도 파급시키도록 하자고 하는 의견이 우세하였다. 그리하여 5일 아침에 서울역 광장에 모이도록 시내 각 학교의 대표들과 연락하도록 하였다.

이렇게 정하고 나서 생각하니 나는 시골 귀향객들에게 독립선언문을 주어 보내어야 되겠다는 생각이 떠올랐다. 그래서 박승렬 군과 계병호 군과 함께 학교의 등사판과 종이를 싸 가지고 북아현동 산길로 냉동의 우리 하숙으로 와서 선언서를 등사하였다. 2일 밤 10시에 정동 예배당 종각 밑에서 중학생 대표들이 모인다는 연락을 받아 나도 그리로 가려던 순간에 문득 고향 생각이 났다. 평북 여러 고을에서 기독교 대표들이 독립선언에 서명하였는데 철산에는 왜 인물이 없는가? 얼른 머리에 떠오르는 것이 유봉영(劉鳳榮) 씨였다. 나는 유봉영 씨에게 등사한 선언서 일부를 급히 봉투에 넣어 가지고 서대문 우편국 옆에 있는 우체통에 넣어 우송하였다. 그 후 유 씨는 이것을 일제의 그 무서운 감시 하에서도 깊이 간직하였다가 해방 후 서대문에 있는 한국연구도서관에 기증하였다. 이것이 기미년 당시 독립운동의 진귀한 유품으로 남아 있는 사실은 나로서는 남모를 기쁨이 아닐 수 없다.

3월 3일 인산의 광경은 실로 엄숙하고도 살벌하였다. 물샐 틈 없게 늘어선 왜경의 무시무시한 경호 하에 고종의 영구가 서서히 지날 때에 연도에 도열한 군중들은 슬피 통곡하였다.

왜경 피하려고 학생복 벗고

3월 4일 우리는 다시 학교에 모였다. 이번에는 다음날인 5일 거사할 것에 대하여 좀 더 치밀한 의논을 하였다. 1일의 경험에 의하면 왜경이 주로 학생들을 체포하니 내일은 우리 학교 학생들은 교복을 입지 말고 한복을 입기로 하였다 모든 학생들이 5일 아침 일찍 남대문과 서울역 사이에 집결하여 대기하고 있다가 두 학생 대표가 남대문 앞에서 태극기를 휘두르는 것을 신호로 하여 시위 행렬을 벌이기로 결정하였다.

3월 5일 아침, 나는 아침을 든든히 먹고 서울역으로 향했다. 남대문을 나서서 보니 어느새 좌우편 보도에는 여러 학교 학생들이 가득 모여 있었다. 더욱이 교복 입은 중학생들이 무수히 모인 것을 보고 나는 가슴이 섬뜩했다. 오전 10시쯤 남대문에서 인력거 두 대가 나란히 나오는 것이 보였다. 나는 직감적으로 그들이 김원벽, 강기덕 두 대표라는 것을 알았다. 그들은 동시에 준비했던 태극기를 인력거 위에서 하늘 높이 치켜들었다. 그 기세가 장관이었다. 망국 후에 보지 못했던 국기가 청천에 높이 솟았을 때 우리는 미칠 지경이었다. 좌우 보도에서 기다리던 모든 학생들이 벌떼같이 차도로 밀려들면서 독립만세를 외치며 시위가 벌어졌다.

두 인력거군은 이미 달아나 버렸고 학생들이 이 두 인력거를 끌고 밀고 화살같이 서울역전 광장에 이르렀다. 거기서 김원벽 군이 짧은 격려의 연설을 하고 독립만세를 외쳤다. 우리들은 준비했던 삐라를 사방에 뿌렸다. 다시 남대문 안으로 시위를 계속하려고 세브란스병원 앞으로 올라오니 이때에는 왜 순사들이 칼로 학생들을 마구 내려쳐서 길 복판에는 유혈이 낭자하였다. 왜경들은 머리를 맞은 이, 팔 맞은 이, 이들을 구호하러 나온 간호원들까지도 마구 체포하는 판이었다. 혼란과 북새통에서도 우리는 남대문을 통과하였다. 김원벽 군이 인력거 위에서 하는 말이 어떻게 해서든지 남대문 안까지만 들어가자고 하였다. 그 차를 밀던 우리는 가까스로 문 안에 들어가는데 성공했다. 전차 길목 로터리를 건너려 할 때였다. 순사 한 떼가 닥치더니 인력거 위의 김원벽 군과 일대 격투가 벌어졌다.

김 군은 태극기를 달았던 대나무로 검을 막아내는 것이었다. 그러나 중과부적으로 김 군이 검에 맞아 거꾸러지니 그놈들은 달려들어 그를 차에서 끌어내려 체포하였다 그 틈에 나는 건너편으로 피신하여 한 고물상으로 들어갔다. 물 한 모금 얻어 마시고 한참 쉰 후 다시 거리로 나섰다. 한복을 입은 덕택에 거리로 나와도 일경의 눈을 피할 수 있었다. 거리에서 학생들이 몇 명만 몰려 있기만 해도 모조리 체포하는 것이었다. 조선은행을 돌아서니 얼굴에 칼 맞은 학생 하나가 피를 흘리며 왜경한테 붙잡혀 가는 것이 보였다. 치가 떨렸다. 대한문 모퉁이에 이르니 또 흰옷을 입은 여학생 4, 5명이 마구 얻어맞으며 일경에게 붙잡혀 가고 있었다.

이날의 왜놈 경찰의 잔인한 소행은 필설로 다 형언할 수 없었다. 맹수요 독사이지 인간은 아니었다. 남녀 학생을 칼로 찌르고 총개머리로 때리고 마구 잡아가는 것은 인간의 정으로는 상상하기조차 어려울 정도로 극악했다. 그때 잡힌 학생들이 받은 악형은 얼마나 참혹하였던가! 왜놈은 잔인무도한 귀축(鬼畜)이었다. 3월 5일 학생데모 이후로는 상점들이 모두 문을 닫고 거리가 살벌한 가운데 어디를 가나 무시무시하였다. 학교는 물론 폐쇄되었다. 학생들은 어디서나 모일 수 없었다.

만주에 피신

그날 밤 하숙에 돌아온 우리는 안심이 되지 않았다. 이제는 많은 주모자들이 체포되었고 연락이 다 끊어졌다.

우리 하숙에는 시골 학생이 여러 명 있었는데 모두 연전 학생들이었다. 일경이 가만 둘 리가 없었다. 그날 밤 2시경 아니나 다를까 왜경이 담을 넘어 들어와 수색하려고 달려들었다. 무슨 냄새를 맡았는지 "삐라를 내놓으라, 등사판을 내놓으라"고 마구 위협하는 것이었다. 그러나 이미 땅속에 묻어 놓았으니 나올 리가 없었다. 낮에는 조선인 형사를 붙여 놓았다. 그들은 아침에 한 번, 저녁에 한 번씩 이리저리 집을 수색하는 것이었다. 자기도 조선사람인데 팔이 안으로 굽히지 밖으로 굽히겠냐고 사뭇 우리를 회유하려 하면서 어떤 단서를 잡으려 애쓰는 것이었다. 이런 가택 수색은 거의 매일 밤 계속되었다. 하숙집 마나님도 우리들에게 잠시 고향에 가서 피했다 오라고 권고하였다.

나날이 친구들은 헤어졌고 정세는 점점 더 위험하였다. 그리하여 13일 나는 고향으로 갔다가 18일에 압록강을 건너 만주로 갔다.

3월 1일의 만세운동은 이후 삼천리 방방곡곡에 퍼져 나갔고 어디서나 학생들이 선봉이요 전위부대였다. 회고하건대 이때부터 한국사회에는 한 잠재 세력으로 '학생층'이 출현한 것이다. 합병 전후에는 의병이 봉기하여 무력으로 직접 항쟁했지만 학생층은 적수공권(赤手空拳)으로 적에 항거하되 무기로는 사상이요 이념이다. 학생을 움직이게 한 것은 공허한 관념이 아니라, 절실한 현실에 근거한 사회적 요구가 신념이 되어 그들의 정열적인 행동으로 나타나는 것이었다. 그때 학생들의 사상은 어떠하였던가. 그들은 민족의 독립을 목표로 삼았고 독립한 후에 왕조를 재건하겠다는 생각은 갖지 않았던 것이다. 학생층에는 벌써 민주주의 사상이 널리 퍼져서 새로운 나라, 자유로운 나라, 만민 평등의 나라를 꿈꾸었다. "사람 위에 사람 없고 사람 아래 사람 없다"고 하는 인류 평등의 대의와 정의의 사상이었다. 이 민주주의 사상을 기반으로 하여 그해 4월에 상해에서 '대한민국'이라는 공화국이 수립되고 임시정부가 조직되었던 것이다. 언제나 학생은 빵만 먹고 사는 것이 아니라 이념을 먹고 사는 존재이다.

정의의 이념이 그들의 가슴을 불태울 때에는 그들 앞에서는 제국주의의 강압도 독재자의 무력도 부서지고야 마는 것이다.

3 · 1운동 이래로 한국의 학생세력의 동향이 사회적 진로에 있어서 선구적 임무를 다하여 왔던 것이다.

*

세부적 진실을 위하여

이상의 진술은 기미년 사건을 선생이 듣고 본 대로 담담하게 기술한 것으로서, 이때의 정황에 관한 한 가장 신빙할 만한 귀중한 자료로 간주된다. 다만, 여기에는 선생이 직접 관여한 몫이 (선생 자신의 글이라는 한계 때문에) 가려져 있다. 3월 1일 파고다공원에서의 만세운동 유도와 같은 달 5일에 있었던 남대문 역두에서의 시위 공작, 그리고 서울과 지방 각처에서의 이후 시위운동의 촉진을 위한 전단 살포 등 당시 학생운동의 주모자 격이면서도 자신의 회고에서 그것을 (의도적으로) 전혀 내세우고 있지 않다는 점을 짚지 않을 수 없다.

선생의 종친인 정영국(鄭永國) 씨의 말대로 "철산 정씨네는 나라와 겨레를 위해 일을 도모할 때 늘 선두에서 우두머리 행세를 하는 성격을 가지고 있지 않다"고 해야 할 것인가? 그 내력이야 어떻든 이는 선생의 겸허한 인격 때문이라고 여길 수밖에 없다. 자신이 한 일을 일생토록 숨기고, 그래서 도대체 이런 식의 회고조차도 꺼려한 선생의 깊은 생각과 높은 품격이 다시금 느껴진다. 그러나 선생의 겸허와 자신을 숨기려 하는 순수한 희생정신, 그것은 사실 선생의 일대기를 엮어가는 데 적잖은 난관이 되고 있다. 후대의 기억을 위해서는 왜곡되거나 가려진 부분의 교정과 규명이 꼭 필요하다. 선생의 진술을 의심해서가 아니라, 더 객관적인 진실에 접근하려는 뜻에서 이제 사건 이면에 숨은 선생의 관련 행적을 추적해 볼 필요가 있을 것이다.

3·1운동이 일어나던 당시 선생은 연전 2학년 말이었는데, 교내에

서는 기독학생회 회장의 위치에 있었다. 이것은 조선기독교청년회의 산하 단체로 만든 것이 아니라, 당국이 교내에 어떤 종류의 학생단체도 허락치를 않고 기독학생회만을 용인했기 때문에 어쩔 수 없이 유일무이한 학생회로 만들었던 것이다. 학생들끼리의 모임이나 연합을 허용치 않아 학회도 없던 그때의 이 모임은 그러니까 오늘의 총학생회에 해당하는 것이었다. 어째서 2학년인 선생이 문과에서 상과로 간 김원벽을 제치고 이 자리에 앉게 되었을까? 여기에는 에피소드가 하나 있다.

그 당시 강화 사람 상과 학생 하나가 장가를 갔는데, 과에서 학생들이 그에게 한 턱 내라고 졸라대서 낸다는 것이 명월관에서 떡 벌어지게 판을 벌렸다는 것이다. 한탕 잘 먹고 신나게 논 것까지는 좋았는데, 거기에 끼지를 않았던 문과 상급생들이 기분이 상했던지 서양 선교사에게 '선교회 학교 학생들이 기생집에 몰려가 놀았다'고 폭로를 했다. 이렇게 해서 결국 거기 갔던 학생들이 1개월 가량 교내활동 금지를 당하고 만 것이다. 문과에는 3학년에 박태원 등 두어 명이 있었지만, 이미 그들 반에 들어가 수업을 받던 선생에게 그 자리가 떨어지게 되었다. 어쨌든 선생은 그 당시 연전 학생대표의 위치에 있었으며, 따라서 학생운동에서 그의 역할은 명백하며 또한 불가피한 것이었다.

필자는 당시 연전 학생들을 이끈 것으로 되어 있는 김원벽의 역할과 선생의 그것과의 관계를 물은 적이 있다. 선생의 대답은 그저 "원벽이가 사실 다하고 난 그 밑에서 보조한 거지" 할 따름이었다.(이 말과 관련해서 선생은 1960년 4·25 교수데모 때에도 그 주역을 했으면서 이후 어떻게 처신하였는지 떠올려 볼 만하다.)

그러나 다음과 같은 사실들이 약간의 참고는 될 것이다. 즉 2월 28일 낮 열두시에 '치원관'에서 김원벽이 다음날 두 시에 파고다 공원에서 독립선언을 할 테니 모두 오라고 하고는 그 자신이 약속시간에 거기 없었던 일, 3월 2일에는 약속도 없었으나 다시 서울 학생대표들이 연희캠퍼스(현재 대학 정문 수위실 뒤뜰 잔디)에 모여 앉아 5일자의 만세 시위운동을 또 모의할 때에도 그가 자리를 같이 하지 않았다는 점, 그래도 그를 연전 대표로, 강기덕을 보전 대표로 선임하고서 그날 남대문에서 서울역까지 학생을 두 줄로 서게 한 다음 대표가 남대문에 다다라 태극기를 쳐들면 그것을 신호로 일제히 만세를 부르고 서울역까지 내려가자고 약속한 것 등—이러한 사실들로 미루어 선생이 사건 이면에서 실질적인 주도를 했다는 믿음을 충분히 갖게 한다.

일제의 「고등경찰요사」의 기록에 의하더라도 기미년 1월 16일경 서울의 전문학교 학생의 대표적 인물들이 대관원에 모여 담론할 때 김원벽만이 "독립은 찬성하나 지금 독립을 한다 하더라도 완전한 국가로서의 체면을 지키기가 어려울 것으로 생각한다"(『연세대학교 백년사』 1, 210쪽 참조)고 했음을 보아 그가 독립선언을 위해서는 시기상조라는 생각을 품고 있었음을 알 수가 있다.

해방 이후 사실 기미년 사건에 관한 기사는 여러 가지로 추정, 윤색되어 쏟아져 나왔다. 연전 1회인 이병주(李秉周) 씨가 『월간조선』 1985년 3월호 "미공개 자료로 본 3 · 1운동" 란에 그의 수기를 발표할 때 거기서도 석연치 않은 대목들이 많이 눈에 띈다. 그 중에서 특히 3월 초하룻날 파고다공원에서 "할 수 없이 학생 정재관 씨가 단상에 올라가 독립선언서를 감격어린 목소리로 읽어내려 갔다…"거나 또는

"시민과 학생들은 태극기를 흔들고 '대한독립만세'를 외치며 거리로 쏟아져 나갔다. 한편으로 독립선언서를 연도에 나온 시민들에게 나누어 주었다" 등의 진술은 선생의 회고에 따르면 전혀 사실과 다름이 입증된다.

독립선언서를 읽고 만세를 선창한 단상의 인물은 학생이 아닌 해주 의창학교 교감이던 정재용 씨였으며, 독립선언서는 이 정 옹만이 한 통 옷 속에 숨겨 두었던 것을 읽었으니 연도의 시민들에게 나누어 줄 선언서가 있을 리 없었다. 또한 태극기는 초하룻날에는 구경도 할 수 없었고 5일 남대문 역두에서의 만세운동에서야 비로소 "망국 이후 처음 보는 태극기"가 휘날렸다고 하니, 학생시위를 주도한 인물이야 여럿 있을 수 있지만, 이렇게 사실과 어긋날 때 우리는 심히 어리둥절할 수밖에 없는 것이 사실이다.

그날 파고다공원을 메운 군중들 앞에서 독립선언서를 낭독하고 "조선독립만세"를 선창함으로써 실제로 3·1 독립만세운동의 횃불을 든 정재용 씨와 선생은 5·16 이듬해인 1962년 3월 1일 서울 중앙방송국에서 극적인 대면의 기회를 가졌다. 텔레비전 방송이 3·1절을 기념하기 위해 앞서 말한 정 옹과 당시 학생대표라고 할 만한 선생을 한자리에 모신 것이다. 그러나 선생은 그 분이 정말 정재용 씨인지 알 수가 없었다. 그런데 후일 김지환(金智煥) 씨(3·1운동 당시 배화여중의 선생으로서 이 소식을 전하러 평양엔가 갔다 왔는데, 이 연락 역할을 하다가 체포되어 일인들에 의해 3·1운동 사건 48인에 포함된 인물)를 만나 그를 확인할 수 있었다고 술회하고 있다.

선생은 3월 1일의 거사가 지도자 없는 순수한 학생들의 시위행진에 의해 발화되었음을 강조한다.

> 이 말 내가 꺼내는데, 그것은 지도자 없는 우리 독립운동이요. 지도자가 없었어요. 글쎄, 그 후에 퍼지는 말로는 독립운동은 김성수 씨의 저 중앙학교 교무실에서 시작되었다고들 합니다만, 거기 내가 반대했소. 그 말도 사실이긴 하외다만 현장에 어느 누구 하나 살신성인할 사람이 없었던 것이요. 남강 선생도 정주서 올라오고 평양서 올라온 이들도 있고 하는 것을 아는데 33인 중 어느 한 사람도 거기 온 이가 없었습니다. 개중엔 경찰이 잡아갈까 겁이 나서 버선발로 뛰쳐나와 서울역에서 기차 타고는 의주로 갔다가 즉시 중국 안동현으로 건너가서 상해로 피한 이도 있었어요. 그래서 그 이는 징역을 살지 않았다고 해서 상해서도 천대받았지….

> 민중을 동원시켜야 일이 될 것 아니요. 그걸 33인들은 하지 못했던 겁니다. 군중사변을 만들어야 일이 될 게 아닙니까? 정재용 씨가 그날 불을 질렀으니까 일이 터진 거지. 그것이 없었다면 아마 좀 싱거운 일이 되지 않았을까 해요.

역사적 사건에는 과감한 행동이 필수적임을 역설하는 말이다. 머리로 아무리 훌륭한 이념과 계획을 짜낸다고 하더라도 거기엔 기폭제가 될 만한 그 무엇이 꼭 필요하다는 말이다. 3월 초하루의 군중 시위가 있었던 다음 날인 2일 연희 교정에 모인 학생대표들과 함께 5일의 만세운동을 대대적으로 재개하기로 결의를 하고 그 지도자와 방법 일체를 계획하여 서울에서의 만세운동이 전국 방방곡곡에 메아리치도록 한 이 역사적인 드라마에서 선생은 큰 역할을 담당했다. 냉정하고도 치밀하게, 그리고 대담무쌍한 의지와 용기로 이 드라마를 설계하고 실천에 옮겼던 것이다. 2일 이후에 벌어진 일들을 회고하는 과정에서 선생은 이렇게 말하고 있다.

> 그 당시 우리는 학교에서 학생들에게 강의할 내용을 미리 등사해서 나누어 주곤 했지요. 등사판을 많이 이용했거든. 그래, 그 학교 등사판을 몰래 가져다가 집에서 독립선언서 · 삐라 등을 인쇄해서 거리에 마구 뿌렸어요. 삐라는 사실상 내 손에서 나간 거야.
>
> 5일날 남대문 앞에 나가니까 약속한 대로 학생들이 좌우 양쪽으로 꽉 찼어요. 김윤경 씨는 키가 커서 어디서든지 보여요. 그도 벌써 와 있더군. 김원벽이 인력거를 타고 남대문을 나오더니 예정한 대로 태극기를 휘두르더군. 함성이 울리고 인력거군은 벌써 달아나고 학생들이 미친 듯이 인력거를 끌고 서울역 앞으로 질주하니, 원벽이 잠깐 동안 '우리가 이제 독립을 선언한다'는 몇 마디 말을 하고, 삐라를 나누어 주었어요. 되돌아오려는데 왜경이 까맣게 몰려들더군. 이 날은 뭐 도무지 용서 없이 내리치더군. 나와 김원벽 등 몇이서 인력거를 몰고 남대문 통하는 안까지만 가려고 애를 썼는데…….

이날 결국 김원벽은 왜경의 칼에 맞아 쓰러져 체포되고, 선생은 피신하여 겨우 냉동 하숙집으로 돌아왔다.

단 한 부의 독립선언서

그런데 앞서 말한 등사판으로 민 독립선언서에 얽힌 이야기 한 토막이 있다. 보성학교 부설인쇄소 보성사에서 찍은 독립선언서 원본을 등사기로 대량 찍어내어 전국에 보내는 임무를 띠고 선생은 연전 치원관에 있던 등사판과 종이 뭉치를 들고 냉동 하숙집으로 돌아왔다. 밤중에 4천 장을 밀었는데, 급우 박승렬이 원지에 글씨를 쓰고 이경화, 계병호 등과 함께 작업을 했다고 한다. 여기서 등사한 독립선언서 사본은 정동교회에 집결하기로 되어 있는 각급학교 학생대표들에게 나눠주고 5일 서울역의 귀향객들에게도 분배할 예정이었다.

선생은 3일 새벽녘에 정동의 학생대표들에게 가는 길에 우편국을 지나던 중 문득 고향 생각이 나서 다시 되돌아와 선언서 한 장을 꺼내 철산의 유봉영에게 보내게 되었다. 사본 여백에다가 그저 "왜 철산엔 사람이 없느냐"고 적어 우송했는데, 이 덕분에 철산에서는 3월 6일 장날에 김영락(金永洛)이 주동이 되어 만세운동이 일어나게 된다.

그런데 이 독립선언서 사본은 수취인인 유봉영 씨가 40년간을 간직하여, 현존하는 유일한 사본으로 문화재적 가치를 지니게 되었다. 원본이 보존되어 있다는 사실이 아직 밝혀지지 않은 지금 이 사본은 3·1운동에 직접 쓰인 자료로서 높은 가치를 지니는 바, 이 사본의 발견 또한 선생 자신에 의해 이루어졌으니 참으로 우연이 아닐 수 없다. 그 내역은 이러하다.

3·1운동 다음해인 1920년 5월 말경, 선생은 만주에서 북경 또는 상해로 가기 위해 봉천에 들렀는데, 그때 그곳에서 유봉영을 만나 그 댁에서 하룻밤을 지내게 되었다. 이때 유봉영은 "누가 그랬는지 몰라도 독립선언서를 보냈다"고 하면서 그 사본에 대한 여러 가지 말을 했는데, 선생은 그 말을 무심히 넘기게 되었고 또 되묻지도 아니했다. 실제로 무심히 넘겼을 수도 있지만, 사실 그와 같은 태도를 지키는 것이 독립 운동하는 이의 기본자세라고 믿었을 수도 있다. 당시에 중요한 일을 하는 이들끼리는 서로의 비밀을 알려고 하지도, 묻지도 않는 것을 예의로 여겼는데, 그것은 서로의 비밀을 알게 되면 뒤에 어떤 위험에 처했을 때 동지에게 화가 미칠 우려가 없지 않았기 때문이다.

유봉영은 그 모진 일제하의 감시 속에서도 이 사본을 고이 간직하다가 한국연구도서관에 맡기게 되었다. 이 도서관 개설 초인 1959년에 연세대 철학과 졸업생 박계홍 씨가 거기에 근무하며 선생을 초청한 적이 있는데, 그곳을 방문한 선생이 뜻밖에도 사본을 거기서 발견한 것이다. 당시 박 씨는 그 도서관의 귀중품 두 가지를 자랑하며 선생께 보여주었는데, 하나는 구한말 고종황제 때 우리나라가 국제적십자연합에 가입하는 역사적 문서로서, 이것은 선생이 가지고 있다가 거기다 기증한 것이었고, 또 하나는 바로 그 사본이었던 것이다.

사본 여백에 쓴 필체와 우송한 봉투의 필체가 선생의 글씨 그것이었고 그 봉투에 찍힌 일부인 두 개가 다 '서대문' '8. 3. 3'으로 되어 있었는데, 서기 1919년은 일본 대정(大正) 8년이므로 그것은 분명 1919년 3월 3일 서울 서대문 우체국을 통해 발송된 것이었다. 뜻밖에 40년 전에 철산 유봉영에게 보냈던 사본을 대하고는 선생은 정말 놀랐

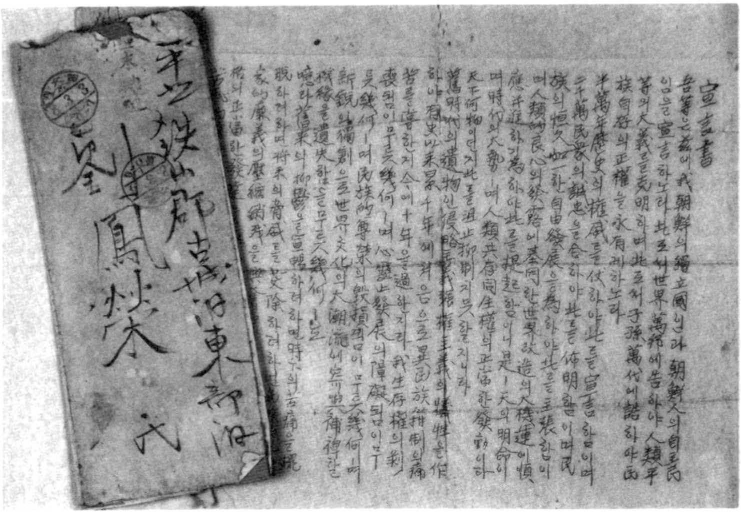

1919년 선생이 고향의 유봉영 씨에게 보낸 독립선언문 사본(봉투와 내용)

다. 3 · 1운동에 참여한 민족대표로 정주 · 선천 · 의주에서는 이승훈 · 이명룡 씨 등이 서울에 왔는데, 선생의 고향인 철산에 대표가 없음을 안타깝게 여기고 띄운 그때의 그 사본을 다시 직접 대하리라고는 꿈에도 생각지 못하였을 것이다.

원래 선생과 유봉영 씨와의 관계는 그리 가까운 사이도 아니었다. 다만 선생이 신성학교에서 출학을 당한 뒤 전문학교 입학시험 관계로 시골서 공부할 때 몇 차례 만나 본 일은 있었다. 또 광복 후에도 서로의 왕래가 있었던 것이 아니었다. 그러나 이 사본의 발송인이 누구인지 밝혀지면서 한국연구원이 유봉영 씨에게 통지하여, 두 사람은 함께 만나서 선생이 유 씨에게 사본을 넘겨주는 광경을 사진으로 남기기까지 하였다. 그것을 유봉영 씨가 가져갔다가 지금은 독립기념관에서 보존하고 있다.

선생이 지니고 있던 원본은 왜경의 감시와 수색에 쫓겨 선생이 고향을 떠날 때 병에 넣어 울타리 안에 묻었다고 한다. 그로부터 20여 년이 지난 1940년 선생이 오랜 외지 생활에서 귀향하였을 때는 예전에 살던 고향집이 팔렸을 뿐더러 1년 6개월간의 금족령으로 움직일 기회까지 없어서, 오래 전 파묻었던 독립선언서 원본은 결국 찾지 못하고 말았다는 것이다.

이렇게 1919년 3월 1일에서 5일에 걸쳐 서울의 지축을 흔들었던 만세운동 사건은 젊은 학생들에 의해 주도되고 전 민족적 항일 독립운동으로 확산되어 나갔다. 불행한 망국민의 순수한 비폭력적 시위운동으로서 인도의 간디와 중국의 5 · 4운동의 선구가 되었다고 하는 것도 큰 의의라 하겠다.

> 언제고 큰일을 저지르는 사람들은 숨어서 일을 할 수밖에 없어. 대개는 젊은이들이 목숨을 걸고 위험한 일을 맡지. 말하자면 '과격분자'가 되는 거야. 역사는 '과격분자'가 끌고 가는 거지. 그런데 광복이 되니까 별난 사람들이 다 자기네가 큰일을 한 것처럼 떠들어대며 나서더군. 본래 큰일을 하는 사람들은 남몰래 조용히 하는 법이야. 그리고 뭐 큰일 했다고 떠들지도 않지.(『뿌리』, 1986년 봄호, 26쪽)

그럼에도 역사가는 이런 조용한 행동가, 큰일 했다고 나서지는 않으나 결정적인 역할을 한 행동가의 발굴에 더 힘을 기울여야 하리라.

3. 망명기의 활동

선생이 3월 5일의 시위 와중에서 몸을 피하여 돌아온 곳은 앞서 말한 대로 서대문 우체국 뒤에 있는 김춘수 목사댁 하숙집이었다. 그 당시 김 목사는 하와이에 선교사로 나가 있었고 집에는 부인만 있었는데, 참으로 점잖은 부인이었다고 한다. 옛날에는 목사 하는 이들의 집안이 꽤 좋은 편이었다는 것도 사실이다. "한옥집으로 꽤 컸어요. 상채와 건넌방, 그리고 대문 안 사랑채가 있었고 마당이 있는 아주 큰집이었죠."

서울 근처에 집이 있는 학생들은 다 고향으로 간다고 할 때인데 선생은 못 가고 있었다. 밤낮으로 종로경찰서 형사들의 닦달과 감시, 수색을 받으니 위급하기가 이루 말할 수 없었다. 목사님 부인도 어지간히 괴로운 일이 아닐 수 없었다. 며칠 후 부인은 "다른 학생들은 다 가고 없는데 고향으로 슬그머니 돌아가는 게 어떠냐?"고 선생께 권유했다고 한다. 하는 수 없이 선생은 "마님 생각이 옳겠습니다" 하고 13일 고향 철산으로 내려갔다. 그러나 거기서도 차차 소문이 돌아 안전하지 못했다. 그래서 일주일도 채 보내지 못하고 닷새 만에 압록강을 건너 만주로 넘어갔다. 3월 18일 강을 건너자마자 바로 나오는 안동현(安東縣)을 통해서였다.

만주의 극비 임무

선생의 긴 망명 생활은 그렇게 시작되었다. 그러나 망명지에 들어서자마자 선생에게는 신경이 곤두서는 위험한 임무가 기다리고 있었다. 이 임무는 선생이 간혹 주변의 가까운 이들에게 단편적으로 들려준 적은 있어도 그 전모를 평생토록 밝히지 않고 가슴 속에 묻어둔 비장의 드라마이다. 선생은 자신의 모험담을 이렇게 꺼내놓았다.

> 내 일평생 이름을 잊지 못할 두 사람이 있는데, 선천 사람 김진제(金鎭濟, 金璟)라고 하는 이가 그 하나요. 그가 나를 전폭적으로 도와줘요. 어떻게 해서 그가 그렇게 된 사람인지는 지금도 난 모르오. 또 한 사람은 길림에 있는 김동평(金東平)이라는 이입니다. 우리나라 독립운동사에도 그 이름이 나와 있죠. 그는 길림에 있으면서 독립운동을 해나갔어요. 헌데, 안동현의 김진제가 길림의 김동평에게 갔다 오라는 거예요.

물론 두 사람은 동지 사이였겠지만 선생으로서는 더 자세한 관계를 알 길이 없었다. 독립운동은 비밀지하운동으로 벌어졌기에 다른 이가 알지 못하게 진행되는 것이 당연했다. 일경에게 잡혔을 경우 그 편이 안전했기 때문이다. 자기 직계만 알고 있을 뿐 그 옆으로 어떤 조직이 있는지도 몰랐다. 그저 위에서 가라고 하면 갈 뿐 명령에 따르는 게 전부였다. 선생은 김진제의 명에 의해 길림에 가게 되었다.

국내에서 3·1운동이 터진 지 얼마 안 된 때라 그곳 공기도 물 끓듯

하고 있었다. 당시 그곳에 가 있던 이들은 고국을 떠난 지가 얼마 안 되는 1세들이었다. 열렬하기가 이루 말할 수 없는 이들이요, 고향에서 쫓겨 온 데 대해 원통해 하는 것은 말할 것도 없었다. 거기서 더 쫓기면 북경이든 그 밖의 딴 곳이든 더 밀려날 판이었다. 모두들 어려운 형편이라 이들 교포는 본국에서 누가 하나 왔다고 하면 혹 돈을 가지고 왔는가, 어떤 이인가 궁금해 하며 이 단체 저 단체에서 서로 초청을 하여 대접을 했다. 선생은 중국음식 대접도 받고 길림공원 안내도 받고 하면서 한 4, 5일을 잘 지냈다. 중국도 제1차 세계대전에서의 승전국이었던 만큼 길림에는 오지리(오스트리아) 사람들을 포함한 양인들이 포로로 잡혀와 있었는데, 중국사람들이 워낙 사람을 잘 섬기는 민족인지라 오히려 중국인들이 그들의 하인처럼 보였다고 한다.

김동평 씨는 어느 여관에 묵고 있었는데, 선생을 보자 "네 임무가 무엇인지 아느냐?"고 묻는 것이었다. 선생이 "모릅니다"라고 하자 김 씨는 육혈포 넉 자루를 꺼내놓고 그것을 가져가라는 것이었다. 중국제 총이었는데 그 자루 뒤에다가 뭔가를 대서 좀 더 멀리 나가게 만든 것으로 총 넉 자루가 든 가방은 꽤나 무거웠다. 그러나 선생은 이미 독립운동 단체에 든 몸이요, 따라서 죽기를 각오하고 나선 몸이었으니 아무리 위험한 일이라도 선생은 이 일을 해내야만 했다. 당시 일본이 놓은 철도는 장춘에서 하얼빈까지 들어갔는데, 장춘에서 길림으로 빠지는 철로는 중국이 곁길로 놓은 것이었다. 길림에서 기차를 타고 장춘 정거장에 내리니 정거장 뜰이 꽤 컸다. 거기에 마차꾼이 있어 그를 불렀다. 마차에 올라앉아 호텔 '열래장'(悅來莊)으로 가자고 그에게 지시를 했다. (중국에는 당시 호텔들이 일정 지역에 모여 있었다고 한다.) 마부가 채찍으로 말을 세차게 내려치니, 말은 단숨에 튀어나갔다. 그런데 1, 2분도 안되어 왼편으로 눈에 '열래장'이라는 이름이 보이는 것이다. 마부는 손님이 지리가 어두운 듯하니 그냥 달려나가 장춘을 몇 바퀴 돌고는 돈을 많이 뜯어내려 했던 모양이다.

선생이 어서 여기 세우라고 하니 벌써 열래장 하인들이 자기네 호텔 손님인 줄 알고 재빨리 나와 주었다. 마차 삯을 계산해 주도록 부탁하고 안으로 들어가려 하니 하인들이 가방을 친절하게 받겠다고들 야단이었다. 그러나 그 가방은 아무에게나 맡겨서는 안 되는 짐이다. 선생이 필요 없다고 사양하고 호텔 안으로 들어서니, 그들은 마치 무슨 눈치라도 챈 표정이었다. 혹시 아편 장사로 알았는지도 모를 일이다. 어느 방을 주라는 명이 떨어지는 것 같았다.

2층에 올라가 큰 방에 들어서니 하인들의 상급자가 하나 와서는 그 방의 구조를 자세히 설명해주었다. 문이 이리로도 나 있고 또 저리로도 나 있어 편하다는 식으로. 불시에 경찰이라도 들이닥치면이리저리 피할 수 있다는 뜻이었다. 안동현에서 처음 떠날 때 김진제 씨가 양복을 아주 말쑥하게 해 입혀서 호텔 측은 선생을 여간 귀하게 대하는 것이 아니었다. 그들이 속아 넘어갔다 치더라도 이런 때 친절과 후대는 매우 긴요한 것이었다.

당시에는 장춘에서 대련까지 내려가는 직행열차가 있었는데, 일인들은 저희가 타는 3등 칸을 따로 두었다. 중국인 또는 쿨리[苦力]들이 타는 칸은 또 달랐다. 왜놈들의 차별 대우가 벌써 실시되고 있었던 것이다. 선생은 하인더러 일본인들 타는 3등 칸 표를 사오라고 시켰다. 하인이 사온 승차권을 받아들고 선생은 기차를 타러 나갔다. 세 시쯤 떠나는 차였다.

객차에 올라보니 일인들만이 타고 앉았는데, 선생도 자리를 잡고 가방을 위에 올려놓았다. 창가에 앉아 빙 둘러보자 온통 일본사람들뿐이었고, 그래서인지 차표 조사를 하러 오는 것도 딱 한 번뿐이었다. 세상사는 정말 사람으로서는 생각도 못할 곳에서 이런 행운을 베푸는 모양이다. 겉으로는 가만히 앉아 있었지만 속으로는 가슴을 두근거리며 '잡히면 죽겠지' 하는 두려움을 떨칠 수가 없었는데도, 선생은 긴장으로 피곤했는지 어쩐 일로 그만 잠이 들고 말았다. 선반에 올려놓은 짐을 그렇게도 걱정하다가 잠이 든 것이다. 그러나 천만다행으로 아무 일도 일어나지 않았다. 잠에서 깨어나니 봉천이었다.

때는 새벽녘이었는데 다시 그 무거운 걸 들고 멀리 갈 수가 없어서 선생은 역 앞에 있는 호텔로 들어갔다. 여기도 2층이었다. 역시 종업원 애들이 짐을 들어다 주겠다고 나섰다. 선생은 "난 힘이 있어 무거운 줄 모른다"고 잡아떼고 짐을 놓지 않았다. 방에 들어가 식사도 하고 잠시 쉬는 시간을 가졌다. 그런데 사람이 아무리 위험스런 일을 한다고 해도 세계는 그와 전혀 다른 질서를 지니고 있는가 보다.

> 밥상이 나오고 하는데 16, 7세쯤 됐는지 꽃다운 애들이 둘이서 곁에 앉아 거들어요. 하나는 반찬을 들어 '이걸 잡수세요. 저걸 잡수세요.' 그때 내 나이가 스물두 살인가 했는데, 참 해괴해서 원….

선생다운 말씀이었다. 왜냐하면 그 이후 유럽 유학시절에는 어땠는지 몰라도, 광복 후 고국에서 선생의 편모를 보면 다시 그런 기회가 있었을 것으로 보이지는 않기 때문이다.

국내에 무기를 반입하다

호텔에 머무르다 보니 곧 안동으로 떠나는 차편이 있어서 선생은 그것을 탔다. 안동현 역에 이르니 선생은 그제야 "한숨이 나오더라"고 했다. 안동현에는 김진제 씨와 그 외 여러 사람이 있었으므로 정말 안심이 되었고 '이젠 성공이다'는 생각마저 들더라는 것이다. 그래서 선생은 '왕보차'[往復車]를 타고 일본인 거리를 지나 중국인 거주 지역에 들어가 호텔방을 얻었다. 그러나 여전히 하인들이 드나들다가 혹시 가져온 짐을 건드릴까봐 걱정은 사라지지 않았다. 잠깐 용변 보러 화장실에나 들를 뿐, 방을 떠날 수가 없었다. 그 놈의 짐을 어디든 맡겨야 자유로워질 텐데…….

그런데 그때에 독립운동을 하는 사람이면 대개 아는 애란인(아일랜드인) 쇼라는 이가 있었다. 선교사는 아니었고, 배를 가지고 상해를 내왕하며 장사를 하는 이였다. 그러니까 우리나라 사람으로 독립운동을 하는 이는 주로 신의주에서 안동현으로 넘어와서는 으레 쇼의 집에서 며칠 묵었다가는 그의 배를 타고 상해 임시정부로 향하고는 했던 것이 다. 당시 그 집에는 선생의 신성학교 선생으로 숭실대학을 다닌 박춘근(朴春根) 씨가 머물러 있었다. 박춘근 씨는 선생의 부친이 어느 여름에 잠깐 사범학교에 가셔서 배우다가 집으로 모셔와 유숙케 하며 마을 노인들에게 수학을 가르치게 했던 분이다. 어려서 선생이 곁에 앉아 보니 아주 쉬운 문제들인데도 영감님들은 어려워 땀을 뻘뻘 흘리던 기억이 난다고 한다.

선생은 박춘근 씨에게 무기를 입수해서 가져왔는데 어디다 둘 수도 없는 노릇이니 쇼네 집에 맡겨도 좋겠는가 의논했다. 그러자 박씨는 황대벽이라는 사람을 호텔로 보낼 테니 무기를 자기에게 보내라고 했다. 황대벽은 선생과 신성학교 동창으로 선생과 마찬가지로 졸업은 못했으나 후일 조선일보 초창기에 많은 일을 했던 사람이다. 황대벽이 예정대로 왔지만, 그것을 건네줄 장소로는 적당치를 않아 원보산(元寶山) 공원에서 따로 만나기로 약속을 했다. 안동현 뒤에는 일인들이 말하는 진강산(鎭江山)이 있었고 그 뒤에 있는 큰 산이 원보산이었다.

선생이 원보산 공원에 가니 남경 비단으로 호사하게 차린 처녀들, 아낙네들이 떼를 지어 놀러 와서는 그네도 뛰고 여기저기서 한껏 놀이를 하고 있었다. 늘 암울하고 서글픈 기분에 사로잡혀 있었던 선생에게 그것은 너무도 황홀한 광경이었다. 선생은 "내 그날을 잊어버리지 않고 있어. 처녀들의 날이라고 하는 중국의 낭랑절(娘娘節)이었거든. 4월 18일" 하면서 그때의 광경을 새삼스럽게 떠올렸다. 그날 황대벽 씨를 만나 무기를 넘겨주고 선생은 다시 김진제와 행동을 같이하게 된다.

그런데 쇼네 집에 숨어 있던 황대벽이 무기를 받아가지고 박춘근 씨에게 돌아가기는 했으나, 그는 그 무기가 어떤 건지 몹시 궁금했던 나머지 옆 산에 올라가서 산속에서 한 번 시험을 해 보았다고 한다. 육혈포가 작아 보여도 산속에서 발포하면 꽤 크게 울리는 법이다. 총소리를 듣고 중국 경찰이 달려와서는 "너 웬 사람이냐?" 하고 잡고서 다그쳤다. 황이 "조선 독립운동가로서 이 무기를 가져와 시험해 보았다"고 하자, 중국인 경찰은 "우리도 지금 왜놈들과 싸우고 있는 중인데, 같은 입장이다. 아, 그대도 조선독립을 위해 일하고 있는가? 그럼 의형제를 맺자"고 하며 오히려 대접을 융숭히 해 돌려보냈다고 한다. 널리 알려진 대로 중국인의 의리를 엿볼 수 있는 실례가 아닐 수 없다.

그러나 그 무기는 잠시 그들에게 맡겨둔 것일 뿐, 원래 길림에서 받아올 때부터 국내로 반입하기 위한 것이었다. 그러니 다시 그들에게서 돌려받아야만 했는데, 그들은 두 자루만 내놓고 두 자루는 주지를 않는 것이었다. 무기를 보고 갑자기 욕심이 났는지 두 사람은 호신용으로 쓰겠다며 각각 한 자루씩 가지고 내놓지 않았다. 막무가내 안 주겠다는 것을 싸울 수도 없어 그냥 뺏긴 선생은 어이가 없었다.

선생은 이 무기를 길림에서 국내로 반입하는 것까지 책임지고 있었으나, 그 무기가 과연 어디에 어떻게 쓰일지는 알고 있지 못했다. 앞서도 말했듯이 독립운동은 모두 비밀리에 수행되고 있었기 때문에 국내에서 일본인 고관을 살해할 것인지 아니면 그밖에 다른 무엇에 쓰일지 도무지 알 길이 없었다. 말하자면 선생은 운반책일 뿐, 길림 쪽 단체의 목적을 알 수가 없는 입장이었다. 어쨌든 선생은 그 책임을 지고 압록강을 다시 넘어 서울을 경유하여 충남 연산의 모처에까지 와서 전달하는 데 성공했다. 일을 마친 선생은 선생의 근거지인 안동현으로 다시 돌아갔다.

선생이 국내에 들여온 그 무기들은 한참 후에 길림의 김동평 씨가 모두 회수해 갔다고 한다. 그리고 이 김동평 씨는 선생이 후일 유럽 유학시절인 1924년 프랑스에서 우연히 한국 신문을 보다가 체포되었다는 사실을 알게 되었다고 한다. 또한 이후에도 해방을 맞은 뒤 봉천에서 여관을 했다는 사람을 만났는데, 김동평이라는 이가 자신의 여관에서 지내다가 잡혀가서는 그 이듬해인가에 대구에서 재판을 받고 처형당했다는 말을 전하더라는 것이다. 황대벽도 역시 해방 전에 귀국하여 좋은 일을 많이 하다가 세상을 떠났다. 선생은 그가 어디서 어떻게 죽었는지는 자세히 모른다. 다만 해방 후 황대벽의 동생이 살아 있어서 만나 본 일이 있다고 한다. 불우한 시대에 불운한 나라에서 태어나서 자신들의 안녕과 행복을 돌보지 않고 민족 독립운동에 모든 것을 바친 이들의 고귀한 행적에 우리는 그저 숙연해질 뿐이다.

북경 가는 차표

안동현에 돌아온 선생은 다음 일을 궁리했다. 이곳의 김진제 씨는 선생을 늘 도와주는 분이지만 뒤로 어디서 돈을 만들어 오는지 알 길이 없었다. 여하튼 돈을 장만해서 여러 가지의 일을 시키고는 했다. 선생은 어떻게 해서든지 상해로 내려가고 싶은 생각이 들었다. 그러나 뭐 가진 게 있어야 움직일 게 아닌가? 난감한 중에 하루는 김정찬(金丁贊)이란 이가 안동현에 왔다. 그도 철산에서 유봉영 등과 만세운동을 일으키고는 만주로 피신해온 듯했는데, 따로 자기가 속한 독립운동 단체가 있었다.

그가 선생에게 한 가지 제안을 했다. 곽산(평안북도)에 있는 자기 동지 가운데 돈 가진 사람이 4천 원을 보내주겠다고 하니, 선생이 그것을 받아오면 4분의 1을 떼어 주겠다는 제안이었다. 안동현에서 압록강을 건너면 의주요, 바로 용천-철산-선천을 거쳐 그 다음이 곽산이니 기차로 한 시간 반 걸릴까 하는 거리에 불과했다. 이 일 역시 발각이 되면 큰일이 나겠지만 무슨 일이든 해야만 돈을 만들 수 있었고, 또 그래야만 상해로 가는 꿈을 이룰 수 있을 것만 같았다. 그래서 선생은 그 일을 하겠다고 나섰다.

그 전의 임무로 서울을 다녀올 때도 일인들이 선생을 어리게 보는 듯하여 자신이 섰다. 선생은 기차로는 선천까지만 왔고, 거기서 내려서 곽산을 걸어 들어갔다. 선천서 곽산까지는 그다지 멀지 않기도 하거니와 어디까지나 안전을 위해서였다. 김정찬 씨의 말대로 목적지에 도착해 이름 모를 그의 동지로부터 100원짜리로 4천원을 받아들고는 걸어서 귀로에 올랐다. 큰길보다는 샛길로 해서 안동현에 무사히 돌아온 것이다. 그러나 김정찬 씨가 사는 곳은 봉천이어서 다시 그곳을 가야 했다. 정찬 씨를 만나고 보니 그는 유봉영과 함께 일본집 같은 곳을 세내어 지내고 있었다. 정찬 씨 내외와 유봉영 씨 내외 두 가족이 살고 있었던 것이다.

거기서 유봉영 씨로부터 선생 자신이 보낸 독립선언서 사본 이야기를 들은 것은 앞서 말한 바와 같다. 그러나 선생은 유봉영에게 지금 무슨 일을 하고 있다는 말을 할 필요도 없었고 또 알릴 만한 것도 없어서 그저 약속대로 천 원을 받아서 돌아섰다. 이 돈은 당시 가치로 꽤 큰 돈이었고, 선생에게는 아주 요긴한 것이기도 했다.

그런데 이 김정찬 씨로 말하면, 선생이 중학을 마치지 못하고 철산 집에 돌아가 있을 때 사위를 구하러 선생 댁에 들른 일이 있었다고 한다. 그러나 그가 와 본즉 기와집에 살기는 하되 부자 같지는 않으니까 사위 삼으려던 생각을 단념했다는 것이다. 다만 이젠 독립운동이라는 같은 노선을 걷고 있었으니 필요할 때 선생에게 요청을 한 것인데, 선생도 또 그렇게 해서 그의 덕을 보게 된 셈이다. 어쨌든 선생은 그와의 이런 관계로 다행히 가슴에 품고 있던 꿈을 실현시킬 수가 있게 된 것이니, "세상에선 정말 어느 구름장에서 비가 올는지 모르는 일"이라는 게 바로 이런 것을 두고 하는 말일 것이다.

김정찬과 유봉영 두 사람의 집에서 그날 밤을 묵고서 다음날 아침 선생은 그곳에서 이십 리 남짓한 곳에 위치한 봉천역까지 마차로 가서 북경행 차표를 끊었다. 그리고는 기차에 턱 올라앉으니 "이젠 해방이다"라는 소리가 저절로 입에서 터져 나왔다. 누가 시켜서라기보다는 당연히 해야 한다는 자각으로 위험한 일에 뛰어들기는 했으나 그것이 얼마나 심신을 고되게 하고 구속했는가는 그 순간의 선생 심정으로는 너무나 잘 알 것 같았다. 아마도 그때의 기쁨은 선생으로서는 결코 잊을 수 없는 일이리라. 왜놈들에게 쫓기고 숨어 다니던 긴박감으로부터의 해방, 장래를 혼자서 마음대로 설계할 수 있는 여유가 모처럼 선생에게 찾아온 것이다. 이것이 1920년 5월 31일의 일이었다.

서양 유학을 결심하다

그러니까 선생이 북경에 도착한 건 5·4운동이 일어난 직후가 된다. 제1차 세계대전에서 연합국의 일원이었던 일본은 승전국으로서의 이점과 미·영 양국과의 긴밀한 유대를 이용하여 뤼순·다롄항의 조차 기간 연장, 산동반도에서의 독일 이권의 계승 등 갖가지 이권 획득을 위한 21개조의 요구를 중국에 대해서 해왔고 또 이를 받아들이지 않을 수 없게 했다. 중국은 파리강화회의에서 일본의 이 같은 부당한 주장을 취소하라고 요구하였지만 무시되었고, 그러자 북경대학생들을 주축으로 하여 전 민족적으로 배일사상이 확산되어 나가고 있던 때였다. 때가 이러한지라 거기 미리 와 있던 계병호와 연희전문 상과 출신의 문승찬(文承贊, 연경대학에서 일어를 가르치고 있었던 이로 기억할 만한 인물이라고 함)이 선생에게 조심을 시키는 것이었다. 양복은 입었는데 중국말을 못하니 배일사상이 쫙 퍼진 살벌한 북경 거리에 함부로 나다니지 말라는 말이었다.

선생은 이제 어려운 짐을 벗고 대국에 왔으니 공부를 다시금 시작했으면 하는 생각이 간절했다. 그래서 처음에는 역시 선교사들이 세운 기독교 계통의 연경대학에 갈까 하는 생각으로 선천 신성학교 한 해 위 선배인 장자인에게 연락을 취해 보았다. 그러나 통할 수가 없었다. 장자인은 그때 단재 신채호 선생을 따르는 애국심이 매우 강한 사람이었는데, 계보가 달라서인지 문승찬·계병호와는 서로 왕래가 없는 것 같았다. (장자인은 일찍이 백낙준 씨와 함께 중국의 대학을 다닐 양으로 들어와 중국어를 약간 배운 다음 북경대학에 입학, 최초의 북경대학 영문과 졸업생이 된다. 그는 해방 후 선생과 함께 '을유회'(乙酉會)를 만든 4인 중의 하나이다.)

장자인에게 연락이 닿지 않자 선생은 가만히 생각하다가 결국 서양 선진문화를 직접 배우려면 상해에 가는 편이 낫겠다는 결론에 도달했다. 그래서 북경 체재 열흘 만인 6월 10일 곧바로 상해로 떠났다.

상해에 가면 누구를 만날 수 있다든가 하는 뚜렷한 목적이나 예정이 있었던 것은 물론 아니었다. 정처 없는 길이지만 짐작컨대 신성학교 졸업생들이 거기 와 있을 것 같았고, 또 이전에 창성 대유동에서 만났던 임득산(林得山)이란 이가 엔지니어로서 늘 기계를 만지며 상해 이야기를 하던 일이 생각나기도 했다. 그래서 상해로 가면 우리나라 사람 누구든 만날 수 있겠거니 하는 막연한 기대만을 안고 떠난 것이다.

또 우리 임시정부도 4월에 세워졌으니 뭐든 가보면 일이 풀리지 않을까 하는 생각이 앞섰다. 그런데 막상 상해에 도착하니 아닌 게 아니라 고향사람 임득산이 이미 와 있는 것이 아닌가.

> 그는 벌써 안도산을 거기서 만나 흥사단에 가입하고 그 밑에 있더군요. 그리고 날더러 흥사단에 가입하라면서, 도산을 만나러 가자는 거예요. 그래서 함께 갔더니 역시 도산 밑에 들어와 일하는 춘원이 거기 있었어요. 동경에서 2·8선언을 한 후 그리로 왔던 거죠. 이 두 사람이 같은 집에 유하고 있더구만요. 갔던 때가 이른 아침이었는데, 두 분이 심호흡하는 운동을 하고 있었어요. 그런데 도산이 내게 흥사단에 들라고 권유를 하면서, "단에 가입하면 단에서 부를 때에 언제나 오겠느냐"고 해요. "난 못하겠다"고 했어요. 나도 한 사람의 개인으로 내 뜻이 있는데 오라 하면 그저 오고…, 그렇게는 못하겠다고 그랬죠. 그러니까 돌아가 다시 생각해 보라고 하더구만요. 그리고 얼마 후에 임득산을 시켜 나를 설득해 보려 하더군요. "단에서 네 유학에 방해되는 일을 하겠느냐"고요. 그래 이 두 번째 권고가 있을 때 가입을 했습니다. 아마 1920년 6월경일 겝니

다. 물론 그때는 예비단이죠. 흥사단에서는 예비단 6개월 후에야 본단으로 올라가요. 아마 내가 꽤 빠른 번호를 가졌을 거요.

선생은 여기서 민족의 지도자 도산의 권유로 흥사단에 들게 됐으며, 가입 순번도 233번으로 매우 이른 것이었다. 도산은 젊은이들에게 민족을 염두에 두더라도 장래를 위해 늘 자아의 성장을 역설하며 공부해야 한다는 것을 강조하곤 했다. 정의감을 갖는 것은 옳으나 먼저 인격을 기르고 키워야 큰일을 한다는 충고는 참으로 혈기 있는 젊은이에겐 값진 충고임에 틀림없었다. 선생에게도 도산의 이 말은 정말 고마운 말이었다. 그러지 않아도 늘 중단된 학업을 어쨌든 계속해야겠다는 마음이었기 때문이다. 선생은 이 일을 춘원에게 상의해 보고자 했다. 춘원은 당시 와세다 대학 철학부 졸업을 겨우 석 달 남겨놓고 독립선언 사건 때문에 상해에 와 있었으므로 역시 공부가 중단된 터였다. 그래도 당시에는 그가 아주 높이 보였으므로 선생은 그에게서 뭐든 조언을 얻고자 했던 것이다. 춘원에게 상의하니, 그는 자기도 학문을 다시 할 생각이 있어 조사를 해 보았는데 어디서 세웠는지는 모르나 성 요한 대학(Saint John University)이란 곳이 있다고 했다. 중국 학자들이 미국 유학을 마치고 돌아와 거기 교수로 많이 있으며 특히 사회학에 이름 있는 이가 있다는 것이었다. 9월경인 그 무렵 주요한은 이미 침례교 계통의 대학에 입을 했다는 소문이 있었다. 물론 선생은 이때 어디 가서 무엇을 공부하면 좋을지 전혀 감이 잡히지 않았다. 백지 상태인 선생에게 춘원이 준 정보들은 소중한 것이었으나 선생은 혼자서 다시 곰곰이 생각해 보았다. 저만한 인물도 다시 공부를 해야겠다는 데는 감명과 자극을 받지 않을 수가 없었다.

그러나 선생은 상해에 오래 눌러앉아 있을 여건도 못되었다. 우물쭈물하다가는 가진 돈도 다 떨어지고 말 것이다. 돈을 아껴 유용하게 쓰는 일이 무엇보다 중요했다. 그때 선생은 신성학교 졸업한 선배로 임시정부 교통부에 서기로 있는 이에게 얹혀 자취를 하고 있는 중이었다. 중국사람이 밥을 지어 주는데 거기다가 돈을 좀 주어서 끼니를 해결하고 있었던 것이다.

이런 구차한 망명생활 중에 문득 선생의 머리에는 공부를 하자면 '여기서 뭐 대학 다닐 것이 아니라 아예 서양에 가는 게 옳지 않겠는가' 하는 생각이 떠오른 것이다. "여기까지 와서 서양인에게 배워온 중국사람 교수의 지도를 다시 받을 게 뭐냐. 밖에 나온 바에야 아예 본고장 서양에 가서 공부하자." 상해에 온 지도 벌써 반년이 되가는 때였다. 선생은 아예 서양행을 결심한 것이다.

그 당시, 중국도 연합국의 일원으로 세계대전에서 승리한 입장이긴 했으나 유럽에 군대를 파병했던 것은 아니고 노동자를 보냈을 뿐이었다. 그러나 이것만으로도 평화회의 후 중국의 명망 있는 학자 리스청(李石曾)의 주선으로 중국 학생이 프랑스에 건너가 노동하면서 공부할 수 있는 길이 터 있었다. 그가 만든 것이 '유법검학회'(留法儉學會)라는 것인데 여기 추천으로 프랑스에 가면 대학에 다닐 수가 있다는 것이었다.(당시 국민당 지도자 왕자오밍王兆銘이 중심이 되어 유법검학회가 조직되었고, 그 운영 역시 국민당 요인인 장지張繼 씨가 도맡고 있었다는 설도 있음. 허정, "나의 이력서", 「한국일보」, 1972. 10. 8 참조)

그런데 '검학회'에 들어가도록 주선하는 일은 강서성(江西省) 교육부에 있는 이가 맡고 있었는데, 우리 임시정부에서는 이 사람에게 연락을 해서 우리 학생도 그 속에 좀 끼워달라고 부탁을 했던 것이다. 우리 측에서는 김홍서라고 "개인적으로는 존경이 안가는 점도 많으나, 여하간 우리 정부를 대표해서 우리나라 학생들을 모아 중국 측에 추천하는 임무를 띤 사람"이 있었다. 선생은, 영어로 우리 국민이니 잘 보호해 달라는 내용이 적힌 임시정부 발행의 여행권—중국에서는 '호조'(護照)라 부름—을 받고, 다시 강서성 교육부에서 내준 호조를 가지고서 대망의 서양 유학길에 오르게 되었다.

선생이 탄 배에는 200명 가량의 젊은이들이 있었는데 그 가운데 우리 유학생이 스물한 명이나 되었다고 한다. 중국 청년들에게 프랑스 유학을 주선한 이 제도는 몇 해 실시되다가 끊기기는 했으나 선생보다 한 배 가량 앞서 저우언라이(周恩來)가 떠난 것도 이 절차와 제도에 따른 것이었다. 사실은 같은 배이거나, 아니면 한 배 뒤일는지도 모른다. 왜냐하면 유법검학회 제1차 유학생들이 상해에서 떠난 것이 1919년 11월이었으니까 1년 뒤에 떠나는 선생은 2회가 될 것이기 때문이다. (저우언라이 역시 이 절차와 제도에 따라 선생과 같은 배를 타고 프랑스로 갔음이 신빙할 만한 자료에 의해 후일 밝혀졌다. 리핑, 『저우언라이 평전』)

> 배에는 중국 여학생도 하나 있었으며 우리의 함경도 출신이 여덟 명이나 되었지. 모두 중국 여권을 지닌 만큼 끝까지 중국사람 행세를 하게 되는 것이야. 배는 본시 중국 쿨리들을 실어가기 위한 것으로서 일본 요코하마까지 갔다가 다시 프랑스로 돌아가는 프랑

스 선박 두메르 호였어.('두메르'는 후일 프랑스 대통령이 된 정치인의 이름을 딴 것으로 『저우언라이 평전』에는 배 이름이 없고 『덩샤오핑 평전』에만 '포르토스'로 기록되어 있으나, 제삼자인 『덩샤오핑 평전』 저자의 기록보다 당사자였던 선생이 더 정확한 것으로 판단된다.) 우리 유학생 중에서 좀 똑똑하다고 할 만한 이로는 함경도사람 이정섭이 있었지. 이는 YMCA 영어과를 나온 만큼 우리 유학생 가운데에서는 영어를 제일 잘했기 때문에 그를 대표로 삼아 중국 학생들과 연락이 닿도록 했던 거예요. 다 지난 옛일입니다만 그는 나를 꽤 좋아했었지. 최린(崔麟) 계통의 사람으로 해방되기 전에 이미 다 변절했어. 춘원도 변절하고……. 그러나 그 때엔 모두 독립운동에 힘썼던 이들이었지…….

배는 인도양을 통과하여 마르세유에 닿았고 그날 저녁으로 기차에 올라 파리로 향했다. 상해에서 1920년 11월 7일에 떠나 그해 12월 14일 유럽의 심장부인 파리에 닿은 것은 아침이었다.

4장

유럽 유학과 연구 시절

1. 프랑스의 고학생

파리에 도착한 후에도 우리 유학생 21명은 중국인들과 단체행동을 하고 있었다. 중국인들이 여비를 거두어 자기들 것과 함께 배표 등을 사고 같이 움직였으니 그야말로 큰 행렬이었다. 그러나 파리에 닿은 이상 이제는 각자 개인 의사대로 움직일 수가 있게 되었다. 이제 모두들 헤어질 때가 된 것이다. 그들이 처음 상해에 왔던 것은 대부분 독립운동을 하겠다는 것이 이유였으나, 당시 상해에 있던 어른들이 젊은이들은 우선 공부가 급선무라고 역설하기도 하였고 또한 자신들도 서양에서 공부하고 싶은 꿈이 있었기에 결국 여기까지 오게 된 것이다.

그러나 이제 파리에서는 더 이상 함께 움직일 필요가 없었으므로 각자 행동으로 들어갈 수밖에 없었다. 21명의 일행 가운데서 다소나마 돈이 있는 이들과 함흥에서 온 이들, 해주에서 온 이들은 전후 생활비가 다소 덜 들어가는 독일을 목적지로 하여 일찌감치 떠나갔다. 그런 이가 한 7, 8명 가량 되었다. 이정섭과 선생은 독일로 가는 이들을 전송하고 여관으로 돌아왔지만, 어떻게 해야 좋을지를 몰랐다. 몇 푼 남지 않은 돈 사정도 그렇거니와 도대체 모든 게 망연할 뿐이었다. 선생은 이정섭과 이야기를 주고받다가 어쨌든 여기까지 왔으니 이곳 말을 배워야 하지 않겠느냐는 생각이 떠올랐다. 그래서 둘은 당시 파리에 있던 우리 외교위원부를 찾아가기로 했다.

전 해에 파리강화회의가 열릴 때 그곳에 와 있던 김규식 박사는 다시 워싱턴으로 돌아가고 없었다. 대신에 파리에는 임시정부 산하의 소위 외교위원부가 설치되어 있었다. 이승만 박사가 워싱턴에서 외교부를 맡아 본 것과 같은 성격의 기관이었다.

김규식 박사가 떠난 후, 이 외교위원부에는 당시 황기환(黃玘煥)이라는 사람이 일을 맡아 보고 있었다. 황 씨는 본시 수원 태생으로 일찍이 미주에 건너가 제1차 세계대전 때에는 미군 장교로 참전까지 했던 이다. 영어도 잘 하겠다, 외교부 일에 관심도 있겠다, 이런 이유로 해서 김규식 씨 후임으로 앉아 일을 보는 중이었다. 그는 매우 활동적인 사람이어서, 당시 항간에는 그가 영국 수상 로이드 조지와 점심을 같이했다는 소문이 있었을 정도였다. 그는 거기서 일 년에 한두 번 「코리아」라는 잡지를 냈는데, 나중에는 프랑스 태생의 중국인 사동발(謝東發)이라는 이가 몇 해를 도와 불어판 간행을 하기도 했다. 파리에서 '한국친우회'(韓國親友會, Association des Amies Coreens)를 조직한 것도 그였다.

이 위원부의 황기환 씨를 찾아가 두 사람은 요청을 하였다. "우리는 프랑스에 머무를 생각인데, 그러려면 먼저 프랑스어를 배워야 하니 학교를 좀 소개해줄 수 없겠는가?" 그러자 그는 선뜻 그리하자 하고 학교를 물색해서 알려주겠다고 약속했다. 둘은 돌아와 위원부의 연락이 오기만을 기다렸다. 그런데 하루가 가고 또 가도 아무 소식이 없다. 5, 6일이 지났는데도 마찬가지였다. 더 참을 수가 없어 두 사람은 다시 위원부에 가서 황기환 씨를 만났다. 황 씨는 연락을 해 놓았으니 조금만 더 기다려보라고 했다. "무슨 연락이고 있을 테니 돌아가 기다리시오."

그러나 혈기왕성한 두 젊은이는 조급한 나머지 "관료들이란 다 저렇다니까. 우리나라가 독립을 해도 아마 저들은 늘 저럴 거야" 분통을 이렇게 터뜨리고는, 더 기다릴 것 없이 직접 두 사람이 찾아가 보기로 작정했다. 황기환 씨에게 어디에 연락해 놓았느냐고 따져 물을 때 얼핏 듣기에 '보베'라는 말을 들었던 것 기억이 났다. 그들은 보베를 찾아가기로 했다.

그러나 직접 움직이자니 쉬운 일이 아니다. 무엇보다도 말을 모르지 않는가? 여관방에 돌아와 주인더러 보베를 가겠다는 뜻으로 "보베, 보베"라는 말을 연발하니 그가 뭔가 알아들은 모양이었다. 자는 시늉을 하는 것으로 보아, 자고 나서 내일 기차로 가면 된다는 뜻인 것 같았다. 아닌 게 아니라 자고 나니 여관 주인이 올라와 어서 떠나라고 재촉이다. 여관비를 계산해 주니 그는 택시운전수더러 뭐라고 이르고 있다. 아마 보베를 가는 사람들이니 파리 북역(Gare du Nord)에 데려다 주고 보베행 표를 사 주라는 뜻 같았다. 어쨌든 이렇게 해서 그들은 북역에 도착, 기차를 타고 보베로 가게 되었다. 그 날이 12월 23일이었다.

아직도 문제가 따랐다. 파리 외교위원부에 회답이 와서 그 연락을 받고 왔다면 편했을 것이나 제 발로 급해서 찾아온 길이라 매사가 어렵게 꼬이기만 했다. 보베에 오긴 했어도 학교를 찾아야 할 게 아닌가? 사실 보베는 조그마한 도회였다. 마침 역전에 2층집 호텔이 하나 있어 두 사람은 거기에 들고 점심을 먹은 다음 학교를 찾을 양으로 무턱대고 시내로 나갔다. 그러나 학교 같은 것은 보이지 않았다. 우리나라의 경우에 학교는 동리의 다른 집들과 뚜렷이 구획이 되어 있거나 외관이 뚜렷하게 달라서 누구나 찾기 쉬웠지만, 그곳은 달랐다. 서양 학교들은 주택들이나 상점들과 그대로 연해 있어 찾기가 곤란한 경우가 많다. 보베라는 곳은 작은 시골이었으니 학교가 더욱 드러나 보이지 않았던 것이다.

하는 수 없이 길가에 서 있으려니 가톨릭 신부 비슷해 보이는 젊은이 하나가 눈에 띄었다. 말을 건네니 놀랍게도 그는 영어를 알아듣고 또 말도 하는 것이다. 말이 통한다는 게 어찌나 반가운지 두 사람은 그를 붙들고 함께 여관에 가자고 하였고, 그는 그대로 응해 주었다. 매우 친절한 사람이었다. 두 사람은 그에게 "유학을 왔는데 우선 여기서 말을 배워야겠으니 어디 적당한 학교를 소개해 달라"고 청하였다. 그러자 그는 내일 아침 자기가 와서 자기 학교로 데려가마 하는 것이었다. 프랑스에서는 국립학교를 '리세'(Lycee)라고 하고, 그렇지 않은 사립중학교들은 '콜레주'(College)라고 부른다. 그는 약속대로 다음날 오더니 자기네 콜레주에 데려가 교장에게 소개를 시켜주었다.

그날은 크리스마스 전날이거나 또는 크리스마스 날이었다고 기억이 돼요. 뭔가 먹을 것을 내놓았는데 초콜릿이었어요. 생전 처음 보고 먹는 거였죠. 뭔지 전혀 모르면서 그저 먹은 건데, 지금의 초콜릿이라는 겁니다. 학교 교장은 우리 이야기를 다 듣고 나더니 여기는 교회학교이니까 너희들은 파리로 다시 돌아가 동양선교부로부터 너희들을 학교에 받아도 좋다는 추천서를 가지고 내려오라는 것이에요. 교회기관이니까 그냥 받을 수는 없고 선교부의 입학명령서가 있어야 받을 수 있다는 거지요. 우리는 여관에 돌아와 또 생각을 해 보기로 했죠. 그런데 이정섭은 기독교라면 아주 싫어하는 친구였어요. 서울의 YMCA에서 영어를 배우기는 했어도 기독교에 대한 혐오가 아주 짙은 이여서 '이것 보라고, 가톨릭은 더 까다롭기만 해. 이럴 필요가 없지. 보베에 학교는 또 있을 테니까 보베 주변을 한번 돌아보지.' 이렇게 해서 도회 주변을 돌아보는데 정말 공터까지 있는 큰 건물이 나타나더란 말입니다. 학교 운동장이라는 게 프랑스에는 도무지 없는 편이지 않소? 학교 규모로 봐서 틀림없이 '리세'일 것 같아요. 철책을 친 학교 앞으로 다가가서는 벨을 누르니 학교 문지기(Concierge)가 문을 열고 나와요. 들어가서 그에게 온 이유를 설명했어요. 역시 문지기와 말이 통할 리가 없었죠. 그때 서너 시쯤 되었던 것 같은데 그는 시계를 내놓더니 문자판의 10자를 가리키며 자는 시늉을 해 보이는 거예요. 아무래도 자고 내일 오라는 뜻이겠다. 그래서 둘이는 여관에 돌아와 자고 이튿날 아침 열 시에 가 보았죠. 그랬더니 이 문지기는 자기 말을 알아들었다고 그렇게 기뻐할 수가 없어요. 그리고는 교장실로 인도해 주는 거예요.

교장은 영어가 능숙했어요. 영어로 '유학을 왔는데 받아달라'고 하니, 어린애 같은 우리를 기특히 생각해서인지 '참 잘 왔다'고 하더군요. '내가 너희들의 위원부로부터 편지를 받아놓고 너희들을 입학시키겠다는 회답을 해야겠다고 하면서도 너무 바빠서 아직껏 회신을 보내지 못했는데 이렇게 직접 왔으니 잘된 일이다'고 하면서, 일이 제대로 돌아간 걸 오히려 다행으로 여기고 있더란 말입니다. 이런 걸 보면 우리 위원부에서도 할 일을 다 해놓은 것인데 공연히 너무 조급히 서둘렀다는 생각이 들더군요.

선생은 또 말을 잇는다.

조금 있더니 나이가 좀 많아 보이고 수염이 난 무섭게 생긴 영감이 하나 들어서요. 교감인지 뭔지 하는 이인데, 아주 자비로워 보이는 교장에 비하면 이 영감은 정말 얼굴이 아주 험상궂게 생겼어요. 교장은 그이에게 이 두 사람을 학교에서 받겠으니까 유숙할 곳을 정해주라고 지시하더군요. 그래, 그이가 여관에 있는 짐을 다 가져오라고 해서 시키는 대로 짐을 가져와 자리를 잡고 기숙사 생활을 하게 됐지요.

선생의 어학 공부는 이렇게 시작되었다. 기초가 없는 이들에게 학교 측은 이미 학습계획을 다 짜 놓고 기다리고 있었다. 하루 프랑스어 두 시간에 영어 한 시간. 그런데 무슨 기연인지 또 여기서도 영어 가르치는 선생은 프랑스에서 대학을 나온 이가 아니라 미국의 칼리지를 다닌 이로서 미국 대학생활 시절에 한국인 학생과 함께 공부한 일이 있다고 하는 것이었다. 그때 만난 한국인 학생을 통해 이미 '한국'(Korea)에 대해 더러 아는 바가 있다고 했다. 그러니 처음 만난 사람임에도 전혀 서먹서먹하지 않게 잘 적응할 수가 있었다.

몇 달 후에는 후일 내무부 장관, 동국대 총장을 역임하게 되는 백성욱(白性郁)이 찾아와 그도 이곳에서 함께 어학 공부를 하게 되었다. 백성욱은 1905년 을사조약 때 조약 체결에 반대하다가 뜻을 이루지 못하고 비분, 자결한 충정공 민영환의 어머니가 아비 잃은 두 손자 범식(範植)과 장식(章植)을 그에게 맡겨 돈을 주어 프랑스에 동행시켰던 것이다. 선생은 백성욱과 보베에서 처음 만난 이래 친구가 되었다.

그로부터 반년 가량이 지났다. 선생은 6개월을 그렇게 공부하다 보니 학비가 다 떨어져 이제 남은 것이 없었다. 파리로 올라와 노동하는 수밖에 없었다. 그리하여 선생은 그 이듬해인 1921년 6월, 보베를 떠나 파리로 가게 되었다. 이정섭도 친구 따라 파리로 옮겨 공부를 하기로 했다. 빈털터리인 선생은 다른 한인 학생들과는 달리 혼자서 생활을 개척하지 않으면 안 되는 몸이었다. 그러나 체구가 자그마한 선생은 양인들의 눈에 그저 열서너 살 정도로밖에 보이지 않아 노동일을 구하기도 쉽지 않았다. 처음에는 어디에 가서 일을 찾아야 하는지도 알 수 없었다. 겨우 노동 희망자 일자리 소개하는 곳을 알아서 찾아가 부탁을 해 보았다.

이 소개소 도움으로 선생은 어느 약국에서 일할 수가 있게 되었다. 종이에 1, 2, 3, … 하고 일련번호를 찍어 가는 일인데 단조로운 일이지만 일의 양은 굉장히 많아 선생은 두어 주일가량을 시달려야 했다. 고된 일을 하면서 한편으로는 집에다가 돈 좀 보내 주었으면 하고 편지를 자꾸 해댔다. 살림이 어려운 줄을 뻔히 알면서도 어쩔 수가 없었기 때문이다. 자식의 사정이 오죽 딱하면 이러겠나 싶은 아버님이 고향에서 돈을 구해 1922년 한 300원쯤 되는 액수를 우송해 주었다. 선생은 이 돈이 다른 돈과 달리 참으로 어렵게 구한 값진 돈임을 너무도 잘 알고 있었다. 이걸 쓰자면 며칠 못가 동이 날 것 같았다.

유럽에 오자마자 독일로 먼저 넘어간 이들의 소식으로도 독일은 생활비가 좀 헐하다고 들은지라 이 돈을 좀 연장해 써볼까 하는 심산으로 선생은 독일로 가기로 결정했다. 프랑스에서 어학 공부는 좀 한다 했지만, 한 2년간 경제적인 빈곤으로 이렇게 고생이 말이 아닌 선생이 독일에 간들 편할 리야 없겠지만 어쨌든 뭔가 좀 변화를 추구하지 않을 수가 없었던 것이다.

2. 독일에서 길을 찾다

독일로 넘어간 유학생들 중에 몇몇이 뷔르츠부르크로 가서 생활한다는 소리가 들렸다. 선생은 그곳으로 떠났다. 1922년 봄, 뷔르츠부르크에 도착한 선생은 먼저 독일어를 배우기 위해 선생을 구했다. 다행히 그곳 김나지움의 한 교수가 선생을 맡아주겠다고 나섰다. 그런데 이 김나지움 교수는 선생에게 어학만 가르친 것이 아니었다. 독일어를 가르치는 것 외에도 그리스 문화에서 로마 문화를 거쳐 게르만 문화가 열리는 서양문화의 근원과 그 흐름의 연속성을 쭉 통괄하는 역사적 지식까지 넣어주고자 애를 썼던 것이다. 그저 독일어 공부만 시킨 것이 아니라 친절하게도 서양 문명의 전체적 계통을 세워 주려고 노력했다. 독일의 신학기는 10월에 시작되었는데, 선생은 덕분에 대략 어학과 독일 문화에 대한 기초를 다지고서 10월 뷔르츠부르크 대학에 입학할 수 있었다.

학교 입학에 도움을 준 이는 이미륵 씨였다. 저 유명한 『압록강은 흐른다』의 저자인 이미륵 씨는 선생과 나이는 같았으나 상해에서 떠난 것이 몇 배 먼저였다. 그래서 이미 뷔르츠부르크에 자리를 잡고 있었던 것이다.

> 뷔르츠부르크가 가톨릭에 속해 있거든요. 이미륵 씨가 거기 신과대학장하고 친하더군요. 그 신과대학장에게 나를 소개해 줘서 그 학장의 보증으로 정치경제학부에 들어갔지요.

1922년 독일 뷔르츠부르크의 발트하우스에 모인 한국인 유학생들. 앞줄 오른쪽부터 민범식, 김의경, 김달수, 임창하, 한 명 건너 김갑수. 둘째 줄 맨 오른쪽이 선생, 이희경, 신용식, 이성룡, 이용흡, 이용제, 셋 건너뛰어서 이종성, 김재은, 맨 뒷줄 오른쪽부터 세 번째가 이극로, 한수용, 최근우, 맨 끝이 이관용.

이미륵 씨는 서울에서 1919년 3월 말이면 경성의학전문학교를 나와 의사가 되었을 터인데, 그달 초에 일어난 만세운동 때문에 학업이고 직업이고 다 집어치우고 떠나와 있었다. 그런데 다시 의학을 전부 새로이 시작하느니 어학을 터득해 글 쓰는 일을 하고 있었던 것이다. 후일 그는 뮌헨으로 옮겨 가 학위를 받았다.

이미륵 씨와 가까이 지내면서 그의 주선으로 뷔르츠부르크 대학 정치경제학부에 들어가긴 했으나 강의실에 들어가니 대학강의 듣기에는 어학 실력이 너무 딸린다는 것을 알았다. "너무 조급하게 미숙한 채로 학교에 들어가니 알아들을 수가 있어야지" 하면서 선생은 그때를 씁쓸하게 회고한다. 또 그곳 대학의 관례를 몰라서 당황한 일도 있었다. 한번은 경제학 강의에 들어갔는데 강의실 문이 닫혀 있어 열고 들어가니, 교수가 아무 말도 하지 않고 한참 그냥 있는 것이다. 그러더니 좀 있다가 학생들이 발을 뒤로 긁는 소리를 모두 내기에 선생도 그것을 따라했다. 그러자 옆에 앉은 학생 말이 "이건 네가 나가 달라는 거야" 하는 것이 아닌가. 선생은 하는 수 없이 강의실을 황급히 빠져나왔다. 교수보다도 늦게 입실한 데 대한 항의였던 것이다. 선생은 말한다. "독일엔 무슨 금률이 그리 많은지 모르겠다"고. 그 당시 뷔르츠부르크는 뷔르츠부르크 심리학파로 유명한 곳이었지만 선생은 후일에 알았지 당시에는 그런 사실도 알지를 못했다. 그래도 나중에는 정치경제학부에 등록하고 있었지만, 심리학 강의에 들어가 청강을 했다. 와트(Henry J. Watt)나 뷔일러(Karl Bühler) 등 학파의 일부 인물들은 이미 다른 데로 떠나갔으나 거벽(巨擘) 칼 마르베(Karl Marbe)는 아직도 거기서 교수를 하고 있었다. 선생은 이 마르베의 심리학 개론을 들었다. 유럽에서의 대학 학부생활의 첫발을 여기서 딛게 된 것이다.

베를린 대학생이 되다

그러나 한 1년쯤 지나가니 또 경제 문제가 생활의 안정에 그늘을 드리웠다. 이렇게 뒤숭숭한 상태가 되면 선생은 뭐든 환경의 변화를 꾀하지 않고는 못 배기는 성격이다. 그리하여 1923년 9월쯤이 되어 선생은 하이델베르크 대학으로 전학을 시도하였다. 즉시 선생은 하이델베르크로 달려가 여러 가지를 알아보았다.

그런데 하이델베르크 대학에서는 꽤 까다롭게 묻는 것이 많았다.

대학에 일본 학교의 제도를 담은 책자와 서류 등이 준비되어 있어서 어느 정도의 학교를 국내에서 마쳤는지 등등 질문이 많았다. 선생은 제대로 학교를 못 다닌 형편이라 이런 까다로운 조사에 그대로 응하기가 힘겨웠다. 일이 잘 안될 것이 뻔했다. 선생은 뷔르츠부르크로 되돌아와서는 마지막으로 베를린 구경이나 한번 하자는 생각으로 이 문제를 일단락지었다. 독일에 왔다면 베를린 대학쯤은 한번 가 보아야 할 게 아니냐 하는 생각이었던 것이다. 생각이 여기에 이르자 선생은 다시 베를린을 향해 뷔르츠부르크를 떠나 버린다. 선생은 이때를 회고하면서 "어떻게든지 뷔르츠부르크에서 견디며 공부를 해냈다면 똑똑한 학문을 했을 텐데" 하며 그렇게 하지 못하고 전전했던 사실을 크게 후회하는 것이다.

그해 가을 베를린에 온 선생은 대학 입학에 관해 문의를 했다. 지금은 대학을 바꾸려면 편입시험 같은 절차가 있을 수도 있겠지만, 그때는 이전에 다닌 대학의 기록부의 겉장을 벗기고 전입할 대학의 겉장만을 씌워 사무 절차를 끝내던 때였다.

그런데 외국인이라서 그런지 선생에게는 독일어 한 과목만은 시험을 쳐야 한다는 조건이 붙었다. 뷔르츠부르크 대학에서 이수한 과목에 대해서는 교수가 서명을 한 것이 있고 또 그 서명은 어디서나 유효하므로 그대로 인정되나, 독일어 수준은 테스트를 해보겠다는 심산이었다. 이런 조건부에 걸린 이들이 선생 말고도 이란, 이라크 등 아랍계 학생들을 포함해 약 30명가량 되었다. 하는 수 없이 시험에 응하는 도리 밖에는 없었다. 시험은 교수가 나와 강의를 하고는 그 요목을 적어 내라는 것이었다.

나 지금까지 잊지를 않아. 교수의 강의 내용인즉, 우리가 왜 외국어를 배우느냐? 첫째는 외국어를 배움으로써 내 나라 말을 더 잘 알기 위해서요, 둘째는 외국하고 실생활을 연결하기 위해서이다. 내가 그런 데는 센스가 있었던지, 알아들은 이 내용의 요지를 적어 내었더니 여덟이 뽑혔는데 나도 거기 떡 끼었더군.

그리하여 선생은 베를린 대학생이 되었다. 여기서도 물론 정치경제학부였다. 당시 베를린 대학에는 수학·물리 등 과학에도 저명한 교수가 많은 때였다. 황진남 씨가 아인슈타인에게서 고등수학을 강의 받았던 것도 이 무렵이었다. 특히 경제학의 베르너 좀바르트(Werner Sombart)의 강의는 명강이었다.

말을 간단간단하게 표현하여 외국 학생이 듣기에 아주 편리하였고, 그 명성 때문에 수강학생은 평균 800명가량 되었지. 대강당에서 행한 그의 강의를 가난한 독일 학생이 등사를 해서 못 들은 학생에게 팔아먹는 일도 종종 있었어. 유태 민족과 자본주의와의 관계를 다루기도 했는데, 난 그건 못 들었고 그의 '고도 자본주의론'을 들었어.

철학부의 짐멜·딜타이 등은 이미 타계했으나 게슈탈트 심리학의 볼프강 쾰러(Wolfgang Köhler)가 강의를 하던 때라 선생은 이를 수강했다. 그러나 선생은 역시 논리학 강의에 가장 흥미가 있어 열심히 수강했다. 그런데 강의를 들었으면 담당교수의 서명이 있어야 유효한 법인데 어떻게 돼서인지 선생은 서명 기간에 누락이 되고 말았다. 그래서 그 교수댁을 직접 방문할 수밖에 없었다. 첫 방문인데 교수는 매우 반기는 얼굴이었다. 그 교수는 왜 그리 반기는 것일까?

> 다카하시 교수의 글 가운데도 있지만, 그 때 일본 교수들이 유학하면서 개론 같은 건 들을 필요가 없으니까 몇몇이 사적으로 독일 교수를 모셔다가는 듣고는 따로 지불을 해 왔다는 거예요. 이런 식으로 한두 달 하고는 다른 데로 또 가서 그렇게 하고……. 이 같은 방식을 독일 교수들이 알고 있었던 모양이야요. 그러니까 그들에겐 돈벌이가 되고, 또 그래서 은근히 그런 건수를 올리는데 흥미가 생기기 마련이지요. 그러니 이 논리학 교수도 분명 나를 환영하는 이유가 있는 것이었죠. 헌데 수강하는 과목에 사인을 받겠다고 하니 응해주긴 하지만, 그리 좋은 인상이 아니야요. 친절한 교수도 물론 많이 있지만 이때 그 교수의 푸대접은 정말 심하더구만요.

얼마나 그 푸대접이 심했으면 선생이 만년에까지 그 일을 하나의 에피소드로 기억하는 것일까? 제1차 세계대전 후 독일의 경제사정이 이토록 피폐하고 교수의 생활난이 이루 말할 수 없었던 단면을 볼 수가 있다.

선생이 가 있던 1920년대의 유럽은 아마도 서양 학문의 현대적 고전이 된 인물과 저작이 쏟아지던 때가 아니었는가 한다. 독일에서만도 전후의 암영은 그렇다 하더라도 이런 역경 속에서 바이마르 문화가 꽃피는 위대한 시기였음이 분명하다. 알베르트 아인슈타인, 토마스 만, 에르빈 파노프스키, 베르톨트 브레히트, 발터 그로피우스, 게오르게 그로스, 바실리 칸딘스키, 막스 라인하르트, 브루노 발터, 막스 베크만, 베르너 예거, 볼프강 쾰러, 파울 틸리히, 에른스트 카시러, 막스 베버, 오스발트 슈펭글러, 마르틴 하이데거, 에른스트 트뢸치, 프리드리히 마이네케, 칼 만하임, 하인리히 리케르트, 막스 호르크하이머…… 그 수를 헤아릴 수 없을 정도로 학문과 예술상의 거성들을 배출한 이 시기를 만하임 자신이 언젠가 "또 하나의 새로운 페리클레스 시대"로 되돌아볼 때가 있으리라고 자부한 것도 결코 과장이 아니다. 그 중 대다수가 나치 집권 후 주로 미국에 망명, 그 문화적 활력소를 세계에 퍼뜨리는 데 지대한 공헌을 하였음은 잘 알려진 사실이다.

선생은 정치경제학부에 적을 두고 있기는 했지만 늘 논리학과 심리학에 더 큰 흥미를 느끼고 수강을 했는데, 이 일은 후일 프랑스에서 철학을 하게 되는 기초가 될 뿐더러 어떤 전조 같은 것이 되었다. 그 좋은 학풍과 학자들 속에서 공부한 선생이지만 그때 자신은 모든 것이 미비하고 미숙했음을 자인한다고 이렇게 겸허하게 말하고 있다.

> 내가 유학은 갔지만, 기초적인 준비 없이 갔던 것이야요. 사회학 방면을 공부할 마음으로 베를린에서도 좀바르트 강의를 듣고는 했지요. 그런데 선생님이 너무나도 엄격해서 영향을 크게 받은 것 없는 것 같애요. 지금 보면 큰 인물들이 다 됐지만 그때는 그네들이 커 보이지를 않았어요. 내가 그때 그네들의 사상 경향을 알 수 있는 예비지식이 아무래도 없었던 모양이죠. 어느 해인지 모르지만 최두선 씨가 파리에 왔을 때 만났는데, 그이가 말하는 것을 듣

고는 그 당시 내가 많이 떨어졌구나 하는 감을 느꼈어요.

선생은 아직 유학 초기였으니 예비지식이 없는 것이 너무도 당연한 일이었을 것이다. 공부를 해야 한다는 마음이야 늘 있었지만 편안히 공부할 처지에 있지 못한 선생으로서는 어떻게 미리 공부를 해서 학교를 찾을 수 있었겠는가. 망국 백성의 한을 안고 이미 조국의 독립을 무엇보다도 제 일차적인 과제로 염두에 두면서 나라 생각을 끊이지 않은 채, 그것도 또 한편으로는 경제적 지원도 받는 것 없이 생계를 몸소 해결해 가면서 무슨 수로 남들과 같은 여유 있는 공부를 할 수 있었을까. 때로는 안절부절, 바늘방석에 앉아 책을 보는 것 같은 고통도 견뎌내야만 했을 것이다.

어쨌든 선생은 베를린에서도 1년도 채 견디기가 어려웠다. 그래서 그 이듬해인 1924년 4월엔 다시 파리로 돌아올 수밖에 없는 몸이 되었다. 1922년 봄에 뷔르츠부르크에 온 후 만 3년이 못 되는 기간의 독일 학생시절은 이렇게 해서 마감하게 된 것이다.

난 평생 덤빈 인생이야. 차례차례 뭘 해 올라간 게 아니라 자꾸 이리 뛰고 저리 뛰고 허둥대기만 했지.

선생의 독일 유학이 철학이 아니라 정치경제학 분야의 공부로 채워졌던 것은 앞서 말한 바와 같다. 그러나 독일 학풍, 선생 자신의 기호와 취향 등으로 선생은 논리학·심리학 등 철학의 기초과목에 적잖게 치중했던 게 사실이다. 그런데 그 당시 독일에서는 이미 철학 방면에서 선생의 선배가 될 만한 이가 몇 있었으므로 그들에 대한 간단한 소개를 해둔다.

유럽의 한국 철학도들

우선 유럽에서 최초의 한국인 학위 취득자가 된 이관용(李灌容) 씨이다. 그는 일찍이 영국 유학을 하다가 스위스로 넘어가 1921년 취리히 대학에서 「의식의 근본 사실로서의 의욕론」이란 논문으로 철학박사가 되었다. 귀국 후 연희전문에서 교편을 잡았으나 불의의 사고로 1934년 세상을 떠났다. 선생은 그의 논문을 유럽에서 읽었으나 동양철학 내지 윤리학 쪽에 관련된 것이라는 것뿐, 그 요지가 현재는 잘 생각나지 않는다고 한다. 뷔르츠부르크 시절에 만나 환담도 하고 가까운 지기가 되기도 했으니 그가 일찍이 타계한 것은 애석한 일이다.

또 한 사람은 김중세(金重世) 씨이다. 그는 1908년에 이미 일본 유학길에 올랐는데, 그 이듬해 벌써 독일로 건너가 베를린 대학에서 고대철학을 전공한 이였다. 그는 1923년 라이프치히 대학에서 고전학으로 학위를 받고 귀국, 경성제대에서 고전어 강의를 하기도 했는데, 선생은 그에 관해 이렇게 소개하고 있다.

> 개성 사람으로, 1차 세계대전 중에는 돈을 가져오지 못하니까 고생을 참 많이 했는데, 자기 선생이 산스크리트어 사전을 만들 때 그 일을 도와주고 지냈다는 겁니다. 이 사전은 산스크리트어를 중국어로 쓰고 그 아래 페르시아 범어를 대조해 놓고 또 그 아래에

독일어로 번역한 뒤 우리나라 국문으로 발음을 달았다는 말을 해요. 이 사전이 매우 희귀한 것일 거외다.

내가 베를린 떠날 때만 해도 그이가 말하기를 '철학, 철학 해봐야 고대철학이지 근대철학이 무슨 철학이야. 고대철학에 있는 거 다 되씹는 거에 불과하지' 하는 이야기를 들었어요.

위의 두 사람은 분명히 독일과 스위스에서 철학한 이로서 선생의 선배들이었다. 1917년 와세다 대학 철학과를 나온 최두선 씨가 독일로 와서 마르부르크 대학과 베를린 대학에서 공부한 것은 선생과 같은 시기요, 백성욱 씨가 뷔르츠부르크에서 학위를 취득한 것은 1925년, 안호상 씨는 1929년 예나대학에서 이니, 선생이 이미 독일을 떠난 후의 일이다.

그런데 어째서 이 당시 우리나라의 초기 유학생들이 철학에 관심을 이토록 많이 가졌던 것인가? 우리는 철학을 유독 좋아하는 백성이어서 그랬던 것인가? 철학이 국권 회복에 어떻게 관계된다는 이유에서인가? 궁금한 일임엔 틀림이 없다. 이에 관해 조요한(趙要翰) 교수는 다음과 같은 말을 하고 있다.

우리나라에서 서양철학에 대한 관심이 보편화되기 시작한 것은 1920년대부터이다. 당시에 이미 세계적으로 명성이 있었던 버트런드 러셀이 1910년대 말에 북경대학에 와서 「마음의 분석」이라는 철학논문을 발표하였고, 일본의 「개조」(改造) 지에 사회 문제에 관한 논문을 게재하였고 또 존 듀이가 1919년 일본의 동경제대에 와서 「철학의 개조」라는 강연을 하고 그 길로 북경대학에 가서 「현대의 세 철학자」라는 강연을 가진 바 있어, 한국의 지식인들에게도 크게 자극된 바 있었다. 그리하여 1920년대에 젊은 학도들이 앞을 다투어 그 어려운 외국 유학의 길에 올랐는데 그 중에 철학전공자들이 많았다는 것은 주목할 만한 일이다. ("한국에 있어서의 서양철학의 어제와 오늘", 「思索」 제3집, 숭실대학교 철학회, 1972. 참조)

그러나 저 두 서양의 석학들이 중국과 일본에 와서 강연을 한 것은 물론 같은 무렵이긴 했지만, 두 논저가 모두 상당 수준의 철학적 노작이어서 아직 서양철학에 접해 본 일이 없는 우리의 당시 젊은 세대에게 직접 영향을 주기란 매우 어려운 일 아니었겠는가 생각된다. 또한 그들은 영미 철학자들인데 어째서 많은 이가 유럽으로 향했는가? 조교수는 같은 글에서 다른 이의 설문조사 결과를 원용하여 그 해답의 실마리를 제공하고자 했다.

1959년에 「나는 왜 철학을 하게 되었는가?」라는 설문에 답한 자료를 분석하여 발표한 동국대학의 정종(鄭縱) 교수의 「한국 철학자의 철학 연구의 동기에 대한 고찰」이라는 글에 의하면, 1950년대 말에 60대가 된 한국의 철학자들은 한일합병으로 인한 조국 상실이라는 절망적인 조건이 크게 영향을 주어 철학을 선택하였고, 당시 50대가 된 분들은 3·1운동의 직접, 간접의 가담자로서 그러한 역사적 사건의 민족적 수난의 일방의 담당자이기도 하였던 것이 철학 연구에 동기가 되었다고 한다. 이것이 바로 1920년대에 철학을 전공한 우리나라 철학자들의 사정이었다. 3·1운동 때 유치장 속에서 '우리는 왜 이런 고생을 하여야 하는가? 발명(무한동력)은 해서 무엇하나? 어떻게 사는 것이 가장 옳은 길인가?' 생각하며 1920년대에 철학을 공부하기로 결심하였다는 한국의 한 지도적 철학자의 글을 정종 교수는 그 글에서 소개하였다.

이 자료는 분명 식민지 백성으로서의 허탈감 내지 허무감과 삶의 목적의식의 침체를 나타내고, 그것이 바로 그 당시 젊은 지식층의 철학에의 경도를 가져올 수 있었다는 결론으로 이끌어가고 있다. 그러나 나라를 빼앗겼어도 1919년 독립만세 사건이 입증하듯이 아직은 배일 민족사상이 충천하던 때요, 현재의 역경쯤 밝고 희망찬 미래관으로 극복할 수 있는 의욕과 열기가 각성된 젊은이들의 일반적 풍조였던 것으로 보아 쉽게 수긍이 가지 않는 귀결이다. 이 점에 관해 질의를 받은 선생은 자신의 소견을 이렇게 피력했다.

물론 그때 나간 사람들 중에 과학을 한 이들도 있지요. 하지만 우리나라 사상계라는 것이 옛날부터 공자나 맹자, 노자 이야기를 해 가지고는 인륜 관계에 역점을 두지 않았습니까? 삼강오륜이 모든 사상의 근본처럼 되었죠. 다시 말해서 사회적 실천철학들이었지. 어떤 이가 말했듯이, 도교라는 건 치신(治身), 몸을 오래 살도록 치신하는 거요, 유교라는 것은 남을 다스리겠다는 치인(治人)하는 교

(敎)요, 불교는 사람의 속마음을 바로 잡겠다고 하는 그런 치심(治心)이라는 거지요. 이런 영향이 아마 신문화가 들어와서 개화한다고 하면서도 그대로 유지되었던 거 아닌가…….

이 당시 적극적이고 진취적인 젊은이들이 원대한 포부를 안고 미지의 세계로 유학길에 오를 때에는 적어도 이만한 꿈이 없었을 리 없다. 즉 자기 수신을 하여 종국에는 훌륭한 사회건설과 인류에의 기여를 이룩하겠다는 이상이 머나먼 길을 힘차게 내디딜 수 있게 한 추진력이었을 게 틀림이 없다.

3. 다시 파리로

베를린에서 파리로 돌아가려는 선생의 뜻은 생활 문제로 인해 강요된 것이었다. 앞서 파리에서 독일로 향한 것도 생활 문제 때문이었는데, 이제는 떠났던 곳으로 되돌아가고자 하는 것이다. 파리에 무슨 뾰족한 수가 있어서가 아니다. 다만 전후 독일에서는 생활비를 벌 수 없는 반면, 파리는 그래도 전에 살던 경험이 있었다는 것밖엔 딴 이유가 없었다. 몇몇 가까운 친구들이 있다는 것도 위안을 주는 부분이었다.

그러나 한편 선생의 마음 한구석엔 어떻게 해서 미국으로 건너갈 수 없을까 하는 희망이 자리하고 있었다. 이것은 상해에서 배를 타던 때부터 지녔던 생각이기도 했다. 당시에는 그 길이 열리지 않았으니 하는 수 없이 유럽에 처진 몸이 되었던 것이다. 그래서 선생은 그 길을 베를린에서 다시 모색해 보고자 했다. 왠지 여기서는 수월할 것만 같았다. 아닌 게 아니라 일이 잘 풀려갈 수 있는 길이 열렸다. 미국까지 갈 여비가 있는 것은 물론 아니었다. 그러나 역시 운명의 여신은 선생을 유럽에 남도록 만든다.

> 이젠 우선 살아야 하니까 일단 파리로 떠나자는 것이었지요. 빈털터리요, 생활방도는 아무것도 없지. 내가 상해에서도 미국에 가려고 했고 또 파리 와서도 미국 가는 여행권을 얻으려 했지만 안 되거든요. 그래 못 갔는데, 베를린에서 떠나기 며칠 전에 미국 영사관에 가서 미국 가고 싶다고 하니 '너 학생이냐'고 물어요. 그래 그

렇다고 하니까 그럼 학생증을 보이라는 것이에요. 그래 베를린 대학 학생증을 내놓으니까 '정말 학생이군' 하더니 이튿날 열시에 오라 하더군요. 그래 다음날 정해진 시간에 가니 대뜸 비자를 내줘요. 더 이상 아무 조사 없이. 뭐 미국 동부 이민국에 통지를 하기 위해서 물을 것만 물었지요. 그 해 9월쯤 프랑스 셰르부르 항에서 배가 떠나게 되어 있었죠. 그래서 어떻게든 일단 파리를 향해 떠나기로 했죠.

그런데 선생은 사실 이때 파리 갈 여비조차도 수중에 없었다. 그러니까 그저 무임승차할 각오로 역으로 나간 것이다. 떠날 때 한 독일 부인에게서 초콜릿 한 상자를 선물로 받은 것이 있었다. 조그마한 짐을 들고 또 이 초콜릿 상자를 받은 대로 그대로 들고 역사로 나가 기차가 당도하기를 기다리고 있었다. 선생은 늘 나이보다 어려 보였으므로 역 구내에서도 별 제지를 받지는 않았다. 드디어 기차가 들어왔으며, 선생은 거기 쉽게 올라 탈 수가 있었다. 이 차는 벨기에를 경유하여 남하하는 열차였는데, 아마도 선생은 여기서 기억하고도 싶지 않을 만치 고통을 당한 모양이다.

이야기가 이 대목에 이를 때마다 선생은 머뭇거리면서 언제나 "내가 늘 계획도 준비도 없이 무모하게 일을 해서 고생하게 되는 거외다" 하고는 말끝을 흐리는 것이다. 구체적으로 선생이 이때 어떤 어려움을 당했기에 이러는가 하는 궁금증은 더해갈 뿐이었다. 어느 날 필자는 또 다른 제자인 박동환 교수와 함께 무료한 나날을 보내는 선생에게 바깥나들이를 시켜 드리면서 점심을 하는 자리에서 이 대목을 밝혀 보고자 했다. 선생은 여전히 그때의 심적 긴장과 고통, 그리고 수모를 불쾌하게 되씹으며 이렇게 털어놓았다.

열차가 벨지움에 들어오니까, 승무원의 차표 검사가 시작돼요. 나는 무임승차이죠. 가만히 앉아 있다가 여비 없는 외국학생 사정을 할 수밖에 없었죠. 그런데 그 승무원은 내가 들고 있던 초콜릿에 세금을 부과하는 거예요. 독일 부인의 선물로 들고 있던 초콜릿에 말입니다. 내 참다못해 그 초콜릿 상자를 그놈에게 내던지며 '벨지움 개자식들 너희나 먹어라' 하고 대들었습니다.

선생의 격한 혈기도 혈기려니와 그 순간의 선생의 괴롭고 딱한 심정을 헤아릴 때 오히려 가슴이 아프다. 어쨌든 이렇게 불유쾌한 일이 벌어지고 있다고는 해도 열차는 그대로 남쪽으로 달려가고 있었다. 선생이 앉은 칸에는 선생을 포함해 네 사람이 자리를 마주하고 있었었다. 개중에는 러시아에서 임학을 공부하고 돌아가는 이도 있었으며, 캡을 쓴 50대의 이집트인 신사도 끼어 있었다. 선생은 이 사람 저 사람을 번갈아가며 쳐다보다가 아무래도 나이 지긋한 이집트 신사에게 구원을 청해 보자고 마음먹었다. 그리고 그 신사에게 차표 값 좀 내달라고 부탁을 했다. 당돌하게도 불쑥 표삯을 내줄 수 없겠느냐는 조그마한 학생의 요구에 그 신사는 한참 선생의 얼굴을 뚫어지게 쳐다보더니 '그러마'고 쾌락하는 것이었다. 기차 여행의 즐거움을 말하는 이들이 많지만, 아마도 이때의 선생의 기차여행처럼 고된 여정은 없었을 것이다. 물론 전에 밀령을 띠고 만주에서 국내로 잠입하던 때도 그러했겠지만.

곡절은 있었으나 어쨌든 예정시간에 열차는 파리 북역에 도착했다. 승객들이 내리기 시작했다. 선생도 표삯을 치러 준 그 이집트인과 함께 차에서 내렸다. 역에는 상해에서 같이 온 함흥 친구 이용제(李龍濟)가 마중 나와 있었다. 독일에서 돌아온다는 소식을 받고 나와 있었던 것이다. 선생은 그에게서 기차표 값을 받아 고마운 이집트인에게 되돌려주니 그의 놀라워함은 말할 수가 없는 것이었다. 선생은 무거운 마음을 털고 그이와 작별인사를 나누고는 이용제와 함께 걸음을 옮겼다. 걸으면서 선생은 미국 가는 이야기를 친구에게 하기 시작했다. 이야기를 듣고 난 친구 이용제는 선생을 만류하는 것이었다. 파리에서도 공부를 할 수 있을 텐데 무슨 미국을 또 간다는 거냐고 펄쩍 뛰는 것이었다. 이렇게 해서 선생은 친구의 말대로 파리에 남게 되었으며, 이 고마운 친구의 알선으로 일자리도 얻어 공부를 할 수 있게 된다.

병원의 학생 청소부

이용제는 프랑스어를 아주 잘하는 이로 빠리 대학에서 불문학을 전공하고 평생 프랑스에서 살다가 생애를 마쳤다. 선생의 젊은 시절에 친구였을뿐더러 필요할 때 늘 도움을 준 좋은 분이었다.

> 이용제라는 친구가 내 평생의 은인이외다. 그이가 베를린에서 내가 돌아와 파리역에 내릴 때 정거장에 나와서는 나를 데리고 가서

자기가 고학하는 곳에도 안내를 해 고학할 수 있는 길도 다 열어 주었어요. 내가 파리에서 먹고 살고 고학할 수 있도록 길을 열어 준 것이 다 그 덕분이었지요. 그이도 아주 가난한 사람이었는데, 그의 은혜는 참 귀중한 것이었어요. 요 몇 달 전에 이옥(李玉) 군이 돌아와 전하더군요. 그 이가 이제는 세상을 떠났다고. 작년(1987)에 죽은 모양이야…….

선생 생애에서 그리도 훌륭한 친구가 있었는데, 어째서 연락이 자주 없었는가 하는 물음에 선생은 이렇게 대답한다.

편지가 오기는 했죠. 헌데 2차 세계대전이 있었고, 또 이곳에서는 6·25 사변이 있었지요. 이용제가 편지를 하자면, 그때의 고생살이 이야기가 자연 길어질 것이고 나도 여기서 그 괴로운 이야기를 늘어놓아야 할 테니까 무소식이 되어버린 거지요.

선생의 성품을 여기서도 감지할 수 있을 것이다. 이용제의 권유를 받아들여 그의 거처며 동시에 일자리라는 데를 따라가 보니, 거기에는 그 외에도 두 명의 한인 유학생이 같이 있었다. 하나는 김법린(후일 문교부장관 역임)이요, 또 하나는 안주 사람 이호(일찍 타계했음)였다. 이들 셋은 벌써 한 해 전쯤 이곳의 병원에서 일을 하여 신용을 얻어 놓고 있었다. 그들이 하는 일이란 물론 천한 일임엔 틀림이 없으나 그래도 열심히 하는 걸로 다른 이들에겐 좋은 인상을 남겨 놓은 것이다.

1925년 파리의 한국 유학생들. 앞줄 오른쪽부터 선생, 김법린, 김재은, 서영해, 한영, 민장식, 이호, 뒷줄 오른쪽부터 홍재하, 이종우, 이용제, 박병서, 이정섭, 이득종.

파리 유학시절 선생이 고학하던 부알로가 보탱병원. 이후에 개축되어 에두아르 리스트 의료원으로 학생 건강진료소 역할을 맡고 있다.

그들은 아침에 병원에 나가 사무실 청소를 해놓는 일을 하고 있었다. 일을 시작하는 시간이 대개 8시 넘어서부터여서 그들이 일 끝내고 대학 시간에 대어 가기란 늘 어려움이 있었다. 학교 공부도 하고 일도 해서 먹고 살고 하는 이 두 가지 일을 다 놓치지 않고 잘 해갈 수 있는 방안이 없는지 생각해 보았다. 그래서 그들은 어느 날 책임자에게 가서 이렇게 한번 사정을 해 보았다.

> 사실 우리는 여기에 노동하러 온 사람들이 아니라 대학에 다니고자 온 유학생들인데, 일 끝낸 다음에 학교 시간에 충실할 수가 없으니 선처해 줄 수 없겠는가. 하루 종일 하는 일을 똑같이 다 해놓을 테니까 오후에는 학교에 가도록 해 달라.

젊은이들이 학생이라는 데 감복한 책임자는 기꺼이 이들의 요구를 받아 주어 아침 다섯 시에 나와 일을 할 수 있도록 허락해 주었다. 그들은 이제 신이 나서 더욱 열심히 깨끗하게 청소를 했다. 그들이 새벽녘에 나와 깨끗이 치워 놓은 후, 의사들이 여덟시에 출근을 해보면 오히려 전보다도 더 상쾌한 느낌이 들었던 것이다. 의사들로서는 전날의 어지러워진 방에 발을 들여놓고 일을 시작하노라면 또 청소한다고 법석을 피우던 번거로움을 겪지 않게 되어 한결 나은 일이었다. 아침에 이미 깨끗이 치운 방에 들어와 일을 시작한다는 게 여간 기분 좋은 일이 아니었던 모양이다. 이들에 대해 아주 만족스럽게 생각한 의사들이 "너희들 친구 있으면 하나 더 데려오너라" 하기까지 하는 것이었다. 다행스럽게도 선생은 바로 이 무렵에 이들 이용제들과 만나게 되었으므로 일자리가 쉽게 굴러들어온 셈이다. 선생이 파리에 그대로 체재하며 공부하게 된 계기가 이렇게 해서 주어졌던 것이다.

이용제들과 선생이 같이 있으면서 함께 살게 된 집은 바로 계몽기의 저 유명한 헬베티우스의 저택이었다. 병원 구역의 같은 담장 안에 이 헬베티우스 가가 위치해 있었다. 즉 '병원의 딴채로서 2층에 방이 둘이 있고 아래에 베란다가 있어 화초를 놓고 한' 아늑한 집채였는데, 당시 병원 직원용 숙소로 쓰고 있었던 것이다. 그런데 동양학생들 셋이 있으니 아예 그 집을 통째로 이들이 쓰도록 병원 측에서 조처를 한 것이다.

이곳은 정말 잠자고 사사로이 자기 공부를 하는 은거지로는 더할 나위 없이 좋은 곳이었다. 끼니는 병원에서 주는 음식으로 부족한 게 없었다. 선생은 오랜만에 한시름 잊고 공부에 전념할 수 있는 기회를 잡은 것이다. 이렇게 해서 선생은 이곳에서 만 6년을 지내게 된다. 당시 주소는 부알로가 12, 보탱 병원(12 Rue Boileau, Felix Botin clinique) 이었는데 근처엔 토성이 있었다고 하나, 현재는 사라지고 병원도 개축하여 이름을 바꾸었다. 개선문이 있는 에투알(Etoil) 광장에서 서남으로 내려간 '불로뉴 숲'(Bois de Boulogne) 하단 근처, 정확하게 파리 16구의 에두아르 리스트 병원(Le Centre Medical Edouard Rist)으로 그 모습을 바꿨다.

파리 대학의 학업 시절

파리 대학은 그해 11월 가을학기에 들어가게 되어 있었다. 그래서 그

동안은 아직 채 준비되지 않은 불어를 공부하는 데 시간을 썼다. 이젠 파리 문과대학 학생이 되는 것이다. 프랑스의 대학은 예나 지금이나 거의 국비로 공부하게 되어 있기 때문에 등록비라고 해야 그저 한 주일을 나가 일하면 벌 수 있는 액수였다. 이렇게 학비가 싸므로 등록금 걱정은 없었으나 그곳 본국 학생들을 따라가자니 집에 들어와 책 읽는 부담은 다른 이들보다도 훨씬 클 수밖에 없었다.

선생이 택한 곳은 파리 대학 철학과였다. 같이 지내는 친구들 가운데 김법린과 이정섭이 모두 이 철학과 학생이었다. 당시의 프랑스 학제에 따르면, 대학에서 '리쌍스'(licence, 학사자격)을 따기 위해서는 몇 개의 시험을 통과해야만 하는데, 특히 구두시험은 엄격하고 철저한 것으로 정평이 있었다.

> 지금은 제도가 다른 모양입니다만, 그때 거기서는 '써티피케이트'(certificat, 수료확인)로 '리쌍스'를 줄 때에도 나는 첫 번째 등록을 사회학 과목으로 했죠. 한 학기든가 한 해든가에 하나씩 하는데 1925년 시험에서 합격이 됐어요. 교수 두셋이 앉아 구두시험을 보는 겁니다. 중농주의니 중상주의니 하는 걸 묻던 기억이 나는구만요. 케네(François Quesnay)에 관해 질문을 하기에 나는 독일에서 공부를 하던 사람이라 '케스네'라고 발음을 했더니 교수가 '케스네가 뭐야 케네지' 하고 면박을 주었어요.

프랑스 사회학은 이 학문의 창시자인 오귀스트 콩트 이래 장족의 발전을 거듭하고 있었다. 당시는 에밀 뒤르켐(Emile Durkheim)의 영향이 매우 강했던 시기이나 레비브륄(Lucien Levy-Bruhl) 등 저명한 학자들의 활동으로 학계의 활기가 크게 고조되어 가던 때였다. 선생은 사회학 시험에 합격하고도 계속해서 이 방면의 과목을 수강하고 공부를 게을리 하지 않았다. 다음으로 택한 것이 심리학이었는데, 여기에서는 정말 고전을 면치 못했다는 게 선생의 고백이다.

> 심리학으로 시험을 보는데, 시험 치를 때마다 떨어져요. 이 과목으로는 아주 많이 실패했어요. 지금 와선 아마 내 부족한 편을 완성시키고자 운명이 그렇게 하는 것이라고 좋게 해석하지만, 그땐 퍽 불쾌했습니다. 나는 논리학 편의 것은 빨리 포착하여 잘 풀어나가는데, 자연적 경향 · 감성적인 것 · 감각적인 편에서 보는 눈이 좀 어두웠던 모양이에요. 여러 해 떨어지게 되니까 오히려 심리학 책은 제일 많이 읽은 편이지요.

그런데 선생의 주임교수는 바로 심리학 교수이기도 한 앙리 들라크루아(Henri Delacroix)였다. 들라크루아 교수는 『언어와 사고』, 『예술심리학』 등의 저서로 이름이 나 있었다. 이 밖에도 심리학자요 정신병학자로도 유명한 샤르코(Jean-Martin Charcot) 문하에서 나온 피에르 자네(Pierre Janet)도 여기 있었다. 선생이 심리학에 대해 그토록 관심을 가지고 전력을 투구해도 소기의 성과가 없자 조급해진 마음에 '써티피케이트'를 다른 것으로 받자는 생각이 떠올랐다.

사회학 쪽에도 여러 개의 '써티피케이트'가 가능하므로 이 길을 취하기로 작정한 것이다. 그래서 사회학의 보통 수준이 아닌 좀 더 깊이 있는 특수 부문으로서의 '경제사회학'을 택하기로 했다. 경제사회학은 사회경제사와도 다른, 독일의 막스 베버가 크게 이룩한 업적과 관련하여 발전된 학문인데, 선생은 이 시험에서 합격하게 되었다. 그리고 논리학에다가 일반철학을 추가한 부문, 프랑스 말로는 'philosophie generate' 즉 형이상학(metaphysique)으로 시험을 통과하였다.

실의와 환멸에 빠지다

그러나 1927년부터는 선생에게 커다란 정신적 시련기가 시작된다. 아직 '리쌍스'가 끝나지도 않았지만, 학업이 끝나가는 그 무렵 선생에게는 모질고도 강한 회의의 회오리바람이 몰아쳐 왔다. 학업이 끝난들 무엇을 할 것인가, 어디 가서 무얼 해야 의의가 있겠는가? 삶의 목적과 의의에 대한 심각한 번민과 고뇌에 빠져 들게 된 것이다. 선생은 이때를 기억할 때마다 당시의 좌절감을 뼈저리게 느끼는 듯했다.

> 27년부터인가, 그때부터는 나의 인격 파멸이에요. 오히려 공부를 하고 나니까 내가 이것 해가지고 뭘 할 것인가, 어딜 가야 하는가, 도무지 답답하기가 말할 수 없어요. 회의가 엄습해요. 집에서는 돌아오라는 편지가 이태 만에 한 번씩은 와요. 편지를 받을 때마다 '내가 가면 뭘 하나, 아무 목표가 없지 않은가' 하는 생각이 자꾸 떠올라요. 전에는 독립운동을 하는 열정으로 내 삶의 의미를 찾았는데 왜놈에게 항거하다 우리의 지식층이 다 없어져 간다는 소식

도 듣고 하니, 가 봐야 비국민이라는 소리나 들을 테고 도무지 묘안이 떠오르지를 않아요. 갈 곳도 할 일도 없다는 실망과 낙망에서 헤어나지를 못했어요.

'인격 파멸'이라는 선생의 표현대로 참으로 비탄과 절망의 수렁에서 고통스러워 한 모습이 역력하게 전해온다. 선생을 대하여 보고 알아온 사람이라면, 선생이 얼마나 현실에 당하여 강인하고 또 미래에 당하여 낙관적인가를 알 것이다. 이런 강인한 성품의 선생이 이 시절 이토록 세상을 비탄하였다니, 정말 그 번민이 얼마나 컸는가를 짐작할 만하다. 그러면 왜 선생은 그토록 심한 비탄에 빠지지 않을 수 없었고 또 '인격 파멸'의 지경에 이르렀던 것일까?

선생의 표현 그대로를 음미할 때 우리는 선생이 이 당시 중심의 상실을 통감하고 있었음을 본다. 왜 그랬던 것일까? 학업이 끝나고 한낱 직장 걱정으로, 또는 출세의 보장이 없어서 그런 것이 아니라는 건 말할 나위도 없을 것이다. 이 열쇠는 아무래도 선생의 전력과 선생의 삶을 이끌어 간 기본의식을 고려하지 않는다면 절대로 찾을 수 없을 것이다.

선생은 파리에 있으면서도 고국 생각을 하지 않는 날이 없었다. 또 실제로 멀리서부터의 소식과 연락이 없는 것도 아니어서, 이 무렵 조국 광복을 위한 민족운동의 부침을 잘 알고 있었다. 기대하고 존경하던 이들이 하나둘 변절의 길을 밟고 있다는 소식이 들려 왔다. 아마 무엇보다도 이러한 추세에 대한 환멸은 뚜렷한 의식과 행동의 인물인 선생의 기력을 송두리째 앗아가는 힘으로 작용했을 것이다.

다른 어떤 물리적 난관도 문제가 되지 않던 선생이었지만 동지들의 내분과 배신, 그리고 이로부터 부지불식간에 선생 자신의 마음 깊은 곳에까지 독기가 퍼지듯 퍼지는 혐오감과 염증은 더 이상 선생의 강한 의지도 지탱해 갈 수 없는 것이 되게 하였을 것이다. 선생의 헤아릴 수 없을 심적 고뇌가 이런 일에서 비롯되었다고 보는 것이 그때의 주변 사정을 감안하면 객관적인 해석이 될 것이다.

사실 파리 유학생들은 한 루트를 통해 상해 임시정부와도 연락이 닿아 있었다. 그것은 선생의 친구 서영해(徐嶺海)가 임정의 백범과 연락을 주고받았기 때문이다.

서영해는 부산 사람으로 한약국을 경영하는 윤택한 집안 출신이었다. 선생보다는 나이가 여러 해 아래였으므로 당시 프랑스 고등학교 리쎄(lycee)에 다녔으며 백범의 파리특파원 같은 역할을 하고 있었다. 후일 해방이 된 후 연희대학에도 잠깐 있었으나 그 뒤 월북한 것으로 알려져 있다. 그는 어찌나 불어를 잘했는지 프랑스인이 평양에 갔다가 프랑스인보다 불어를 잘 하는 이가 있더라고 했다는 소문도 전한다. 이처럼 당시에는 모두 열렬한 독립운동가들로서 뜻을 같이 하고 나라 걱정을 서로 나누는 동지들이었다.

어쨌든 선생은 파리에서 엄연히 학생 신분으로 공부하는 입장이었으나, 왜놈들의 눈에는 그렇게만 비치지 않았던 모양이다. 그래서 고국에서 이토록 멀리 떨어진 제3국에 살면서도 선생의 심신은 그다지 자유롭지만은 않았다. 한번은 이런 일도 있었다. 일본 천황이 온다는 소식을 듣고 그를 저격하고자 유학생들이 권총을 들고 나갔는데 예정했던 정거장에 닿지 못해 기회를 놓치고 말았다. 그러나 이런 눈치를 챈 일본 공관에서는 프랑스 당국에 우리 유학생을 특히 감시해 달라는 부탁을 했을 뿐 아니라 더 나아가서는 적극적으로 남프랑스에서 일하던 우리 노동자까지 매수하여 선생과 또 한 유학생을 철저하게 감시하기 시작한 것이다.

어디를 가도 삼, 사십대의 한국 노동자 하나가 미행을 하고는 했다. 이를 처리하지 않고는 매사에 불편이 가시지 않을 것만 같았다. 그래서 언젠가 그놈이 따라붙는 것을 보고는 기회를 포착하여 그자를 붙들었다. 선생은 다른 한 유학생과 함께 그를 숲속으로 한참 깊이 끌고 들어가서는 "너 수상한데 왜 그러느냐? 뭣 때문에 따라다니느냐?"고 으름장을 놓고는 호되게 족쳤다. 그래도 그놈은 매수된 자라 그저 얼버무려 넘기려는 것을 둘이서 잔뜩 두들겨 패고 나니 마침내 자초지종을 실토하더란다. 당시 일제가 얼마나 끈질기게 우리의 의식 있는 지식인·독립운동가들을 추적하며 괴롭혀 왔는가를 실감할 수 있는 이야기이다.

'수학'이라는 탈출구

선생이 이 암담하기 짝이 없는 상태에서 벗어나게 된 것은 정말 기적적인 일이었다. 심리학 공부에서 몇 해 실패를 겪고, 또 학문에 대한 회의가 겹쳐 낙담하던 위기를 맞이했다가 선생은 이 끝도 보이지 않는 수렁에서 다행히도 서서히 밖으로 빠져 나오는데 성공을 한 것이다. 이 위기에서 선생을 건져낸 것은 뭐니 뭐니 해도 역시 학문이었다. 그리고 그것은 다름 아닌 선생이 그렇게 좋아하고 또 선생을 그렇게 잘 받아 준 '수학'이라는 학문이었다.

수학은 평생토록 선생이 가까이만 하면 언제고 반갑게 맞아주는 친절한 벗이었다. 마음에 드는 수학을 해보고 싶어서 수학책을 사다가 집에서 읽기 시작했다. 대학의 강의는 대개 좋은 강의가 오전에 몰려 있고 오후엔 별로 없었는데, 선생은 일 때문에 오전에 갈 시간이 없고 오후에만 여유가 있어서 학교 시간에서 수강할 기회는 늘 놓치고 있었다. 그러나 다행히 오후에 철학과 수학을 겸한 이가 개설한 '해석기하학'(geometrie analytique)이 하나 있었다. 선생은 그 강의에 몇 번 나가 들으면서, 한편으로는 책을 사다가 집에서 열심히 공부를 했다. 이것이 1929년 마지막 '써티피케이트'를 받게 되는 계기를 마련해 준다.

수학에다가 뜻을 두니 다시 회생한 느낌이야. 수학이야 논리가 정연하지 않소? 그런 데서 다시 또 학문에 대한 취미를 얻게 되고 내 인격까지도 다시금 회복이 되더만요. 그래 수학을 해서 '써티피케이트'를 하나 더 얻고자 했죠. 철학의 중요한 것을 하면 하나는 문과가 아닌 다른 과의 것을 해도 되도록 허용되어 있었죠.

이어 프랑스 수학이 가진 독특한 면을 설명하면서 선생은 이렇게 말한다.

수학문제를 풀려고 하면 하루 저녁 내내 앉아 논리를 따라가기는 정연한데 잘 풀어지지를 않아요. 프랑스 수학이라는 것은 중학 때에도 가르치는 것을 보면 2차방정식이라도 X가 얼마치 크면 어떻고 Y가 얼마치 크면 어떻고 하는, 굉장히 많은 조건을 붙여서 전개하도록 한단 말이에요. 논리적 훈련이지요. 고등수학에 올라갈수록 점점 어려움이 나타나더군요. 독일서 많이들 공부한 바이어슈트라스(Karl Weierstrass, 젊은 시절 E. 후설이 그의 조교를 함)가 고등수학을 모두 산술화한 것, 이런 것이 하도 재미있어 한참 하다 보니 내가 회생된 거예요.

선생이 파리 대학에 있을 때 가장 고맙게 대해 준 이는 과학사를 가르치던 아벨 레이(Abel Rey) 교수였다. 그가 선생을 어찌나 친절하게 인도해주는지 선생은 노년에도 그 은혜를 못 잊어했다. 그래서 그와 관련된 '써티피케이트'를 또 하나 따냈다.

그이가 가르치는 건 그리스 과학의 발전사였어요. 내가 우스운 이야기 하나 하죠. 구두시험 때인데, 날더러 피타고라스 정리가 너희 중국에서(선생은 여전히 중국인으로 등록되어 있었다) 언제 되었는지 아느냐고 물어요. 난 알지를 못하니까 모른다고 할 수밖에. 그랬더니 그이가 프랑스 말로 '수킹'(書經)을 읽지 않았느냐고 해요. 물론 읽지 못했죠. 그랬더니 우리가 그때 여섯 사람인가 시험을 쳤는데 이 중국사람이 자기네 '클래식'(古典)도 읽지 않고 우리나라 유학을 왔다고 놀려대더군요.

선생의 그간의 역정이 그렇게 편히 앉아 동양고전을 읽어 내려갈 만큼 안정된 생활을 허락하지 않는 것이었으니, 쑥스러운 일이기는 했지만 그냥 놀림을 당할 수밖에 없는 노릇이었다. 그러나 서양인, 특히 프랑스인의 동양학 연구의 수준이 본시 높은 터인데다가 과학사 교수이고 보면 정말 선생으로서는 어려운 자리가 되었을 것임에 틀림이 없다.

서양의 식자층에서는 이미 오래전부터 동양의 문화, 그 중에도 특히 중국문화에 대해서는 올바른 평가와 인식이 이루어져 있었으니 '중국인 유학생'이 그렇게 자국의 훌륭한 문화를 모르고 있는 것에 분명 그들은 놀랐을지 모른다. 라이프니츠 시대에도 유럽에서는 중국 물건을 보고 경탄을 금치 못했다고 한다. 그 뿐 아니라 20세기 초에 러셀이 북경에 들른 후, 유럽의 18세기 문화에 비견할 만한 것이 중국에서는 이미 태곳적에 있었다는 소리를 공공연히 하고들 있었다는 것 아닌가.

학문적 영향들

파리 유학 시절 선생에게 직간접으로 영향을 준 학자들은 꽤 많았을 것으로 보인다. 그 중 몇 사람만을 들어 선생과 가진 대담을 여기 옮겨 보기로 한다.

문 : 선생님이 국내에서 별로 취급되지 않던 앙리 푸앵카레에 대해서 강의시간에 자주 언급하셨는데, 당시 그곳에선 꽤 학계에 영향을 주었던 모양이지요?

답 : 철학 쪽보다는 과학 쪽에서 푸앵카레가 참 빛났죠. 그를 읽은 가운데 지금도 생각나는 게 있군요. '우리가 지금 하늘을 볼 때 별 두 개가 보인다고 하자. 의식 속에는 그 둘이 같이 들어와 있지만(또 옛날 사람은 광선이 즉시 오거니 생각했지만), 물리학적으로는 광선의 속도가 있어 하나는 가까운 거리에서 온 것이고 다른 하나는 먼 거리에서 온 것이니 빛이 발한 시각이 다르다. 그것이 의식상으로만 같은 것으로 받아들이는 것이다.' 정말 깜짝 놀랐어요. 아인슈타인에게도 영향을 미친 것입니다. 우리 의식에서 '동시'라는 것은 물리학적으로는 다르다는 말입니다. 빛이 즉시 오는 것처럼 여기는 것, 그래서 우리가 잘못 의식한다는 것, 참 통찰이 예리하죠. 철학자의 놀랄 만한 사고에 뒤지지 않죠. 그이의 다른 학설들도 훌륭한 것이 참 많이 있습니다.

문: 선생님께 학문상 가장 영향을 준 학자라면 누구라 할 수 있을까요?
답: 그거야 베르그송 철학이지. 철학은 자성(自省)을 하는 것 아니오? 의식계라는 것은 자성하는 것인데 직관·감성을 통하여 의식계 자체로 깊이 들어간다는 것은 직관철학이지. 인간 자신의 심층부로 들어가 보려는 것이지요. 나로서는 이 철학의 영향이 크다고 할 수 있지.

문 : 베르그송이 그때 콜레주 드 프랑스에 가 있었습니까?
답 : 내가 갔을 때는 24년이니까 국제연맹이 이미 조직되어 있어서, 그이는 이 연맹의 '12인 지적협력위원회'인가 거기에 가서 일을 보았죠. 세상 떠나기는 2차 세계대전 중 나치 점령하일 것이고. 저서도 뒤에 냈지만 학교는 떠나 있었죠.

문 : 그런데 사실 이런 쪽 강의를 하시면서 선생님께서는 논리적인 러셀이나 무어의 저서를 번역, 소개하신 이유는 무엇인가요? 아날리시스(분석)를 강조하시는 것 같은 감이 있는데요.

답 : 처음에 우리 학교 다닐 때는 물론 칸트와 그 계통을 많이 했었지. 카테고리 같은 것. 이런 논리적 근거로 많이 들어갔다가 이런 건 사고의 상층뿐이지 심층부는 아니라고 생각이 돼서, 프랑스에 와서는 데카르트 철학에서 시작해서 파스칼에 이르는 철학의 영향을 오히려 받아들였어요. 『팡세』의 '심정의 논리' 같은 것 말입니다.

문 : 선생님은 오히려 앙드레 랄랑드(Andre Lalande) 교수와 계통이 유사하지 않겠습니까?

답 : 그이도 내 선생이야요. 그이가 그때도 나이가 꽤 많았고. 그런데 프랑스 아카데미 회원일 것 같으면 자기가 원하는 나이까지 있을 수가 있거든요. 그때도 나이가 많았는데 무슨 철학사전인가 있잖아요?(『철학 전문 · 비판용어 사전』*Vocabulaire Technique et Critique de la Philosophie*을 말함.) 25년에도 그 사전 편찬의 서기로 일을 하고 있다는 소리를 들었어요. 해방 후 김법린이가 문교장관이 되어 파리에 가니 랄랑드 선생이 아직 살아 계시더래요. 그래서 인사를 하고 왔다는 이야기를 합디다. 러셀도 그렇지만 서양 학자들이 아주 오래 살아요.(Andre Lalande는 1867-1963, 제자인 선생이 연세대학교 교수로 정년퇴임한 후에 타계했다.)

문 : 과학철학을 많이 하시고 또 좋아하셨는데, 레옹 브룅슈비크(Léon

선생의 은사로, 후일 파리 대학 문과대학장을 지낸 앙리 들라크루아 교수

선생의 은사로, 유명한 철학사전 편찬자인 앙드레 랄랑드 교수

선생의 은사로, 유명한 수리철학자 레옹 브룅슈비크 교수

Brunschvicg)은 스승이 아니었나요?

답 : 내 일반철학 써티피케이트를 그이에게서 받았어요. 잘생긴 유태계 교수였지요. 성격은 좀 무뚝뚝하고 엄해요.

문 : 에밀 부트루(Émile Boutroux)는 있었나요?

답 : 나 들어가기 전에 먼저 세상을 떠났어.

문 : 관리를 한 파로디(Dominique Parodi)는 강의하던가요?

답 : 강의한 것 같지는 않아. 그가 쓴 것 가운데 '로망티슴'에 대해 읽은 것 같구만.

문 : 거기 계실 때 후설이 파리 대학에서 1928년인가 특강을 했는데요. 후일 유명한 『데카르트적 성찰』(*Meditations Cartesiennes*)이란 책이

되어 나왔죠.

답 : 논리에 대해 그가 쓴 조그마한 논문을 독일에서 읽었지만 그 강의에는 내가 못 들어갔어요. 내가 아마 지방에 갔던지 어디 가고 없어서 못 들은 거였지.

문 : 블라디미르 장켈레비치(Vladimir Jankélévitch)는요? 선생님께서 1950년대에 연세대 문과대학장을 지낼 때 독일 대사로 헤르츠, 그리고 프랑스 대사로 장켈레비치가 있었는데, 이들과 선생님께서 가까운 사이였고 특히 후자가 철학자 장켈레비치와 형제간이었죠. 선생님과는 철학자 장켈레비치와 동창쯤 되시나요?

답 : 파리 대학에 있는 이가 아우야. 나보다 나중 사람이라 학교에서는 알지를 못했고, 여기에 와 있던 그 형이 자기 동생이 파리 대학에 있다고 해서 들었지. 사회학, 윤리학 분야 연구를 한다는 말을 들었소. 그의 형 장켈레비치 대사는 중국에서 지낸 적이 있어서서 한문을 아주 잘해요. 그 후에 예루살렘에 가서 대학교수를 했을 거요. 유대계라 예루살렘에 가겠다는 말을 종종 들었어. 한 가지 이야기하면, 그이가 정부로부터 받은 것이겠지만 우리나라 대학 도서관에 나누어 줄 책을 많이 가지고 있었어요. 그 중에 중국책도 많았는데, 내가 탐나기는 오히려 『고사변』(古史辯)이라고 중국학자 고힐강(顧頡剛)인가가 쓴 책인데, 민영규 선생과 함께 대사관에 갔더니 그것은 성균관대학교에 주고 우리는 푸앵카레 전집하고 뭔가를 주어요. 민 선생도 그 중국책을 받았으면 하는 눈치였지만 빼앗을 수는 없고 처분대로 놔두었지. 이곳 사정을 너무 잘 알고 있어. 참 용한 사람이에요.

문 : 1920년대에 가브리엘 마르셀(Gabriel Marcel)이 이미 책을 냈는데 그 당시에도 벌써 영향력이 있었는가요?
답 : 그럼 많이 읽혔지.

문 : 루이 라벨(Louis Lavelle)은요?
답 : 그건 못 읽었어.

문 : 논리학의 고블로(Edmond Goblot)는요?
답 : 리옹 대학에 있었는데, 대학생 때 그 책을 읽었고 아마 내가 연대에서 강의할 적에 첫 번째 몇 강의는 그이 책을 쓴 일도 있었죠.

문 : 에밀 보렐(Emil Borel)의 확률론을 언젠가 강의 시간에 인용하신 적이 있는데요. 그 무렵 파리 대학 교수였습니까?
답 : 내가 써티피케이트 한 조금 뒤일게요. 그이 책도 거기서 읽었죠.

선생은 일을 해가며 공부를 해야 했으므로 충분히 만족스럽지는 않았겠으나, 워낙 오랜 세월을 프랑스 학문의 마지막 찬연한 빛을 받으며 학구 생활을 계속했기에 어느 면으로 보나 우리 학계에서 참으로 특이하고 귀한 분이었다. 그토록 광범위한 분야에서 개성 있는 교수들과 당대 학자들의 영향을 받은 선생인지라 후일 고국의 대학 강단에서 선생은 합리적이고 논리적인 훈련만이 아니라 폭넓은 학문 세계를 후진에게 열어 보이면서도 전혀 어느 한쪽에 치우치는 파당성이나 강제성을 나타내지 않았는지도 모른다. 아마 선생처럼 서구의 자유사상과 문화를 명실상부하게 체득하여 그 모범을 보인 이도 이 나라에 별로 없지 않을까 한다.

그런데 선생이 국내에서 독립운동을 했고 또 유럽에서 유학하는 동안 현지의 사상적 경향이 러시아혁명 및 스페인내전의 영향으로 좌파 물결이 꽤 넘실대던 때였으므로 이런 좌익사상 운동에 어떤 관심이 있었는지도 궁금한 일이다. 더욱이 경제적으로 별 혜택을 받지 못하며 고생하던 유학생이자 의식 있는 젊은이로서 그 경향에 관심을 가질 수도 있었기 때문이다. 당시 가졌던 생각을 타진해보니 선생은 이렇게 대답했다.

거기에서도 좌익운동이란 게 당연히 있었지요. 특히 불란서는 생디칼리슴이 아주 강했고 그 다음에 공산당의 활약도 컸어요. 그런데 거기 가 있는 우리나라 사람들이 고생은 하면서도 그런 영향은 별로 받은 바가 없었어요. 있더라도 극히 적었을 겁니다. 이런 이야기를 하니까 특히 기억나는 일이 있군요. 1926년에 김법린이 파리 대학을 졸업하고(함흥 친구 이정섭은 그 전해에 졸업) 그해에 벨기에 브뤼셀에서 약소민족회의가 모스크바 공산당 지령에 의해 열렸어요. 사실 이 회의가 있는 것을 백림[베를린]에 있던 이극로(李克魯)가 내게 편지를 해서 그가 가는 줄 알았는데, 그러니까 우리도 파리에서 대표를 보내자고 했죠. 그래서 우리의 파리 거류민단의 대표로 김법린을 보냈어요. 인도에서는 네루가 대표로 오기도 했는데, 우리도 이때 대표를 보낸다고 자격증을 발행해서는 내가 서명을 해서 보냈어요. 그런데 대회 측에서 보니 이극로 박사는 개인으로 왔고 이쪽에서 보낸 김법린이 무슨 자격을 가지고 온 것 같거든요. 그래 김법린이 오히려 한인대표 격이 되었죠. 사실은 독일이 그때 혁명기를 겪고 있어서 모스크바의 소식을 먼저 안 이극로가 움직이고 또 내게도 알려주었던 것인데…….

선생의 대학생활이 끝나가던 "1929년 또는 30년"에 공진항 씨도 파리로 왔다. 그는 처음엔 런던으로 갔다가 뭔지 불쾌한 일을 당해 파리로 왔는데, 먼저 와 있던 유학생들 영향을 받아서 철학과 공부를 하게 되었다. 선생이 있는 동안 이러저러한 사람들이 파리에 꽤 다녀가긴 했지만 실제 공부를 하지 않은 이도 상당히 많았던 모양이다. "파리 여행만 하고 돌아와서는 파리 대학 다녔다고 하고 국회의원 된 사람도 있고, 거 별별 사람 다 있더구만요." 해방 후 이런 부류의 인간은 이 나라에 정말 수두룩했다. 뭔지 벼슬 같은 거 하려면 학벌이 있어야 한다는 것도 우리네 옛날 관행의 소치일 것이다.

선생은 물심양면으로 어려운 여건에서 1920년대를 내내 학문 연구에 바쳤다. 이제 30년대에 들어와서는 파리 대학 학생으로서의 의무가 다 끝남에 따라 선생은 그냥 자유로운 신분으로 계속 공부를 해나갔다. 다만 생계를 유지하기 위해 프랑스 이곳저곳으로 일을 찾아다니게 된 것이 변화라면 변화였다.

제1차 세계대전 이후 유럽은 서서히 그 기세가 쇠퇴일로에 있기는 했으나, 아직도 파리는 세계에서 가장 자유로운 곳, 내일을 기약하고 몰려든 망명객의 본거지이기도 했다. 호치민(胡志明) · 저우언라이(周恩來) · 덩샤오핑(登小平) 등 장차 아시아 정계를 주름잡을 인물들의 조용한 은신처였던 것이다. 아이러니한 일이지만, 파리는 후일 서양 식민주의를 타도하려는 반식민주의적 민족운동가들의 온상이기도 했다. 선생은 그 당시 일을 회고하는 가운데 이런 이야기를 했다.

> 그때 있었던 일 중에 지금도 생각나는 게 있어요. 한번은 월남에 관한 사진이 불란서 신문에 났는데, 월남의 독립운동가들을 죽여 가지고는 머리를 베어서 댓가지 위에다가 꽂아 놓은 것을 사진으로 찍어 신문에 냈더구만요. 겁을 주려 했는지는 모르나 너무 잔악했어요. 그래 불란서 놈들이 이렇게 악독하구나, 죽였으면 죽였지 이럴 수가 있는가. 나도 약소민족에 속한 사람으로 정말 치가 떨리더군요. 동양 정치 현실에 눈을 뜨지 않을 수 없었죠.
>
> 학문을 하는 데도 서양 각국에 가 보면 모두 다 자기들 나라에서 나온 것처럼 자기들 계통만 가지고 전부 하지. 중요한 학설이 다 자기들 나라에서 생겨난 것처럼 말이요. 여기서도 내셔널리즘의 냄새가 짙더구만요.

사실 유럽은 근대 이후 이른바 선진사회의 모델이 되었듯이, 사람이 만든 체제로서는 거의 이상적인 사회를 만들었다 할 수 있었다. 그러나 그곳에서 그런 혜택이나 누리다가 그들의 진수도 파악하지 못한 채 돌아와서 역시 특권이나 누리려는 사람들을 우리는 심심찮게 목격해 왔다. 그런 이들의 피상적인 언동을 신물이 날 정도로 대해 왔다. 그런데 선생의 눈은 이런 이들과 많이 달랐다. 서양 사회의 장점과 허물을 너무도 정확하게 꿰뚫고 있었고, 유럽인의 문화를 흡수하되 그들 멋대로 세계사의 방향을 이끌고 간 그 부당함, 그 폭력적인 태도를 결코 놓치지 않고 있었던 것이다. 그러므로 서양 최고의 학문을 배우는 동안에도, 비록 중국인 국적으로 위장은 했을망정 선생은 조선사람의 혼을 한시도 잃지 않고 있었다는 것을 기억해둘 필요가 있다.

유럽에서 맺은 인연들

학업이 일단 끝난 뒤, 선생은 또 한 번 괴로운 문제 앞에서 결단을 내리지 않으면 안 되었다. 일차적으로 학업이 끝났으니 고국에 돌아가야 하겠지만, 아직도 일제 지배 아래 놓인 곳에 압력이나 받겠다고 간단히 짐을 싸 돌아갈 수도 없는 노릇이었다. 프랑스에 그대로 남아 있으면 육체적으로 고생은 되어도 정신적 고통은 좀 덜 수 있을 것 같았다. 정신적 고통이란 책을 읽는다든가 그밖에 이런저런 공부를 하는 일로 어느 정도는 해소할 수가 있었기 때문이었다. 그래서 육신이 좀 고되더라도 남는 편이 낫겠다고 생각하고 일단 머물기로 작정을 했다. 이런 문제에 부닥쳤던 조선인 청년들이 더러 있었다. 그 중의 어떤 이는 은행에 취직하여 부기를 해준 이도 있었으나 대개는 노동을 했다. 선생은 말한다.

> 지금은 유학생들이 어디서 보조라도 받는 등 형편이 많이 나아졌지만, 그땐 그런 게 전혀 없었으니 아예 노동이지. 고역이었어요.

이런 생활 속에서 책을 보는 일은 정말 둘도 없는 낙이었다. 선생은 숙소 이외에도 도서관 같은 곳에 종종 들러 마음 내키는 대로 이런저런 책을 자유롭게 읽고는 했다.

이때 거기서 김옥균 죽인 그 사람, 홍종우가 번역한 『춘향전』도 찾아보았지. 귀메 박물관(Guimet Musee)에서.

또 이 무렵에 선생은 조선에서 오는 동포들과의 접촉도 더러 가지며 고국의 소식과 장래에 관해 이야기를 하는 기회를 가지게 되었다. 시베리아 철도로 긴 여행을 한 허헌 씨, 세계일주 여행 중이던 인촌 김성수, 우남 이승만 그리고 『초당』(*The Grass Roof*)의 작가 강용흘 씨 부부, 언어학 공부를 위해 유학 온 김선기 등을 모두 이 시기에 만난다. 특히 인촌과의 만남은 서로 격의 없는 매우 친밀한 관계로 유지되기에 이르렀다.

1931년인가 만주사변이 일어나려고 하던 때인데, 김성수 선생과 장덕수 씨가 런던에 있다가 파리로 왔어요.(장덕수는 그때 컬럼비아 대학에 노동운동에 관한 학위논문을 제출하기 위해 런던에 체류 중이었다.) 파리에 와서는 유학생들을 만나고 관광도 하고는 했는데, 나야 그때 시간이 많았으니 매일 오후에 이들을 안내하고 다니면서 구경을 시켜주곤 했지요. 서로 의기가 통할 만큼 가까워졌죠. 돌아오면 꼭 보성전문에 와서 학생들 가르쳐 달라는 부탁도 그때 받았어요.

우남은 미주에서 제네바에 왔다가 1933년 3월 6일부터 말일까지 파리에 머문 후 다시 제네바로 돌아간 일이 있다. 선생은 비록 노동을 하고 있을망정 친구 이용제와 함께 이 '민족의 지도자'를 제네바에서 초청하여 남불 니스(Nice) 근처 호텔에 여장을 풀도록 조치해 주었다. 그러나 세월이 흘러 해방이 된 후 선생이 연세대 문과대학장을 하던 시절 정초에 경무대로 인사를 갔을 때, 모두들 하는 '각하'라는 말이 안 나와 '선생님'이라 부르니, 우남은 "날 언제 어디서 보았나" 하더라는 것이다.

또 국어학자 김선기(金善琪)는 1934년에 파리에서 선생과 처음 만났다. 그는 파리 대학 학생 신분으로 영국의 학회에 갔다가 유명한 다니엘 존스의 권유로 영국에서 공부를 하게 되었지만, 원래는 파리에서 유학했던 것이다. 그는 선생을 만났던 당시를 회상하며 이렇게 말했다.

> 당시 파리에는 한인 학생이 여덟 명 가량 되는데, 두 사람이 공부를 하는 이로 보이더군요. 그 두 사람 중의 하나가 정 선생이었습니다. 그런데 그는 노동을 하고 있었는데도 찾아온 손님에게 점심을 대접할 줄 아는 예를 깍듯이 지키고 있었습니다. 참으로 어려운 일이지요.

베를린올림픽 마라톤 종목에서 우승한 손기정이 귀로에 파리에 들렀을 때 한인 유학생들이 그를 위해 환영회를 열어준 일도 있다. 이때 선생은 자랑스러운 손 선수에게 민족의식을 일깨워 주는 인상적인 말

1936년 파리 리벨리 거리에서
손기정 선수와 함께
(왼쪽은 장길룡 부부)

을 해서 그로 하여금 평생의 지침이 되었다고 한다.

> … 정석해 씨는 내 손을 움켜잡으며 반겼다. 「나는 손 군을 단순한 운동선수로만 생각지 않는다. 오늘 日人들의 축하 파티가 있었는데도 마다하고 피를 나눈 형제들의 모임에 나왔으니 얼마나 대견한 일이냐」는 것이었다. (손기정, "나의 이력서", 「한국일보」 1980년 5월 15일자 4면.)

손기정 씨는 이 글에서 선생을 베를린 교포 안봉근 씨 댁에서 만난 것으로 기술하고 있으나 아마도 약간의 착각이 있는 게 아닌가 싶다. 선생이 파리에서 손 씨와 찍은 사진이 있는 것으로 보아서는 파리에서 만남이 있었던 게 맞을 것이다.

대학의 '리쌍스'를 끝내고 난 뒤 선생의 생활은 더 이상 시험을 치기 위한 공부를 하지 않아도 되어서 한결 자유로워졌지만, 1930년대 10년을 내내 노동이나 하면서 객지생활로 흘려보내기에는 이것 또한 견디기 어려운 일이었다. 고국에서 무슨 변화가 있기를 고대하며, 소식이라도 가져오는 이들에게서 혹 밝은 이야기나 들을까 마음 졸이는 나날을 보내는 길고도 긴 망명생활 바로 그것이었다.

오래 닦고 쌓은 지식과 경륜을 광복 조국에서 펼 수 있기만을 기다리는 지루하기 짝이 없는 세월이었다. 그러는 동안 선생은 나이 벌써 마흔이 다 되었다. 물론 독신이었다. 그때 이곳에서 지내는 한인들 중 많은 이가 비슷한 처지였다. 이들 대개는 꿈에도 잊지 못할 조국 광복을 비는 마음뿐이었고, 그런 다음에야 인생이 다시 시작되리라는 희망을 품고 있었다. "거기 있는 동안 프랑스 여인과 결혼해서 가정을 갖겠다는 생각은 어쨌건 한 번도 해본 일이 없었소." 이런 결연하고도 단호한 태도는 물론 첫째도 '조국의 독립', 둘째도 '조국의 독립'이라는 확고부동한 의식에서 나온 것이었다.

그러나 이렇게 기약할 수 없는 나날이 흘러가던 중, 뜻밖의 일이 벌어지게 된다. 제2차 세계대전의 전운이 감돌기 시작하였고, 뭔가 또 다른 시대가 전개될 듯한 예감이 드는 것이었다.

4. 20년 만의 귀국

1939년 9월 3일쯤으로 생각됩니다. 갑자기 두 가지 생각이 떠올라요. 이번 제2차 세계대전에서는 세계가 개조될 것이다. 그러니 이제는 내 조국을 위해서 뭔가 활동할 때가 오리라는 희망이었지요. 또 그 다음에는 파리에서 민심 동향을 보니까 불란서가 패할 것 같다는 생각이에요. 마지노선(線)을 구축했느니 어쩌니 했지만 2차 세계대전의 선전포고가 나오니까 불란서 사람들이 부들부들 떨며 무서워하는 게 역력했어요. 벌써 패기(敗氣)가 뚜렷하더군요. 그러니 내가 여기 있다가는 전쟁 중에 고생이 불 보듯 뻔했어요. 그래 어떻게든지 고향으로 돌아가자 하는 결심을 하게 된 거예요.

그러나 전쟁이 갑자기 일어났고 벌어놓은 돈이 있었던 것도 아니었으므로, 선생에게 돌아갈 여비가 있을 리 없었다. "늘 준비 없는 행동을 하다가 고생길이 되고 마는" 선생이었지만, 이번에도 그저 귀국한다는 생각 하나로 집을 나서게 되었다. 막연한 귀로라 하지 않을 수 없었다. 몇 푼 안 되는 돈을 가지고 그 길로 마르세유로 내려왔다. 그리고는 동양으로 떠나는 배에 그냥 올라탔다. 배삯을 내라고 했다. 배를 탔으니, 그것도 먼 동양으로 향하는 배에 올랐으니 그 값을 요구하는 게 당연했다.

선생이 가지고 있던 돈으로는 몇 백 프랑이 부족했다. 하는 수 없이 선생은 파리의 친구 이용제에게 전보를 쳤다. 일단 호텔에 든 다음 기다리고 있으니 돈이 왔다. 이 돈을 받자마자 그날 저녁으로 선박회사로 달려갔다. 그런데 가보니 배삯이 인상되어 있는 것이다. 부족한 만큼을 또 이용제에게 전보를 쳐서 알렸더니 다시 그만한 돈이 왔다. 이튿날 배를 타러 가니 이게 웬일인가. 값이 또 올라가 역시 돈이 모자란다. 전시요 급박한 때라 인심이 횡행하였고, 모두 피난 가는 사람뿐이니 물가인들 수시로 솟구치지 않을 리 없었다. 배삯이 이렇게 눈 깜짝할 새 자꾸 뛰는 것도 이 같은 비상시의 사정을 반영하는 것이었다.

결국 선생은 다시 이용제에게 매달려 그의 도움으로 3등 칸 정도의 표를 사서 배에 오를 수 있었다. 이렇게 해서 천신만고 끝에 그리던 귀향길로 들어서게 된 것이다. 고국으로 돌아올 때는 만 19년을 소지하던 중국인 여권을 폐기하고, 일본 통치하의 고국으로 가는 만큼 일본 공관이 발행한 여행권을 휴대했다. 선생은 배가 인도양 상에 이르렀을 때 이 여행권을 찢어 바다에 던졌다고 한다(이옥 씨의 증언). 비록 입국을 위해 필요한 증서라고는 해도 그것에 의지해 고국 땅을 밟고 싶지 않다는 것이 선생의 솔직한 심정이었던 것이다.

선생이 타고 있던 귀향선에는 역시 유럽에 올 때와 마찬가지로 중국사람이 수백 명이나 타고 있었다. 노동하던 이들, 독일 유학하던 이들 해서 꽤 많은 수였다. 거기에 '허조서'라는 중국인이 있었는데 선생은 이들과 다 같이 친해졌다. '허'는 중국인들의 대표 격이었는데 사이공에 도착하자 중국인들을 거느리고 중경에 들어가겠다며 내린다고 했다. 그러면서 그는 선생과 조선인들에게 "당신네 정부도 백범이 인솔하여 중경에 와 있는데 그리로 함께 가는 것이 어떠냐?"고 물었다. 선생은 혼자 생각해 보았다. 과연 어떻게 하는 것이 현명한가고심하지 않을 수 없는 일이었다. 오래도록 집에서 돌아오라는 연락을 받고도 가보지 못한 고향을 이번에는 가야 하는 것 아닌가, 아니면 중경 임시정부 쪽으로 발을 돌려야 할 것인가 기로에 선 것이다. 그러나 심사숙고 끝에 선생은 전자의 길을 택하기로 했다. 그 심정을 선생은 이렇게 간단하게 표현했다.

> 거기까지 와서 결정을 해야 하는 순간이 되자, 이제 20년 만인데 집으로 돌아가 부모를 뵈어야겠다는 생각이 강하게 들었어요. 이제는 아무래도 고향에 가까이 왔으니 고향으로 가자, 하는 마음이 간절하더군요.

이렇게 해서 선생은 허조서 일행과 갈라져 귀향길을 재촉했다. 그러나 귀향의 길이 더 순조로운 것은 아니었다. 아무리 제 나라를 찾아간다 하지만 아직은 적국 한 가운데를 향해 가는 것과 같았기 때문이다. 마침내 프랑스 배는 상해에 와 닿았다. 그때 상해는 물론 일본이 점령하고 있는 상태였다. 선생은 배에서 내려 '왕보차'를 타고 조선사람 하는 여관으로 가자고 했다. 그러자 마침 왕보차 모는 이가 조선인을 잘 안다고 하는 것이다. '거 잘됐다' 생각하고 그가 내려준 여관에 들어서니, 세상은 정말 좁은 모양이었다. 뜻하지 않은 일이 생겼다.

> 여관에 떡 들어서니, 일본식 여관인데 투숙객들의 이름이 쭉 써 붙어 있는 것이에요. 그런데 그 가운데 김경재라는 이름이 있단 말입니다. 이 사람은 내가 알던 이는 아닌데 파리에 내가 있을 때 그는

하얼빈에 있었고, 그때 하얼빈 근처에 있던 나의 친구한테서 내 주소를 알아 편지를 보내던 이예요. 그러니까 서로 편지 교환은 하던 사이였는데 그 사람 이름이 있으니 '이거 참 이상하다'는 생각이 들어요.

좀 있으니 여관 주인이 숙박일지를 가져오더군요. 그래 거기다가 내 본적지를 쓰게 됐죠. 이 여자가 보더니 '아이고 장로님 아들이네요. 제가 교회에서 장로님 밑에서 자라났습니다'라고 하는 게 아니야요. 그래서 이 여인에게서 우리 집안이 편안하다는 소식도 듣게 되었고, 자기는 진남포로 시집을 갔다가 상해로 오게 되었다는 이야기를 늘어놓아요. 그리고는 숙박기를 적은 걸 가지고 나갔는데 몇 분 안 되어 어떤 이가 들어와서는 '제가 김경재입니다. 그러나 선생님, 예전의 김경재는 아니구요. 벌써 방향 전환했습니다' 이러는 게 아닌가. 속이 섬뜩하더구먼. 방향 전환했다는 것은 이제 독립운동하던 것을 그만 두고 일본놈에게 붙었다는 이야기 아니겠소?

왕년에 멀리 이국에 나가 있는 선생을 흠모하여 서신을 보내오던 독립운동의 동지 김경재가 이제는 변절하여 친일분자로 선생 앞에 앉아 있는 것이다. 그것도 선생의 이모저모를 꽤 정통하게 알고 있는 자로서 대면하고 있는 것이다.

그는 상해 주재 조선총독부 공관에서 일하고 있었다. 이 공관은 상해에 있는 우리나라 사람들의 동향을 살피기 위해 설치해 놓은 것으로, 우리나라 사람들이 혹 중경으로 도망한다거나 무슨 공작을 하는 것 같다거나 하는 따위의 동태 파악을 하여 저희 당국에 일러바치고 수상한 자는 체포·수사하여 처벌하는 일본의 조선인 감독기관이었다. 그런데 이 김경재라는 자는 이튿날 다시 선생에게 오더니 '이젠 일본 치하에 들어간 이곳에 오셨으니 공관에 책임자를 보러 갑시다' 하는 것이다. 선생은 그가 하자는 대로 따라 나설 수밖에 없었다.

공관에 당도하니, 책임자라는 이는 대뜸 그 동안 한 일이라든가 전력을 캐묻는 것이 아니라 구라파 전쟁에 대해서만 물었다. 현지 동향은 어떤지, 민간인들이 어떻게 전쟁에 대처하고 있는지 등을 질문하는 것이다. 선생은 유럽을 떠나기 전에 본 대로 사람들이 거리에다 호를 파고 있더라는 이야기를 들려주었다. 이 관리는 좀 윗자리에 있는 자였는지 그런 고등한 질문만 하고 말았다.

그러나 이튿날이 되자 그들은 상해 영사관 소속 경관을 보내서 선생을 차에다 태우고는 경찰서로 데려갔다. 이때부터는 선생이 프랑스에서 뭘 했으며 또 어디어디 가서 한 일이 무엇인지 등의 본격적인 심문을 해나갔다. 물론 그자들이 유럽에서의 일거일동을 자세히 알 리 없으므로 선생은 적당히 대답해서 넘겼다. 이 대학 저 대학에서 공부하고 일도 하고 한 것들을 이야기했다. 이런 심문이 있은 뒤 김경재가 다시 공관으로 가자고 하며 그리로 데려갔다. 그들로서는 선생은 평안북도 경찰국으로 직접 보낼 생각이었는데, 그곳으로는 배가 사나흘 있어야 떠나고 나가사키로 다음날 아침 떠나는 배가 있으니 그리로 보내고자 하였다. 상해에 그냥 두었다가는 언제 중경으로 내뺄지 알 수 없다고 여겼던 모양이다. 이렇게 그들 손에 잡힌 선생은 하는 수 없이 그들 하자는 대로 몸을 내맡기게 되었다.

> 떠날 준비를 하라고 해요. 나야 준비라고 해봐야 파리에서 책 몇 권 사가지고 온 조그만 짐짝밖에는 없었죠. 이튿날 집에서 항구로 나갔어요. 그때 움직이기는 편하긴 했어요. 그놈들이 다 해주니까. 가만히 있으면 수속까지 다 해서 배만 타고 가게끔 했죠.

고향의 부모님 뵙고 싶어 귀국길을 택한 선생은 뜻밖에 왜놈 수중에 들어 일본으로 호송되었다. 나가사키에 도착하자 다시 심문을 했고 또 불온서적을 가지고 있는가도 조사를 했다. 선생이 가지고 있던 책들이 죄다 불어로 씌어 있었으므로 그들로서는 들춰봐도 알 길이 없었다. 불어를 아는 사람을 구해 온다는 게 나가사키 의과대학의 교수였다. 그가 선생의 책을 들여다보니 철학책 몇 권이 있을 뿐 별 게 없어서 싱거웠던 모양이다. 책들 중에 선생이 심심풀이로 읽던 프랑스 소설 몇 권을 들추며 '아, 이것들은 더러운 책이구만' 하고 뇌까렸다. 검열하는 자의 위신상 한마디 하는 것이었을 것이다. 조선인 외국 유학한 이가 형편없는 책이나 가지고 다닌다는 식의 멸시적 몸짓을 짐짓 해댔던 것이다.

심문과 짐짝 조사를 받은 선생은 당시 나고야에 유학하고 있던 두 동생을 만나고 싶었다. 그래 선생은 그곳 경찰에게 말했다. "내가 여기 온 이상 나고야에 유학하고 있는 동생들을 가봤으면 좋겠다. 그런데 상해에서 나를 떠나보낼 때는 본국으로 빨리 가라는 명령을 했을 텐데 어쩌면 좋겠느냐?" 이 말을 들은 그곳 경찰은 오히려 "일본 내지에 들어오면 우리 소관이지, 뭐 상해에 있는 경관들이 이러쿵저러쿵 간섭할 일이냐. 어서 가보라"고 선뜻 허락하는 것이었다.

선생에게는 어느 모로 보나 일본이 익숙한 곳이 아니다. 감정도 감정이려니와 사실 일본사람 교육도 거의 받은 바가 없다. 선생이 일본어를 잘하지 못한다는 건 웬만한 이는 다 잘 아는 사실이다. 이것이 오히려 후일 교단에서 학생들에게 아주 좋은 교육을 베풀 수 있었던 몇 가지 요인 중의 하나였다. 이미 오랫동안 고국을 떠나 있던 터라, 고국에서 식민지 문화가 어떻게 언어적 표현의 변화마저 일으켰는지 알 길이 없었다. 그래서 때때로 그들이 말하는 것을 알아차리지도 못하는 경우도 있었다. 한 예를 선생은 이렇게 들었다.

> 내 우스운 건, 그자들이 배 안에서도 그랬는데, 당신 '한토징'(半島人) 아니냐고 그래요. 나로서는 '한토징'이란 말을 못 들어 봤으니 '조센징'(朝鮮人)이라고 그랬지. 그네들이 받아 조센징이니까 한토징이 아니냐고 하더구먼. 그래서 나는 다시 조센징이지 한통징이 아니라고 했더니, 그들은 우스워 죽겠다는 거예요.

이곳 언어문화의 변화를 선생이 알 길이 없었던 것이다.

그들은 선생에게 나고야 갈 차표를 끊을 돈을 내라고 했다. 돈을 받아가지고는 역시 자기네들이 차표를 마련해 오는 것이다. 그런데 나고야를 향해 가는데도 선생 옆에는 꼭 경관이 붙어 다니는 것이다. 후쿠오카에서 배를 갈아탈 때는 경관이 바뀌면서 '이놈이 아주 나쁜 놈이고 비국민'이라면서 매섭게 욕을 해댔다. 나중에 상해에서 선생에 관한 신상조서가 모두 넘어왔을 테지만, 선생은 처음부터 늘 경관의 미행이 있다는 것조차 눈치 채지 못했던 것이다. 사실 그들은 한시도 선생의 행방을 놓치고 있지 않았다.

나고야에 도착한 선생은 동생들이 지내고 있는 집을 찾아가 두 동생을 오랜만에 만나보았다. 물론 형은 아우들을 곧 알아봤지만 아우들은 달랐다. 어렸을 적에 형을 본 일은 있지만 항상 집밖으로 돈 형을 금세 알아볼 턱이 없었던 것이다. 선생이 "내가 너희 형이다" 해도 아우들은 어리벙벙해할 수밖에 없었다.

큰동생 석원(錫源)을 일곱 살 적엔가 봤으니 작은 동생이야 더 말해 무엇하랴. 이들은 일찍이 동경에서 중학을 마치고 고등공업을 다니려고 이곳에 와 있었다. 나고야에는 선생의 막내 누이동생이 흥남사람과 결혼해서 조그마한 인쇄공장을 차리고 살았다. 그러니까 이 인쇄업 하는 매부집에 두 동생이 얹혀 있었던 것이다. 이들의 생활이 어려웠을 것은 당연한지라, 유럽에서 노동을 해 살아간 선생이 이들에게 돈을 부쳐주기까지 했다는 게 선생의 생활을 비교적 잘 알고 있는 이의 말이다.

선생은 나고야에서 동생들과 며칠을 같이 지냈다. 이젠 떠나야 한다. 정해진 날에 선생은 본국으로 떠나는 부관(關釜) 연락선에 올랐다. 누군가 선생을 계속 뒤따르는 자가 있음을 배에 올라서 알 수 있었다. 왜냐하면 배에 오르자마자 이번에는 조선인 경관이 따라붙고 안내까지 했기 때문이다. 몇 시간 뒤 배는 부산항에 와 닿았다. 그러자 이번에는 또 이곳 해안경비대가 선생을 억류했다. 지금의 영도다리 건너편 쪽이었는데, 선생은 이날이 1939년 12월 21일일 것이라고 한다.

유럽 유학길에 오른 지 만 19년이었는데, 고국을 떠난 지 20년만의 귀환이었다. 그러나 자유로운 몸이 아닌 적들의 손에 잡힌 몸으로 돌아온 것이다.

생각건대 일제 치하에서 항일 학생운동의 주역으로 도피, 망명한 선생이 20년이라는 긴 세월을 기다려 돌아온 곳이 여전히 적의 치하에서 벗어나지 못한 조국이었으니 답답한 노릇이었다. 게다가 이번에는 그들 앞에 자진 출두한 셈이었으니, 세월의 흐름도 믿을 게 못 되는 것만 같았다. 하지만 어찌됐건 선생은 이 땅을 다시 밟게 된 것이다. 신상의 자유는 허락되지 않은 채.

5장

일제와 칩거 시절

1. 귀향 그리고 실의의 나날들

1939년 말 유럽에서는 전쟁이 진행 중이었으나 아시아에서는 아직 대전이 발발하지 않은 상태였다. 그러나 일제는 만주사변 후 대륙 침략에 착수하여 우리나라를 병참기지화하고 전시 동원체제를 갖추어 가고 있었다. 특히 1936년 미나미 총독의 부임과 때를 같이 해서는 '내선일체'의 슬로건을 내걸고 우리나라를 완전히 일본화하고자 혈안이 되고 있었다. 민족 고유의 전통문화를 말살하는 방법의 하나로 1940년에 창씨제도를 실시, 한국인의 성씨까지 없애버리려 했으며 나아가 개명까지 강요했다. 일제의 철두철미하고 광범한 전시 동원태세와 함께 태평양전쟁의 암운은 이미 짙어지고 있었다. 결국 1941년 12월 8일 대전에 돌입하면서 일제는 단말마적인 발악으로 우리 민족의 생활마저 비참의 극으로까지 몰아갔다.

일제의 말기적 증세가 나날이 고조돼 가던 1939년 말, 선생은 부산 해경에 억류된 채 꼼짝 못하는 신세가 되었다. 마음 같아서는 하루속히 고향에 달려가 부모를 뵙고 싶었으나 별 도리가 없었다.

> 그런데 내가 본국으로 들어간다고 나고야의 동생들이 신의주에 있는 나의 큰 매부한테 편지를 했던 모양이에요. 그래서 집에서는 곧 돌아오리라고 믿었는데 내가 의주에 오지를 않거든요. 그러니까 매부가 아는 「매일신보」 기자 하나를 내려 보냈어요. 기자가 와 보니 내가 잡혀 있거든요. 이 기자의 활동으로 풀려나게 되는 겁

니다. 그이가 아마 '아무래도 평안도 도경에 보내질 사람이니 서내(署內)에 구금시킬 것이 아니라 딴 데로 숙소를 옮겨 주자'고 했던 모양이에요. 초량 어느 호텔을 정해주어 나가 있었어요.

일단 관계기관의 억류는 해제되어 초량 호텔 방에 드니, 오랜만에 고국에 왔다는 것이 실감이 나기 시작했다. 방에는 불을 때어 땀이 줄줄 흘렀다. 유럽하고도 특히 파리에서는 영하의 날씨를 별로 겪지 않다가 겨울에 불 땐 방에 있어 보는 게 얼마 만인지 몰랐다. 이튿날 밖에 나와 보니 향수 탓인지 엿이 먹고 싶고 냉면 생각도 났다. 초량 어느 골목에서 마침 엿가게며 냉면가게도 눈에 띄었다. 엿을 한 개 사서 입에 넣으니 맛이 옛 맛 그대로인 듯했다. 냉면집으로 들어갔다. "냉면 합니까?" 소리치니 "저런, 겨울에 누가 냉면을 한담. 지금 누가 냉면을 찾는 거야?" 하는 대답뿐 사람의 얼굴은 보이지 않았다. 며칠 후 선생은 평북으로 가는 기차를 탔다.

신의주로 가는 기차가 서울을 지날 때쯤이 되자 차 안에서 웬 냄새가 더럽고 역겹게 풍겨왔다. 오징어를 먹는 이들 때문이었다. "나도 나중에는 그걸 즐겨 먹었지만, 그때의 오징어 냄새, 아 고약하더군. 저런 걸 다 먹나 하고 생각했어요." 평양쯤을 지나갈 무렵, 창문을 열고 손을 창밖에 내미니 손이 쩍 달라붙었다. 내 나라가 이렇게 추운 나라였는지 새삼스럽게 느껴졌다. 소년시절에 고국을 떠나 오랜 해외생활에서 고향 물정을 거의 잊어버리고 지낸 것이다.

놀라운 비사

이렇게 찾아온 고향이었지만 선생에게는 딱히 희망이 있는 것도 아니었다. 유럽에 전쟁이 일어났으니 계속 살기는 힘들 테고, 또 한편 고국에 오면 이번에는 무슨 희망이 있겠거니 하는 기대를 안고 돌아왔으나 뭔가 분위기가 냉랭한 게 앞이 순탄치 않을 것이 뻔했다. 파리에서는 적어도 사상적으로는 자유로웠던 것이다.

선생은 마침내 고향집에 들어섰다. 20년 사이에 아버님과 어머님의 모습이 많이 늙어 보인다는 감을 받기는 했으나 그래도 예전 모습을 읽을 수가 있었다. 할아버님과 할머님은 벌써 돌아가시고 안 계셨다. 손주라고 늘 곁에서 잠재워 주시던 할머님의 모습을 이젠 보지 못하는구나 생각하니 마음이 몹시 저릿해왔다. 집 뒤로 돌아가면 바로 산소가 있었다. 선생은 동생과 거기 가서 엎드려 큰절을 올렸다. 집안 사정을 살피는 일은 이렇게 간단히 끝났다.

그 다음은 답답하기 이를 데 없는 지루하고도 긴 실의의 나날이었다. '왜 그럴 수밖에 없는가. 무슨 일이라도 하면 되지 않는가' 할는지 모른다. 그러나 선생은 아무 일이나 하게끔 허락되어 있지 않았다. 사사로운 장사 따위는 몰라도, 적어도 공적인 일은 아무것도 허용되지 않았던 것이다. 일은 고사하고 외출도 자유롭지를 않았다. 선생의 귀국은 이와 같이 일종의 인위적인 불구의 신세로 이어지는 것이었다.

우리집이 '배곶'이라고 해서 이화포(梨花浦)라는 항구와 철산경찰서 사이에 있었어요. 그러니까 경찰서에서 배곶으로 소식 전하러 가는 왜경과 조선인경찰이, 또 그리고 배곶에서 본서로 가는 경찰이 우리집에 늘 들르게 되어 있어요. 집이 인평 큰 길가에 있었으니 그저 매일 와서는 들여다보고, 내가 있나 없나 감시가 끊이지를 않아요. 본시 도경무국에서는 날더러 한 달 반을 꼭 집에 있도록 하고 그 다음에는 어디를 가든지 보고를 하라는 것이었죠.

이런 상황에서 늘 시골집에 있자니 답답함을 견딜 수가 없었다. 그래서 선생은 한 달이 지난 후 신의주 매부 댁을 오가면서 시간을 보내는 경우가 많았다. 어느 때인가 신의주 매부 댁에 있을 때의 일이다. 한번은 그곳에서 아주 의외의 인물을 만나 놀라운 소식을 들었다.

아마 그해 겨울이었을 거요. 내 매부네 집에서 외출을 했죠. 조금 거리로 나오니까 저편에서 걸어오는 키 큰 사람이 눈에 띄어요. 언뜻 고준탁이라는 이로 짐작이 되더군요. 나도 깜짝 놀랐거니와 그도 아마 꽤 놀란 모양입디다. 내가 인사하기를 '난 서양 가서 20년 있다가 이제 돌아온 지가 얼마 안 되네' 했더니, 그는 '이런 길거리에서는 말할 수가 없으니 좀 어스름할 적에 요 너머에서 좀 보자' 고 그래요. 만나서 들으니 그의 이야기는 이랬소. '나는 그동안 상해를 갔다 왔다는 걸로 징역 4년을 살고 출옥한 지 얼마 되지를 않소. 그래도 우리 사건을 아는 놈은 하나도 없어요.' 징역은 상해 갔다온 건과 관련된 것이지, 우리 사건 때문은 아니라는 것이었어요. 우리 사건은 자신하고 나밖에는 지금 이 나라에서 아는 이가 하나도 없다는 거예요.

고준탁이라는 인물은 물론 선생이 독립운동을 하며 알게 된 이이지만, 오랫동안 연락이 없었던 사람이다. 그럼 '우리 사건'이라는 비밀스런 일은 무엇을 가리키는가? 내용은 이러하다.

앞서 선생이 아일랜드 사람 쇼네 집에 잠시 무기를 가져다 맡긴 일이 있었을 때, 선생의 신성중학교 대선배로 하남성 공장에 가 있던 윤형보라는 이와 고준탁이 그 무기를 가지고 구의주에 들어갔던 것이다. 당시 구의주에는 도(道)경찰부라는 것이 있었는데 이 도경찰부의 조선인 고등계 부장이 천하의 악질인지라, 이놈의 집을 습격하기로 한 것이다.

당시 조선인 경찰로는 평안북도에서 최고의 지위에 있으면서 독립운동가들을 끈질기게 괴롭힌 그놈을 찾아가보니, 그자는 막 자기 처와 함께 저녁밥상을 대하고 있었다. 그래서 고준탁 씨 등은 단숨에 이들을 쏴 죽였는데, 그 집에 어린애가 있기에 부모 없이 불쌍한 인생을 살 필요가 없다는 생각에 그 애마저 처치했다는 것이었다. 이 일은 당시 신문에도 나지 않아 세간에 전혀 알려지지 않은 사건이었다. 고준탁의 말로는 여기 관련된 사람 중 하나는 중국에 가 있고 오직 자기만이 알 뿐이라는 것이었다. 선생도 그 무기가 그렇게 쓰였다는 사실에 대해서는 금시초문이었다. 이런 사건을 회상하면서 선생은 다시 먼 옛날 독립운동에 열을 올리던 젊은 시절의 또 한 토막의 비화를 털어놓았다.

1919년 낭랑절 바로 지난 때였소. 내게는 내가 형처럼 믿고 또 대도 나를 동생처럼 여기고 일을 명하는 김진제가 위에 있었는데, 그 뒤에는 또 어떤 이들이 있어 내게 명령을 내리고 또 도와주는지는 몰랐지. 그런 무슨 임무를 띠고 내가 서울에 오게 되었소. 서울 와서 장사동 어느 집에 있었는데, 거기서 누구의 소개로 알게 되었는지는 분명치 않으나 두 사람을 만나게 되었지.

한 사람은 삼산(三山) 조수연(趙需然)이라고 하는 노인으로 아마 그때 50대 말에서 60세쯤으로 보이는 분이었어요. 그 집에서 이분과 유숙을 했는데, 이 이는 의병활동을 하다가 잡혀 징역을 한 5, 6년 살고 나왔어요. 또 한 사람은 이 이를 찾아온 김규식(金圭植)이라는 분이었지. 나는 조선사람으로 이제껏 그렇게 장신의 잘난 인물을 본 일이 없습니다. 그런데 이 이도 마찬가지로 징역 6, 7년 살고 나온 모양입니다. 둘이 다 의병들이었죠.

김규식 씨는 감옥에서 머리를 다 잘렸다가는 나와서 다시 상투를 짰어요. 상투를 튼 그로서는 운두가 낮은 그 집 문안을 허리를 구부리고야 들어올 수 있더군요. 참 대단한 인물임이 한눈에 보였어요…… 경기도 유림 대표라고 하는 정 씨가 자기도 정 씨이면서 농으로 삼산에게 나를 가리키며 '당나귀는 고삐를 잘 잡아야지. 저놈이 어디로 뛸지를 몰라' 하던 생각이 나는군요.

거기서 얼마 있다가 이 두 양반을 내가 모시고 안동현으로 건너왔어요. 김규식 씨도 같이 모시고 오려니까 자기는 일이 아직 정리가 안 됐으니까 좀 뒤에 가겠노라고 했는데, 그 뒤 그이는 걸어서 아마 초산(楚山)으로 올라갔던 모양이에요. 그리고 초산에서 북간도로 건너가 김좌진 장군의 참모장이 되었어요. 바로 유명한 청산리 싸움의 지도자였던 것입니다. 일본의 사단을 두 개의 산골에 끌어들여 섬멸한, 전술상 탁월했던 항일독립전쟁에 길이 빛날 쾌거이죠. 이분들이 다 내 훌륭한 선배들입니다. (이 전투에 관한 소상한 이야기는 그들을 모시고 같이 지냈던 선생의 동지 김규형 옹이 후일 시력을 잃은 채 부산에 와 있으면서 선생에게 진술해준 것임. 김 옹에 관한 자세한 사항은 「부산일보」 1973년 11월 12일자 7면을 참조.)

세월은 흘러만 가고

선생은 신의주에서 고준탁 씨를 만난 후 2월경 다시 철산 집에 내려와 있었다. 그저 할일 없이 세월을 보낼 뿐이다. 그 한 달쯤 후인가 선생 아버님의 친구 되시는 이가 20킬로미터쯤 떨어진 용천에서 걸어오셨다. 선생이 20년 만에 해외유학에서 돌아왔다는 소식을 듣고서였다. 성이 서(徐) 씨로 기억되는 그분은 이틀 밤을 선생 댁에서 거하면서 이런저런 세상 이야기를 전했다. 선생이 기억하는 노인의 이야기 한 토막을 전하면 이렇다.

송나라 때 유학자 주염계(周濂溪)에 이어 등장하는 소강절(邵康節), 이 소강절의 이야기를 해요. 일제 말이 가까워오던 때라 거기에 비유를 하는 겁니다. 소강절이 중국 민족의 운명을 점치는데 어떻게 나왔는가 하면 '이적금수'(夷狄禽獸)가 중국을 침범한다는 것이었답니다. 노인에 의하면 '적'이란 몽고, '이'라는 건 동이를 말하는데 청나라가 벌써 중국을 먹었고, '금'은 날짐승이니까 경박한 고로 왜놈을 두고 하는 말인데 그 당시 왜놈이 만주는 이미 점령

하고 있으니 맞아 떨어진다는 거지요. 또 '수'라는 건 곰 같은 러시아로, 이 나라가 중국을 침범할 것이라는 거예요. 이 양반 말씀대로 마지막에는 러시아 공산주의가 중국에 들어오지 않았소? 물론 그 양반 해석할 때는 모택동이가 중국을 평정하기 전이었죠.

선생이 한 생애를 거의 마치던 무렵에 반세기가 지난 옛날의 서 노인 말씀을 기억하고 그것을 들려주는 것만으로도 매우 흥미가 있었다. 서 노인은 유명한 유학자이자 의병장인 의암 유인석이 자기 서재에 와 있다가 만주로 건너갔다고도 했단다. 포명(抱溟) 권오돈(權五惇) 선생에 의하면 구한말 평안북도에는 유 의암이 대표적 선비였다고 하는 바, 그가 자기 고향 춘천 일대에서 의병대장으로 왜놈들과 싸우다가 패해 평북 태천에 은거하던 중 많은 평북인들에게 유학을 지도했던 것이다.

서 노인은 이때 의암의 영향을 받은 그의 문하생이었다. 평소 의암을 존경해 마지않던 선생이 그의 제자로부터 들은 소강절의 저 점괘와 해석은 어째서 그때까지 선생의 귓전을 맴돌았을까? 노년의 선생은 가끔 잠을 못 들었을 때 "운명론을 말하는 옛날 노인들한테도 뭔가 있구나. 참 멀리 내다보는 것이 있지 않았는가 하는 느낌이 든다"고도 했다. 만년에 선생이 신비주의의 어떤 측면에 공감했다고 해서 이상할 게 없지만, 그 당시 서구의 논리적이고 합리적인 학문을 닦고 막 돌아온 선생이 그와 같은 예견을 그대로 흘려듣지 않은 것은 말씀한 사람의 인격과 그 시절 선생의 심적 상태가 다 같이 작용해서가 아닌가 싶다.

선생은 너무도 할 일이 없었다. 아니, 뭔가를 하려 해도 할 수가 없었다. 밖으로 나다닐 수 있다뿐이지 사실상 감옥살이나 다름없는 세월이었다. 애써 배워온 값진 지식을 후진에게 가르칠 수도 없다는 것은 정말 선생 개인을 위해서나 이 나라 젊은이를 위해서나 아쉽기 짝이 없는 일이었다.

그래서 선생은 무료함에 지치면, 한번쯤 인사를 나누었던 우리나라 지도층 인사를 방문해서 환담을 나누곤 했다. 1941년 2월에도 선생은 서울에 와 허헌 선생을 찾았다. 일찍이 허헌 씨가 유럽 여행을 할 때 파리에서 선생을 만난 일이 있었기 때문이다.

> 간동(지금의 사간동) 집에 가니 허 선생이 방에 불도 못 피우고 아주 추운 방에 앉아서 떨고 있어요. 거기 앉아 아마 한 시간 이상 이야기를 했어요. 나 나올 적에 구라파 정세가 어떠한가를 묻고는, 자기가 시베리아 다녀와 생각하기로는 돌아가는 정세가 암만 해도 공산주의가 크게 번질 것 같다고 말해요. 이 분이 후에 이북으로 가고 말았지만, 그때 이미 그는 동양의 운세를 보건대 왜놈이 패하고 소련의 공산주의 사상이 퍼질 것 같다는 말을 하더만요.

선생은 또 유럽에서 자주 만났던 인촌 김성수 선생을 방문했고, 몽양 여운형 선생도 찾아가 보았다. 몽양은 기미년 독립운동 후 상해에서 일본 정부의 초청을 받고 당시 유배 중에 있던 설산 장덕수를 끌어내기 위해 그의 통역이 아니면 안 가겠다고 하여 이를 관철시키고는, 동경에서 '조선의 독립'을 주장하는 연설로 선생에게 큰 감명을 준 바 있다. 선생은 친구 최근우(崔謹愚)와 함께 그를 찾아가 만나고, 또 「동아일보」 주필을 한 고하 송진우 선생도 만나보았다.

그이(고하) 댁을 갔는데 백림에 유학할 적에 가 있던 옛날 박정양(朴定陽) 씨의 손자 박승철 씨가 있더군요. 나이가 나보다 조금 위였죠. 그리고 임준현도 있어요. 이이는 백림 유학도 같은 때에 했어요. 이이는 동경에 유학하다가 졸업하고 그리로 왔고 그 다음에 백림 있다가 우리 있는 뷔르츠부르크로 내려와서 서로 알게 되었지요. 내가 그 다음 백림 갔을 때는 그는 벌써 본국으로 돌아갔죠.

모두 호남 부자들이었던 이들은 재력도 있었거니와 당시 총독부 파견 유학생의 신분으로 유학이 수월했던 터다. 이렇게 옛날에 알던 이들을 찾아보며 하루하루의 무료를 달래던 선생은 어느 날인가 갑자기 남강 이승훈 선생 생각이 나서 정주 오산학교로 발길을 돌렸다. 2월 중순이어서 길가에 사람도 별반 없고 방학 기간이라 한가하기 짝이 없어 보였는데, 그저 오산학교 전경만 바라보며 터벅터벅 길을 걸어갔다.

남강 선생은 이미 세상을 떠나고 없었지만 그에 대한 흠모의 정이 가슴속에서 자꾸 솟아올랐다. 남강은 타계할 때 자기 몸을 오산학교 생리학실에 표본으로 만들라고 해서 처음엔 그리 했는데, 많은 사람이 참배하러 오고 또 그로 인해 항일독립정신이 자꾸 되살아났기에 당국이 시신을 묻어버리라고 해서 이미 매장된 터였다. 선생은 이 사실을 미처 모르고 그렇게도 존경하던 남강을 표본으로라도 보고자 했지만 허사로 끝나고 말았다.

앞서 만난 분들 역시 무슨 특별한 용무가 있어서가 아니라 늘 우리 민족의 살 길이 독립에 있음을 역설하고 그 정신을 고취한 인물들이었기 때문이다. 선생은 이들 선배들뿐 아니라 서울의 옛 친구들도 만났다. 연전 동기 김윤경, 후배로 런던 유학을 한 김선기 등이었다.

시골집에서는 무료함이 더했기에 선생은 그래도 도시가 나을 듯 싶어 신의주 매부 김일선(金一善)의 집에 주로 가서 지내곤 했다.

1942년 6월에서 8월 사이였다고 기억되는데, 내 매부가 사원으로 있는 풍림상회라고 하는 목재회사가 강계 전천에 공장을 세웠어요. 이 공장을 하는 이들이 신성중학 내 선배들이에요. 한 사람은 미국 유학을 한 김성호 씨였죠. 내가 놀란 건 벌써 그때 전천(前川)을 '마에가와'라는 일본식 독음으로 불러요. 이렇게 우리나라가 왜놈 나라로 변해가나 하는 것이었어요. 그런데 거기서 신의주까지 나무를 실어가지 않고 아예 공장을 차려 현장에서 베니어를 만들었던 거예요. 신의주 올 때에도 도 경찰부에서 자꾸 나와 나를 조사하니까 날더러 이 전천 산골에 들어가 좀 숨어 있으라는 겁니다.

6월에서 8월경이었는데 거기는 벌써 추위가 왔어요. 묘향산을 바로 넘어서 독로강-압록강으로 들어가는 개울인데 발을 담그니 차서 견딜 수가 없더군요. 강에는 쏘가리 떼가 놀고……. 어느 날은 강계에 가보겠다고 철도로 나가 기차를 탔지요. 강계는 또 배를 타고 강을 건너야 합니다. 유명한 인풍루, 강변 절벽 위에다가 지은 정자가 일품이었어요. 여기도 한 번 올라가 보고 다시 내려와 시내를 배회하는 거죠. 그러나 아무것도 눈에 띄지 않았어요. 선교사들은 이미 쫓겨나고 그들이 살던 벽돌집만 남아 있고……."

참으로 지나치도록 참기 어려운 한가함을 짐작케 하고도 남는다.

전천에 다시 와서 어느 날 오후에 술집 같은 데를 들어갔어요. 들어가 앉으니 누군지 한 사람이 저편에 또 앉아 있더군요. 서로 인사를 나누고 한잔 하는 거예요. 가만히 보니 유식한 사람이더군요. 그래서 서로 자기 이야기를 한 거죠. 그이는 경남 창원 사람인데 본시 일본서 상지대학을 나왔으나 별 할 일이 없어 양봉업을 시작했다는 겁니다. 그이 말이 자기는 백만 대군을 거느리고 다니는 사람이라는 거예요. 제주에서부터 출발해서 꽃 따라 본토(육지)에 건너와서는 차츰 북상, 결국 이곳 강계까지 왔는데, 이젠 다시 남하를 할 거라는 얘기였어요. 전시였으니 기차 타고 다니기가 어렵고 잘못하다가는 어느 곳에서 큰일 만날지 모른다며, 또 백만 대군(꿀벌들)을 싣고 내리기가 참으로 힘들다는 거예요. 전천에 있는 동안 이런 이도 자주 만나 이야기를 나누며 시간을 보내곤 했죠.

속절없이 그저 이렇게 세월을 보내는 나날이었지만 어쩔 수가 없었다. 선생은 또다시 신의주 매부네 집으로 돌아왔다. 그리고 여기서 드디어 선생의 오랜 독신생활에 종지부를 찍게 된다. 한창 나이에는 벽안의 여성과 결혼할 의사가 전혀 없어 청춘을 홀로 보낸 선생이 부모님 계신 고향에 돌아왔건만, 이번에는 또 별로 하는 일 없이 고등룸

펜 생활로 보내는 처지라 여전히 결혼 같은 건 생각할 수조차 없었다. 그러나 인연이 닿으면 불가항력인 모양이다. 44세의 나이에 선생은 신부를 맞이하게 되었다.

2. 아내를 만나다

혼사 문제는 의외로 급진전이었다. 신부는 개성 출신으로 서울에 가 이화여자전문학교 음악과에서 피아노를 전공한 이였다. 그리고 그때는 고향에 돌아와 유치원 보모로 일하는 중이었다. 혼담이 나온 것은 역시 교회에서였다. 신의주감리교회 목사 부인이 마침 개성 사람이어서 그의 소개로 신부를 알게 되었는데, 소개가 있자마자 선생은 개성으로 달려가 신부를 상면하게 되었다. 뭐든 일이 생기면 불처럼 빠르게 또 무섭게 해치우는 선생의 삶의 리듬이 여기에서라고 다를 리 없었다. 첫 상면이 1943년 1월 30일이다.

한편 이 일에는 또 선생의 개성 친구 김재은(金在股) 씨가 끼어들었다. 김재은은 일본 상과대학을 다니다가 런던 유학을 하고 파리에 와서 몇 해 동안 있었던 선생의 지기인데, 그가 개성에 있어 이 규수댁을 잘 알고 있었던 것이다. 목사 부인의 소개가 있었고 또 개성에서는 김재은이 중재를 해서 쉽게 약혼을 하게 되었고, 다음 달 즉 2월 23일에는 개성에서 신부 진상길(秦上吉)과 마침내 혼례를 치르기에 이르렀다. 주례는 연전 신과 과장을 지낸 장석영(張錫英) 목사였으니, 세상은 이래서 정말 좁다는 건가보다.

선생은 그간의 사정과 처가에 관해 이렇게 말했다.

> 말이 나오자 내 처남이 될 이가 신의주에 내려와서 우리 집안을 두루 보고 갔지요. 개성의 처가 쪽은 넉넉한 편이더군요. 가서 보

선생의 내외분 근영. 두 분은 1943년 처음 만나 평생을 해로하였다.

니 피아노까지 집에 가지고 있고. 그런데 그때 일본에서 피아노가 온다 하니까 동네에서는 굉장했던 모양입니다. 사랑방 장롱에는 한문으로 굴원(屈原)의 어부사(漁父詞)가 붙어 있더군요. 내 생각에 장인 영감이 글자를 아는 모양이구나 했죠. 최남선 씨의 『고사통』(故事通)이 있는 것도 눈에 띄었고요. 김재은 씨 말로 신식 교육은 아니 받았어도 무식쟁이 집안은 아니라고 하더군.

그러나 새 가정을 꾸민들 선생의 생활이 별로 달라질 일은 없었다. 생활능력이 없는 것은 마찬가지였던 것이다. 신성학교 선배 되는 김성호 씨, 김지웅 씨들의 호의로 그들의 회사, 즉 옥수수로 국수를 만드는 콘스타치(cornstarch) 회사에 붙여주어 겨우 먹고 살기는 했다.

선생이 거기서 뭔가 할 일이 있어서가 아니라 그저 회사에 소속시켜 살도록 해준 것이다. 결혼한 다음 신의주에 내려와 이 회사에서 내준 사택 한 방을 쓰며 그해 겨울을 거기서 난다. 그리고 그 이듬해인 1944년 4월 2일 부인이 개성의 친정에서 맏아들 세훈(世勳)을 낳는다.

이 무렵 선생은 한 번 일자리를 얻어 보겠다고 모교인 연희전문학교를 찾아가서 원한경 씨에게 불어라도 가르칠 수 없겠는가 물은 적이 있다. 일찍이 남불 유람도 했고 불어를 꽤 잘하는 원 씨는 '불어도 일본식으로 하는 불어라야 합니다'라며 농담 섞인 말로 불가함을 말하더라는 것이다. 장사를 하는 것이라면 몰라도 선생은 아예 '불온인사'의 딱지가 붙어서 교육계에는 아무래도 발을 들여놓을 수가 없었고, 또 여느 회사라 해도 모두들 꺼려해서 입사할 수가 없었다. 처가가 있는 개성에 와도 독립해 살 근거를 마련하기 힘들었다.

그런데 1945년 8월에 들어서자 8월 25일에 소위 불령선인들을 몰살시킨다는 말이 떠돌았다. 그래서 선생은 신의주에만 있지 않고 신의주와 개성을 왔다갔다 하며 지내기로 했다. 또 매부의 목재공장이 서울 영등포에도 세워지면서 매부가 개성에 사놓은 집으로 이사하게 되자 개성여고 앞에 있던 그 집에 거처를 정하게 되었다.

일제 말엽에 들어서면서 선생의 생활은 날로 더 답답하고 고통스러워지기만 했다. 육체적 고통이라면 차라리 나았는지도 모른다. 주위의 압박이 그 도를 더해 갔다. 몸은 놓여 있으나 어디든 맘대로 다니는 것이 어려웠다. 평안도에서는 조금만 움직여도 이동경찰이 줄을 이었다. 어느 때인가는 이런 수모도 당했다며 선생은 울분을 참았다.

차를 타도 이동경찰이 있거든요. '너 어떤 놈이냐'고 물으면 그동안 어디어디 가 있었던 것을 다 말해야 하죠. 그랬는데 왜경 한 놈이 글쎄 겨울인데 창문에다가 턱 쓰는 거예요. 영자로 'Tokyo'라고 써 놓고는 읽으라는 거였죠. 내가 '도쿄'라고 하니까 '이놈아 네가 여기서 비밀 스파이 노릇을 해서 동경에 있는 외국 대사관에 보내는 놈이지?' 하며 귀싸대기를 딱 지르더란 말이요. 3등 칸 좌우에 우리나라 사람하고 왜놈하고 다들 있는데 마치 죽을죄를 지은 것처럼 추궁을 하는 거였죠. 지금은 아마 상상도 못할 일들, 수모라는 수모는 수없이 겪었지요……. 나 있는 철산에서 신의주를 들어가자면 시 경계로 들어가서 철로가 둘로 갈라져요. 하나는 경의선 본선으로 가고, 또 하나는 사람들이 많아서 농산물이 많아지니까 지선을 하나 더 만들어 놓은 거예요. 그런데 이리 가나 저리 가나 이동경찰은 다 있으니까 어딜 가도 마찬가지였죠. 그놈들이 조사를 하는 거예요. 만나면 '이놈 또 여기를 왔구나' 하는데, 이 불편함과 괴로움은 지금 다 형용키가 어렵소.

그러나 이렇게 뜻하지 않게 놀고 지내면서 외출하면 곤욕이나 치르던 한심한 시절에, 선생은 동서 조노적(趙露積) 덕에 만주 여행에 나서기도 했다. 옛날 밀령을 받고 조마조마한 마음으로 오가던 만주였다.

맏이가 개성에서 출생해서 여기 다니러 왔더니, 내 동서가 충청도의 아주 유순한 양반인데 날 만나러 왔어요. 그가 한번 소풍이나 가자고 하고는 날 데리고 하얼빈으로 가더군요. 물론 그이는 거기서 경영하는 농장이 있어서였지만, 겸해서 여행을 하는 겁니다. 하얼빈에 와 목단강을 돌아서 길림에 갔다가 다시 무순으로 해서 봉천으로 나갔어요. 결국 한 바퀴 휘 돌고 온 셈이죠. 이때 하얼빈에서 왜놈 책방에 가니까 미국 교수가 쓴 과학 관련 책이 있더군요. 그 책 첫 페이지에 하얼빈에서 구했다고 쓴 것, 지금은 연세대 도서관에 가 있을 거예요.(선생은 1981년 미국 큰아들네로 갈 때, 오래 지니고 있던 책들을 연세대 도서관에 기증했다.) 그 책을 사 가지고 와서는 심심하면 읽고는 했지요.

선생은 본시 독일서 책을 많이 가지고 있었다. 당시 독일의 인플레이션은 대단해서 '인플레 시대'(Inflation Zeit)라고까지 했는데, 그 책들을 "뷔르츠부르크에서 샀다가 독일 돈이 금마르크로 회복되어 다 팔아먹고" 베를린으로 옮겼다고 한다. 베를린에 가서도 책을 많이 샀는데, 선생은 파리로 올 때 이 책들을 가지고 와서는 나무상자에 잘 넣어 모국으로 부쳤다. 선생이 귀국해 보니 집에서는 이 상자가 좋았던지 곳간에다 모셔놓고 가구로 쓰고 있더라는 것이다. 선생은 시골에서 이곳저곳으로 피신해 다닐 적에 늘 책을 한 권씩 들고 다녔는데, 베시오(Ernest Vessiot)와 몽텔(Paul Montel)의 공저 『일반수학』(*Mathematiques Generale*)만은 늘 휴대했다. 그러다가 해방된 뒤 이 책을 가지고 서울에 오지 못하여 영영 잃어버리고 만 것이다. 해방과 더불어 잃어버린 것이 책뿐이라면 다행일 것이다. 그러나 선생은 그토록 기다리던 조국의 광복이 한편으로는 여러 가지 개인적 괴로움을 안겨주기도 했다. 선생이 해방을 맞은 것은 고향의 역사에서였다.

3. 해방에서 연희 동산까지

1944년 5월경부터 개성에서 지내던 선생은 이듬해 7월 30일 아버님과 어머님을 뵙고자 한 살 반이 된 맏이를 데리고 고향에 내려와 있었다. 보름이 지난 바로 8월 15일, 선생이 다시 개성으로 돌아가려는 길이었다. 하지만 40분가량을 걸어 역으로 나왔는데, 도착 시간에 열차가 오지를 않는 것이었다.

오전 10시가 출발 예정이었는데 열차는 보이지 않고 중대 방송이 있으니 기다리라는 아나운스먼트뿐이었다. 좀 지나 정오가 되자 일본 천황 히로히토의 무조건 항복을 알리는 방송이 흘러나왔다. 이때 선생의 기쁨은 무엇으로 형용해야 할지 몰랐다. "이젠 살았구나!" 하는 생각과 함께 마음은 일순간 힘겨운 경기에서 겨우 승리를 거둔 선수의 탈진과 쾌감이 교차하는 그런 것이었다. 어서 집에 가봐야겠다는 생각뿐이었다.

그러나 열차는 여전히 올 낌새가 없었다. 예정 시간보다 12시간이나 늦은 밤 10시나 되어서야 기차가 연착했다. 신의주에서 늦게 출발한 이 열차는 그나마 정주에 와서는 승객들을 모두 내리게 했다. 선생도 어쩔 수 없이 하차하여 정주 여관에서 몇 시간 눈을 붙인 후 아침에 다시 기차에 올라 개성 집에 들어갈 수 있었다. 하지만 해방이 되었는데 그저 집에 머물 수 있었겠는가? 다음날, 그러니까 17일 새벽 다시 역으로 향한 선생은 서울행 첫차에 몸을 실었다.

서울에 온 선생은 앞으로의 국면이 어떻게 되어가는 것인가를 알아야 했다. 그래서 오래전부터 지면이 있는 지도급 인사들을 만나보고 싶었다. 오랜 칩거생활에 종지부를 찍고 나니 이제는 왠지 마음이 바쁘고 매사에 한시가 급했다. 이때 선생의 움직임은 대략 이러했다.

우선 서울에서 곧바로 김성수·허헌 두 사람을 찾아보았다. 그런데 김성수 선생 댁에 가던 중 선생은 재동소학교에 '독립' 운운하는 무슨 깃발을 단 곳을 발견했다. 선생은 거기 들어가 무엇을 하는 곳인가 알고 싶어졌다. 안으로 들어가 그 일을 하는 이와 만나 인사를 나누었다. 김석환 씨라는 이였다. 김석환 씨는 백범 선생 밑에 있었다는 이였다. 그는 상해에서 독립신문을 경영했는데 광산을 해서 생활이 좀 넉넉해졌으며, 그래 계속해서 독립신문을 할 테니 선생더러 이 일을 맡아 달라고 했다. 선생은 가을부터 학교에 나갈 생각이었으므로 그의 제의를 거절하고 말았다.

해방이 되자 중경에서 경비행기를 타고 임정측이 서둘러 들어왔는데, 그때까지도 왜놈이 남아 있어 그들을 받아주지 않았거든요. 그래서 다시 돌아간 일이 있지 않았소? 그 다음 9월에 다시들 들어왔지. 김석환 씨가 임정 환영위원회 위원장이었어요. 인촌과 고하가 임정과 가까운 관계인 이 사람을 환영위원회 위원장으로 모셨지요. 그런데 이게 후일 비극이 되는 거지요. 장덕수 씨도 돌아가게 되고……. 나는 그때부터 학계로 들어가겠다고 마음을 정하고 있었지요.

한편 이런 일도 있었음에 유의할 필요가 있다.

그 이후 얼마쯤 지나고 나니까 정치단체가 어떻게나 쏟아져 나오는지 헤아릴 수도 없었어요. 그러다가 하루는 상해에서 도산 선생을 모시고 있던 어느 친구를 만나 몽양 선생을 찾아가 뵙게 되었지요. 그것을 기화로 건국준비위원회에 들어가서 일을 좀 해보려고 계동에 있는 '건준' 사무실에 찾아갔지. 그런데 목총을 든 청년들이 늘어서 꼬치꼬치 캐고 묻기에 화가 나서 '당신네들이 무슨 신분증을 보자는가? 당신네들끼리 맡아서 잘해보라'고 쏘아붙이고 나온 일이 있어요. (「민족통일」 1987. 7, 8월호 6쪽.)

이 목총 든 청년들이 일제하에서 과연 무엇을 했겠는가 하는 생각도 생각이었지만, 벌써부터 기고만장한 태도들을 보이는 데서 선생은 아연실색했던 것이다. 그러나 이 무렵 선생의 의중이 무엇이었는지 분명히 알기가 곤란한 것은, 선생 자신이 심경의 세세한 변화를 기술하거나 밝히고 있지 않을 뿐 아니라 밖으로 드러난 행동에도 일관성이 결여되어 보이기 때문이다. 해방된 조국에서 뭔가 큰일을 하리라는 기대를 모은 선생이었음은 말할 나위도 없으려니와, 이 나라 지도급 인사들과 맺은 기왕의 관계로 보나 또 해방을 전후하여 이들과 접촉했던 일들로 보나 선생의 공적 활동은 거의 명백한 사실로 여겨졌다. 그런데 실제로 그렇게 하지 않았다는 것은 누가 봐도 석연치 않은 일로 보였다. 그래서 이 부분에 관해서 특별히 질문을 던지기도 하였는데, 선생은 단호히 그럴 뜻이 없었다고 잘라 말했다.

정치활동 같은 거 생각 안했어요. 뭐 능력도 없었거니와… 하려면 누구누구를 모시고 뛰어다녔겠지만, 그런 것 안했어요.

그러나 학교에 자리 잡으려는 게 애초의 결심이었다면, 허헌 · 김성수 · 여운형 씨 등은 어째서 황급히 만났는지, 그저 세상 돌아가는 소식 듣기 위해 그리 바쁘게 움직인 것인지, 선생 말대로 "건준에 들어가 일을 좀 해보려고 계동의 사무실을 찾아갔다"는 말은 무슨 뜻인지, 아무래도 쉽게 이해가 가지 않는다. 선생의 개인적 성품으로 보아 좀 더 열띤 행동이 요구되는 정치 · 사회활동에 전혀 관심이 없었다고 정리하기는 어려운 일이다. 다만 그 즈음에 사회 동정이 매우 불안스럽게 변해가는 것에 환멸을 느끼고 학교생활로 들어갈 뜻을 굳힌 것이 아닌가 생각된다. 이 점에 관해 선생 연배의 한 지인의 견해를 들어본다.

해방 후 처음에는 정치에 관여를 해보려고 여기저기 다니며 허헌 씨도 만나보고 김성수 씨도 만나고 그때 인물들을 만났는데 워낙 국내 사정이 혼란해지니까…, 혼란기에 사람들이 다 저 잘났다고 하는데 그 사람들 가지고는 안 되겠으니 후배 양성이나 해야겠다는 게 그 양반의 생각이었을 거예요. 그건 4 · 19 후와 5 · 16 후에도 마찬가지였어요. 불란서에 오래 있으면서 그곳의 사상에 정통한 후 우리나라에도 그런 민주주의를 해야겠다는 생각뿐이었는데, 이박사의 독재, 다음에는 그보다 더한 박정희 독재를 보며 무슨 정치할 생각이 들었겠어요. 하긴, 정치 비평을 많이 하였으니 그것도 정치한 거지 안 한 거는 아니지요. (김재호 씨 증언)

실제로 독립운동을 한 바 있고 일찍이 정치경제학을 공부하기도 하였으며, 또 당시 저명인사들을 많이 알고 있던 선생이 광복 후 정치에 투신하거나 관여하지 않은 까닭은 아마 이것으로 족하지 않을까 한다. 선생과 같이 허위를 생리적으로 싫어하고 오직 정당하고 원칙적인 것에 관해서만 열중하는 분으로는 혼탁한 정치 세계에 적합할 수가 없는 법이다. 선생도 이를 일찍이 간파하고 향방을 달리한 게 틀림이 없을 것이다.

선생은 정계의 지도자들을 만나는 동안에도 옛 연전 친구인 한결 김윤경 선생과 자주 내왕을 하였다. 선생이 서울의 이화동 김윤경 선생 집을 찾았을 때, 역시 옛날 풍습만 기억하고 촌극을 벌인 일을 이렇게 회상하고 있다.

> 나야 20여 년 전의 서울밖에는 모르지 않소. 세상 변화한 것 모르고 옛날 하던 대로 김 선생 집 앞에 서서 '이리 오너라' 하고 큰소리로 부르니, 안에서 이거 웬 고물이 와서 사람을 찾는가 하고 깔깔거리고 웃어요.

김윤경 선생도 조선어학회사건 이후에는 배화여고 교사마저 하지를 못하고 학교에서 쫓겨나 무직으로 아주 가난한 생활을 이어가고 있었다. 한결은 이미 큰 가정까지 가진 몸이었으므로 그 고생은 말할 나위도 없었다. 이제 해방이 되어 한결은 모교인 연희에서 일을 얻게 되었고 선생도 그의 권유로 연희에 몸을 담게 되었다. 선생이 연희로 자리를 정하게 되는 것은 확실히 한결의 권유 때문이었다.

왜냐하면 선생은 9월 15일에 인촌 댁에 들렀을 때, 인촌으로부터 보성전문에 들어와 학생들을 가르쳐 달라는 부탁을 이미 받았기 때문이다. 이때 선생은 그렇게 해보겠다고 반승낙을 하고는 물러나왔으므로 보전 교수로 갈 것이 거의 틀림이 없었다. 그런데 이튿날 아침에 다시 김윤경 선생을 만나 이 이야기를 하니 한결은 펄쩍 뛰면서 "아니 모교를 두고 어디로 가려느냐"며 꼭 붙들더라는 것이었다. 이것이 선생이 국내에서 최초이며 최후의 유일한 직장을 잡고서 선생의 운명을 결정한 자리가 되었다.

연합군이 진주한 후 연희전문학교 접수위원회가 만들어져서 일인들로부터 학교를 접수하게 되는데, 김윤경 선생은 그 위원이 되어 있었다. 또 이 일에는 선생의 후배 되는 최규남 박사도 관계가 있었다. 김 선생과 최 박사가 다 같이 선생을 모교로 들어오도록 간곡히 권유했다. 그리고 당시 교장 유억겸 선생을 만나보게 하니 유억겸 교장 역시 선생을 연희의 교수로 꼭 와 달라고 하는 것이었다.

> 나는 김윤경 씨로 인해 연희에 온 거죠. 그이가 연희 접수위원 중의 한 사람이었거든요. 그이야 나와 연희 동기동창이고 또 사상 방면이 같고 흥사단도 같이 들어있고 하니까, 아주 가까운 처지였어요. 김 선생이 나를 유억겸 선생에게 소개한 것이죠.

1945년 10월 20일 학교가 개강을 하게 되고, 선생의 강단 생활도 그렇게 시작되었다.

6장

학문과 교육의 길

1. 고달픈 행정보직 교수

다년간 외국 유학에서 쌓은 학식을 후진에게 펼 기회가 이제야 선생에게 왔다. 처음엔 전문학교로, 그리고 이듬해 가을에는 연희대학 인가와 함께 선생은 대학 강단에 서서 자신이 지닌 선진 지식과 교수 방법을 유감없이 발휘할 수 있게 되었다. 자신의 학문에도 더욱 깊이를 더하면서 학생들과의 지적 교류를 통해 학문 발전과 이 나라 교육의 성장을 도모할 기회가 온 것이다.

그러나 현실의 모든 일이 그렇듯이 아름다운 꿈이나 훌륭한 이상은 그리 쉽게 이루어지지 않는 모양이다. 오랜 외세의 지배에서 막 풀려난 시기라 주변 여건이 제대로 돌아가는 일이 드물었다. 어려움이 있으리라는 걸 예상치 못한 것은 아니나, 너무 급속히 문제가 늘어만 갔다.

해바라기 교수들

우선 오랜 시련 끝에 나라를 되찾게 되자 국내에 대학이 급증하여 이에 필요한 인력난이 심각했다. 학교에 와서 공부하겠다는 학생 수의 증가야 오히려 당연한 일이겠으나 교수난이 이만저만하지 않았다. 물론 연희전문학교나 연희대학이 그런 문제로 어려움을 겪을 학교는 아니었다. 그래도 상당수가 새로이 문을 연 국립서울대학으로 옮겨가 버리니 전혀 피해가 없지는 않았다.

그러나 이보다 더 큰 난관은 미군 주둔과 그 행정체제가 수립되면서 영어를 할 줄 아는 이른바 미국 유학파가 군정청이나 기타 기관에로 빠져 나가는 데서 생겼다. 본시 선교사가 세운 학교인 연희에는 영어와 서양 사정에 밝은 이들이 비교적 다수 교수로 있었던 까닭에 이 문제는 여간 심각한 것이 아니었다. 1945년 10월에 연전에 입학, 이듬해 5월에 졸업하고 동 6월 연희대학부에 올라간 당시 학생 최석규 씨는 이렇게 그때 사정을 전한다.

새로 대학이 설 때 처음엔 망설였지요. 어디를 택해야 할까 하고요. 그런데 일인 학생들이 빠져 나가 졸지에 공터가 된 서울대학으로는 너무도 많은 학생들이 몰려들어 일종의 창고 비슷한 학교더라구요. 게다가 새 시대에는 뭐니 해도 이 후진 사회의 발전에 밑거름으로는, 역시 외국 학문에 문을 열고 이를 적극적으로 수용하는 개방적이고 진보적인 대학이 요청된다고 보는데 그게 '연희'가 아닌가 하는 판단을 해서 이곳을 택했어요. 그랬는데 실제 사정이 달라서 교수들이 실망을 많이 안겨 주었습니다.

미국사람 세상이 되니까 미국 가서 공부한 교수들이 더 들떠 있었어요. 백낙준 씨는 아예 서울대학 법문학부장으로 총장 운동을 하다가 그곳 학생들의 심한 배척에 부딪쳐 뜻을 이루지 못하는가 하면, 갈홍기·이묘묵·정일형 씨 등은 학교에 있지를 않고, 내가 북아현동 고개를 넘어 등교하곤 했는데, 이 고갯길에서 자주 마주친 걸 보니 필경 시내에 볼일 보러 나가는 길임에 틀림없었죠. 하경덕은 서울신문 사장을 맡고 이묘묵은 하지 장군의 수석 통역을 맡는 등, 눈이 밖으로 향해 있어 학교에 별 관심이 없는 듯했습니다. 오죽하면 학생들 속에서는 그들을 '엽관배'라고까지 불렀겠습니까?

이런 때 외국에서 공부한 교수로 학교 강의에 충실한 이로는 김선기·이환신·정석해 선생들을 들 수 있는데, 특히 정 선생님은 귀국하여 맡은 바 교수직에 열성이 대단한지라 정말 멋이 흘렀지요. 한번은 정 선생님이 학생처장인가 하는 보직을 할 때 그의 방에 갔더니 김선기 선생과 동석을 하고 있었는데, 서영해 선생이 들어오니까 세 분이 불어로 인사를 나누고 회화를 하는데 정말 인상적이었어요. 내가 불어를 좋아한 때문이기도 하지만 기억에 남아 있습니다. (1987년 12월 20일 대담)

새 시대에 새로 나라를 건설하는 마당에 밖으로도 인재가 필요하겠지만, 그간 우리 손에 의해 우리의 인재를 양성해야 할 급선무를 외면하고 지식계층이 당시 얼마나 시류를 타고자 안간힘을 썼는지 눈에 선하게 보이는 듯하다. 이런 어려운 여건에도 불구하고 설상가상으로 연희 재건의 큰 재목인 유억겸 씨마저 군정청에 차출되기에 이른다. 한결 선생이 이 일을 놓고 다음과 같이 개탄하고 있다.

유억겸 씨는 어제 오후부터 학무국장으로 출근하기 시작한 일을 설명하였다. 연희보다 더 큰 전국적인 일이니 연희의 위원장 일을 보면서라도 학무국 일을 볼 수 있지 않느냐(로커드 국장과 원한경 씨의 권고) 하여 가게 되었으니, 위원회를 속히 열고 교장을 선정하자 하였다. 재무처장 이춘호 씨(정유회사 관계)나 정경상학부장 이순탁 씨(군정청 통계 업무)나 이학부장 이원철 씨(측후소장, 소화공과학교 교장)나 신학과장 장석영 씨(군정청 통역)나 사무처장 홍승국 씨(여태 출근 아니함)가 다 허명만 가지고 학교에 출근을 못하고 보니 학교 운영이 안 되고 정체된다. 그러한데 이제 자기마저 또 군정청으로 들어가니 학교의 일은 어찌될 것이냐? 더구나 재정의 기초도 잡히지 않은 이때에 주인 없는 살림과 같지 않느냐? 실로 걱정이다. '장기를 잡고 뒤를 돌아보는 이들'이 아니냐? (「일기」, 1945년 12월 13일자)

학문과 행정 사이

전임교수들이 학교 밖의 일에 열을 올림에 따라 충실하게 교단을 지키는 이들은 몇 배의 고생을 감내해야 했다. 특히 선생처럼 이제 막 자신의 일을 찾아 성심껏 해보려는 이로서는 남의 짐도 달게 지게 마련이다. 아닌 게 아니라 선생은 논리학과 인식론 등 철학 관련 과목만이 아니라 문과의 수학이나 정치학설까지 담당하면서 일인 다역을 하게 되었다. 이것만이 아니었다. 본시 인촌과의 반 약속이 되어 있던 고려대학에도 출강까지 거절할 수가 없어 나가고 있었다. 그래서 그 당시 고대 1,2회 졸업생들은 선생에게서 논리학을 공부했으며, 후일 사회에 나아가서도 세상사가 뒤숭숭할 때는 선생을 찾아와 상의하곤 했다. 비상시 같은 때에 으레 선생을 뵙고 계획을 세웠던 것이다.

선생의 강의는 열강이었다. 앞서 최석규 씨는 강의실에서 선생의 첫 대면 광경을 이렇게 술회한다.

> 논리학 시간에 김윤경 선생의 소개로 등단한 정 선생님은 처음부터 동경의 대상이었습니다. 독어 · 불어로 철학을 했다고 하니까 더욱 그런 느낌이 들었습니다. 선생은 뒷짐을 지고는 교단을 왔다 갔다 하다가는 '여러분 모든 것을 의심하십시오' 하는 데카르트적 명제로 강의를 시작했습니다.

이것이 한국 대학 강단에서의 첫 강의였거니와, 그 강의를 '데카르트적 회의'의 강조로 시작했다는 건 역시 선생다운 출발이었다. 선생은 늘 학문에서 모든 이론들을 회의하고 시험해야 한다고 하면서도, 행동에는 머뭇거리지 않는 소신이 있었다. 선생이 그저 나약한 회의주의자가 아니었음은 선생을 접한 이는 누구나 잘 알고 있을 것이다.

그런데 당시 사정상 빈 강좌를 채워 교수하는 일도 바쁜데, 선생은 정말 눈코 뜰 새 없이 학교 일에 매달리지 않을 수 없었다. 연이어 행정보직이 주어져 학사 업무에 시달리게 되었기 때문이다. 선생의 성품이 무슨 일이건 최선을 다하는 분이라 이것은 정말 선생 개인으로는 불행한 일이 아닐 수 없었다. 새로 출범하는 신생국의 대학에서 해야 할 일이 많은 것은 자명하고도 당연한 일이었지만, 학자에게는 학문을 하는 일이 무엇보다 앞서는 제1의 과제라고 볼 때, 선생에게 이런 보직들이 주어진다는 건 반가운 일이 아니었다. 그러나 선생은 보직교수로서의 직책도 성심성의껏 수행했다. 성인교육심의위원 · 학생처장 · 교무처장 · 철학과장직 등이 연이어 선생에게 맡겨졌는데, 특히

1948년경 연희대학 연극반(연희극예술연구회)의 대학연극제 대상 수상을 기념하여 촬영.
맨 윗줄 오른쪽 두 번째부터 민영규 교수(사학과), 선생, 조의설 교수(사학과)이며,
맨 아랫줄 왼쪽부터 세 번째가 학생 시절의 차범석.

학생처장과 교무처장 일은 대학행정의 핵심이었던 만큼 여간 신경이 쓰이는 게 아니었다.

오직 성심을 다하는 것만이 최선이라는 생각을 하던 선생은, 일을 원칙대로 수행하는 과정에서 학생들과도 부딪치고 학교 측과도 충돌을 빚은 것이 한두 건이 아니었다. 그릇된 학생들로부터 부당한 원한을 사고 총장과 동료 교수의 시기·질투를 사는 일이 빈번해지면서, 이런 일들은 선생의 향후 생애를 순탄치 못하게 만든 한 가지 어두운 그림자가 되었다. 몇몇 사례를 한결의 「일기」에서 발췌해 본다.

3시에 교무회의를 열었다. 정석해 학생과장이 학력 속이고 들어온 31명 학생을 쫓아냈다고 보고했다. (1949. 3. 2)

학생과장 정석해 씨 이름으로 익명의 투서가 왔다. 내용은 '너희는 그 자리에서 물러나라. 너희는 우리의 전정을 막았다. 탕 소리 한 방의 총으로 너희를 처치할 것이다. 먼저의 전례를 보았지? 이번이 너희의 차례다. 정석해, 김윤경에게' '전정을 망친 30명'이란 이름으로 씀…. '먼저의 전례'는 원 박사 부인 죽인 것을 가리키는 모양. (1949. 4. 6)

정치 세태 또한 좌우익으로 갈려 항상 갈등과 충돌을 벌이던 험악한 시기라 어지럽기가 이루 말할 수 없었다. 선생이 교무처장으로 앉자마자 연희 학생이 원한경 씨 부인을 저격한 사건이 벌어졌다. 선생은 이를 이렇게 회고했다.

학문이나 좀 하고 조용히 살려고 했는데, 내 운명이 그런지 자꾸 보직을 맡기고 해서…… 학생들이 좌우파로 갈려 싸우고 아주 격돌이 심했어요. 내 교무처장 들어가는 첫날에 원한경 씨 부인이 총에 맞아 쓰러지지를 않나. 그 집에서 교수 부인회를 열려고 하는데, 어떤 청년이 들어오니까 문을 열고 나가다가 일을 당한 모양이더군요. 그래 원 박사네 집으로 달려가고…, 정말 웬 사단이 그리 많은지…….

또한 좌익 학생단체 관련 사건으로 교수들도 잡혀가 학사 업무가 크게 지장을 받는 경우도 빈번했다. 이런 일이 생길 때마다 선생은 관계기관의 장을 찾아 '학교 일이 바쁠 때 교수 검거는 좀 너그럽게 하고 범위를 확대하지 말아 달라'고 진정하는 등 사태 수습을 위해 동분서주했다.

총장과 충돌하다

이 밖에도 선생은 학교의 부정 사례를 목격하면 가만히 있지를 못했다. 학교재산 관리자들의 부정이 자꾸 드러나는 것을 보고 범행 당사자들이나 학교를 운영하는 이들에 대해서나 역겨움을 참지 못했다. 이럴 때마다 선생은 한결을 만나서 사실 보고와 자신의 심경을 토로하곤 했다. 원칙에 어긋나거나 불합리한 일을 당하면 지위의 고하를 막론하고 용서하지 못하는 선생의 결벽증은 학교 사회에서는 나무랄 것이 아니라 오히려 존중되고 값진 것으로 수용되어야 마땅했지만, 실제로는 그렇지 못한 게 현실이었다.

한번은 선생이 총장의 그릇된 처사를 준엄하게 따지고 폭로한 일도 있었다. 한결은 1949년 5월 23일자 「일기」에서 이렇게 기록하고 있다.

> 백 총장과 이야기하는데 정석해 씨가 들어와서 '김 선생도 계신 자리에 말씀드릴 것이 있습니다' 하고 열쇠꾸러미를 내어놓으면서 교무처장 일을 절대로 못 보겠어서 사면한다고 결심함을 밝힌다. 철학과장도 내놓겠다고 한다.
>
> 학생과장실에서 만나 이야기를 들어보니 19일에 문교부에 교수 채용 허가 간청 문제로 갔더니 최광선이라는 이에게 열한 명의 불

허가를 학교 책임자가 청하였는데, 여덟은 별 문제 없이 되고 세 명은 허가할 수 없다 했다고 한다. 백 총장이 이들을 숙청하려는 방침이었는데 자기는 모르고 어리석게 경찰서로, 관공서로 다섯 번이나 돌아다녔다고 한다.

백 총장은 결단을 속이려 하고 미루어 가므로 도저히 일할 수 없다. 학생과장, 재무과장, 총장 비서를 두어 학교 일이 민활하게 하여야겠는데 혼자 하게 되니까 일이 밀리기만 한다.

책임 부서가 엄연히 따로 있어 행정사무의 분장이 이루어져야 함에도 불구하고 갖가지 일을 하는 불합리함, 그리고 최고책임자의 부정직성 등은 선생으로서 견뎌내기가 힘든 일이었음에 틀림없다. 이 일과 관련이 있었는지 아니면 다른 경우의 일이었는지는 모르지만, 김선기 박사도 "정 선생님이 백낙준 씨에게 열쇠꾸러미를 내던지며 소리를 지르는" 광경을 목격한 일이 있다고 말한다. 선생의 성품이 괄괄하며 급한 데가 있어서기도 하려니와, 근본은 상대가 이치에 닿지 않는 주장이나 행위를 한 데서 비롯되는 것이었다.

여러 강좌를 커버해야 하는 고달픔, 보직교수로서의 행정 사무량의 과다와 인간관계의 불편함 등 선생을 정신적으로 신체적으로 피로케 하는 일은 한없이 많았다. 그러나 이런 괴로움도 청천벽력과도 같은 사건의 발생으로 끝이 나고, 이제 이보다 더한 시련과 고난이 뒤따랐다.

2. 6·25 전쟁과 인공 치하 90일

6·25 동란의 발발은 어느 면에서 보나 우리나라 전 역사를 통해 최대 비극의 하나이다. 일제의 마수로부터 해방은 되었어도 세계대전의 패전국도 아닌 우리가 원치도 않는 국토 분단의 불행을 안게 되었다는 것은 앞으로 우리의 미래가 험난하리라는 조짐을 나타내고 있었다.

좌우 두 세력의 증오에 찬 알력과 충돌, 이로 말미암아 민심은 날로 흉흉해지고 사회는 걷잡을 수 없이 혼미의 수렁에 빠져들었다. 그러니까 해방 후 거의 5년밖에 되지 않는 이 혼란기에 무력충돌로까지 번진 동족상잔의 비극은 급기야 우리의 전통사회를 뿌리째 흔들어 놓은, 사회 변천의 중요한 계기가 되었던 것이다.

6·25는 사실 일반 국민으로서는 너무도 졸지에 당한 사건이었기에 그것이 무엇을 의미하는지, 또 얼마나 큰 상처와 피해를 줄 것인지 미처 헤아릴 수조차 없었다. 사실상 이 사태는 희생의 극대화를 초래했다. 물질적 손실이나 인명의 피해는 말할 것도 없으려니와 기왕에 우리 사회를 지지해오던 인륜의 근본적인 틀—부모와 자식, 스승과 제자, 친구와 이웃 등 인간의 전 사회적 관계를 동요시킴으로써, 어떻든 간에 이전 시대 내지 사회와의 완전한 결별을 고하는 하나의 계기가 되었던 것만은 분명한 일이다.

6·25가 발발한 1950년, 그해 6월 5일에 연희대학은 1950년도 신입생을 특차 모집으로 받아 입학식 겸 개강식을 가진 다음 정식 수업에 들어갔다. 그러니까 개강 불과 3주 만에 충격적 사태에 부딪치게

된 것이다.

이 비상사태 하에서 많은 사람의 상상을 넘는 고통과 희생이 정부 당국의 기만적인 처사에 기인했음은 오늘날 널리 알려진 사실이다. 전세는 이미 패색이 짙었음에도 불구하고, 그래서 수도 서울에서의 후퇴가 명백한 사실이었음에도 불구하고, 북한 인민군이 서울에 입성한 27일 자정까지도 이승만 대통령의 수도 사수 결의를 공표하는 방송이 흘러나오는 등 웃지 못할 연극이 진행되고 있었다.

이튿날 새벽, 한강 인도교를 폭파하고 도주하는 것으로 끝난 이 어처구니없는 연극은 만행치고는 완벽한 만행이요, 그 이후 정부의 책임 있는 이들의 행실로 볼 때 뻔뻔스럽기 그지 없는 악덕의 표본과도 같았다. 사실 그 뒤 휴전이 되고 다시 안정을 찾고도 대통령 이하 정부의 어느 당국자도 이 일에 대해 국민에 사과한 일이 없었다는 점이나, 그러고도 계속 정권을 유지했다는 점은 참으로 난센스가 아닐 수 없다.

구사일생으로 살아나다

인민군이 서울을 장악한 것은 개전 3일 만인 28일 아침이었다. 연희대학은 그 이튿날 북한의 내무서원들에 의해 점령되었다. 좌익계 교수들과 학생들에 의한 자치위원회가 결성되었으며, 이어 학교 운영 책임자가 선정되어 부임했다. 그런데 처음에는 소련 군사고문들이 연희에 들어와 있었으므로 사실상 학교 본부는 당시 미장그릴과 덕수국민학교로 옮겨가 있었다. 물론 강의가 되는 것은 아니었고 전쟁 수행이 제일 과제가 되고 있었다. 그러므로 주로 의용군 동원 행사를 갖는 데 급급하던 때였다. 이런 상황에서 일단 대개의 교수와 학생들은 피신하는 길이 가장 현명한 방책이었다. 선생도 이 시기는 피신과 은신의 불안과 초조함 속에서 보내는 시련의 시기를 맞이한다. 이 무렵의 연희대학교와 그 주변 분위기를 선생은 이렇게 들려준다.

> 이때 연대가 어떻게 됐느냐 하면 이북 군인 지도하는 소련 군사지도위원들이 와서 자리를 잡고 있었습니다. 그러니까 이곳 주위엔 이북 군인들을 배치해놓고 일반인 출입을 통제하는 것이지요. 학교 사택이 모두 이 경계 안에 있으니까 사택에 사는 이들은 자연히 보호를 받게 되기도 했죠. 그런데 사학과 이재학이라는 학생 하나가 여기를 들어왔다가 보초병이 총을 쏘려 하니까 이놈이 다급해졌거든요. 내 집 뒤에서 그 일이 있었던 거예요.
>
> 그 애 하는 이야기가 '나는 여기 학생이외다' 했겠다. 그러니까 보초가 '너 학생인 것을 누가 아느냐' 했던 모양이에요. 그 학생이 받아서 '아, 그건 아랫집에 선생님이 계시는데 나를 증명해줄 겁니다.' 그래서 그 애를 우리 집에 데려 왔어요.
>
> 내가 가만히 보니 학생은 틀림없는데, 그저 말로 증명하는 건 곤란할 것 같아요. 그래 소리를 질렀죠. '이놈아 지금이 어느 땐데 이런 델 오가고 하느냐' 하도 세차게 책망을 하는 걸 보니까 정말 학생이라는 게 틀림없을 것 같았던 모양입니다. 이북 군인 말이 '선생이 아신다면 쏘진 않겠습니다' 하더군요. 난 다시 그 학생을 향해 '집에 가만히 있지, 뭘 보겠다고 돌아다니는가' 하고 다시 한

번 책망을 해 돌려보냈지요. 그가 후일 월남 전쟁에 무엇인가 되어 참전했고 그 후에는 미국 갔다는 소식도 들었습니다.

선생은 앞서 말했듯이 학교의 보직교수로서, 특히 학생처장직에 있으면서 원리원칙에 따라 업무 수행에 충실했고, 다른 이들과 달리 기강을 수립하기 위해서는 철저하고 단호한 데가 있었다. 그러므로 학생들 중에는 제 잘못은 접어 두고 엄격하게 다루는 선생에 대해 원한을 가진 자들도 있었다. 이런 시기에는 위험이 따를 수도 있었다는 얘기다. 대강대강 일을 처리하는 이들의 경우와 달리 선생은 한편으로 원성도 듣고 있었던 터라 참으로 어려운 시기를 맞이한 것이다. 아니나 다를까 선생은 적군 치하 초기에 벌써 생사가 왔다 갔다 하는 고비를 넘기게 되었는데 여기 관해서는 선생이 때때로 사람들에게 말한 바가 있어 널리 알려진 이야기이다.

전쟁 전에 내가 학생들을 다 받은 다음 졸업장 위조한 자들을 조사하는데, 내가 공연히 눈이 좀 밝은 게 문제의 발단이에요. 우리 문과대학 동쪽에 있던 큰 방에 신입생들을 모아놓고 막 들어가려 하는데 쑥 뛰어나오는 학생이 있어요. 그래서 그 놈을 다른 학생더러 잡아 오라 해서 보니 광주서중 졸업장을 위조한 학생이야요. 감자로 새겨서 위조했는지, 진짜 졸업생 도장하고는 달랐어요. 그래 퇴학처분 공고를 광고판에 게시했는데 이놈이 기다리고 있다가 그걸 찢었거든요. 그래서 또다시 잡혀 들어왔죠. 아무래도 안 되겠으니 경찰서에 전화를 걸겠다고 전화통을 척 잡으니 이 녀석이 양

같이 순해지며 사죄를 해요. 알고 보니 이전에 벌써 위증 · 협잡으로 전과가 있는 놈이야요. 서대문경찰서에서 6개월인가 징역을 살고 나온 자란 말입니다. 다시 유치장에 가기 싫으니까 갑자기 순해진 거지요. 조영식이라는 자였어요.

그런데 이제 6 · 25가 터졌겠다. 그래서 이북 군대가 여기를 들어와 점령하지 않았겠소? 아직 거기서 임명한 행정관이 내려오기 전이었죠. 상해 축구선수로 나가기까지 한 우리 졸업생이라는 이가 자칭 서울시장이 되어가지고 떡 버티고 앉아 있는데, 누구도 인사 오는 사람이 없단 말입니다. 하루는 모교를 찾아와서는 자기가 시장됐다는 걸 과시하고자 아랫사람 하나를 시켜 나를 불러오라 한 거예요. 안 갈 수 없어 갔던 겁니다. 그때는 교무실이 좌편으로 있었어요. 그 아래에 책상을 놓고 몇 놈이 지키고 있는데, 그 가운데 바로 이 앙심 품고 있던 조영식이라는 자가 끼어 있었단 말입니다. 팔에 완장을 찬 그가 나를 보더니, '이 자식, 네가 어느 때 여기가 어딘데 여기까지 왔느냐. 내일 아침 너를 인민재판에 붙여 죽여버리겠다' 이러는 게 아닙니까? 이때 내가 모욕당하는 현장을 본 이가 뒤에 서울대학교로 간 민병대(정치학)인가 그랬는데, 아마 안에서 나오다가 목격했을 거외다.

이 무법천지 하에서 천하에 못된 자에게 걸렸으니 선생은 죽음을 기다릴 수밖에 없었다. 여기서 무슨 수로 벗어날 수 있겠는가. 그런데 정말 사람의 목숨은 사람이 좌우하는 것이 아니라 하늘의 조화임이 분명하다. 이 위기를 선생이 어떻게 벗어났느냐 하는 것은 그저 기적이라고 할 수밖에 없을 것이다. 선생은 이렇게 말했다.

그때는 6·25로 이미 미국 선교사들은 학교 사택에서 다 떠나고 없었지요. 그런데 6·25 나기 며칠 전에 선교사 한 사람이 혼인을 해서 그 집에 옷가지며 좋은 물건이 많이 있었던 모양입니다. 밤에는 완장을 찬 공산주의 편의 학생들이 학교도 지키고 선교사네 집들도 지켰는데, 바로 문제의 이 자도 거기 일을 한 자의 하나였던 모양이에요.

그런데 이놈이 밤에 빈 선교사네 집에 들어가 보니 탐나는 물건이 많거든요. 그래서 아마 좋은 물건을 꺼내서 밤 두세 시 경에 총장사택 건너편으로 해서 산으로 넘어가려 한 것 같아요. 그 주변에는 이북 군인들이 경계 중이었지요. '너 웬 놈이냐!' 했던 겁니다. '가방은 뭐냐. 그 안엔 무엇이 들었느냐, 어디 보자!' 조사를 해보니 서양 물건들이었단 말입니다. 그러니까 '너 도둑놈이로구나' 하며 즉석에서 사살해 버린 겁니다.

이 이야기는 어떻게 알게 되었는가 하니, 이북 군인이 그자를 죽이고 묻어야겠는데, 누군가의 손을 빌어야겠거든요. 전에 캠퍼스 내에 사당이 하나 있고(연희궁 수경원 터와 비각을 말함) 그 옆에 한옥이 있었잖습니까? 군인이 그 집에 내려와 집 지키는 영감에게 이 일을 부탁한 겁니다. 이 영감이 시체를 묻고는 며칠 후 학교 직원에게 그 말을 해서, 이 직원을 통해 소식을 전해 들었어요. 이 이야기를 듣고는 나는 '그 놈이 날 죽이려고 하더니 먼저 죽었구나'

하는 안도감으로 그제야 살 것 같더군요. 그놈은 지금까지도 연세 대학교에 묻혀있는 셈이지요. 왜놈이 전쟁에 지자 바로 성북서를 접수하러 갔던 안기창 · 이이제 두 사람이 왜경 총에 죽어서 언더우드네 집 올라가는 어름에 이미 묻혀 있었죠. 그러니까 연세 터에 세 사람의 묘가 아마 아직도 있는 셈입니다.

정말 구사일생의 경우라 아니할 수 없었다. 선생을 유독 겨냥하여 노렸던 장본인이 그렇게 뜻하지 않은 일로 먼저 세상에서 사라져 버림으로써 선생의 생명이 부지되었으니 이것야말로 운명이 만든 일이 아니고 무엇일까. 당시 위기일발의 순간은 그것만이 아니었다. 선생에게는 이런 일도 있었다.

시인 김광균 씨는 그의 누이가 선생 동생과 결혼하여 선생과는 사돈지간이었다. 광균의 동생은 익균으로 사업을 하는 이였는데, 해방 직후에는 마카오 무역에도 손을 대고 있었다. 살림이 윤택했던 편이라 그는 미군들이 귀국하면서 내놓은 물건 중 덩치가 좀 큰 그릇들과 함께 라디오를 샀던 일이 있었다. 이 물건은 크기도 크려니와 고성능 라디오였다. 6 · 25 때 이 라디오를 선생 댁에 가져다 놓았었던 것이다. 밤에 몰래 전투가 어떻게 되어가고 있는가, 외국에서는 반응이 어떠하며 아래로 쫓겨 내려간 정부는 어떻게 되어 있는가 하는 것들을 듣고는 했다.

그런데 누군가가 이 사실을 이북 군 당국에 밀고를 했는지 하루는 선생 댁에 그들이 몰려와서는 수색이 시작되었다. 틀림없이 들통이 날 터였고 들통이 나면 즉결에 처해질 게 뻔한 일이었다. 이번 역시 보통 문제가 아니었다. 그때 선생은 밖에 나가 없고 집에는 부인과 어린아이들뿐이었다. 혼자 집을 지키던 부인의 마음이 어떠했을까는 말할 필요도 없을 것이다.

그런데 어찌 된 일인가. 그들이 집안을 이리 뒤지고 저리 뒤지며 아무리 살펴도 찾는 라디오가 나오지 않는 것이었다. 사실 선생 집에서는 라디오가 너무 커서 그 위에 이불을 쌓아놓곤 했다. 이북 군인들은 북에서 조그마한 라디오만 보았던 터라 그것을 옷장으로밖에 보지 않았던 것이다. 몇 번이나 집안을 돌아다니며 보고 또 보아도 물건이 눈에 띄지 않았다. 고발이 있어서 오기는 했는데, 그리고 사실이 확인되기만 하면 즉결로 총살시킬 생각이었는데, 허탕을 치고 만 것이다. 이 방 저 방에다 지하실 할 것 없이 샅샅이 돌고도 그들은 헛수고만 하고 돌아가 버렸다. 이 일은 두 번 다시 있어서는 안 될, 정말 생사가 걸린 위기였음은 말 할 나위도 없다. 그날 밤 선생은 재빨리 라디오 내부를 전부 분해하여 주인인 김익균 씨 댁으로 보내버렸다.

전쟁 하의 인간 군상

당시 남하하지 못한 사람들이 다 그랬겠지만, 적군 치하 3개월간 선생의 생활은 조마조마한 가슴을 누르며 악몽이 사라질 날만을 고대하는 나날의 연속이었다. 학교 월급도 받지 못하고 숨어 지내는 처지라 생계 또한 막연했다. 그럼에도 낮에는 혹시 내무서에서 와서 연행해 가지 않을까 싶어 밭에 나가 숨어 있고 밤에는 집안으로 몰래 돌아와 지내는 등, 한시도 긴장을 풀지 못했다. 나중에 선생처럼 LA에서 살게 된 당시 총무처장 강만유 씨가 선생 댁 앞에 살았는데, 그와 함께 역시 상경대 교수 하던 이의 집에 숨어서 이불을 뒤집어쓰고 라디오를 청취하는 것을 낙으로 여기기도 했다. 이런 생활 속에서 마침내 어느 날 다시 북진을 해 온다는 남쪽 뉴스를 접하고 설레는 마음을 가라앉히노라 애쓰던 흐뭇한 경험도 하게 되었다.

갖은 고생 다해 가며 전전긍긍하던 때, 고향 시골집에 내려가 피신하고 있던 두 친구가 역시 무슨 소식이라도 들을까 싶어 사람을 보내 선생의 전언을 듣고자 했다. 총장 대리를 하던 한결 김윤경과 고형곤 교수의 인편 연락이었다. 선생인들 무슨 뾰족한 대답을 할 계제가 아니었다. 목숨만이라도 부지하겠다는 공통된 소망밖엔 없을 때가 아닌가.

김윤경 선생도 물론 남쪽으로 못 내려갔죠. 그래서 그는 경기도 광주의 고향으로 내려가 어렵게 산 모양인데, 내가 지금 기억나는 것이 있군요. 숨어 있자니 세상이 어떻게 됐는지 모르겠 거든요. 김 선생이 부인을 시켜서 서울 올라가 나를 만나보라 했던 모양입니다. 그래 그 부인이 신촌의 내 사택으로 왔는데, 저고리 동정을 뜯더니 깨알만한 글씨로 써 놓은 한지를 꺼내 주어요. 받아 보니 한 10여 가지 묻는 사항이 있더군요. 그네들이 내려와서 총장이고 뭐고 다 없는 판이 아니오. 총장인 자기도 없는데 그놈들끼리 월급을 주고받고…… 뭐 이러는 걸 이야기하기는 도무지 당치 않아요. 무슨 이야기를 나로서 할 수 있겠어요? 그래 부인더러 '거기도 미국 비행기 지나가는 소리 들었는가요?' 하니 들었다고 해요. 난 그저 '한 달만 꾹 참고 기다리라고 말씀하시오. 이 말만 전하시오' 그랬죠. 나도 사정을 모르면서 하는 말이외다.

또 하나 이와 같은 경우가 있었는데, 이번엔 고형곤 씨 쪽에서 물어 온 거예요. 이이는 전라도 고향에 가 숨어 있었던 모양인데, 세상 일이 궁금했던지 맏아들을 내게 올려 보냈어요. 나는 그에게 대뜸 물었죠. '너 어떻게 올라올 수가 있었느냐. 지금은 이북이 다 점령을 했는데, 빨갱이 아니면 여행증명서는 주지 않을 텐데 어떻게 왔느냐?' 그랬더니 친분이 있는 어떤 이의 도움으로 여기까지 올라왔다고 해요. 그 아들 말이 '아버님이 두 사람한테 보냈습니다. 하나는 이북 공산당에 줄이 닿는 사람에게 보낸 것이고, 또 하나는 이남 형편을 알려면 정 선생에게 물어보는 것이 좋으니 가보라'고 해서 찾아온 것이라는 겁니다. 그때가 8월 20일경이었을 때인데, '그래 너 갈 수 있다니까 가서 그저 참고 가만히 계시라고 일러라. 그 말밖엔 할 말이 없다' 이렇게 돌려보냈습니다. 다들 궁금해서 하는 일이지만 더 알고 더 나은 사람이 어디 있을 때입니까?

6·25 동란은 전란 그 자체로도 모든 이에게 참기 어려운 고통을 안겨주었지만, 구체적으로는 이 내환으로 사람들의 본색이 적나라하게 드러나곤 하여 실망과 환멸을 가져다주는 일이 허다했다. 이런 일들은 더욱 견디기 어려운 상처로 남았다. 정부가 국민을 기만하고 도주하고도 뒤에 돌아와서는 사과는커녕 남하를 못해 갖은 고초를 다 겪은 사람들을 오히려 의심스러운 눈으로 보고 죄를 다스리겠다고 나온 작태는 가장 야비한 일 중의 하나였다. 당시 문교부 장관으로 연대 이사장직을 겸직한 백낙준 씨도 이 점에서는 자유롭지 않았다. 그는

정부 각료로서 학교 차량을 타고 내려가면서도 동료 간부교수들에게 마저 알리지 않고 단독 피난을 했는데, 후일 결코 좋은 이야기를 들을 수 없는 행보였음에도 이 점에 관해서는 끝내 사과의 말이 없었던 게 사실이다. 이 일에 관해 선생은 백낙준 씨에 대한 험담이 될까봐 끝내 입을 열려 하지 않을 기미가 분명했지만, 짤막하게나마 이런 암시적인 말을 던졌다.

그가 북아현동에 살았는데, 가족과 함께 학교 차로 도망을 한 거지요. 우리끼리는 다 못마땅하게 생각했지만…… 학교를 지키라고 말했던 사람은 가고 원…….

남하하지 못한 다른 교수들은 또 어땠을까? 선생처럼 숨어 지낸 이도 있었지만, 때를 기회 삼아 나선 이도 있어서 나중의 일을 복잡하게 만들었다. 빤히 아는 이들 사이에서 이러한 갈림이 생기면, 결국 어느 편인들 괴롭지 않을 수가 없는 것이다. 처음에는 숨어 지내는 이들이 곤란을 겪었겠지만, 이 고비가 넘으면 나선 이들의 사정이 또한 곤란해지는 법이다. 선생은 이때의 교수들 동정을 굳이 밝히지 않으려 애쓰며 짧게 회고했다.

동료 일이 돼서 말하기는 어려운데…… 나중이 되자 그때 월급 받아먹은 사람 명단이 다 나왔어요. 물론 학생을 가르치면서 받은 게 아니었죠. 책임자로 북에서 누구를 임명한 것이 아니라, 여기에 있는 사적 단체들에서 연희대학을 인수해 가지고 들어온 사람으로 동북제대 출신이라는 이가 왔습니다. 그래 가지고는 소위 부역 교수들에게 몇 달 월급을 주며 먹여 살린 거죠.

그런데 기이한 것은 수복이 된 다음 이들이 곤욕을 치르기는커녕 오히려 권세 있는 자에게 붙어서 더 잘 살더라는 것이다. 뿐만 아니라 그 사정을 다 알고 있는 선생 같은 이들을 오히려 눈엣가시처럼 여기고 경원시하면서 기회만 있으면 궁지에 몰아넣으려고 서로 협력하더라는 것이다. 그 같은 일을 하도 많이 겪어온 오늘의 우리는 이 정도의 어처구니없는 일에는 당혹해하지도 않는다. 현실에는 어찌 이토록 질서가 없는 것인가!

곤욕을 치르기는커녕 오히려 더 적극적으로 매사에 참여했죠. 그네들이 하는 걸 보니까 자기와 친하면 그저 쑥덕거리며 다 들어주고……. 내 참 지금까지도 그런 생각이 듭니다. '윗사람이라고 하는 것들이 저런 것들이로구나.' 아주 더러워요. 그러니까 그 다음엔 모함과 질투가 오는데 참 많이 겪었외다. 암투가 굉장했어요.

적군 치하에서는 이른바 부역 교수들과 행동을 같이 하지 않음으로 인해 어려운 생활을 겪었으나, 이제는 그들의 행적을 너무나 잘 안다는 사실로 기회만 있으면 시기와 질투로 괴로움을 겪어야 했던 것이다. 그러나 이런 심적 고통은 그런대로 참고 넘기면 되는 일이다. 어쨌든 퇴각했던 국군의 수도 탈환으로 은신 생활을 끝내게 된 것만 해도 천만다행이었다.

3. 서울 수복, 그리고 피난살이

북한 인민군의 패퇴와 국군 및 유엔군의 진주로 서울은 수복되었으나, 서울에서의 인민군의 완강한 저항으로 전화는 의외로 컸다. 특히 연희 동산에는 인민군의 총사령부가 있었던 관계로 그 피해가 적지 않았다. 학교 건물들이 파괴됨은 물론 사택들도 크게 부서졌고, 도서나 서류 등의 소실도 엄청났다. 전투 과정에서 입은 피해가 컸던 데다가 인근 주민들의 약탈로 인한 피해도 무시 못 할 정도였다. 선생 사택도 비바람을 막을 수 없을 만큼 부서져 대파 상태였다. 그러나 선생은 집이야 어찌됐건 강만유 씨 등 학교 관계자들과 신속히 학교로 달려가서는 학교 피해상황을 돌아보고 이모저모를 점검하기 시작했다. 그간의 교직원 행동을 조사하고 학교 재산 도난을 방지하는 데 힘을 썼다. 10월 5일 총장 대리 김윤경 씨가 처음으로 학교에 나와 학교 수습 문제를 의논하고 대처해 나갔다.

그런데 무엇보다 어려운 과제는 이른바 반역자(부역자)를 심사하는 일이었다. 때마침 적군 치하에서 연대 간판을 마지막으로 걸어놓았던 대학 사무소(서대문 1가 손정규 씨 댁)에서 그 사이 쌓인 문서들을 오제도 검사가 캐내어 수사기관에 보관시켜 놓고 있었다. 이 중에는 부역자들의 공산당적 · 투쟁사 · 반성자책문 등의 이력서, 좌익 행동에 대한 소상한 기록이라 할 자서전 및 기타 명부가 포함되어 있었다.

각 기관에서와 마찬가지로 대학에 대해서도 부역자 심사를 하여 보고토록 하라는 당국의 지시가 있었다. 선생은 김윤경 총장 대리, 강만유 씨 등과 더불어 선생 댁에서 밤늦도록 이 문제를 숙의했다. 그리고 교무위원회에서 세 가지 심사 원칙을 정했다. (1) 괴뢰 정권에 채용되어 봉급·배급을 받은 자, (2) 적군·관청·타학교·단체에 채용되어 협력한 자, (3) 의용병 간 자(강제성이 증명되면 제외)를 축출한다는 것이었다.(김윤경 「일기」, 1950년 10월 8일자 참조.)

이 원칙에 의거, 실질적인 심사회를 선생의 아우인 계동 정석원 씨 집에서 열어 이 까다로운 문제에 매듭을 지었다. 그리고 새로 시작하는 기분으로 전 교직원이 학교 복구와 정리 업무를 분담하여 시급히 학교 재건을 이룰 수 있도록 하는 데 모두 뜻을 같이 했다. 이렇게 해서 교수진과 강의실이 모두 정비된 11월 초가 되자 다른 학교와의 연대 없이도 연희대학만은 단독 개강이 가능하게 되었다.(이 무렵의 자세한 사정은 김윤경 「일기」 참조.)

부산으로 피난하다

그러나 이것도 잠시뿐이었다. 곧 다시 학교를 비우고 서울을 떠나지 않을 수 없는 상황이 되었기 때문이다. 그 해 11월 하순에 이르러 압록강까지 밀고 들어 간 국군과 유엔군은 중공군의 개입으로 더 이상의 전진이 불가하게 되었다. 중공군의 인해전술 앞에서 부득이 '작전상 후퇴'를 하지 않을 수 없게 된 것이다. 그러나 이번에는 학교에서 12월 6일 일찌감치 임시 휴교를 선언하여 지난번과 같은 희생이 없도록 미리 조치를 했다. 개강한 지 불과 한 달 만에 다시 교문을 닫고 모두가 피난길을 재촉하게 되었다.

선생과 가족들도 이번에는 좀 일찍이 움직일 수가 있었다. 12월 초에 사돈네가 남쪽으로 내려가면서 선생의 아우 가족과 선생 가족을 동행하도록 했기 때문이다. 선생은 일단 서울에 혼자 남게 되었다.

그런데 그 무렵 미국의 대학교수들이 전쟁 중의 이곳 사정을 조사하러 와서는 이쪽과 북쪽의 민심 동향을 살피고 선전물을 만들어 대북 활동을 벌이려는 계획을 하고 있었다. 그들은 여기에 한국의 대학교수 몇 명을 채용하여 도움을 받고자 했는데, 선생도 여기 부름을 받았다. 그리하여 그들과 함께 12월 18일이 되어서야 부산으로 떠날 수 있었다.

> 하버드 대학의 페르첼(Perzel) 교수가 우리 몇 사람을 자기 차에다가 태워 부산으로 내려갔어요. 미국 지식인들 몇이서 전쟁 수행 중에 있는 한국에서 무슨 민정 조사하는 역할을 하느라고 왔던 것 같습니다. 어쨌든 이때 후퇴하는 데는 별 고생 없이 부산에 일찌감치 내려가 있을 수가 있었습니다.

그러나 미국 교수단과의 일은 고정된 일자리가 아니었다. 학교가 다시 문을 닫고 그래서 고정된 일터를 잃은 셈이 되었으니, 이제부터 다시 생활의 핍박이 밀려올 수밖에 없었다. 이렇게 막막한 때 그래도 다행히 선생은 거처만은 쉽게 구할 수가 있었다.

> 사람이 죽으라는 법은 없는 모양입니다. 18일 날 내려가서 첫날밤을 송도에 있는 호텔에서 묵었던가. 어쨌건 자고 나서 이튿날 밖에

나와 그저 이리저리 헤매는데, 우리 정치과 졸업생 이백우(李伯雨) 군을 만났어요. 이 군의 말이 대뜸 '선생님 가족은 어디 있습니까?' 하고 물어요. 며칠 전에 여기 내려와 영도 어디엔가 있다고 하니까 '그러면 내 매부네 집이 이곳에 있는데, 2층이 비어 있으니 그리로 이사 오십시오' 하는 것이에요. 하늘에서 내려오는 복음과도 같았어요. 그래 그 집으로 집사람과 아이들을 데리고 들어갔죠.

그 집에 가보니 집 주인은 부산의 공보원 직원인가 했는데, 아래층은 공보원 국장네 가족이 들어 있고 2층 빈 곳을 우리에게 내줬죠. 이백우 군 자신은 형제들하고 우리 옆방을 쓰고…. 이렇게 정착을 하게 되었지요. 사는 건 집사람이 옛날에 시집오면서 가지고 온 비단 따위를 지고 내려왔는데, 그걸 팔아먹고 사는 겁니다. 집사람이 광복동인가요? 그 번화한 거리에 들고 나가 팔아서 들여오는데, 어쩌다가 '스리'도 맞고 하더군요.

아무 연고 없는 타향에 졸지에 몰린 피난민들의 생활, 그것은 한 세월 지난 오늘에 보면 도리어 일말의 낭만도 없지 않은 추억이지만, 그때 그 광경은 내일을 기약할 수 없는 극히 절망적인 것이었다. 선생의 고생도 예외일 수가 없었다. 그런데 전선이 다시 정돈되면서 정부 기능이 다시금 제자리를 잡기 시작하자 교직에 있던 이들에게도 약간이나마 서광이 비치기 시작했다. 이 무렵 선생은 몇 차례의 지방 강의와 강연을 부탁받고 나간다.

한번은 문교부에서 전주에 전시 연합대학을 세운다고 고등교육국장이 내 집을 찾아와서 강연을 가자고 그래요. 미리 부산에 와 있는 교수들을 골라 본 모양입니다. 그래서 그이의 차를 타고 연합대학에 가서 열흘쯤 강의했을까? 그리고 부산에 귀환한 적도 있었습니다.

당시에는 문화인 반공궐기대회 같은 행사도 자주 있었다. 선생은 이런 곳의 연사로 부름을 받아 나가기도 했다. 주최는 역시 문교부요, 마산 · 대구 등지에서 연 일종의 계몽강좌이자 전쟁 관련한 정신교육 강연이었다.

차츰 교수들의 소재도 밝혀졌다. 대구 · 부산 · 제주 등 남쪽 여러 곳에 흩어져 아무 일도 하지 못하고들 있었다. 그러나 대학 연락사무소가 대구와 부산에 설치되면서 1951년 3월부터는 교직원들에게 임시 봉급을 지급하기에 이르렀다. 이렇게 차츰 피난지에서나마 대학 재건의 준비활동이 진행되면서 선생의 열성적인 헌신은 다시금 학교에 긴요한 것이 되었다. 선생은 피난지 부산의 대학 연락사무소의 책임을 진 것뿐 아니라 다시 문을 연 학교의 문과대학장으로서 이 어려운 시기에 참으로 분주한 나날을 지내게 된다. 대구의 김윤경 선생을 찾아가기도 하고 아니면 김윤경 선생이 부산에 내려오기도 해서 여관방에서나마 교무위원회를 열곤 했는데, 학교의 모든 일을 논의하는 이 자리에 선생은 한 번도 빠진 적이 없었다. 이렇게 해서 그 해 9월에는 신입생 선발도 하고 10월 초에는 정식으로 개강을 할 수 있게 되기까지 하였다. 영도 가교사 시절, 선생의 고되면서도 보람 있는 생활은 이렇게 이어져 갔다.

4. 피난지의 연희대학교

피난지 부산에서 학교 문을 연 것은 그래도 불행 중 다행이었지만, 때는 비상시였고 그 가운데서도 가장 험악한 전시였으므로 학교가 정상적으로 운영될 리는 없었다. 그래도 공부하려는 학생 얼마를 끌어모을 수가 있었다. 그러나 교수를 모으는 일은 그리 간단치를 않았다. 물론 부산에는 가장 많은 수의 피난민이 집결해 있었고 상당수의 교수들도 이곳에 와 있었지만, 역시 타 지역에도 적잖이 흩어져 있었기 때문이다.

워낙 살기가 어려운 때였으니 강의시간을 주면 받지 않은 이는 없었다. 그러나 보수가 충분치 못했으므로 그 밖의 다른 일에 주의를 돌리거나 또 관여를 하곤 해서 학교 강의에만 충실한 이는 드물었다. 당시 학교는 백낙준 씨가 정부 각료이면서 이사장직을 맡고 있었고 총장은 선임하지 않고 있었다. 그저 대리직으로 김윤경 씨를 두어 학교 업무를 수행케 했을 뿐이다. 그러니 바쁜 장관실을 찾아 한정 없이 기다렸다가 결재를 받아내는 비효율과 모순이 없지 않았다.

닥치는 대로 가르치다

이런 시기에 선생은 학교 내실을 기하고자 자나 깨나 걱정이었고, 실제로 몇 사람의 일을 도맡아 해내고 있었다. 해방 직후 부임해서도 그랬지만, 이제는 정말 펑크 난 강의를 채우기에도 너무나 고달팠다.

그때 이병도 선생의 말도 있었습니다. 사학과를 하려면 제주에 가 있는 장지영 선생, 조의설 선생을 부르고 대구의 민영규 선생 불러와야 한다고. 선생이라는 게 제주도에 몇 사람 있고 대구 몇 사람, 이렇게 흩어져 있단 말입니다. 시간강사로 채워 가야 했지요. 학교 일은 또 누가 합니까? 누구든 하지 않으면 안 되었고……. 학생 원서 받고 과목을 짜서 배정을 하는 일 등 이것저것 모두 손대지 않을 수가 없었지요.

그러나 얼기설기 과목을 짜놓아도 앞서 말했듯이 하는 둥 마는 둥 시간을 때우고 나오는 사람, 나오겠다고 하고 아예 안 나오는 사람 등 학교 보직자로서는 그 고충이 이만저만하지를 않았다. 선생은 그때 사정을 이렇게 털어놓았다.

강사를 모셔 오지 않았겠소? 정치과든지 무슨 과든지 하여간. 이 양반들이 시간 맞춰 나오는 법도 없고 결강이 다반사예요. 결강이면 학생 유지가 안 되는 거요. 그러니 어렵게 영도에 세운 학교인데 누구든 고생스러워도 들어가야죠. 들어가 무슨 소리를 하든지 말입니다. 그래서 정치과에 결강이면 들어가고 사학과에 결강이면 들어가는 거였지요. 뭐 두리뭉실 안한 게 없소이다. 누구라고 말하긴 어렵지만, 그 후에 이 나라 공사·대사 되어 나간 이들을 채용해서 알뜰하게 강사료를 다 드렸어도 실제로 학교 나와 강의는 4분의 1, 8분의 1밖엔 안했어요.

1953년 3월 21일
부산 연희대학 가교사에서의 졸업식 사진

당시 학생 시절을 보낸 이종은(李鍾殷) 씨는 이런 사정을 이렇게 뒷받침하고 있다.

> 국문과에 수사학 시간이 있기에 신청을 했죠. 담당교수가 안 나와요. 그러니까 하루는 정 선생님이 들어오시더니 '수사학을 논리학으로 대체하겠소' 하며 강의를 해요. 그래서 뜻밖에 정 선생님 논리학을 들은 셈이 됐지요.

수사학을 논리학으로 바꾼 것은 과목 연계상 타당성이 있고 그럴 듯한 일이다. 어쨌건 선생은 그 때에는 이미 손을 뗀 과목도 어쩔 수 없이 해야만 하는 일이 비일비재했던 모양이다. 역시 이 무렵 입학한 김정수(金正洙) 씨는 선생에게서 불어를 들었는데, 다음과 같은 회고를 하고 있다.

내가 정 선생님에게서 불어를 12학점 이수했는데, 작문에 치중하시더군요. 6학점 때 문법을 완료하고 그 이후로는 작품을 읽었죠. 어찌나 철저하게 교육을 시키는지 2년 공부하니까 거의 완전해져요. 선생님은 그때 학장 일을 보시니까 매우 바빴던 모양인데 강의시간에 늦을까봐 늘 뛰어 들어오셨습니다. 영도 산 위에 밭을 갈아 놓은 것을 쳐다보시고는 학생이면 공부해야 한다며 공부 안하는 것을 엄하게 꾸짖었어요. 김윤경 선생 말씀으로는 정 선생이 교무처장 일을 보실 때 연희의 대학행정이 틀이 잡혔다고 하는 말을 들었던 적이 있습니다.

생각해야 할 과제를 철저히 생각하고 맡은 책무는 빈틈없이 충실하게 이행하는 선생의 성품, 강한 의무감을 단적으로 표현해 주는 말들이다. 선생이 자주 힘주어 말하듯이 학문의 깊이는 둘째 문제요, 하느님이 주신 건강으로 우선 맡은 시간에 충실하라는 것이었다. 선생의 좌우명인 '성실'의 진면목은 피난지 학교에서도 확인되었다.

부조리한 현실과의 싸움

그러나 선생의 성실성이 그대로 보상되는 현실은 아니었다. 현실은 평상시에도 그렇게 돌아갔는데, 특히 전쟁 와중에서 인심이 흉흉하고 도덕심이 타락하여 개인 인격까지 의심스럽게 보이던 시절에 사람다운 처신을 기대한다는 게 오히려 망상이었을지도 모른다. 그래도 배웠다는 이들, 더욱이 사회지도급이 모인 대학 사회에서조차 이런 동요와 인간됨의 붕괴를 보면서 선생의 마음은 한없이 괴로웠다. 그리고 이런 괴로움은 결국 선생의 신경을 날카롭게 자극하여, 무원칙하고 파렴치한 처사나 작태에 대하여는 한층 더 용서치 못하는 심정을 일으키곤 하였다.

그리하여 이 무렵 선생은 지위의 고하를 막론하고 용서받을 수 없는 일에 대해선 서슴없이 비판과 공격을 퍼부었다. 사람이 아니라 그릇된 처사를 나무라는 것이지만 세상 사람들은 그렇게 좋은 쪽으로만 이해하지는 않는 법이다. 공격을 받은 이들은 마음에 담아 두었다가 기회가 오면 반격을 하고, 서로 작당해서 선생을 곤혹스럽게 만드는 일도 있었다. 그러나 선생은 한 번도 당사자 뒤에서나 외부를 향해 누구를 나쁘게 말하거나 비방하지 않았고, 일 자체에 대한 시비만을 가리려 했을 따름이다. 그러나 상대방은 이런 문제의 본질을 받아들이려 하지 않았다.

선생 자신은 교내의 이런 복잡 미묘한 사단들을 결코 언급한 적이 없지만, 우리는 한결 김윤경 선생의 「일기」에서 그 전말을 쉽게 발견할 수 있다. 겉으로는 점잖은 관계로 보였어도 실제로는 매우 불편하고 개운치 않은 일들이 허다했음을 알 수 있다. 그리고 이 일들은 훗날 왜 선생이나 한결 같은 연세대학교의 상징적인 인물들이 학교 발전에 그토록 실질적 공로가 컸음에도 주류에서 소외되어 서서히 연세사의 '그늘'로밖에 존재하지 않게 되었는지를 이해하는 데 실마리를 던져준다. 이런 점에서도 이 이야기들은 특히 유의할 만한 가치가 있다고 본다.

위에서도 언급했듯이, 백낙준은 국사에 매여 있으면서도 연희대학

행정의 최고 실력자이자 책임자의 자리를 놓지 않고 있었다. 당연히 그 주변에는 일부 아첨배 교수들이 모이게 마련인데, 백낙준은 바로 이 사람들을 중심으로 행정을 수행해가고 있었다. 이 주변 인물들은 그들이 차지하고 있는 위치상 학교의 지조 있는 이들의 언행을 일러바치는 정보 제공자 역할을 하면서, 백 씨와 이분들의 관계를 더욱 어렵게 만드는 데 기여하고 있었다. 당시 이들 학교 책임자들 사이의 인간관계가 매끄럽지만은 않았다는 명백한 증거가 있다. 선생은 교무위원으로서 당시 학교일 전반에 걸쳐 자신의 입장을 밝히고 정책 결정에 직접 관여할 때이므로 무수한 회의에 참여하고 있었다. 이제 선생과 관련된 부분들 약간을 앞서 말한 「일기」에서 추려 보기로 한다.

> 14:30 교무위원회. 신동욱 씨가 한영교 씨의 출근 태만에 대하여 직장으로 가든지, 학교로 오든지 해야지 하고 불평을 말하자 정(선생)은 왜 남의 일까지 간섭하는가? 무슨 일을 하든지 학교에서 맡긴 일만 충실히 하면 되지 않는가? 또 당신도 두 일을 보고 있지 않은가? 하고 바른말을 함에서 시작된 것이다.(1951. 10. 4. 목)

> 교무위원회를 열한 시에 열었으나 장기원 씨가 정석해 씨의 감정을 상하게 하여 정 씨는 화를 내고 돌아가고 말기 때문에 회는 중지되고 말았다…….(1952. 2. 9. 토)

> 정석해 군의 불평은 6·25 뒤로 백 박사에 대한 존경심이 떨어졌다는 것이다. 학교 자동차로 자기는 온 가족까지 다 실어 피난가

면서 학교에는 전화 한 마디 걸어 주어서 희생이나 손실을 피하게 하여 주지 않은 점, 그 때문에 자기 자리를 충실히 지키어 주던 이(김윤경)로 하여금 전 재산을 모두 손실 당하게 하고 생명까지 위험 속에 헤매게 한 점, 그리고도 온갖 학교 행정 실권을 한 손에 다 움켜잡고 진행을 방해한다는 점(이는 장로교 선교사회에 교섭하여 1,000만 원을 자기 경유하지 않고 얻어 썼다 하여 도리어 책망한 점, 건축 기지 얻은 것도 현 행정 간부의 합의 의사를 무시하고 독단, 간섭하여 거저 얻은 기지를 잃게 하고 1,300만 원의 거대한 딴 기지 사는 비용을 쓰게 한 점, 미국 돈 가지어다가 사변에 희생된 교직원 구제라도 하여야겠는데 부흥비에 쓴다고 한 푼 내어다 쓰지 않고 자기 학교 복직 때 생색내려 하는 이기심이 있다는 점, 민영규 씨의 도서관원장 추천을 문교부 독촉으로 추천시키어 놓고는 학교에 관계없는 김형기를 혼자 작정하고 민 씨를 과의한 점……)을 들어 학교를 돕는 것보다 방해하지 말고 양심적으로 물러가라는 것이다. 원 박사 추도식이나 오늘 같은 경우에(동문회원 영전 축하 모임. 최규남 서울대 총장, 갈홍기 외무부차관, 월남 손자인 이홍식 조선전업 사장, 김영찬 한은 부총재) 학교 현황 소개까지 자기의 한 일로 남에 표명하여 자기의 지위가 위태롭게 될 바를 염려하는 태도는 농후한 것 같아 보임은 사실이라고 공평한 양심 가진 이의 공통한 비평으로 보인다.(1952. 3. 21. 금)

강만유 씨가 이사장을 만났더니 동문회에서 20년 이상 근무한 이를 조사하여 표창하자란 일에 대하여 정석해 씨가 '백 장관이 언제 계속했나? 문교장관도 하고 쉬기도 하고 하였지……' 하는 뜻의 이야기한 것이 또 다르게 그 귀에 들어가서 상당히 역정을 내더라고 함을 들었다. 그리 악의 가진 말이 아닌 농담의 이야기처럼 한 것을 전달하여 이간질한 놈이 나쁘다.(1952. 4. 13. 일)

백 이사장이 교직원 대우 문제를 보류하여 원성이 높다. 정석해 씨도 '수억 원 학생에게 뜯어 모아 놓은 것을 시설로 쓰기 위해 교수 천대하려 할 것 같으면 백낙준 혼자 다 먹으라 하고 사표 내고 맙시다' 하며 극히 분격한 말을 하였다.(1952. 5. 23. 금)

백 이사장에게 교수 승급·채용을 들고 갔더니 '학교를 깨뜨리고 망치려는 놈을 올리겠습니까? 백낙준이가 미국서 돈 얻어다가 먹었다고 형사죄에도 걸릴 정석해, 돈 없어 등록 못하는 학생(김태金兌)을 동정하여 내 내자가 보증하겠다고 적어 보내었는데 현금을 내라고 쫓아 보낸 조의설을 승급시켜요?' 한다. 그는 그들과 의논하지 말고 나와 의논하여 명령만 하고 아니 들으면 내어보내는 방침을 취하라고 말한다. 조의설 서울대학으로 가도 좋고 서양사 가르칠 이 얻어놓기로 하였고 없으면 자기가 가르칠 거라고 말하였다. 또 그는 정석해 없어도 좋으니 불란서 말 없으면 못하여 가겠으며, 그가 가르칠 것이 무엇이며 파리에서 대학 하나 졸업하였냐고 좀 지나친 말까지 하였다. 자기가 나가든지 정석해가 나가든지 하여야 한다고.(1952. 5. 24. 토)

교무위원회를 열었다. 학생청년회 천막 지을 자리 준 문제, 교실천막 부족 문제, 학교 안 식량 문제로 장기원 · 박상래의 말다툼이 일고, 교수실에 책상과 의자 부족으로 교수가 앉지 못하는(사무원은 평안히 자리 하나씩 만들어줌에 반하여) 푸대접에 정석해 씨의 학교 방침 공격이 강하였다.(1952. 7. 1. 화)

백 이사장을 찾아 교무처장 문제를 의논하였다……. 정석해 · 조의설에 대한 틀림은 여전히 차다. 정 씨에 대하여는 잘못 봄이 아니면 사사 감정으로 그 인격조차도 부정함 같은 공정하지 못한 생각을 가지었다. 그를 밉게 보는 바람에 그의 대학 졸업도, 학문도, 그의 공정함도 부인하여 버리는 것 같았다. 파리 대학 철학과 졸업이 분명하고 또 4년이나 연구하였건만 '대학 졸업은 무슨 대학 졸업이냐?' 한다. 아무리 공정하다 하더라도 자기를 공격하면 그 인격 전체를 부정하게 보게 되는가? 조의설에 대한 그의 살핌은 나도 어느 정도 동감이다.(1952. 8. 29. 금)

교무처장에 정석해 씨가 가장 적임일 것이나 이사장과의 부조화가 문제되는데, 자기도 평교수로 되어 공부를 하게 하여 달라고 하는 터이니 더구나 문제이다.(1952. 8. 28. 목)

이사장이 크게 불쾌를 느끼고 있음을 말하자 정 씨는 '내가 무슨 잘못이 있소? 사실대로 할 뿐이 아니요? 20년 이상 근속이라면 박효삼도 있겠고, 또 백 박사는 서울대 총장으로 간 일, 문교장관으로 간 일, 왜정 말기에 연희에서 내몰린 일이 사실이므로'라 한다.

또 '6 · 25 사변 때 행동, 51년 8월의 행동을 보고 51년 8월 15일부터 나는 그에 대한 신임과 존경심을 거두게 되었소' 한다. 51년 8월에 전시 연합대학이 아니라 단독 개강하려 하자 '누가 총장이 될는지 모르나 그에게 지기 어려운 짐을 만들어 지우지 맙시다' 함을 듣고 의리 없는 사람이라고 생각한다는 것이다. 내가 '이는 내가 자동차 판 사건과 내가 사면하려는 눈치를 보였기 때문'이라고 하자 '자동차 그까짓 것이 무엇이요. 목숨을 잃을 뻔한 것에 비하면 그까짓 것 열이면 어떻고 백이면 어떻소? 6 · 25 사변에 난관을 지날 때에 맡기었다가 개강하게 되기도 전에 이환신 씨로 갈려고 공작한 일은 도무지 옳은 처리, 의리 있는 처리라고는 못하겠소. 그리고 사면 표시도 있기 전이 아니오? 그리하여 나는 그 뒤로는 아주 그를 존경할 마음이 없어졌소' 한다. 자기는 반대하여 그와 싸우겠다고 한다. 잘못이 있어야 사과지 사실을 말할 바에야 무슨 사과냐고 말한다.(1952. 9. 8. 월)

더러 문맥을 짚기 어려운 곳도 있기는 하지만, 대체로 이 시절의 학교 실정을 알 만하다. 또한 선생이 학교생활을 심히 불유쾌한 가운데 보냈음을 확인할 수가 있다. 선생이야 소년 시절부터 나라 걱정과 민족의 수난을 몸소 체험하며 밤낮으로 대의를 위해 살아온 분이다. 또 경제적으로 늘 위태로운 상황에서도 어려운 공부를 마친 사람이다. 귀국 후에도 여전히 왜정 치하에서 자칫 폐인이 될 정도로 고초를 겪었다. 그런데 그때나 그 후로나 적당히 세상을 살다가 이제 미국사람의 시대가 왔다고 때를 만난 것처럼 또 기회를 잡아 특권층 행세를 하는 이들에 대해 선생으로서는 존경심은커녕 오히려 구토를 참기 어려웠던 게 당연하다. 그럼에도 우리 현실에서 이런 부적격자들이 한층 더 권세를 누린 것 또한 사실이 아닐 수 없다.

이즈음 해서 학교에 입학한 필자와 같은 동기생들은 자신감과 경멸감, 그리고 불만을 한꺼번에 담은 듯한 선생의 꾹 닫힌 입과 얼굴 표정에 대해 다소 의문이 없지 않았다. 당시 선생의 내면적인 고뇌가 이토록 컸다는 점은 학생으로서는 물론 알 길이 없는 노릇이었다. 선생은 그 특유의 알쏭달쏭한 말로 이렇게 얘기한 적이 있다.

진실은 말 못하겠습니다. 시기와 핍박이 여간하지를 않아요. 자기 줄에 선 사람만을 믿고……. 사실은 이제 이름도 부르기 싫소이다. 4·19 후 학생들이 다같이 내쫓아서 나가게 된 교수가 있습니다. 그저 위에 알랑거리고 하던 이, 그 사람에게만 돈과 열쇠 등 모두 맡기고 하는 거예요……. 이런 이가 모든 것을 자기 명의로 해놓고 학교 열쇠까지 다 장악하고 있었는데, 해군에 가서 또 월급도 받아먹고 앉아있지를 않겠소? 일의 진행이 안 될 밖에요. 무슨 염치가 그러한지 모르겠더란 말입니다.

그러나 지나간 일의 회고에는 으레 지나간 시간에 있었던 원본 그대로의 울분이 퇴색되어 있는 법이다. 어쨌든 이런 복잡한 사람들과의 마찰은 그 후에도 몇 년 간 선생에게 무거운 짐이 되었다.

광복 후 이 나라 대학이 항상 더 큰 정치사회의 축도(縮圖)라고 할 만큼 유사점이 많았다는 것은 누구나 수긍할 것이다. 이승만 독재나 연희의 백 박사의 독선과 전횡에 무슨 질적 차이가 있는 것이 아니었다. 그러나 동일한 성격의 과오라도, 전자는 실각 후의 역사적 평가로 그 공과가 분명히 드러난 데 반해, 후자의 경우는 기이하게도 한 번도 냉정하게 검토되지를 않고 불행히도 그 후계들에 의해 여전히 부당하게 각색되어 평가 절상되고 있음이 개탄스럽다.

그러나 이 같은 터무니없는 칭송은 그것만으로 그치는 것이 아니다. 당연히 존중되고 평가받아 마땅한 인물들의 억지 왜소화를 통해 그런 칭송이 이루어진다는 데서 문제가 크다고 하지 않을 수가 없는 것이다. 역사적 평가의 불공정이야말로 그렇기 때문에 죄악 중에서도 최대의 죄악이 되는 것이다. 냉정한 관찰과 공정한 가치의 척도를 요하는 인물평은 연세사에서 우선적으로 요구된다고 본다.

5. 환도와 학교 재건

3년 동안이나 끌어오던 피비린내 나는 동족상쟁도 양측의 휴전협정 조인으로 끝이 났다. 이어서 수도의 서울 복귀가 이루어졌으며 1953년 8월 연희대학교도 신촌 본교로 귀환하여 새로운 출발을 기하게 되었다.

새로운 출발선상에서

도처에 전쟁의 상처가 널려 있는 살풍경한 환경이었지만, 전쟁의 종식은 누구에게나 새 희망과 밝은 미래상으로 부풀게 함으로써 대학의 면학열도 급상승해 갔다. 선생의 가슴에도 구토와 혐오보다는 다시 안정된 환경에서의 학교 발전과 학생 지도에 정열을 불태우고 싶은 욕망이 더욱 강하게 끓어올랐다. 환도 후 첫 번째 졸업생이 나왔다. 선생은 학장으로서 이들에게 매우 의미 있고 힘찬 격려의 말을 던졌다.

> 1950년에 우리는 다른 대학보다 일주일 먼저 입학시험을 시행하여 많은 수재를 받아 들였으며 또 우리 대학의 질적 향상을 그들에게 촉망하였던 것이다.
>
> 그러나 누가 알았으랴. 6·25 전란이 꽃봉오리에 서리를 퍼부을 줄이야. 영도의 석양에 귀향의 수심을 같이 느끼며 남해의 수평선

에 희망을 남겨 그리던 것이 어제는 아니언만 벌써 4년이 다하여 서로 여의게 되는가? 옛터로 돌아온 지도 아직 100일이 되지 못하였다. 깊숙한 송림 속에 발걸음 맞추어 사색을 더듬으려 하자마자, 노천에서 흐르는 찬미 소리에 정토(淨土)의 순결을 맛보자마자 벌써 보금자리를 떠나게 되다니! 새끼 제비 떨어질까 보아 어미 제비 아래위로 날뛰면서 지저귄다. 혹시 세상에는 어려움이 있지 아니할까 하여, 육성된 날개가 꽤 만리창공을 비상할 수 있을까 하여…….

그러나 때는 왔다. 시대가 그대들을 부르는 것이다. 새 시대에는 새 일꾼이라야 그 임무를 다할 수 있을 것이다.

국가와 민족의 요청에 응함이며 또 자유세계의 건립이 그대들에게 달려 있기 때문에 모교를 떠나게 되는 것이다. 모교의 표어는 진리와 자유이다. 진리에는 권위와 능력이 있는지라 그 앞에는 허위와 무능이 물러갈 것이요, 자유는 인간이 갈망하는 이상이라 압박과 공갈에서 신음하는 만민이 왕사(王師) 맞듯이 영접할 것이다. 연희인이 가는 곳에는 연희의 정신이 펴질 것이니 그대들이 끼인 단체는 진리에 근거한 생활을 누리게 될 것이요, 그대들이 선 땅은 자유로운 공기가 충만한 사회가 조성될 줄 믿는 바이다. 그러므로 그대들이 모교의 문을 나섬은 모교의 연장이 되며 모교의 번영이 될 것이다. 서로 가까이 있거나 멀리 있거나 같은 정신에 호흡하며 같은 이상에 향응할 것이니 한 몸이라 머리와 손끝을 멀다 할까. 그대들의 고초를 우리가 알 것이며, 우리의 근심을 그대들이 질 줄로 아노라. 바라건대 친우들이여, 만난을 무릅쓰고 지워진 사명에 성력(誠力)을 다하여 민족의 성업을 완수케 하여 주소서.(「연희춘추」, 1953년 11월 15일자에서 전재)

진리와 자유의 오의(奧義)를 음미케 하며 새로 사회로 진출하는 젊은 제자들에게 전폭적으로 기대를 거는 선생의 이 격려사는 그때의 졸업생뿐 아니라 어느 시기의 제자들에게도 그대로 전달하고 싶은 선생의 진정한 마음이었다. 선생이 후일에도 종종 교단에 선 제자들에게 강의의 충실을 강조하곤 한 것은, 젊은이의 올바른 교육과 그들의 정성어린 사회 기여만이 훌륭한 세계를 약속할 수 있다는 소신 때문이었다고 하겠다.

멀기만 한 대학 민주주의

1953년의 휴전과 그 해의 환도, 그리고 뒤따른 학교의 재건으로 이 나라 각급 학교들도 서서히 제자리를 찾게 되었다. 사실 해방 후에 계속된 사회적 질곡은 교육 환경을 충분히 발전시키는 데 장해가 되었다. 그러나 이제부터는 학생도 교수도 공부해야겠다는 각성이 정식으로 대두하기 시작했고, 사회 재건에 부응하는 대학의 사명도 뚜렷해지기 시작했다. 대학의 사회적 기능이 본격적으로 요구되는 이 시기에 선생의 활약은 더욱 소중한 것이었다.

선생은 여전히 문과대학장의 위치에서 연대 전반에 걸친 대학의 재건에 심혈을 기울였다. 이런 과정에서 교무위원회에 제출한 선생의 의견들은 더러 채택되기도 했고 또 더러는 관철되지 않기도 했다. 당시는 백낙준 씨가 문교부를 떠나 학교 총장으로 돌아와 있었고, 그의 위세와 독주를 용인하는 체제가 확립되기에 이른 때이므로, 한편으로는 선생의 괴로움이 가중되는 시기이기도 했다.

이 무렵 학교 '시스템'에 관해 선생은 이런 이야기를 한 적이 있다.

> 내가 고국에 돌아와 보니까 일본에서 공부한 사람들이 독 · 불이나 그 밖의 다른 데를 굉장히 낮춰 봐요. 그것 참 이상스럽게 여겨졌죠. 독 · 불이나 영국이나 특히 미국에서 했다 하면 더 그렇더라구요. 왜놈이 시기를 해서 그런지…. 미국은 캠퍼스도 그렇고 참 큰 나라인데….
>
> 나는 아다시피 불란서식 교육을 받았죠. 해방 후 이 나라는 미국식이 되었고 국가가 전체적으로 미국 영향 하에 있었는데… 그런데 학문의 깊이는 별로 본 것 같지가 않아요. 사실은 내가 여기 교육제도 자체를 별로 찬양하지는 않았어요…. 또 교무회의를 해도 말하는 사람이 없어요. 의견이 없을 수 없을 텐데 말입니다. 그래, 참 고등교육 받은 사람들이 자기 의사라는 게 없고 그저 굴종적으로 살아요. 그때 난 생각해 봤습니다. 한국사람이 제국 황제 하에서 자라나서 이러는가, 또 그 다음에는 왜놈의 압제 하에서 자라서 그런가. 우리 지식인들한테서 이런 느낌을 더 받았단 말입니다. 사실 말입니다만 이네들이 감히 말을 못하더군요.

이건 당시 몇몇 학생들을 비롯하여 항간에 잘 알려져 있던 이야기다. 교무위원회는 늘 백 총장의 말로 시작해서 그의 결론으로 끝나는데, 참석한 이들의 소리는 전혀 들리지 않고 오직 선생의 언성만이 높았다는 것이다. 반대 의사를 개진하는 유일한 교직원이었기 때문이다. 다른 이들은 총장의 말을 따르는 변론밖에 하지 않았다는 게 그 당시 총장비서를 한 이의 입으로 전해지고 있다.

당시 이 나라 정계나 교육계가 사회 각계의 조직과 직제부터 구미에서 교육을 받았다는 이들에 의해 만들어지고 운영되었음은 잘 알려진 사실이다. 그럼에도 불구하고 도처에 비민주적이고 권위주의적인 분위기가 압도하여 사회 개혁과 발전에 고질이 되다시피 한 점은 참 이상스런 일이다. 대학에서도 총장의 권한이 너무 크게 주어졌고, 또 그렇다 하더라도 자기 학문의 심화에 오직 경주하는 학자들의 사회라면 의당 행정에 무관심할 터인데 마치 행정 보직을 벼슬이나 되는 양 생각하는 풍조가 만연해 있었다.

대학 문화의 기현상이 이렇게 해서 싹튼 것이다. 지도적 위치에 있는 이들이 자기 욕심으로 전횡을 일삼는다고 해도 그 같은 일을 비웃는 학자 정신이 살아 있다고 하면 대학다운 면모는 그래도 지켜질 수 있었으리라. 그러나 불행히도 교수들의 이런 의연함은 날이 갈수록 희미해져서 점점 정치사회의 모습을 그대로 반영하는 초라한 풍경을 연출했던 것이다. 권위주의가 학문의 세계에서 구축된 것이 아니라 학문 외의 외부 영향으로 대학에 뿌리를 내린 것이다. 선생의 말대로 이전의 제국 황제 치하에서와 일제의 식민지 백성으로서 오랜 세월을 보낸 데서 나온 고질적 습성인가. 이 그릇된 습성을 벗지 않고 우리 사회의 참다운 민주주의는 기대하기가 어려울 듯했다.

연희의 원칙주의자

선생은 연대의 행정 보직교수로서도 이러한 왜곡된 대학 현실을 바로잡으려고 무진 애를 썼다. 그런 가운데서 총장과도 부딪치고 동료 교무위원 혹은 교수들과도 충돌이 없지 않았다. 한 번 정한 규정은 규정대로 실시하는 것이 준법정신이다. 이것이 윗자리에 있는 이의 말 한마디로 휴지가 된다면 무법천지가 되며 질서와 기강은 사라지게 된다. 선생은 이 기본적인 틀조차 존중되지 않는 것에 분개한 적이 한두 번이 아니었다.

> 언젠가 교무회의에서 두 학기 1년 동안에 30학점을 못 얻은 학생은 내보낸다는 결정을 했지요. 그런데 그렇게 하기로 하고 학장들 자신부터 그것을 실천하지 않아요. 그래서 내가 왜 실천도 하지 않을 것을 제정할 때 아무 말도 않고 있었느냐 하고, 우리 문과대학에서는 단호히 다 내보냈어요. 이 일로 많은 학생들이 집에까지 와서 야단들이었던 일이 있지요.

학생들이 당황한 나머지 사택에까지 몰려와서 시위를 하는 데는 다른 학장들이 규정대로 하지 않아 학교의 법이 법 구실을 못하게 된 데도 이유가 있었다. 매사가 이같이 돌아간다면 아무리 책임 있는 이들이 결정을 내려도 그 결정의 권위와 가치가 상실될 수밖에 없다. 게다가 이렇게 될 경우 발의자만이 곤경에 처하게 될 것은 더욱 자명한 일이다. 선생이 이 같은 곤란을 당한 일은 끊임없이 계속되었다.

교수도 사람이니 감정이 있을 테고, 따라서 자기보다 나을 때 시샘을 할 수도 있다. 그러나 선생의 실력이나 주장이 자기 과시와는 전혀 관계가 없음에도 간혹 이 같은 오해와 갈등을 불러온 예도 없지 않았다.

누차 말한 것이지만, 선생은 문과 소속이면서도 이과, 특히 수학에 밝아서 입학시험에서 수학 문제를 출제하거나 문과 수학 시간을 담당한 적이 많았다. 이공대학장 장기원 씨는 못 믿어서인지, 아니면 뭔가 권한의 침해로 여겨서인지 은근히 방해가 없지 않았던 것 같다. 선생의 수학 강의에 자기 사람을 보내 강의 내용을 전부 베껴 오도록 하여 어디 잘못이 없는지 찾아내려고 애쓰기도 했다. 과연 그의 개인 생각이었는지 아니면 그 아닌 다른 이의 사주였는지는 모른다. 철학 교수가 대학의 수학을 맡는다는 게 믿음직스럽지가 않아서 그랬는지는 모르나, 어쨌건 떳떳한 짓은 아니었다. 장 교수와는 교무위원회에서도 부딪친 일이 있었다. 그러나 먼 훗날 장기원 교수의 타계 소식을 듣고 달려간 선생은 눈물을 뿌렸다. 비록 불편한 사연들도 있으나 세월이 많이 흘렀고, 그따위 일은 모두 사소한 문제로 돌리는 선생의 성품 때문이다. 진심으로 모든 것을 용서하고 동료를 애도하는 선생의 인품을 엿보게 한다.

6. 미국 시찰

대학에서의 강의·행정 등의 과중한 부담으로 고생한 선생에게 잠시 머리를 식힐 기회가 왔다. 1954년 미국 스미스먼트 법안에 의거, 외국의 학자들을 초청하는 계획에 따라서 교환교수로 미국 대학 시찰의 길에 오르게 된 것이다. 이 계획에 따라 일석(一石) 이희승 씨도 먼저 미국을 다녀온 바가 있다. 수속 절차를 밟는 중에 종합 신체검사를 받는데 미국에 가는 이들은 특히 X-레이 흉곽 검사가 까다로웠다. 선생은 늘 건강에 자신이 있었던지라 아무런 걱정도 하지 않았는데, 문제가 있다는 연락을 받았다.

당시에는 미국인들이 세브란스를 위시해서 대학 병원의 진단을 받아들이지 않고 오직 청량리 위생병원의 진단만을 인정하던 때였다. 백낙준 총장이 관계자로부터 이 소식을 듣고 "그래도 이 사람이 학교에 들어온 이후로 결근 한 번 한 일이 없는데 무슨 폐가 나쁘다고 미대사관에서 문제를 삼는가" 하니, 본인을 다시 보내달라는 것이었다. 전갈을 받은 선생은 다시 가서 재검사를 받았는데, "(균이) 살아 있는 것이 아니고 죽은 것이니 괜찮다"고 판정을 해주어 미국행 여정에 오르게 되었다. 9월 15일이었다. 선생과 함께 동행한 이로는 고형곤 씨가 있다. 이 계획에 의해서 인도·스웨덴·독일 등 세계 각국에서 열두 명 정도가 왔는데, 체재 기간은 꼭 10개월 동안이었다.

1954년 10월 30일 예일 대학교 도서관 앞에서 민영규 교수(왼쪽)와 함께

미국 시찰 이모저모

선생은 10개월간 미국의 명문 하버드 · 예일 · 프린스턴 · 시카고 · 노스웨스턴 대학 등에 몇 달씩 머무르면서 그곳 대학의 이모저모를 시찰하였다. 유학이 쉽지 않은 때였는데도 벌써 제자 가운데 미국 유학 중인 사람도 더러 있어 반가운 사제 간의 만남이 이루어지기도 했다. 하버드에 들렀을 때에는 1회 졸업생 박세영 군을 만났다. 그는 마침 대학원 진학을 해야 할 판인데 문제가 생겼다. 연대에서 선생에게 수강한 수학 점수가 좋지 못하여 진학에 하자가 된 것이다. 선생은 곧바로 대학원장을 만나 설명을 했다. 해방 직후 좌우익 틈바구니에서 공부를 제대로 할 수가 없었는데, 그래도 이 학생의 수업 태도는 아주 좋

았다고 설명을 해서 그의 대학원 진학을 성사시켜 주었다. 장기원 씨 딸이 래드클리프 여자대학을 졸업한다는 말을 듣고 그 졸업식에 참석하여 축하도 해주었다.

예일 대학 철학과에서는 유명한 블랜샤드(Brand Blanshard) 교수를 만나 환담을 했다. 그에 관해 선생은 이렇게 회고하고 있다.

> 이 양반은 1920년경에 옥스퍼드를 졸업하고 세계 유람을 하던 중 한국에 한 번 왔던 일이 있는데 기억나는 바는 별로 없다고 하더군요. 함께 방문한 우리 외국 교수들 세 사람을 자기 집에 초청을 해서 이야기를 많이 했죠. 부인도 대학교수였습니다. 내가 잘 알아들었다고 할 수는 없어도 어떤 부분에서는 참 예리한 분석을 한다는 느낌을 받았어요.

영국의 관념론 철학자 브래들리(Francis Bradley)의 영향을 많이 받은 블랜샤드는 『사유의 본질』(*The Nature of Thought*)이라는 책을 썼는데, 선생은 귀국해서 1957년부터 대학원 과정에서 브래들리의 『현상과 실재』(*Appearance and Reality*)를 다룰 때 이 책을 같이 다루기도 했다. 아마도 이들의 저서를 소개하고 검토한 일은 국내에서 가장 처음이었을 것이다. 예일 대학에서는 또 다른 기억할 만한 만남도 있었다. 그때 철학적 인간학으로 유명한 에른스트 카시러(Ernst Cassirer)는 이미 세상을 떠났을 때인데, 그의 『인간론』(*An Essay on Man*) 서문에서 감사의 말을 돌리고 있는 당시 철학과 주임교수 헨델의 부인의 초청을 받았던 것이다. 한국에서 온 손님에 대한 배려심에서였겠지만, 부인은 미리 한국에 관한 책을 읽고는 "한국의 문학은 영웅의 전설로 시작을 했는가, 아니면 사랑 이야기로 시작을 했는가?"라고 묻더라는 것이다. 선생은 이 질문에 답할 만큼의 깊은 지식은 없다고 답했지만, 서양인들이 손님 대접을 이렇게 면밀한 배려심으로 용의주도하게 치르는 것에 탄복했다고 한다.

> 시카고 대학에서는 어느 교수 하나가 나와 마찬가지로 백림과 뷔르츠부르크에서 공부를 한 이였어요. 그런데 특이한 건 그가 우리나라 꾀꼬리를 연구하고 있어요. 그이가 꾀꼬리 종류가 몇인지 아느냐고 묻는데, 이것 또한 내가 알 리가 있겠어요? 철학을 하는 이인데도 그것이 좋아서 취미삼아 연구하는 것인데 참 대단하더군요. 전문가들이라는 게 이렇게 놀라운 데가 있었어요. 점심을 먹으면서 꽤 오래 이야기한 기억이 나는군요. 지금은 그 나무가 없어졌습니다만 연대 성암관 동쪽에 높은 소나무가 있었지요. 여름이면 그 나무 위에 꾀꼬리가 날아와서 우는데, 미국 군인이 왔다가 그 소리가 어찌나 아름다운지 발을 뗄 줄 모르고 황홀해 해요.

소박한 주제에 특별한 관심을 가진 이들, 이들의 역할에도 우리의 주의를 돌려야 한다는 선생의 생각을 말해주는 일화였다.

미국에서 배운 것들

선생의 귀국은 1955년 7월 15일이었는데, 이때의 미국 여행은 매우 뜻 깊은 것이었다고 볼 수가 있다. 일찍이 상해와 유럽에서도 미국에 갈 뜻을 세우고 애를 써 보았지만, 어쩐 일인지 결국 실현하지 못한 선생이었다. 이제 한세월 지난 다음 서울에서 중진 교수가 되고서야 미국 방문이 이루어진 것이었다. 하지만 선생은 미국의 문화와 교육을 당시 한창 번성하던 때에 직접 관찰할 수 있었으므로 오히려 소득이 컸다고 할 수 있었다. 서울에 다시 돌아와 교수 생활을 하는 데도 많은 도움이 된 값진 여행이었던 것이 분명하다. 그것은 또한 학교 행정에도 실질적으로 도움을 준 계기가 되었다. 그곳 대학이 얼마나 활기를 띠고 있는지 주의 깊게 둘러본 후 선생은 그 장점을 여기서도 채택해 보고자 노력했다.

귀국 후 선생은 학생들의 시야를 넓혀 주기 위해 「연희춘추」에 "최근의 미국 교육제도"라는 글을 기고했다. 미국은 획일적인 중앙통제식 교육이 아닌 주 정부의 개성 있는 교육정책과 대학의 토론·문답식 강의로 생동감 있는 교육이 이루어지고 있고, 명문 대학의 졸업생들이 학교 유지 발전에 물질적 기부 행위로 기여를 함으로써 풍족한 경영이 이루어지고 있는 것이 특기할 만하다고 지적했다. 선생은 당시 미국 대학의 규모와 풍요로움에 감명을 받고 거기 관해 이렇게 썼다.

> 구라파의 대학생들과는 달리 미국 대학생들의 생활을 보면 큰 건물에서 생활하고 있는데 그뿐만 아니라 교실 내의 설비는 나무의자는 찾아볼 수 없을 만큼 어마어마하다. 기숙사에는 각 사람마다 방이 셋 붙어 있다. 그 안의 가구 설비는 어느 부잣집의 것보다도 더 잘 되어 있으며 기숙사마다 휴게실이 따로 있어 마음대로 휴식

하며 공부할 수 있게끔 되어 있다. 칼리지 1학년에 들어가면 적어도 2년은 대학 기숙사에서 생활하여야만 하게끔 되어 있다. 거기서 여러 가지 예의를 엄중하게 가르친다. 대학 교육을 장차 사회에 나갈 준비로 알고 그에 입각한 교육을 해 나가고 있다.(1955. 9. 16)

일찍이 선생은 베를린 대학 시절에 심리학자 볼프강 쾰러 교수가 미국을 다녀온 후 강의실에서 미국 대학을 소개할 때 그 규모의 엄청남을 들었던 일이 있어 궁금하기도 했는데, 이번에 그 모든 것을 직접 확인한 것이다.

베를린 대학은 대학 옆에 개인집이 들어와 있고 파리도 그렇고 한데, 미국은 직접 가보니 소위 '캠퍼스'라는 말을 붙일 만하다고 했지요. 대학이 하나 있으면 집들이 모두 그 안에 들어와 있고 운동장까지 갖추어 그야말로 광활한 도시 같아 보였다는 말을 전해 주더군요. 이렇게 독일 사람도 놀라는 미국의 대학을 내가 한번 봤으면 했는데, 결국 그때 실현시킨 셈이 됐지요.

엄청난 규모도 규모려니와 미국 대학의 자유스러움에 선생은 큰 호감을 가졌던 것 같다. 왜냐하면 귀국 후 선생은 하버드 대학 도서관의 개가식(open stack) 운영을 자주 언급하면서, 학생과 교수가 마음대로 학교 시설을 전적인 신뢰 속에 활용할 수 있게 하는 그 분위기를 찬탄한 적이 여러 번 있었기 때문이다. 어쨌든 그해 가을학기부터 다시 강의에 임하는 선생의 표정은 그 어느 때보다도 환해 보였다.

7. 보직과 교단 사이에서

귀국 후에도 선생은 여전히 학장 일을 맡았다. 선생은 늘 마음속 생각도 그렇고 또 실제로 조용히 공부하고 싶은 욕망 때문에 이 직책을 사양한 일이 여러 번 있었다. 보직을 맡으면 아무래도 학사 문제와 학교 방침 일반에 관한 교무위원회 결정 과정에서 의견 충돌 등 불유쾌한 일을 많이 겪을 수밖에 없다. 사실 부인의 말로도 "아침에 교무위원회가 있다는 날에는 항상 덜 좋은 기분으로 귀가하시므로 아이들을 미리 딴 데로 소개시키는 게 상례였다"는 것이다. 선생이 보직을 그만두려 한 것은 진정이었다.

> 마지막엔 난 지겨워서 제발 조의설 선생에게 넘겨 달라고 백 박사한테 간청도 해 봤지만 어쩐 일인지 또 잘 들어주지 않더구만요.

그러나 한번 책임을 맡으면 선생은 혼신의 열을 쏟아 전념하는 성품이었다. 선생은 당시 학교 재건기에 교수를 확충하는 일 때문에라도 매우 힘이 들었다. 어쩌다가 초빙한 교수가 맘에 들면 그처럼 유쾌하고 후련한 일이 없었다. 철학과에서는 최재희·김하태 등의 중진들을 끌어들일 수가 있었다. 문교부 편수국장을 한 최현배 선생을 데려오는 데는 "아마 삼고초려도 더 했을 것"이라고 한다. 최 선생은 학교에 온 뒤 얼마 안 있어 부총장을 지내지만, 이미 노령으로 잘 걷지를 못한다고 해서 학교에서 자택이 있는 이화대학교 앞에까지 차를 보내서 극진하게 모셔야만 했다. 한문의 권오돈 교수의 경우는 지금도 선생이 매우 성공적이라고 여기는 쪽이다.

> 다행히 연희에 들어와서 좋은 친구들 만나 서로 도와주고 한 일은 기쁨입니다. 나하고 과는 다르지만 잊지 못할 사람은 국문학과의 권오돈 씨지요. 내가 학장 하던 시절(1956년) 채용을 했으니까요. 처음엔 이 자리에 백 박사도 잘 알고 있는, 정인보 선생의 삼촌인가 되는 일흔도 넘은 노인이 올 뻔 했죠. 이 노인이 백 박사에게 부탁하니까 자기가 거절하기는 어렵고 하니, 이건 문과대학장이 하는 것이라고 내게 미루지 않겠어요? 어쨌든 그이 대신 권 선생을 쓰게 된 것이죠.

포명(抱溟) 권오돈 선생은 중국에서 공부하고 독립운동에 가담한 지사였던지라 선생과 호흡이 맞았고 후일에 그 관계가 더욱 돈독해지게 된다.

강단에서 열정을 불태우다

선생은 이 시절 철학과 강의에도 최선을 다해 충실을 기하고자 노력했다. 철학개론을 위해서는 빈델반트(Wilhelm Windelband)의 책을 이용했는데, 거기에는 선생이 독일 유학시절 서남학파의 역사관 즉 역사의 일회성 사상에 큰 영향을 받은 흔적이 있다. 또한 선생은 당신의 본령이기도 한 논리학과 인식론 그리고 형이상학 강의를 맡아서 열강하기도 했다. 논리학에서는 아직 기호논리학까지 다루지는 못했으나, 대체로 코언(Morris Cohen)과 네이글(Ernest Nagel)의 『논리와 과학방법론 입문』(*Introduction to Logic and Scientific Method*)에 입각하여 연역 논리와 과학방법론을 어찌나 충실하게 교육했던지 선생의 논리학을 들은 사람은 평생 그 골간을 잊지 못할 정도로 명확한 지식을 가질 수 있었다. 칸트 철학은 주로 인식론에 집중되었으며, 여기 관련해서는 베르그송의 도식론과 푸앵카레의 『과학과 가설』 및 『과학과 방법』이 원용되었다.

1955년 2학기 철학과 3,4학년 합반에서 베르그송의 『형이상학 서설』을 강독할 때이다. 학장인 선생은 될수록 오후 늦은 시간에 강좌를 넣었다. 일단 들어와서는 원문을 놓고 강독을 시작하면 정해진 시간이 넘어도 그저 계속될 뿐이다. 겨울철이고 난방 시설도 없어서 발이 얼어 오는데도 열기가 방안에 넘쳤다. 선생은 처음에는 학생을 지명하여 번역을 시키고는 그 다음에 설명에 들어갔는데, 우스운 일은 출석부에 기재된 첫 번째 학생을 늘 똑같이 시켜서 그 다음 학생으로 넘어오는 법이 없었던 것이다. 아마도 격무로 인한 건망증 때문이었을 것이다. 대개의 학생은 안심을 할 수 있었던 반면, 첫 번째 학생은 늘 걱정에 싸여 매번 준비에 시달리곤 했다.

이 학생은 나이가 좀 많은 편인 '노학생'으로 공부에 그리 열심이 아니었으나 이때 부대낀 훈련 덕분에 졸업 후 생각지도 않았던 어느 고등학교의 영어교사 노릇을 하게 되었다. 이때의 선생의 강의는 땅거미가 지고 활자가 눈에 안 들어올 무렵에야 끝나는 것이다. 당시 이런 강의는 선생 시간에나 경험할 수 있는 독특한 것이었다. 한번 시작하면 이렇게 열중하는 선생의 책임감과 교육열은 전쟁을 겪으며 많은 손해를 본 그때 학생들에게는 참으로 고맙고도 소중한 것이 아닐 수 없었다.

나는 가장 좋은 시대라고 충실하게 해보고 싶었지. 학자가 되리라고 젊어서 꿈도 꾸지 않았는데 강단에 서게 되니까 내 힘 부족한 거를 많이 느꼈어요. 자기가 얼마나 아는지는, 가르쳐 보면 압니다. 학생은 많거든요. 여기서 묻는 것, 저기서 묻는 것, 거기에 대답을 하다보면 내가 뭘 알고 뭘 모르는가를 분명히 알게 되죠. 사실은 아는 것도 학생 앞에서는 대답이 잘 안 되는 것도 있어요. 연희에 처음 들어와서는 우리말로 철학 용어를 몰라서 애를 많이 먹었어요. '카테고리'라는 말을 어떻게 번역해야 하는지도 몰랐죠. 최석규와 조우현(후일 연세대 철학과 교수) 있는 그 클래스에서 처음 알았어요. '홍범구주'(洪範九疇)에서 범주라는 말이 나오게 된 것 말입니다. 결국 가르치면서 배운 게 많지요.

선생이 우리나라 사람으로는 일본을 거치지 않고 서양철학을 직접 공부한 매우 희귀한 분이라는 사실만큼은 기억해 둘 만하다. 선생이 일본 책 가지고 공부한 적도 없고 또 그럴 필요를 느끼지도 않은 만큼, 선생의 제자치고 이 영향을 안 받은 사람은 거의 없을 것이다. 선생이 그러하기 때문에 그의 가르침을 받은 제자들도 원전을 직접 가지고 씨름하는 것이 몸에 배이게 되었다. 오늘날 해방된 지 반 세기가 훌쩍 넘었음에도 일본을 통한 해석이 여전히 영향을 미치고 있는 것을 볼 때, 서양학문 그대로의 직수입은 그만큼 중요한 의미를 지니는 것이었다. 다른 눈으로 한번 여과된 것이 아닌 직접 우리 눈으로 본다는 점에 의의가 있을 뿐 아니라, 민족적 자존심과도 관계가 없지를 않다. 선생은 강의 자체를 떠나서도 이렇게 여러 가지로 후진의 모범이 되는 값진 유산을 남겨놓았다.

선생은 적어도 서양의 고전만큼은 우리말로 모두 번역되어 교육의 자료로 쓰이기를 평생 바랐다. 특히 이 무렵에는 국내에 책이 별로 나와 있지 않아서 공부하는 젊은이들에게 곤란한 점이 한두 가지가 아니었다. 지금같이 외서가 본격적으로 수입되던 시기도 아니었다. 책 기근이 너무 심해서 어떤 교수는 요행히 얻은 책을 몰래 혼자 읽고 그것을 몇 년씩 우려먹기도 하던 때였다. 책을 발견한다는 게 하늘에서 단비라도 내리는 것처럼 기쁜 일이던 가난한 시절이었다. 마침 문교부가 이러한 국내 학계와 교육계의 문제를 해소하는 계획의 일환으로 번역 사업을 지원하고 나섰다. 국내 각 방면의 교수들에게 학술적인 명저 번역을 위촉하고 그 출판을 돕는 것이었는데, 선생도 여기에 관여하여 두 권의 번역서를 내놓게 된다.

> 김법린이가 문교장관으로 들어가게 되자 우리나라에 읽을 만한 클래식이 없으니까 그것들을 각 방면에서 골라 번역을 하자고 해서 무슨 번역위원회인가가 조직되었지요. 비용은 국비로 하기로 하고…….

이 작업에 착수한 지 몇 년 걸려 1958년 러셀의 『서양 철학사』가

한철하 씨와의 공역으로 세상에 나왔고, 조금 더 뒤에는 역시 선생의 번역으로 G. E. 무어의 『윤리학 원리』가 출판되었다. 물론 이 문교부 계획은 뜻은 좋았으나 역자들이 직접 하지 않고 다른 이의 손을 빌어 번역을 한 이들도 있어 대개가 실패작이었다는 것이 그 후문이지만, 최초의 국가적인 학술 진흥사업이었다는 점에 의의가 있다. 또 그 가운데는 충실하게 책임을 수행한 이들도 있어 몇 권은 당시 학계의 훌륭한 결실로 인정할 만했다. 선생의 두 책도 자료가 빈곤한 이 나라 철학계에 값진 기여를 했다. 아직도 독일 철학의 영향이 꽤나 강했던 그 당시 이 책들은 매우 신선하고도 이색적인 철학 연구와 시각을 선보였다는 점에서 높은 평가받을 만하다.

8. 평교수로 돌아와서

1957년 3월, 선생은 그토록 오래 놓을 수 없었던 학장직을 조의설 교수에게 넘기면서 보직을 면했다. 이제야 홀가분한 평교수의 위치에서 책도 읽고 학교 강의에 좀 더 충실할 수 있는 길이 열린 것이다. 이 해에는 대학원 설치 이래 그저 비어 두었던 석사과정에도 철학과에 원생이 들어와 대학원 세미나를 지도해야 할 일이 생겼다. 보직을 벗은 선생은 이 일에 굉장히 열성을 올렸다. 고전물리학에서부터 특수상대성이론과 일반상대성이론 및 양자론에 이르는 물리학 발전사를 토대로 한 과학철학의 전개, 진리론과 변증법적 발전에 대한 브래들리의 현대 형이상학의 면모, 뷔르츠부르크 심리학파, 하이데거·사르트르·메를로 퐁티 등의 철학 등 다양하고도 광범한 분야에 걸쳐 무수한 참고문헌을 세미나에서 다루었다.

당시까지만 해도 아마 국내에서는 처음 소개되는 철학자들이요, 처음 읽는 저서·논문들이 대부분이었다. 선생의 강좌는 너무 부담이 과중해 원생들이 세미나를 준비하느라 밤을 지새우며 거기에 매달리지 않으면 안 되었다. 선생은 아주 구체적이면서도 폭넓은 주제를 기말 페이퍼로 작성·제출케 하였는데, 내용을 단순 이해하거나 요약한 것은 점수를 박하게 주었고 어디까지나 자기 생각이 반영되어야 높은 점수를 내주었다. 창의적이고 근본적인 생각을 요구한 프랑스 교수들의 영향이 느껴지는 부분이었다. 선생의 강의와 세미나의 특징은 텍스트의 골자를 놓고 많이 그리고 깊이 생각하도록 촉구하며 반성의 반성을 재촉하는 것이었다. 선생의 표정은 하도 진지해서 클래스에 모여 앉은 사람의 주의를 한꺼번에 끌어들이는 마력이 있음을 자리를 같이한 이들 누구나 동의한다.

이때만 해도 국내에서는 아직 대학원 교육이 궤도에 오르기 전이어서 대개의 경우엔 강좌만 내걸고 교수 따로 학생 따로 학기를 그대로 흘려보내는 학과가 많았는데, 선생의 열성 때문에 철학과의 분위기는 매우 진지하고 학구적이었다. 선생은 코스를 어찌나 밀도 있고 강도 높게 이끌어갔는지 비로소 학문의 맛을 알게 하고 그 진경을 보는 것 같았다. 이 분위기는 너무나 인상적이어서 연대 대학원 철학과에서 이 당시 수학한 몇 안 되는 사람들의 가슴 속에는 영원히 잊지 못하는 좋은 추억으로 남았다.

책벌레 교수님

선생도 오랜만에 자기 시간을 가질 수가 있게 되니 어느 때보다도 책과 함께할 수 있는 여유가 생겼다. 시간이 나는 대로 선생은 시중의 서점을 돌면서 필요한 자료를 모으는 데도 게을리 하지 않았다. 학자들의 생활이란 판에 박은 단조로움이 있는 것도 사실이지만, 선생은 독서와 강의 외에 서점에 나가 보는 일도 중요한 나들이의 하나로 삼았다. 학교 도서관에 비치할 책들도 필요했지만 개인 소장용도 적지 않았다.

교수의 월급으로 책을 본격적으로 구입한다는 건 무리한 일이다. 그러나 선생은 출혈을 무릅쓰고 좋은 책 구입하는 데 주저함이 없었다. 더욱이 학교 월급 이외에는 달리 원고를 쓰거나 외부 강연 등의 활동이 없어 가외수입이 전무하다시피한 선생으로는 뼈를 깎는 것 같은 지출이었을 테지만, 책 사는 데는 돈 쓰기를 서슴지 않아 부인이 집안 살림 꾸려나가는 데 어려움이 있다는 소리가 들려올 정도였다. 선생의 2남 세진 씨는 어려서 부친을 따라 서점가를 돌던 추억을 이렇게 술회한다.

> 제가 어린 학생일 때였지요. 아버님께서는 책방에 나가시는 것을 무척 좋아하셨습니다. 가끔 제게 '너 시간 있느냐'고 물으시며, 있다고 하면 저를 데리고 나가셨어요. 한번 나가시면 어찌나 오래도록 책을 둘러보시는지 저는 지루해서 제 일을 보고 돌아오곤 했죠. 그러면 아버님은 그 동안 필요한 책들을 쭉 뽑아놓고 보시다가 그걸 모두 사가지고 집에 돌아오시는 거예요. 그리고는 며칠 두고 읽으시는 게 아니고 그날 밤새도록 보시고는 '이제 다 보았다'고 말씀하세요.

무슨 다른 일이 끼어들지 않는 한 한 가지 일에 무섭게 열중하는 선생의 일면은 독서하는 일에서도 다르지 않았다. 선생은 신간도서들을 이렇게 독파하고는 대학원 시간에 빠짐없이 풀어놓았다. 이 무렵에는 양서 수입이 극히 제한돼 있어서 선생은 신간도서 구입 서점뿐만 아니라 헌책방도 빼놓지 않고 돌아다니며 책을 모았다. 어쩌다가 선생 댁을 방문해 선생의 서재(집이 넓지를 않아 서재라 해야 방, 마루 할 것 없이 책꽂이가 널려 있었다)를 보면 한창 공부하는 젊은 학생들로는 꽤 탐나는 책들을 많이 구비하고 있었다.

선생 자신도 어려운 여건에서나마 귀한 책을 많이 가진 것을 흐뭇해했던 것 같다. 집에서 자식들에게도 책 많이 산 것을 자랑하곤 했다는 이야기이다. 그러나 생애가 순탄해야 책들도 그대로 보관될 터인데 그런 행운은 선생에게 주어지지 않았다. 세진 씨도 한 번은 아버님의 생애를 회고하며 “저희 아버님의 인생은 늘 끊긴 인생 같다”고 한 적이 있다.

아버님은 책을 많이 사셨다고 늘 말씀하셨습니다. 독일에서, 또 파리에서, 그리고 서울에 와서도 기회 있으신 대로 많은 책을 샀다고 하십니다만, 제가 보기에는 그때마다 보관이 잘 안 되고 어쩔 수 없이 팔아먹고 해서 실제로 많이 가지고 계시지는 않았으니까요.

그러나 어쨌건 선생은 책을 많이 사서 부지런히 읽어 소화하고 있었으니 별 문제가 될 것이 없다. 선생의 책을 빌려 보면 중요한 부분에는 빈 여백에 체크를 해 둔 흔적이 있는데, 사실 선생은 저술을 하지 않는 분이라 이 이상의 메모가 없다고 볼 수 있다. 선생이 당신의 이런 습성을 옳다고 여긴 것은 아니다. 그래서 때때로 학생들에게는 종이에 메모하여 글 쓸 때 활용하는 것이 좋으리라고 충고해 주곤 했다. 책을 사면 선생은 다만 선생의 친필로 서명을 해 두었는데 이것도 후에 가서는 생략하여 아무의 소유도 밝혀 두지 않은 채 지니는 습관을 가졌다. 필요한 때는 선뜻 내어주며 읽도록 했다.

책을 무슨 신주 모시듯 하며 자족하는 이들과는 전혀 다른 데가 있었으니, 책은 보기 위해 있는 것이라는 그 본래의 목적을 명심하고 있었기 때문이리라. 그런데 한 번은 대학원 클래스에서 선생의 책 한 권이 회수되지 않아 누가 가져갔는가를 점검했으나 나오지 않은 적이 있었다. 누군가 분명히 돌려드리지 않은 것이다. 선생은 물론 대노했는데, 이 광경을 대한 우리로서는 정말 민망하기 짝이 없는 노릇이었다. 책이 귀한 때라 누군가 욕심을 냈던 모양이다.

그러나 선생은 책을 사는데 인색하지를 않았을 뿐더러 공부하는 제자의 딱한 사정을 보면 가만히 있지 않았다. 선생의 경제 사정은 정말 좋은 편이 못 되었다. 선생 같은 성품으로 무슨 딴 일을 한다는 건 생각도 못할 일이었으니, 오직 다섯 식구가 월급에 의존할 뿐인데도 등록을 못하는 학생의 등록금을 월급에서 가불해서라도 급한 불을 끄게 한 경우가 여러 번 있었던 것으로 안다. 물론 대개는 빌려간 이가 나중에 갚아드리기는 했지만 선생의 가정형편으로 봐서는 정말 불가능한 일이었다. 부끄러운 고백이지만 필자도 이렇게 혜택을 받은 사람의 하나로서 그 고마움을 평생 잊을 수가 없다. 필자가 알기로는 철학과 제자뿐 아니라 타 학과 학생들 가운데도 이런 은혜를 입은 사람이 있었다. 여유가 있는 교수들이 이와 같은 일을 했다는 말은 당시 듣지 못했으니, 이는 실로 선생의 깊고 넓은 인품에서 기인하지 않는다 말할 수 있으랴.

가장 즐거웠던 시절

1950년대 후반에 들어서면서 선생은 시간의 여유를 얻어 학회와 문화단체의 일에도 깊이 관계하게 되었다. 그리하여 한불문화협회 이사장(1956-58), 한국철학회 부회장(1958), 회장(1959) 직을 맡아 보았다. 물론 지금같이 모든 분야가 재정이 넉넉한 편이 아니었으니 활동이 활발할 수는 없었지만, 선생은 오늘의 협회와 학회의 초석을 놓는 데 심혈을 기울였다.

그리고 1959년 봄, 선생은 어느덧 회갑을 맞기에 이르렀다. 자신을 드러내지 않고 오직 맡은 임무에 충실했던 한 교수의 조용하고도 조촐한 회갑이었다. 결혼이 늦었고 강단 생활의 시작도 늦은 선생은 슬하에 자식도, 문하에 제자도 아직 크게 성장하거나 번창하지를 못했으므로 더욱 조용할 수밖에 없었다. 오늘날 유행병처럼 번지고 있는 회갑 기념논문 헌정식이 있는 것도 아니요, 또 그렇다고 건국 후 연대 발전의 공로자로 학교 차원의 축하연이 거창하게 벌어진 것도 아니다. 다만 시내 한 음식점에서 문과대학 교수들이 날을 잡아 회식의 자리를 마련해 주었을 뿐이다. 강의실에서는 "내일은 일이 좀 있어 휴강한다"고 하고는 가족과 함께 회갑일을 조용히 보냈다. 이런 일을 학생은 물론 알 리 없었고 동료 교수들도 알 수가 없었다.

철학과 제자 조우현 교수가 선생의 이 날을 기해 그 인품을 음미한 짧은 글을 「연세춘추」에 기고했는데, 선생의 여러 면모를 잘 아는 이로서 적절한 표현이기에 여기 그 일부를 옮겨 본다.

> 정석해 선생님의 경우에, 나는 그분의 인간성을 북해의 빙도(氷島)에 비하고 싶은 깊이와, 그러나 남이 몰라주는 안타까움과의 교차되는 느낌을 면할 수가 없다. 공(公)과 의(義)를 위한 추상같은 그분

의 준엄성, 그러나 그 밑에 헤아릴 수 없이 깊이 놓인 훈풍 같은 온유성을 그분을 정시(正視)하는 이는 넉넉히 느끼련만, 사람들은 그분의 서릿발에 몸서리치고 그 다음엔 훈풍을 잊고 만다. 이건 인간 정석해 선생님의 비애일는지도 모른다. 그러나 거기에 그분은 살고 계시며, 후진을 감화하는 일을 천직으로 하고 있다. 그러기에 학자이며 교육자인 것이 교수이다. 학문의 축적이 깊으면 깊을수록 그 나타냄에 신중한 것이 본시 학적 태도임을 학문이란 것의 성질에 비추면 알 수 있는 일이다.

학문적 온축을 이렇듯 신중하게, 그러나 정열을 가지고 강의실에서 후진의 혈관 속에 넣어 주시고 학생에게 '하라'기보다는 몸소 '하면서' 수범하신 것이 오늘날까지의 정석해 선생님의 발자취였다. 그러기에 그분의 온갖 정열은 지면 위가 아니라 강의실 안에서 꽃피고 있다. 산 정신을 산 정신으로 옮겨 주고 계신다…….

어떠한 부귀도 그 분을 흔들지 못하였고, 어떠한 위무(威武)도 그분을 꺾지 못한 세월이었다. 일찍이 3·1운동 때 젊음의 정열을 민족의 운명 위에 쏟으려다 이루지 못하시고 중국으로, 다시 독·불로 전전하시어 그분의 청춘은 이역에서 지나고 말았으나 그분의 지사적인 기질은 오늘날까지 가실 줄을 모르고 계신다…….

학자로서나 또는 한 사람의 일생에서 가장 원숙기에 해당하는 예순 나이에 이르러 선생은 이렇게 그 순결한 정열과 지조를 지키며 후학의 육성에 진력을 다했다. 강의 그리고 학생들과의 대화와 토론을 낙으로 삼으면서 이 나라와 이 민족의 미래를 밝게 전망했던 것이다.

'북해의 빙도'를 연상케 한 그 무서운 서릿발 같은 준엄성과 그 속에 감추어진 헤아릴 수 없는 '온유함'은 그야말로 선생의 인간됨을 말해주는 가장 적확한 표현이 아닐 수 없다. 사적인 대담에서는 호방하리만치 인간미에 넘치는 선생이 싸늘하고도 차디찬 모습으로 일변하는 건 공적인 일에 임할 때이다. 변칙을 싫어하다 못해 거기에 대해 억누를 수 없는 혐오감을 갖는 선생은 때가 어느 때건 자리가 어디건 간에 주위를 경악케 하는 비판적 언설을 쏟아놓곤 했다.

한 번은 이런 일도 있었다. 시내 모 레스토랑에서 선생의 회갑연을 하는 자리였는데, 그런 자리에서조차 선생은 그 특유의 면모를 감추지 않았다. 연대의 강의는 주당 3시간 3학점짜리 과목을 한 주 3일에 나누어 배정했기에 교수의 출근일이 주 3일이면 족했는데, 교무처장 조효원 씨가 주 4일 강의안을 내놓았던 것이다. 조효원 씨를 만난 즉석에서 선생은 "여태 잘 되어 가는 제도를 왜 교수 불편하게 고치느냐. 평지풍파를 일으키는 행정을 왜 하는 거냐"고 큰소리로 힐책한 일이 있었다. 선생의 이런 불같은 성격은 무조건 싫은 소리를 듣기 싫어하는 소심한 사람, 세상 편하게 살아가려는 사람들에게는 좋게 비칠 리 없는 것이었다.

그러나 1950년대 말이야말로 선생에게는 그래도 태풍전야의 온화한 계절이었다고 하겠다. 선생은 이즈음 당신이 좋아하는 학문과 강의, 그리고 자유로운 사색의 여유를 한껏 만끽하는 행복에 젖을 수가 있었다. 선생 일생에 이때만큼 순조로운 일과를 보낸 시절이 또 없었을 것이다.

7장

4·19 혁명과 사회 참여

1. 4·19 혁명의 발발

건국 이후 나라의 기틀이 채 서기도 전에 6·25 동란이라는 뼈아픈 민족적 시련을 겪고도 이승만 자유당 정권은 올바른 정치와 건전한 사회의 실현 의지를 보이기는커녕 갖은 부정부패를 일삼으며 집권층 및 특권층의 이익만을 옹호하는 졸렬한 정치 행태를 벗어나지 못하고 있었다.

그래서 집권 12년이 되는 1950년대 말과 60년대 초에 걸쳐서는 그 간교함과 포악함이 극도에 달하게 되었다. 이 정권은 이미 부산 피난지에서의 정치파동(1952. 5), 사사오입 개헌파동(1954. 11) 및 2·4파동(1958. 12) 등의 파렴치한 불법행위를 통하여 정권 유지를 위해서는 어떠한 반민족적인 처사도 아무런 부끄러움 없이 자행해 왔던 것이다. 이제 민심의 동향이 완전히 그들에게서 이반되었음에도 불구하고 권력 세계의 자기도취의 병폐인가, 세상 바로 보는 눈이 전혀 멀어 있었다.

저항의 시작

어처구니없고 숨 막힐 듯한 정치·사회적 비리와 부정에 가장 견디기 어려워하는 것이 젊은 학생들이다. 1960년 2월 28일 대구의 고등학교 학생들의 시위를 필두로, 3월에 들어서 서울·수원·부산·청주·오산·포항·인천 등에서 학생들, 그것도 어린 고등학교 학생들의 "자유를 달라"는 시위가 계속 일어났다. 이 어수선함 속에서 급기야 3월 15일, 역사상 전례 없는 협잡과 부정, 강권으로 일관된 '3·15 부정선거'가 치러졌다.

결국 올 것이 오고야 만 것이다. 폭발 직전의 화산처럼 안에서 부글부글 끓고 있던 통한이 사상 유례가 없는 협잡으로 얼룩진 부정선거를 도화선으로 무섭게 터져 나왔다. 그 선봉은 마산의 학생들과 시민들이었다. "부정선거 다시 하라!", "학원의 자유를 달라"고 외치면서 거리로 쏟아져 나온 그들에게 자유당의 충견인 경찰은 잔인하게도 총격을 가해 사상자를 냈을 뿐만 아니라 더 잔악스런 것은 이 의거에 가담한 사람들을 마치 공산당의 사주라도 받은 양 낙인을 찍기까지 하였던 것이다.

그러나 자유당의 음모와 죄악은 그대로 덮여 있을 수가 없었다. 4월 11일, 행방불명이 되었던 소년 김주열 군의 시체가 눈에 최루탄이 박힌 채 참혹한 모양으로 부둣가에 떠오른 것이다. 이제 이 최루탄을 가진 자는 누구였으며 그의 눈에 이것을 쏘아 박은 자는 누구란 말인가! 또 죽은 자를 매장하지도 않고 바다에 버린 것은 누구인가! 만행의 장본인은 물을 것도 없는 자유당의 충견 경찰이었다. 정의의 깃발을 든 민중을 위해 봉사해야 할 경찰이 제 나라의 의로운 자를 이토록 비정하고 무참하게 살해하다니 전율할 노릇이었다.

울분을 참지 못한 마산의 학생과 시민들은 자유당 정권을 규탄하기 위해 궐기했다. 세파에 물들지 않고 부정과 불의에 타협치 않는 젊은 학생들이 3·1정신과 일제하 광주학생운동의 의기를 되살려 반독재·민권회복의 기치를 높이 들었다. 이 불길이 전국 도처에 번지게 되고 급기야 서울에까지 미쳤던 것이다.

4월 18일, 부정선거의 무효를 요구하는 고려대 학생 삼천여 명은 "민주 역적 몰아내자"는 깃발을 쳐들고 평화적인 시위행진에 들어갔다. 그들은 학교를 나와 태평로 국회의사당 앞까지 진출했다가 다시 학교로 질서정연하게 돌아가던 중, 을지로 4가에 이르렀을 때 경찰의 제지로 불가불 종로 4가 쪽으로 방향을 돌리게 되었다. 그리하여 천일백화점 앞에 이르자 갑자기 정치깡패 육십여 명이 습격을 해서 쇠사슬·돌멩이들로 학생들을 무자비하게 때려눕혔다. 일시에 선혈이 대로를 물들였다. 무수한 중상자가 발생했다. 당시 경찰에서는 오히려 이들 깡패들을 두둔하는 발언을 했는데, 뒤에 밝혀진 바로는 정치깡패 대장 임화수와 유지광이 경찰국의 지시에 따라 자행한 폭거였다.

4·19에서 교수단 데모까지

이 만행은 양심적인 서울 시민의 분격을 사고도 남는 일이었다. 그러지 않아도 서울의 각 대학의 학생들은 이미 시위를 계획하고 있었던 터였는데 이 사태야말로 그들의 격분을 폭발시킬 기폭제가 되었다. 그리하여 이튿날인 4월 19일 서울의 각 대학 대학생 수만 명과 중고등학생, 그리고 시민들을 합한 엄청난 인파가 분화구에서 쏟아져 나오는 용암처럼 시내를 질주했다. "이승만 정권 물러가라!" "3·15 부정선거는 불법이니 다시 실시하라!" "검거된 학생 석방하라!" "살인 고문한 악질 경관 엄벌하라" 등의 구호가 장안에 메아리쳤다.

이 시위는 물론 손에 무기를 들지 않은 평화적 시위였던 만큼 어디까지나 합법적이요 정당한 것이었음에도 불구하고 경찰은 역시 무자비한 사격을 가해 백 수십 명의 생명을 앗아가고 천여 명의 중상자를 내는 불상사를 초래하고야 말았다. 이 같은 비상사태로 계엄령이 발포되었으나 국민을 적대시한 정부 당국에 대한 국민의 분노는 가라앉을 리가 없었다.

날마다 전국 도처에서 연이어 꼬리를 물고 학생 중심의 시위운동이 계속 번져 나갔다. 이런 위급한 사태에 직면하여 전국이 분노와 애곡으로 뒤덮여 있는데도 정작 이 모든 일의 최고책임자라 할 대통령의 담화문은 자신의 용퇴를 밝히는 게 아니라 미온적인 무마로 처리하고자 함이 명백했다. 이제 무언가 결정타가 없이는 사태 수습이 곤란할 것만 같았다. 대학생들의 그 많은 희생을 누가 통감하고 그 값을 치를 것인가. 무엇보다도 먼저 그들의 스승인 교수들의 행동이 요구되는 판국이었다. 다행히도 교수들 간에는 이미 뭔가 행동을 해야 한다는 논의가 진행되고 있었다. 그리고 이 일은 누구보다 선생의 주도하에 계획 · 진행되었다는 사실을 여기서 짚고자 한다.

4 · 19 학생의거에 이은 4 · 25 교수데모 관련 사항은 선생 일생에서 가장 중요한 행적으로 여겨지는 일이다. 그러나 다른 때와 마찬가지로 선생은 이 일을 주도한 바를 스스로 내세운 적이 없다. 그럼에도 불구하고 그간의 사정을 선생 자신이 술회한 글을 통해 회고하는 것이 가장 합당한 일이라고 본다. 4 · 19와 4 · 25 당시를 회고하는 선생의 글은 두 편이 있는데 그 하나는 『여원』(女苑) 1964년 4월호에 게재된 「특집: 피 흘린 4 · 19 회상」 중 "너는 무엇을 하고 있느냐"이며, 다

른 하나는 1977년 『대화』(對話) 4월호에 게재된 "내가 겪은 교수단 데모"(『진리와 그 주변』, 245-260쪽 재수록)이다. 이 가운데서 후자가 좀 더 잘 정리된 글이라 판단되어 다음 절(節)에 전재한다.

2. "내가 겪은 교수단 데모"

(전략…) 19일에는 나의 강의가 없는 날이었지만 나는 마음이 불안하여 집에 있을 수 없어서 일찍 학교에 나갔다. 좀 웅성거리는 학생들의 분위기가 이상한 것 같더니 12시에 대강당 앞으로 모두 집합하라는 게 아닌가. 누군가의 외침에 따라 연세대 학생들은 바로 시위행진하며 시내로 돌진하는 것이었다. 나도 부지불식간에 그 대열에 끼어들었으나 내 걸음으로는 도저히 뒤따를 수 없었다. 부득이 도중에 차를 집어타고 서소문에 이르러서 다시 대열에 끼이게 되었다. 이어 시청 앞에 다다르니 벌써 광장에는 시위하는 군중으로 인산인해를 이루고 있었다. 남대문 쪽을 바라보니 중앙대 학생 데모대가 용진해오고 있었고 동으로는 동국대 학생들의 시위행렬이 물밀듯 닥쳐오고 있었다.

"공명선거……"

"이승만 물러가라."

고 외치는 소리가 천지를 진동하였다. 연세대의 대열에는 많은 교수들이 섞여 있었지만은 누구도 지휘할 엄두를 내지 못하였다. 서로 뒤섞인 데모 대열들은 여러 거리와 각 골목으로 치달아갔다. 나로서는 그 대열을 따라 잡을 수 없었다. 즉각적으로 생각나는 것은 그 시위 행렬의 목적이 경무대 앞일 것 같았다. 그래서 나는 파고다 공원 앞까지 갔다가 방향을 되돌려 광화문 네거리로 돌아왔다. 여기서 동료 세 분과 같이 경무대로 향하였다. 그런데 우리들보다 앞선 제1진의 서울대 학생들과 다른 데모 대원들이 벌써 경무대 앞으로 돌진하려다가 포악한 경찰의 총격에 맞아 무참히 쓰러진 뒤였다. 우리 네 사람은 그런 것도 모르고 중앙청을 향하여 무기고 앞(지금의 정부종합청사 앞)으로 지나려 하니 불시에 총알이 담을 뚫고 우리 머리 위로 스치는 것이 아닌가. 우리는 땅에 엎드려 가로수를 등지고 경찰이 난사하는 총탄을 피하였다.

그때 바로 생각나는 것은 연세대의 데모대가 안국동에서 내려올 것이라 짐작되어 그 행진을 저지시켜야 하겠다는 것이었다. 우리가 막 길을 건너 중앙청 앞에서 그 행진을 멈추어 달라고 애걸하는 찰나 무기고 안에 있던 미친 경찰들은 쉴 새 없이 연방 발포하는 것이었다. 그들은 20여 분간 총알을 퍼부었다. 다행히 연세대의 데모대는 전 경기도청 모퉁이로 피할 수 있어서 큰 부상자는 내지 않았다. 그러나 벌써 다른 곳에서는 총탄을 맞은 부상자들을 어깨에 메고 달리는 광경이 보였다. 흰 가운을 입은 의과대학생들이 경찰의 총탄에 쓰러진 학우들을 병원으로 나르느라고 애쓰는 모습들도 보였다.

그날 3시부터 계엄령이 선포되어 각 학교에는 휴교 명령이 내려졌다. 20일 각 병원에 입원된 학생들의 소식이 전달되어 왔다. 나는 우울한 마음을 금할 수 없었다. 독재자로부터 자유와 민권을 회복하려고 학생들은 자기의 피와 생명을 희생하였구나 하고 생각하면 할수록 나는 선생이라는 자신이 부끄러웠다.

너는 무엇을 하고 있느냐

이날 11시경 서울역 앞에 있던 세브란스 병원에 입원한 학생들을 찾아 가보니 인간으로서 차마 보지 못할 가련한 정경이었다. 집으로 돌아오는 길에 우울한 기분으로 혼자 생각하니 부상하여 신음하는 학생들의 모습이 눈앞에 어리면서 '너는 무엇을 하고 있느냐' 하는 소리 없는 양심의 소리가 나를 괴롭혔다.

계엄령이 선포된 뒤 종일 학교에도 못 나가고 집에 박혀 있던 교수들은 누구나 우울하고 뒤숭숭해서 견딜 수 없는 심정들이었다. 이런 상황에서 교수들로서 가만히 앉아만 있을 수 없다는 생각들을 제각기 품고 있었다. 앞으로는 교수들은 어떻게 하여야 할까 함이 그들 모두의 생각이었을 것이다.

21일 나는 고려대학교 이상은(李相殷) 교수한테서 연락이 왔다는 말을 전해 들었다. 21일 오후 서울대학 교수회관에서 몇이 모여 대책을 의논하자는 전언이었다. 그날 거기 나왔던 이는 다섯 사람이었다. 그러나 의견이 통일되지 않았다. 교수들이 각 학교마다 따로 성명하자느니, 또는 교수들의 공동명의로 성명을 발표하자느니, 아직 좀 더 정세를 신중히 관망하자느니 의론이 통일되지 아니하였다. 그래서 우리는 곧 헤어지기로 하고 거기서 서로 작별할 때에 나는 이종우 씨와 이상은 씨에게 다시 만나 의논하기를 청하였다. 그 이튿날 전화 연락에 따라 우리 세 사람은 다방에서 만났으나 분위기가 의심스러움으로 계동 어떤 조용한 집으로 가서 점심을 지어 먹으면서 오랫동안 토의하였다.

이 대통령이 병원으로 찾아다니며 부상한 학생들을 어루만지는 수작이 자기가 물러날 생각이 없는 거라고 우리는 판단하였고, 자유당이 되살아나게 되면 학원에 큰 보복이 올 것이라고 보았으며, 지금 모든 정세가 유리한데 국민이 한 번 더 궐기하기 위해서는 우리 교수들이 먼저 어떤 행동을 취하여서 열이 식기 전에 독재정권 타도의 목표까지 이끌고 가야겠다는 것이 우리들 토의의 결론이었다.

24일 밤 이종우 교수댁에 고려대학 교수 몇 분과 성균관대학 교수 몇 분들이 합석하여 25일 교수들의 궐기대회를 열기로 의견이 합치되었다.

> 대학교수들의 대회를 속히 가지자는 것과 성명서를 발표하자는 것까지는 쉽게 의견의 일치를 보았다. 그리고 회의 장소와 시일까지도 쉽게 결정되었다. 장소는 최재희 씨에게 부탁하여 서울대학 교수회관을 빌리기로 하고, 시일은 급하지만 내일(25일) 오후 3시로 정하였다. 그것은 이 모임 자체가 시급을 요하는 성질의 것일 뿐만 아니라, 내일은 국립대학 봉급일이기 때문에 연락이 편하고 출석인수를 많이 확보할 가능성이 있다 해서 그렇게 결정한 것이다. 그리고 각 학교 연락책임은 오늘 모인 사람이 각각 분담하였다.

라고 이상은 교수는 그의 회고담에서 그때의 상황을 기록하고 있다.

그 회의에서 논의된 문제는 많았다. 대회의 명칭, 즉 성명서 발표명의와 성명서의 내용과 집회허가 신청 여부의 문제들이었다. 특히 성명서 내용에 대하여는 여러 가지 의견이 백출하였는데 이상은 교수는 그 토론된 여러 의견들을 종합 정리하고 한 조목 한 조목씩 적어두었던 것이다.

25일 아침, 나는 권오돈 교수와 함께 학교에 올라가니 벌써 고려대학 이상은 교수가 와서 기다리는 것이 아닌가. 그날 오후 3시 교수회관에 각 대학 교수들이 모이기로 연락이 되었다는 것과 자기가 기초한 성명서 초안을 내주며 그동안 몇 대학교수들과 만나 모의한 경과를 대략 말씀하였다. 그리고 나는 그날 서울대학 교수회관에서 열릴 교수궐기대회의 의장을 맡아달라는 부탁을 받았다.

나는 그날의 교수궐기대회를 성공적으로 이끌 계획이 절실히 필요하다고 생각하였다. 첫째로 많은 교수들의 서명을 받는 것이 단결을 표시하는 큰 힘이 될 것이며, 둘째로는 회의 전에 여러 사람이 볼 수 있도록 선언의 초안을 두 벌 더 베껴 두는 것이 급선무라고 생각하였다. 지금 생각하면 이것은 매우 무모한 짓이었다. 다행히 이 비밀이 사전에 누설되지 아니한 것은 참으로 천우신조였다고 할 것이다.

그러나 한편 성명서를 발표하기 전부터 나는 교수들이 그날 모여서 신문에 성명서나 발표한다고 하여서 이승만 대통령이 물러갈 것 같지 않았고 오직 교수들도 학생들같이 데모를 하여야 일단 민중의 호응을 불러일으킬 것으로 믿었다.

교수들이 피를 흘려서라도 데모를 하자

2시 반쯤 교수회관에 이르니 삼삼오오 교수들이 모여들었다. 장소가 미리 회의장으로 정돈되지 아니하여서 발기자 몇 분은 매우 긴장하고 초조하였다. 몇 사람이 나올까 근심하였더니 회의가 시작될 즈음에는 2백여 명이 모인 것 같았다. 이들에게 모이는 취지를 일일이 말하기 어려워서 베껴두었던 선언문 초안 2부를 두 탁자 위에 내어놓고 읽게 하였더니 어느 두 신문사 기자들이 자기 본사에 전화로 통보하려고 그 선언문 초고들을 집어가 버렸다.

시간이 되어 이종우 교수가 개회사로,

> 오늘 이 모임은 누가 소집한 것도 아니요, 학생들이 피 흘린 것을 본 여러분의 마음과 마음이 서로 통하여 이렇게 모인 줄로 압니다.

라고 말씀하면서, 4·19 사태에 대한 대책과 불법에 저항하는 규탄 행동을 취할 필요성을 강조하였다.

나는 임시의장으로 뽑혀서 사회를 보게 되었는데, 결의문을 채택하려고 그 선언 초안을 찾으니 신문기자들이 집어간 초안은 다시 찾아볼 길 없었다. 내가 모인 사람들에게 결의문 초안을 내놓으라고 청하였더니, 조윤제 교수는 우리가 아무 결의도 하지 않았는데 무슨 결의문 초안이냐고 반박하는 것이었다. 다행히 이상은 교수가 전날 밤 선언문 기초를 연필로 적었던 최초의 초안을 내놓았으므로 회의 진행을 계속하게 되었다. 그 초안을 낭독한 후 교수들은 '시국선언문'의 기초위원을 뽑았다. 이종우·이정규·이희승·조윤제·한태수·이종극·김영달·김증한·정석해 등 9명이 기초위원이 되어서 '시국선언문'을 작성하기 위한 임시 정회를 하게 되었다.

9명의 기초위원들이 '시국선언문'을 작성하려고 하는 찰나에 연세대에서 베껴 두었던 다른 초안이 도착하였으므로 그것을 원안으로 삼아 문구 수정을 시작하였다.

그 원안에 '이번 4·19 거사'라는 문구를 이희승 교수가 '이번 4·19 의거'로 정정하는 동안에 조윤제 교수가 이 선언문을 발표하고는 무엇을 할 것인가 물었다. 그래서 나는 학생이 한 것과 같이 우리 교수들도 데모를 하자고 제의하면서 김영달 교수로 하여금 이 선언문 결의가 회의에서 채택되는 대로 즉시 데모하기를 긴급 동의하도록 약속해 두었다. 성급한 조윤제 교수는 초안을 자기가 읽어 내려가면서 제4조 원문에는 '현 정부와 집권당'이라고 되어 있는 문구를 '대통령을 위시하여 국회의원 및 대법관 등'으로 수정하였다.

기초위원들은 시간이 오래면 회의의 긴장이 풀릴까 염려하여 10분 이내로 다시 본 회의를 계속하여 결의문을 채택하기를 바랐다. 그러나 결의문 내용을 질의하게 되자 이론이 백출하였다. 그 중 가장 문제된 것은,

학생들이 먼저 피를 흘렸으니 우리 교수들이 자책하고 반성하는 구절이 꼭 삽입되어야 한다.

는 발언이 있었다. 그러나 우리 교수들은 반성하고 자책한다는 사실을 행동으로 표시해야 옳다는 반론이 더 우세하여 원안대로 시국선언문이 전원의 찬동에 의해 채택되었다. 그 즉시 동국대학교의 김영달 교수는,

의장! 긴급동의요!"

하여서 발언권을 얻어가지고

"폐회하는 대로 우리들도 데모를 합시다!"

고 외쳤다. 의장인 나는 이 긴급동의를 받아들여서,

"우리 교수들이 피를 흘려서라도 데모를 하자!"

고 제의에 설명을 덧붙였다. 그러자 어느 교수가

"긴급동의한 교수의 데모 제의는 평화적인 것으로 아는데 의장은 왜 피를 흘려서라도 데모를 하자고 제의에 주석을 다느냐."

라고 꼬집었다. 나는 곧 사회 할 줄 모르는 나의 실책이라고 사과를 하였더니, 모든 교수들은 폭소를 하게 되었다. 이것이 오히려 회중의 분위기를 부드럽게 하였고, 데모 동의가 순순히 가결되었다. 이상은 교수는 이 교수단의 데모를 성공시키기 위하여 전원의 일치 행동을 거듭거듭 강조하였다. (지금 이 글을 쓰고 있자니 이종우 선생도 가시고, 조윤제 선생도 가시고, 이상은 선생까지 타계하셔서 새삼 인생의 허무함을 느끼게 한다.)

조국의 자유를 위하여

이리하여 우리는 데모 행렬에 필요한 플래카드와 국기를 부랴부랴 마련하였다.

"각 대학 교수단, 학생의 피에 보답하라"

4·25 교수단 데모대가 당시 국회의사당에 도착하여 성명서 낭독을 한 후 선생의 선창으로 만세 삼창을 부르는 장면. AP통신 호시노(星野) 기자의 기고로 「주간아사히」 1960년 5월 8일자 표지에 실림.

는 문구를 임창순 교수가 플래카드에 쓰고 백발의 변희용 교수와 권오돈 교수가 그것을 들고 선두에 섰고, 그 외 네 교수는 그 뒤에서 태극기를 들었으며 다음에는 모든 교수들이 대열을 정제하게 하여 거리에 나서니 때는 그날(25일) 하오 5시 45분이었다. 우리 교수단의 시위 행렬이 종로 5가에서 화신 앞으로 진행하는 동안 거리 거리에서 학생들이 모여들어 양편에서 우리 대열을 호위하였고 모든 차량은 길가로 멈추어 섰고 승객들은 만세로써 우리에게 호응하였다.

교수단은 '대한민국 만세'를 부르고 '이 대통령 하야하라'는 구호를 외치면서 화신 앞을 돌아 을지로 네거리를 돌아서 국회의사당까지 행진하였다. 거기까지 이르는 동안 시민들은 우리의 대열에 합세하려고 애를 썼는데 학생들이 이런 군중들의 합세를 막아내는데 진력하였다. 왜냐하면 교수 데모는 계엄령 하에서 감행하는 것으로, 이 행렬이 평화롭고 질서 있는 시위가 되어야만 했기 때문이다. 교수들은 의사당 앞에 다다라 '시국선언문'을 다시 한 번 낭독하고 대한민국 만세 삼창을 외친 다음 해산하였다. 그 순간 시청 앞쪽에서 계엄사령부의 선무반 마이크 소리가 들려왔다. 군중들의 합세를 막아내기 위하여 학생들이 교수를 둘러싸고 스크럼을 짜고 있었기에 시국선언문은 군중의 귀에는 들리지 않았다.

이렇게 하여 대학교수단의 데모가 해산될 때는 오후 7시 경일 터인데 벌써 땅거미가 덮여 희미한 중에 국회의사당 앞에서 중앙청 앞으로 가는 거리에는 군중이 모여들기 시작하였다. 벌써 군대도 출동하였고 탱크도 나타나 삼엄한 기운이 돌았다. 그러나 한 학생이 가슴을 내어놓고 길 복판에서 탱크의 포문을 향하여, '쏴라!'고 고함을 지르

면서 내달으니 군중은 다시 기세를 올리는 것이었다. 특히 학생들은 군인에게,

"아저씨여! 형님이여! 당신들은 우리와 다 같은 국민인데 총을 쏠 수 있겠습니까?"

하고 외치기도 하고 또한 일부에서는 '국군 만세' 하고 소리쳐 대기도 했다. 시간이 흐를수록 데모대 군중은 밀물처럼 불어났고, 경비군들도 점점 더 데모대를 억제하기에는 수로 보나 그 기세로 보나 힘에 겨워졌다. 이 경비를 위하여 일선에서 갓 나온 군인들의 눈에도 '조국의 자유'를 얻기 위하여 그렇게도 울부짖으면서 싸우는 어린 데모대의 정열은 눈물 없이 볼 수 없는 광경이었다. 어떤 한 사병은, "우리도 눈물 납니다" 하고 표현할 길 없는 조국애에 엉엉 울었다. 몇 명의 데모대와 경비군들은 서로 부여잡고 울었다고도 한다.

이같이 참을 수 없는 울분이 분화구를 찾은 듯이 그날 25일 밤 데모대의 행렬은 광화문 네거리에서 서대문 쪽으로 물결처럼 끊임없이 계속되었다. 데모는 26일 아침에도 그칠 줄 몰랐다. 군중의 흥분이 자꾸만 높아 가는데 오전 11시에 이 대통령이,

만일 국민이 원한다면 대통령을 사임하겠다.

는 요지의 특별담화를 발표하였다. 그 소식이 전해지자마자 국민들은 모두 민권의 승리에 도취하여 정신없이 만세를 외쳤다.

4월 26일 드디어 12년간의 독재정권은 무너지고 민주주권이 회복되었다.

연전에 미국 어느 대학에서 4·19 혁명을 주제로 하여 학위논문을 준비하는 이가 고국에 돌아와서 그때 4·19에 참여했던 교수들을 일일이 방문하면서 당시의 주동자가 누구였느냐고 물었더니 교수들이 하나같이 자기가 주동자라고 말하더라면서, 나에게 사실상의 주동자는 어느 교수였느냐고 물었다.

"여러 교수들의 대답과 마찬가지로 그들 모두가 각자 주동자였다."

고 나는 대답하였다. 이어서

"4·19 운동에 참여했던 교수들은 자기가 하여야 할 일에 모두들 주체라는 의식을 갖고 임했던 까닭"

이라고 나는 그 이유를 설명해 주었다. 아니, 교수뿐이랴. 4·19 데모에 나섰던 학생이나 일반 시민이나 모두가 민주주의를 회복하는 데 있어서는 주체가 되어 참여했던 것이다.

현 헌법 전문에서 "우리 대한민국은 3·1운동의 숭고한 독립정신과 4·19의거 및 5·16혁명의 이념을 계승한다"고 하였다. 생각건대 4·19 당시 학생들의 나이가 지금 30세에서 40세일 것이니 민주공화국의 건설에 있어서 모든 영역에서 활약하고 있을 줄로 안다.

바라건대 4·19 정신이여, 자유의 꽃을 피우고 민주의 열매를 맺을지어다!

3. 4·25 교수데모의 전말과 의의

"내 행적이라면 그저 1960년 4·19 때 학생들의 데모 현장을 두 눈으로 보고, 가만히 있지 못한 것"이라는 선생의 말대로 4·19와 4·25 사건은 선생 일생일대의 잊을 수 없는 기념비적 행적임에 틀림없다. 4·19 당일 연세대 학생들의 행렬이 백양로를 메우고 시내로 돌진하자, 문과대학 교수실에서 학생들을 보호하기 위해서 나가 보아야 한다고 뒤따라 나서던 선생의 활기찬 그 모습은 지금도 눈에 선하다.

젊은이들의 걸음걸이를 따라갈 수 없던 선생은 학교 차 왜건 No.309를 타고 나오는 이종은·김정수 교수와 백이언 목사 등 교수들과 어울려 행렬을 따라 잡으려고 무진 애를 썼다. 서소문 통에 이르러 겨우 시위대열에 다시 끼어들 수가 있었으나 각 대학 시위대의 합류로 이미 대열을 지키며 행진할 수가 없게 되었다. 선생은 연세대 시위대열의 목표가 경무대일 것으로 알고 파고다 공원 앞에서 방향을 돌려 시청 앞과 무교동을 경유, 무기고 앞에 이르렀는데, 이때는 이미 경찰의 총격으로 희생자가 생긴 후였으며 가장 위험한 때 가장 위험한 자리에 와 있었던 것이다. 선생은 여기서 경찰이 난사하는 총탄을 피하는 모험을 했다. 기겁을 하고 총탄을 피하던 당시를 회상하며, 후일 선생은 같이 있던 오화섭 교수가 얼떨결에 옆에 있던 가로수를 꼭 잡고 있던 광경을 놓치지 않고 "참, 나무 보호가 여간 아니더군" 하는 유머를 잊지 않았다.

상당수의 사상자를 낸 이날 이후 선생의 가슴은 터질 것만 같았다.

무언가 학생들의 흘린 피에 보답해야 한다는 생각만이 마음 저 깊숙이에서 더더욱 강하게 솟구쳐 오르고 있었다. 4·25 교수 데모는 선생의 이 억누를 수 없이 끓어오르는 의분과 동지 이상은(李相殷) 선생의 깊은 생각이 모체가 되어 성사된 것이다. 그 전말은 앞서 선생 자신의 '회고'로 알 수 있으려니와 몇 마디 더 추고하여 관련 상황을 좀 더 명백히 해 두고자 한다.

모의에서 행동까지

4월 21일 이상은 교수의 전화는 연세대 문과대학장 조의설 씨 편으로 왔으며, 그래서 그날 오후 서울대 교수회관에서 대책을 의논하기 위해 모인 다섯 사람은 선생과 고대의 이상은·이종우 양 교수, 그리고 장소를 마련해 준 서울대학의 최재희 교수 및 조의설 학장이었다. 평소 조 학장은 선생을 비교적 좋아하고 존경하는 편이어서 동행한 모양이지만, 그러나 그 모임의 성격을 안 후에는 "나는 이런 회의에는 참석하지 않겠다"고 하며 나가 버렸다. 선생이 그의 '회고' 가운데서 사람의 이름을 잘 밝히지 않는 것은 이처럼 개인의 명예에 관계되는 일들이 다소 있었기 때문인 것이다.

이 모임에서부터 선생과 이상은, 이종우 세 사람은 한결같이 같은 마음으로 4·19 학생의거의 뜻 깊은 결말을 짓고자 하는 모의를 계속해 나갔다. 그들은 주로 종로의 '백궁' 다방에서 만났는데, 22일 다시 모일 때는 좀 더 한적한 곳을 찾아 여유를 가지고 의논하기 위해 당시 계동에 있던 선생의 아우 정석원 씨 댁으로 옮겨갔다. 석원 씨는 선생이 형제 중에서도 무척 아끼는 동생이었지만, 그 역시 형님을 평생토

선생의 둘째 아우 정석원의 장로 안수를 기념하는 사진. 5번과 그 옆이 석원 씨 부부, 10번과 그 옆이 선생 부부, 17번이 김형석 연세대 철학과 교수.

록 극진히 위하는 처지여서 편한 마음으로 그 집을 이용할 수가 있는 형편이었다. 마침 그날 낮에는 집에 주인들 없이 식모만 있어 점심을 차려오라 하고는 여러 시간을 숙의했다.

그날 이들 세 사람은 사태를 이대로 방관해서는 안 된다는 것, 자칫 하다가는 이 박사와 그 추종자들이 시간을 벌어 재규합하여 국민과 학생들에게 더 포악한 방식으로 보복을 할는지도 모른다는 것, 따라서 교수들이 궐기해야 한다는 것 등에 의견을 모으고 시위에 들어가기로 한 것이다. 그 후 조윤제 · 조지훈(시인) 교수들이 열성적으로 이에 참여하여 25일의 궐기대회를 성공적으로 치르게 되었던 것이다.

그러나 4월 25일의 거사가 이(李) 정권에 대하여 4 · 19 학생의거의 책임을 지고 물러나라는 교수들의 시국선언 정도로 끝나서는 분명히 실효를 거둘 수가 없는 것이었다. 뭔가 충격을 안겨주는 행동이 꼭 필요한 상황이었다. 선생은 처음부터 위험을 무릅쓰고라도 교수단의 데모가 필수적임을 알고 있었다. 그래서 선생은 '시국선언문' 기초위원 중의 하나로 젊고 패기가 있어 보이는 김영달 교수(체조를 가르쳐서인지 '운동교수'라고 불렸다고 함)에게 은밀히 때를 기다려 데모하자는 긴급동의를 말하도록 일러두었다. 이날 대회가 데모로 확산된 것은 선생의 애초부터의 결심이었고 또 그렇게 생각하고 그날 집을 나선 것이다. 부인의 말로는 선생은 그날 나갈 때 속옷을 두텁게 끼어 입고 아이들에게 집에 못 들어올 거라는 말을 남겼다고 한다. 그날을 회상하며 선생은 이렇게 술회한다.

그때는 계엄하였으니까 잡혀갈 것은 뻔한 일이었고 아마 더 큰 일이 일어날 수도 있다는 생각을 했죠. 그래서 두터운 옷을 입고 마지막으로, 가족을 못 볼지도 모른다는 심정에서 기도회를 보았지. 아이들을 다 모아놓고 잠언 1장 7절을 읽었어요. 하나님을 경외하여 섬기는 것이 지식의 근본이란 말씀이야. 지식이란 무엇인가. 의로워지는 것이고 정의 편에 서는 것 아닌가?

집에서 가족들과 기도회를 갖는데 처남이 찾아왔다가 하도 분위기가 이상하니까 무슨 일이 있느냐고 걱정스러운 듯이 물었다. 선생은 별일 없다는 말을 남긴 채 집을 나섰다.

이날 교수단이 데모에 들어갈 것을 선생이 내심 확신하였고 또 그렇게 관철하려 한 것은 여러모로 명백하다. 4월 25일은 대체로 대학

가의 봉급날이었다. 이날 월급 받으러 나왔던 당시의 전임강사 김정수 씨는 이렇게 말한다.

청경관(당시 연대 교수식당)에 왔더니 정 선생님이 꼭 붙들고 고대 이상은 · 이종우 선생들과 연계해서 오늘 교수데모를 하기로 했는데 가자고 해요. 나를 안심시키느라고 한 것이겠지만, 정 선생님 말씀으로는 미국 대사관과 군부와도 양해가 되어 있어 발포 안할 것이라고 하시는 거예요. 그러니 좀 도와달라고 하시더군요. 그래서 우리 학교에서 권오돈 · 김용현 · 함병춘 · 이종은 교수들과 함께 서울대 교수회관에 갔던 것입니다. 가보니 대회 의장이 정 선생님이고 민병기 씨가 서기를 보는데, 시국선언문 16개조를 조윤제 씨 등의 수정위원들이 14조로 바꾸어 놓았어요. 대회가 끝날 즈음 별안간 시위를 하기로 결의가 되자, 현수막을 써야 하고 태극기를 준비해야 하는 등 급해졌습니다. 거기서 저는 붓과 먹 · 벼루 · 포목 등을 사오라고 하면 사오는 심부름을 했습니다.

거리로 나가니 정말 선생님 말씀대로 사전 양해를 받기라도 한 듯, 미 공보원 차량이 촬영도 하고 보호도 하는 것 같았으며, 계엄군이 중앙청 쪽에서부터 조심스럽게 조금씩 접근해 오더군요. 국회의사당 앞에서 선언문 낭독을 다시 하고 만세를 부른 후 해산을 했는데, 연대 교수들만이 종로의 화성다방에 모였습니다. 이 자리에서 정 선생님이 제게 '서명 받은 원고를 달라' 하셔요. 찾아보니 없어서 잃어버렸다고 하니까 '젊은 사람 믿을 수 없다'고 불호령이 떨어졌죠. 귀가해서 이북방송을 들으니까, 시국선언문 16개조를 방송해요. 이것이 14개조로 개정되었는데 말입니다. 그래서 저는 대회장에서 없어진 시국선언문 초안 하나가 간첩의 손에 넘어간 게 아닌가 하는 생각이 들더군요.

김 교수는 자기가 무슨 용기가 있어서가 아니라 선생의 간곡한 부탁으로 궐기대회와 시위에 나갔음을 고백하고 있으나, 평소 선생을 존경하고 흠모한 제자의 겸손한 이야기일 것이다. 선생은 김 교수에 대해 "어려운 때 부잣집 아들이 그런 일을 했다는 게 믿겨지지 않아요" 하면서도, 그를 안심시키느라 엉뚱한 거짓말을 한 것에 대해서는 아무런 코멘트가 없었다. 이날의 시국선언문 14개조는 다음과 같다.

1. 마산 · 서울 · 기타 각 곳의 학생시위는 주권을 빼앗긴 국민의 의분을 대신하여 궐기한 학생들의 순진한 정의감의 발로며, 부정과 불의에 항거하는 민족정기의 표현이다.
2. 이 시위를 공산당의 조종이나 야당의 사주로 보는 것은 고의의 곡해요, 학생들의 정의감의 모욕이다.
3. 평화적이요 합법적인 학생시위에 총탄과 폭력을 기탄없이 남용하여 대량의 유혈 참극을 빚어낸 경찰은 '민주와 자유'를 기본으로 한 국립경찰이 아니라 불법과 폭력으로 정권을 유지하는 일부 통치집단의 사병이었다.
4. 누적된 부정과 부패와 횡포로서의 민족적 대참극, 대치욕을 초래하게 한 대통령을 위시하여 국회의원 및 대법관들은 그 책임을 지고 물러나지 않으면 국민과 학생들의 분노는 가라앉기 힘들 것

이다.

5. 3·15 선거는 불법선거다. 공명선거에 의하여 정·부통령 선거를 다시 실시하라.

6. 3·15 부정선거를 조작한 주모자들은 중형에 처하여야 한다.

7. 학생 살상의 만행을 위해서 명령한 자 및 직접 하수자는 즉시 체포·처벌하라.

8. 모든 구금 학생은 무조건 석방하라. 그들 중에 파괴 또는 폭행자가 있다 하더라도 그것은 동료 피살에 흥분된 비정상 상태하의 행동이요, 폭행 또는 파괴가 그 본의가 아닌 까닭이다.

9. 정치적 지위를 이용 또는 권력과 결탁하여 부정축재한 자는 관·군·민을 막론하고 가차없이 적발·처단하여 국가 기능을 세우라.

10. 경찰은 학원의 자유를 보장하라.

11. 학원의 정치도구화를 배격한다.

12. 곡학아세하는 사이비 학자와 정치도구화하는 소위 문인·예술인을 배격한다.

13. 학생 제군은 38선 너머 호시탐탐하는 공산괴뢰들이 군들의 의거를 선전에 이용하고 있음을 경계하라. 그리고 이남에서도 반공의 이름을 도용하던 방식으로 군들의 피의 효과를 정치적으로 악용하려는 불순분자들을 조심하라.

14. 시국의 중대성을 인정하고 국가의 장래를 염려하여 학생들은 흥분을 진정하고 이성을 지키어 속히 학업의 본분으로 돌아오라.

주동자는 누구인가

이날 대학 교수단의 시위는 오늘날 4월 혁명으로 평가되는 이 역사적 사건을 일으키는 데 결정적인 역할을 한 것이었다. 교수 데모가 없었다면 정권 퇴진도 흐지부지되었을지 모를 일이기 때문이다. 그런데 이 시위의 주동자는 과연 누구였는가? 이종우 교수가 개회사에서 밝혔듯이, '누가 불러서 나온 것이 아니라 각자 이심전심으로' 독재정권 타도와 민주주의의 회복을 위해서 모두가 주체의식을 가지고 했으니, 주동자는 사실상 없다고 할 것인가? 혹, 경찰에 잡혀가서라도 타인에 누가 안 되도록 하기 위하여 주동자는 아예 없는 걸로 했단 말인가? 그 해석이야 어찌 됐건 이만한 거사에는 반드시 '리더'가 있는 법이요. 또 이만한 세월이 지나면 역사적 기록을 위해서도 사실을 그저 그늘에 가려두어서는 안 된다.

이 일은 처음부터 선생과 이상은 교수의 모의에서 발단된 것으로 이 두 사람을 주동자라 할 수밖에 없다. 그러나 기미년 만세운동 때와 마찬가지로 선언문의 낭독이 아니라 시위운동으로 확대시키고자 한 좀 더 근본적인 계획은 선생의 흉중에 있었던 바요, 또 그렇게 실천에 옮기도록 했던 것이다. 선생은 원칙에서만이 아니라 일의 방법 면에서도 근본적이고 결정적인 부분이 무엇인가를 정확히 꿰뚫고 있었다.

> 처음에는 각 대학에서 선언문이나 내자는 이야기도 있었지. 각각 하자는 거였지. 쌀쌀한 지식인들을 어떻게 한자리에 모으겠느냐, 모인다 해도 겨우 선언문이나 내자고 할 텐데… 하는 걱정도 있었어. 그런데 그때 생각에는 그까짓 선언서 조각 가지고는 독재정권

이 흔들리지 않을 것 같았어. 뭔가 충격적인 행동을 해야지 하는 그런 생각이 들었지.

평소엔 냉정하기 이를 데 없는 선생은 박력과 추진력을 필요로 할 때는 일순에 뜨겁게 달아오르는 성품이었는데, 이런 절박한 시기에 그런 기민한 행동가가 요구된 것은 당연한 일일 것이다. 선생이 권오돈·조윤제 교수 등과 같은 행동가들과 그 후 친분이 두터워진 것도 이런 뜻에서 쉽게 이해할 수 있을 것이다.

그런데 선생이 이상은 선생과 4·25 교수데모를 모의하고 성사시키기까지에는 그 배후에 이미 양인 간에 오랜 우정과 신뢰의 바탕이 서 있었다. 두 사람이 단순히 한국 철학계의 원로들이라는 이유만으로 이 위험한 일을 모의할 수 있었던 것은 아니다.

본래 북경대학을 나온 이상은 씨와 선생은 해방 직후에 조직된 '을유회'(乙酉會)의 같은 회원이었다. '을유회'란 광복의 해가 을유년이었던 데서 생긴 이름으로, 중국에서 광복 운동을 하던 애국 독립지사들의 모임이었다. 당시 이 을유회의 중심인물은 우리나라 사람으로 역시 최초의 북경대학 출신이며 미 군정 당시 하지의 두 번째 비서를 지낸 장자인 씨였다. 그는 선생의 신성학교 1년 선배로 전부터 잘 아는 사이였고, 또 그도 북경대학 동창인 이상은 씨와 잘 아는 터였다. 여기에 또 일찍이 독립운동에 투신하여 선생의 고향 철산과 선생 일가를 잘 알고 있던 서세충(徐世忠) 씨(서울사람으로 한때 서간도에 군관학교를 세울 뜻을 가졌었는데, 해방 후에도 조국에 그 같은 학교 설립의 필요를 느끼고 있었다고 함), 그리고 현동관 씨가 관여하여 다리를 놓아 각별한 사이로서 '을유회'의 회원들이 되었던 것이다. 이런 동지의식이 이상은 씨로 하여금 비상시국을 당하여 선생을 찾아 의논을 하게 한 배후 사정이었던 것이다.

선생은 이때 동지가 된 교수들 몇 분을 회상하는 중에 이렇게 토로하였다.

> 선언문 기초위원들 중에도 특히 일석(一石 이희승)이 국어학자답게 문구 수정을 해나가는 거야요. 일일이 고치자면 이거 언제 끝날는지 모르니까 성미 급한 조윤제가 '다 좋다'고 하면서 빨리 나가 결정해야 한다고 쑥 밀고 나가지 않겠소? 회의가 길어지면 긴장이 풀리고 행동의 추진력이 감소될 게 아닙니까? 적절한 처신이었어요. 또 김증한 씨는 법대 학장인가를 했는데, 내 친구 김재호 씨와 마찬가지로 청나라에 볼모로 잡혀갔던 김상헌 집안이죠. 김영달 씨도 의기가 있는 이로 집안이 꽤 좋은 가문이었어요. 우리 258명 교수단이 실은 서울의 교수들이었는데, 그 중 오직 이정규 씨만이 지방 대학 교수였어요. 그가 사실은 성균관대에서 일을 보다가 어떻게 된 건지 거기서 나와 청주엔가 내려가 있었는데, 잠시 서울에 올라왔다가 일이 터지니까 참여를 하게 된 것이었지요.

한편 선생이 이 일을 주동해서 계획하고 실천에 옮기는데 있어 선생이 몸담고 있던 연대보다는 주로 고려대학교 교수들과의 접촉을 갖게 된 것은 좀 의아하다면 의아한 일이라고 할 수가 있다. 그러나 여기에도 그럴 만한 사정이 있었다.

선생이 일찍이 인촌의 청으로 고려대학 교수로 갈 뻔한 일도 있거니와 연대에 있으면서도 해방 후 1·2회 고려대 학생들에게 논리학 강의를 한 일로 해서 그때의 졸업생들은 선생에게 내왕을 많이 하고 있었다. 또 무슨 비상시를 당해서는 으레 선생을 찾아오는 제자들이라는 게 민병기(閔丙岐, 고려대 교수, 1986년 별세) 씨 등 이때의 고대 제자들이었다고 한다. 그러나 이런 사정보다는 좀 더 미묘한 일이 있었다.

뜻밖의 방해요소

25일 낮 한 시에는 태화 기독교 사회관에서 이공대학장 장기원 씨의 셋째 딸의 결혼식이 있었으므로 연세대의 많은 교수가 여기에 참석하게 된다. 이 기회를 잡아 선생은 김정수 씨로 하여금 교수단의 시국선언문 초안을 내어 미리 서명을 받게 하고, 이어 서울대 교수회관으로 행선을 유도해 보도록 했던 것이다.

그러나 서명을 한 후에도 서울대학 교수회관으로 가는 교수들의 수는 극소수에 지나지 않았다. 연대 전체 교수회의 소집이 거의 같은 시간인 세 시에 대학 중강당에서 있을 예정이었기 때문이다. 연대 교수회의에서도 부정선거의 무효와 이 대통령 하야를 촉구하는 내용으로 타 단체들의 성명서와 유사한 내용의 것을 의결하긴 했지만, 왜 하필 각 대학 교수단의 궐기대회가 열리는 같은 시간에 따로 전체 교수회의를 소집했을까?

이 일로 해서 불가불 교수들의 발걸음은 신촌 캠퍼스로 향하게 되었고 실제로 서울대 교수회관에 참석한 연대 교수의 수는 극히 소수에 그치고 말았다. 그런데 유감스럽게도 이 일은 당시 백낙준 총장의 결정사항이었는데, 때가 때였던 만치 이 같은 그의 처사는 내용을 아는 이에게는 참으로 격분을 살 만한 일이었다.

백 총장에 관해서는 선생은 늘 '백 선생'이라는 점잖은 호칭을 쓰며, 원칙상 어긋나는 일이 아니면 충실한 협조자로서의 입장을 지켜오던 터였다. 설령 그와 반대 입장에 서더라도 뒤는 정말 깨끗한 데가 있었다. 그러나 아마 여러 가지 이야기로 미루어 보아, 백 총장이 선생을 대하는 태도와 심사까지 그러하지는 못했던 듯하다. 선생은 늘 망설이면서도 이런저런 기회에 백 총장의 처사를 이렇게 비쳐보인 바 있다.

> 내가 서울대학 교수회관에 가기 전에 우리 학교에서 이종은 교수더러 선언문을 다시 몇 부 베끼라 했어요. 그날이 장기원 씨 딸의 혼인날이라 그걸 잔칫집에 가서 여러 교수들이 모인 자리에서 우리 학교 교수들부터 서명을 받으려 한 거죠. 그래서 한 부를 그리로 보냈죠. 그런데 백낙준 씨 계획은 우리 학교 안에서 무슨 선언을 한다고 하며 교수들을 학교로 모이게 하는 거예요 그리고는 우리 선언문에 맨 처음 서명을 그이가 하더군요.

매우 혼선을 가져올 만한 처신이었지만 그 속내를 짐작하기는 그리 어려운 일이 아니다. 백낙준 씨는 4·19 날에도 시위하고 학교로 돌아온 학생 앞에서 "참으로 장한 일을 했다"고 일장의 연설을 했고, 또 4월 29일 각 대학의 개강이 허락되고 연세대도 문을 열자 첫 시간에 전체 학생을 노천극장에 집합시킨 후 다시 훈사를 하는 일을 잊지 않았다. 물론 시국수습 방침에 대한 언급은 한 마디도 없이 시류에 따른 평범한 이야기에 불과했지만, 그의 이와 같은 부절조에 대해서는 당시의 타 대학 교수들도 꽤나 못마땅하게 여기고 있었다. 그는 자유당의 선거대책위원이었으므로 자중하는 것이 옳았으나, 세상이 바뀌는 듯하니 이젠 학생들을 오히려 칭찬하기 시작한 것이다.

사실상 선생은 4·25 다음날 백 씨 부인 최이권 씨와 자유당 협조 교수 신동욱 씨의 내방을 받고 놀랐다. 이날 선생은 또 한 번 놀라운 방문객을 맞았는데, 그는 1907년 헤이그 밀사사건으로 유명한 이준 열사와 함께 제2차 만국평화회의에 갔던 이위종(李瑋鍾) 선생이었다. 노구를 이끌고 선생 댁을 찾아와 자신을 소개하며 경의를 표한 것이다. 한 날에 이렇게 서로 다른 세계의, 전혀 다른 목적의 방문객을 맞은 선생은 실로 느낌이 착잡했다. 선생이 백 씨에 대하여 아쉽게 여기는 것은 그저 그가 어디든 한 곳을 지키고 중심을 가져주었으면 하는 것뿐이었다. "너무 왔다갔다 하고 그때마다 중대사에서는 늘 빠지고는 했지요." 한 나라의 지도자급 인사들 중 몇이나 이런 말을 듣지 않을 이가 있는지 아쉽고 안타까운 일이다.

사실을 밝히면, 백낙준 씨는 일제 말기에 조선야소교서회(朝鮮耶蘇教書會) 편집 총무로 있으면서 "미·영의 민정과 식민지 정책"이라는 표제 하에 미·영 타도의 연설을 했던 일이 있으며, 우마차조합장(牛馬車組合長)이라는 직책에 있었던 적도 있는데, 이로 인해 해방 후 서울대학교 법문학부장으로서 총장이 되려는 운동을 하다가 학생들의 극심한 배척을 받았던 전력을 스스로 기억하고 있었을 것이다. 해방 후에는 미군의 진주로, 미국과 관계가 있는 이들의 세상이 되니까 역시 자유주의적인 친미 인사로서 얼굴을 바꾼 것인지, 혹은 되찾은 것인지 아무튼 살 만한 터전이 또 그에겐 주어지게 되었다.

그는 흥사단 단원이었지만 도산을 늘 경원시한 이승만 대통령 아래에서 2대 문교부 장관으로 일할 때 흥사단에 가입했는가라는 질문을 받고는 '결코 그렇지 않다'고 아주 간단히 발뺌을 했던 일도 있다고 한다. 그러나 4·19로 민주당 정권이 들어서면서 그는 또 한 번 일변하여 그동안 밀렸던 흥사단 회비 16년치를 일시불로 지불했다는 소문이 파다했다(김용현 교수 증언). 확실히 사람은 두고 볼 일이다. 이제 4·25 교수데모로 정권이 무너질 판에 이르자 그의 전력과 성향이야 어떠했던 간에, 교수단 선언문에 누구보다 먼저 서명을 했다는 것만으로도 그의 재빠른 적응력을 실감케 하거니와, 어쨌든 이런 그의 처신은 세인의 빈축을 사고도 남을 일이다.

백낙준 씨 관련 이야기는 사실 중요한 화제가 되지를 못한다. 다만 그의 존재가 선생의 한 생애에 고통스런 일을 가져다 준 적이 여러 번이기에 최소한의 화제로 삼을 뿐이다. 선생과 백 씨와의 관계가 그리 좋지 않았다면, 그것이 과연 누구의 책임이겠는가를 생각해볼 만한 일이며, 또 후자의 사실상 전횡 속에서 학자 생활을 해갈 수밖에 없었던 선생의 고충을 한 번쯤 짚어볼 필요가 있기 때문이다. 이 문제는 이들 개인들 간의 관계에 그치는 게 아니라, 바람직스럽지 못한 대학 풍토로 연결된다는 데서 의분을 느끼게 한다. 사리야 어떻든 윗사람에게 아첨하여 기풍을 흐려놓는 작태가 대학 사회에서도 횡행하도록 하는 사단은 이렇게 해서 생겨나기 때문이다.

교수데모 이후

아무튼 이 해 4월 이후 선생은 일단 그 생애의 떳떳한 과업을 수행함으로써 주위의 화제의 인물이 되었다. 물론 선생이 그 자랑스러운 행적을 세상살이에 이용하거나 또 그럴 생각을 해본 적은 추호도 없었다. 그저 이곳저곳에서 새 사회를 건설해 나가는 데 선생을 필요로 할 때면 불려나가 소신을 피력하는 선에 머물렀을 뿐이다.

이와 같은 일들로 학교 밖에서 활동하는 시간이 선생에게 자꾸 늘어났다. 6월 11일에는 조선일보에서 "혁명과업과 공명선거"라는 제목으로 「전국 대학생 민주주의 수호 공명선거 추진위원회」가 개최하는 좌담회에 나가 이종우 · 최문환 · 강원룡 씨 등과 함께 4월 혁명의 이론적 검토, 당면한 시련기의 분석, 혁명의 결실을 위한 궁극적 진로 등의 문제를 토의했다. 선생은 여기서 4 · 19를 혁명으로 규정하고 이 정권의 중심세력이 아직 남아있는 데 이 혁명 최대의 비극이 있다고 갈파했다.(「조선일보」 1960. 6. 11)

민주당의 장면 정권이 세워진 이후에는 장면 씨가 사람을 보내 만나자고 하여 점심을 나누며 환담을 한 일도 있다. 이 무렵 주변에서는 선생이 혹시 정가에 발을 들여놓는 게 아닌가 하는 추측과 의혹도 나돌았으나 모두가 '데마'(demagogy, 유언비어)에 지나지 않는다. 물론 공보실장을 한 서석순 씨가 선생을 주불대사로 천거한 일이 있다고는 하지만 선생은 일언지하에 거절했다. 이런 소문이 있을 때 한 번 선생에게 농담조로 물었다.

"선생님께서 그런 자리를 맡으셔야 저희도 외국공관 문화관 따위라도 얻어 가질 수 있지 않겠습니까?" 선생은 대답했다. "다 본 유럽은 무얼 또 가나. 서장(西藏, 티베트)이나 간다면 몰라도." 선생은 아예 관직에 나갈 의사가 없었던 게 확실하다. 이에 관해서는 일찍부터 알려진 이런 일화가 있다.

이미 오래전인 부산 피난 시절에 제자 이백우 집에 기거하고 있던 선생을 철학과 학생 박광용과 국문과의 이종은이 방문했다. 이런저런 이야기 중에 이들이 외국 공관의 대사는 그 나라 언어와 문화에 통하는 이가 적임이 아니겠는가 하며, "정 선생님이 주불대사를 하셔야 옳지 않습니까?"고 말했다는 것이다. 그러자 선생은 예의 경직된 표정으로 말하더라는 것이다. "학생들 말입니다. 그건 안 됩니다. 일국의 대사란 그 나라의 얼굴입니다. 한데 내가 그곳에 유학하던 30년 전엔 내가 거지였쇠다. 아니 30년 전의 거지가 대사가 되어 왔다고 그때 날 알던 사람이 말한다면 무슨 꼴이 되겠소?"

주변 사정을 의식하는 사려 분별도 분별이려니와 사람의 엉뚱한 기대와 욕심에 일침을 놓는 스승다운 가르침이었다. 선생은 '그저 나는 그런 것 싫소' 하는 것이 아니라 이처럼 사유를 반드시 붙여서 그런 말들을 일축하곤 했다. 이런 까닭에 선생의 인기가 꽤 올라간 이 시절에도 선생이 필요하다는 일에는 그저 당신의 견해를 표명하여 실제로 일하는 이들이 반영토록 할 뿐, 교단을 떠나 스스로 무슨 일을 새로이 시작하고자 한 생각은 추호도 없었던 것이다.

그러나 학교 밖의 일로 분주하던 선생이 역시 학교 안의 문제로 골몰해야 할 일이 생겼다. 그리고 이 일은 동료들 간의 인간관계와도 직결되는 아주 예민한 문제였으므로 더욱 괴로운 일이었다. 연세대학교의 학내문제로서 학원 민주화운동이 야기된 것이다.

4. 학원 민주화운동

4월 혁명정신은 그동안 이승만 정권 하에서 유린된 민권의 회복과 참다운 민주주의의 확립에 그 핵심이 담겨 있었다. 그러므로 4·19 이후의 추이는 자연 각계각층에 쌓여 있던 반민주적 요소의 제거라는 과제를 어디서나 중심으로 삼는 것이었다. 이렇게 새 시대의 요구에 부응하고자 하는 노력이 사회 곳곳에서 일고 있었던 바, 그 중에서도 2세 교육을 담당하는 학원 특히 대학에서의 민주화 열기는 날로 고조되어 갔다.

그런데 국립대학은 그래도 어느 정도 교수의 신분 보장과 행정 보직 교수의 선거를 법으로 정해 운영하고 있었던 만큼 문제의 소지가 별로 없었으나, 사립대학들은 사정이 그렇지를 못했다. 대개 행정 책임자의 독선과 전횡이 지배적이어서 나라 체제의 축소판에 지나지 않는 비민주적 풍토가 뿌리를 내리고 있었다. 그런 까닭에 4월 민주혁명의 연장선에서 이런 문제들을 척결하고자 하는 학원 민주화운동이 각 사학에서 야기되었는데, 연세대학교의 경우는 특히 그 기간으로나 규모에 있어서나 여타 학원가의 그것보다 앞서 있었으므로, 당시 각 학술단체와 언론기관이 전국 사학의 모델케이스로 큰 관심을 쏟았던 사건이다.

민주적인 대학 체제를 위하여

확실히 연세대는 총장 백낙준을 비롯하여 신동욱 · 조효원 등 대학 간부에 자유당 관련 교수들이 앉아 있었을 뿐 아니라 이사진에도 왕년의 친일, 친이승만 인사들이 있었으므로 사회 개조의 시점에서 그저 조용하게 넘어갈 것 같지가 않았다. 『연세대학교 백년사』(제2권)에서는 "… 총장 백낙준은 획일적 교육에서 대학의 특성을 구현하는 방향으로 노력하였지만, 4월 혁명에 따른 국회의 새로운 구성에 참여하기 위하여 후임 총장이 정식으로 결정되기 전에 정계로 나가게 되자……"(p. 6)로 연세대학교 역사상 최대의 위기를 맞았던 이 시기의 역사를 간단히 처리해 버렸지만, 사실 이 시기에는 너무나 많은 사연이 있었으며, 또한 그것이 자주 은폐되거나 왜곡되어 왔던 것도 사실이다. 연세대에서의 민주화운동은 물론 문과대학 교수들이 선두주자가 되었고, 바로 선생이 그 정신적 중심이요 대표 역할을 해서 벌어졌다.

선생은 옳은 일을 위해서라면 항상 앞장을 서곤 했어도, 어느 특정인을 미워한다거나 불행하게 만드는 일에는 별 흥미가 없었다. 그러나 교수 사회에서의 일이라는 게 늘 사람 관계를 통해 벌어졌기에 이 무렵 선생의 괴로움은 이루 말할 수가 없는 것이었다. 무엇보다도 학교제도 개편을 위한 준비 작업이 시작될 즈음 대학 부총장이자 문과대학 교수인 외솔 최현배 씨와 충돌은 괴로움을 넘어서 참으로 가슴이 찢어지는 아픔이었을 것이다.

5월 초에 들어서면서 문과대학은 교수회를 열어 (1) 총장과 이사장을 분리할 것, (2) 총장·학장은 교수회 가결로 할 것, (3) 「연세춘추」도 민주적 기관지로 할 것, (4) 학생 입·퇴학은 교수회가 결정할 것 등을 규정하는 교수회 규칙을 정하고, 이를 총장에게 건의하자는 등의 논의를 하였다.

이 자리에서 최현배 부총장은 "우리는 모두가 학교로부터 고용된 사람들인데……" 하는 말로 교수들의 대학개혁 의지에 못마땅한 표정을 짓자, 선생은 격한 어조로 "우리는 교수들이지 고용인이 아니요. 교수를 고용인이라뇨" 하고 말을 받았다. 선배 교수에 대한 이 준엄한 비판은 선생 개인의 신념에서 나온 것이기도 했지만, 이제야 일기 시작한 민주화의 열기를 북돋는 중요한 격려사 역할을 했다. 문과대학은 학내 각 대학 연락 대표로 선생과 장덕순·김용현 교수를 선정했는데, 이들은 학내 타 대학의 위원들과 함께 대학 기구 개편위원이 되어 5월 25일과 30일의 전체 교수회의에 기구 개편 원칙을 상정했다. 이 개편 원칙은 그동안 대학 기구의 모든 독소 조항을 삭제한, 민주적인 대학 체제의 수립을 목적한 것이었다. 거기엔 총장·부총장·대학원장·대학장의 임명에 관한 일, 교수 임명에 관한 일, 교수회에 관한 일, 학교 기구 개편에 관한 것 등이 포함되어 있었다. 그러나 민주적 대학 기구 개편안을 접수한 재단 이사회의 실행위원회는 6월 10일 총장·부총장·대학원장·대학장 임명에 관하여 교수회의 동의를 얻는 일을 거부하는 등, 전체 교수회의의 원안을 대폭 수정한 결의문을 발표하였다. 결의문은 전체 교수의 요구와는 달라 결코 만족스럽지 못했지만, 일단 학원 민주화라는 원칙에 동의한다는 표시로 받아들여 재단 측과 교수 측 쌍방의 양보 선에서 일단락을 짓는 듯했다.

교수 파면과 항의 농성

그리고는 방학이 시작되었다. 그런데 이 방학 동안에 재단 측과 거기에 동조한 몇몇 교수들이 학원 민주화운동을 열성적으로 이끈 교수들의 약점을 조사했던 것이다. 드디어 8월 24일 이사회에서는 정법대의 장경학, 문과대의 장덕순, 박두진(시인) 등 세 교수를 파면하기로 결의, 그 다음날 본인들을 불러 이 사실을 통고했다. 이에 앞서 총장·부총장 추천위원회 위원으로 있던 장경학 교수는 이사회에서 기독교 신자가 아니라는 이유로 위원회에서 제외된 일까지 있었다.

선생은 이에 격분하여 반론을 폈다. "언더우드가 평양 숭실에서 연희를 따로 갈라 세울 때 그 취지가 비신자를 모아 신자를 만들겠다는 것이었고, 따라서 비신자인 백상규 선생도 학과장을 시키는 등 여태껏 신자와 비신자 아무 구별 없이 잘 해오던 것을 졸지에 신자 아니면 학교 일을 못한다는 것이 무슨 소리인가, 이는 학교 설립 목적에도 배치된다"고 역설했다. 그러나 방학으로 시간적 틈을 얻은 학교 측은 교수단의 민주화운동에 반격을 가할 태세가 완비되어 있었던 터였다.

세 교수의 파면이 알려지자 교수들은 어리둥절했다. 도대체 그 이유를 자세히 모를 뿐만 아니라 이들이 모두 학원 민주화를 위해 선두에서 가장 애를 쓴 이들이었으므로 의혹은 짙어만 갔다. 이렇게 되면 교수들이 요구했던 신분 보장의 문제가 해소되기는커녕 교수의 지위가 하찮은 것으로 전락해 버릴 것이 뻔한 일이었다. 교수단에서는 일을 수습하고자 김윤경·심인곤·강길수 세 교수를 대표로 뽑아 실행위원회에 들어가 있는 유력 이사들을 찾아다니며 파면 이유를 묻고,

이사회의 조치를 재고·철회할 것을 강력히 요청하였다.

이사들의 설명으로는 두 사람은 학교 행정당국을 비난하고 오만불손했던 것이 파면 이유이고, 또 한 사람은 사생활 문제 때문이라는 것이었다. 또한 학교 행정당국이 "이 셋을 내보내지 않으면 우리가 나가겠으니 양자택일하시오" 하고 나오기까지 하니, 이사들로서는 "누가 누군지 모르지만 행정당국 편에 설 수밖에 없는 입장"이라고 했다. 교수 대표들은 수십 차례 이들의 복직을 간청했지만 9월 8일 재단 실행위원회는 마침내 이것을 거절하기로 결정하고 말았다. 이에 대하여 교수단은 9월 12일 (1) 교수 파면을 철회할 것, (2) 앞서 6월 13일 결의한 학교 기구 개편안을 즉시 실행해 줄 것을 요구했다. 그러나 9월 15일 이사회가 이를 또 거절하자 교수들은 학교에 모여 농성에 돌입했다. 학교 측과 교수단의 정면 대립 상태가 벌어진 것이다.

학내 문제가 이렇게 극단적인 상황으로 치닫자 선생의 번민은 이루 말할 수가 없었다. 선생은 교수들의 파면 소식을 들은 이후로 어떤 면에서는 당사자들보다 더 잠을 이룰 수가 없었다. 그들이 복직되지 않으면 같이 학원 민주화를 위해 싸우던 처지에 무슨 면목으로 교단에 서겠느냐며, 만일의 경우엔 단독으로라도 학교를 사퇴하겠다고 했다. 이 비장한 각오를 누그러뜨리는 데는 한결 김윤경 선생의 간곡한 만류가 어느 정도 주효했던 것 같다. 한결은 "선교사들[재단]의 늘 하는 태도로 보아 교수고 학생이고 물러가려면 다 물러가라 하는 판이니 희생된 이를 구하는 최선의 방법이 못 되므로 끝까지 싸우기 위해서도 양심 있는 이가 더 남아 있어야 한다. 민영환 같은 정신보다는 화랑정신을 가집시다"라고 애원했다.(김윤경, 「일기」, 1960. 9. 1, 9. 4)

어쨌든 교수들은 단합하여 농성에 들어가기로 결의하고 문과대학 교수실에 간단한 잠자리를 펴고 밤을 새기 시작하였다. 노교수들로서는 참으로 무리가 아닐 수 없었다. 그런데 이보다 앞선 9월 8일에는 국문과 학생들의 강의 거부와 성명 발표가 있었고, 12, 13일부터는 전체 학생단으로부터 농성 교수단에 대한 지지성명이 나왔다. 학생단은 교수단의 두 가지 요구 조건보다 더 앞선 다섯 가지 요구 사항을 제출하고 동맹 휴학에 들어갔던 것이다. 그들의 요구 조건은 이러했다.

(1) 원일한 총장 서리는 곧 사퇴하고 한국인 총장을 선거하라. (2) 독선적 · 반혁명적 이사진을 개편하라. (3) 권력과 금력에 아부하고 학자적 양심을 망각한 교수는 곧 사퇴하라. (4) 교수 측의 학교 기구 개편안을 재확인하고 곧 실행하라. (5) 교수 신분보장을 확고히 하고 부당하게 해임된 교수를 곧 복직시켜라.

이와 같이 하여 연세대학교의 학원 민주화운동은 불행하게도 하나의 커다란 분규로 번지고 말았다. 며칠 전 학교 측은 새 보직 교수를 발령했는데, 이 발령에서 선생은 대학원장에 임명되었다. 사태가 이 지경에 이르자 선생을 학교 측에 끌어들여 교수단의 단합을 와해시키려는 의도임이 분명했다. 선생은 미련 없이 이 자리를 사퇴하고 말았다. 그러나 이 자리가 탐났던지 함께 민주화운동에 동참한 모 교수는 일시에 태도를 바꿔 학교 측에 가담하는 혐오스런 작태를 연출하기도 했다. 어려운 지경에 처해야 사람을 알 수 있다고 하더니, 정말 이런 사태를 당하여 멀쩡해 보이던 교수들의 일거일동이 그렇게도 희극적일 수가 없었다.

수습을 위하여 동분서주하다

선생은 전체 학생의 학원 민주화 추진체인 「연세대학교 학원민주화 투쟁위원회」의 요구에 따라 교수단 대표로서 학교 측의 원일한 총장서리와 더불어 학교 노천극장에서 사태 발생의 경위와 해명을 하러 나섰다. 그리고 오천석 문교부 장관을 방문하여 진상을 올바로 알리는 등 백방으로 동분서주하였다. 밤에는 교수실 바닥에 다다미를 깔고 지새우는 고통을 참아야 했다. 선생은 일찍이 젊은 시절부터 외지에서 한 고생 때문에 신경통이 있었는데, 이런 잠자리가 건강에 매우 좋지 않았을 것은 분명했다.

정법대학의 박원선 교수는 단식농성까지 단행했다. 권오돈 교수는 해소·신경통으로, 이가원 교수는 감기로, 또 김윤경 교수는 배탈로 고전이었다. 참으로 안타까운 날들이 흘러만 갔다. 그러나 한편으로 사계 각처에서는 지지와 격려의 소리가 높아만 가고 있었다. 국어국문학회 · 역사학회 · 영어영문학회의 지지성명과 함께 교원노조 · 루코푸 교수 · 교수협회의 조윤제 · 이상은 교수 등의 위문이 있었다. 이밖에도 남녀 학생들과 여러 대학의 교수들이 과자 · 과일 등을 싸들고 와서 격려해 마지않았다. 선생이 봉급 석달치를 집에 들여놓지 못했다는 소문은 필시 이때 어려운 동료 교수를 위해 썼기 때문이었을 것이다.

그러나 이런 노력과 성원에도 불구하고 적극적인 해결의 기미는 보이지 않았다. 이사진에 대한 학생들의 공격이 거세지자 사우어(Charles Sauer) 이사장은 오히려 "공산당의 조종이 배후에 있는지도 모른다"고 하였고, 원 총장 서리는 할아버지가 세운 학교인데 학생들의 소요가 계속되면 학교 문을 닫고 "고아원이라도 하겠다"는 망발을 거리낌 없이 쏟아 놓았다. 역사학회에서는 이사장의 언사를 가리켜 그것은 민족을 모욕하는 말이요, 이승만 정권의 모방이라고 반박했다.

학생들의 시위 과정에서 백낙준·사우어·원일한씨들의 집에서 다소의 기물 파괴가 따르기도 했다. 분규가 만성화해가는 기미가 보이자 여러 군데서 중재 역할을 하겠다고 나섰다. 『사상계』의 장준하 씨도 선생을 찾아왔다. 그러나 장준하 선생은 과거의 경력이나 『사상계』를 통한 문화운동 등으로는 지식인들에게 명망이 있었지만, 개인적으로 백낙준 씨와 밀접한 관계여서 중재의 실효를 거둘 수 있는 인물이 못 되었다.

동문회 대표들과 문교부 측에서도 분규 해결의 중재와 조정 역할을 하고자 했다. 동문회의 인물들 역시 학교 당국과 밀착된 관계였으므로 그 의도가 뻔했다. 한편 문교부는 원래 연대라는 특정 학교의 사정에 밝은 이들도 아닌데, 다만 주무관청으로서 사회 여론을 생각해 조정에 나섰던 것뿐이다.

이미 동맹휴학 사태가 너무 길어져 가고 있었고, 쌀쌀한 가을 날씨에 교수들의 농성을 무한정 지속한다는 것도 현명한 일이 아니었다. 그리하여 탐탁한 결론은 아니었지만 교수단은 이사진과 교수단의 중재에 나선 이들의 노력을 받아들여서 (1) 이사회는 세 교수의 파면을 재심사할 것, (2) 신분보장 세칙을 곧 제정·실시하고 그 위원은 이사 2명, 동문 2명, 교수협의회 2명으로 구성할 것, (3) 신분보장 세칙이 제정되기 전에는 교수를 파면하지 못함의 3개항을 결의하고, 이 세

가지는 농성을 푸는 즉시 효력을 발한다고 통고하고서 10월 7일 마침내 농성을 철회했다. 이와 같은 조치에 대하여 농성 교수들 가운데 소장 교수들은 크게 불만을 나타냈지만, 학생들의 심각한 수업 결손, 교수들의 건강을 고려할 때 부득이한 타협이었다.

선생은 이어 교수 신분보장 세칙 제정위원의 교수 대표로 선정되었다. 그러나 어찌된 일인가? 10월 27일과 28일에 걸친 이사회에서는 세 교수 파면을 재확인하고야 말았다. 교수단의 실망은 이루 말할 수가 없었다. 이 무렵 한국에 오래 머물러 한국 사정에 밝다는 고참 선교사들의 이와 같은 완고한 고집불통과 경직된 자세, 그리고 우월감에 사로잡힌 방약무인한 태도에 솟구치는 혐오감을 신참 선교사인 레니(후일 미국 에머리 대학의 총장 역임)에게 토로하며 그 시정을 책임지라 했더니 자기 정도의 사람으로는 효과가 없다는 것이었다.

돌이켜볼 때 미국 선교사 1대가 이 사회에서 끼친 긍정적인 기여가 3대쯤 되어 이토록 고질적인 것이 되었다고 하는 것은 선교회 사업의 일환으로 출발한 연세대학교를 위해서도 참으로 불행한 일이 아닐 수 없었다. 그들에 대한 염증으로 인해 결국 당시 학생들은 주한 미국대사관 앞에서 시위를 벌이기까지 하였는데, 아마도 국내에서 미국 측에 추악한 외국인 소환을 요청한 최초의 사례가 아닐까 한다.

학생 측에서 강의를 받겠다고 하여 다시 개강을 한 것이 11월 10일에 이르러서였으니, 이 해 가을 학기의 학내 사정이 어떠했던가는 짐작하고도 남을 것이다. 교수평의회, 신분보장 세칙 제정위원회 등 학원 민주화의 장치들이 그 직능을 순조롭게 수행해 나가지도 못했다. 4월 혁명은 이름뿐, 이 사회 각처에 뿌리 내린 반민주적 구세력의 영향력은 의외로 강했다. 재단이사회는 여전히 그 막강한 권능으로 교수단이 요구했던 민주적 조항들을 독단적으로 수정, 거의 원상복구시켜 버렸다. 학원 민주화운동은 결국 패배의 잔을 마시게 된 것이다. 설상가상으로 이듬해인 1961년 5월 16일, 쿠데타 발발로 일체의 쟁의 · 개혁의 꿈은 물거품처럼 사라지게 된다.

세 분의 참스승

연세대학의 학원 민주화 추진운동은 선생 개인으로서도 매우 의미 있는 일이었다. 외국 유학에서 돌아와서도 왜정 치하에서 아무 일도 못하다가 광복 후 연대 강단에 투신하여 그간에 쌓은 선생의 모든 것을 열과 성을 다해 여기에 쏟아 놓았다. 선생이 그토록 정이 들고 사랑이 밴 학문의 전당을 좋은 기회에 한번 정상적 궤도에 올려놓고자 전력을 기울였음에도 뜻을 이루지 못했다는 것은, 학교 자체로나 선생 개인으로나 불행한 일임에 틀림이 없다.

학내 민주화 추진운동의 실패는 그것으로만 그치는 게 아니라 선생 자신의 미래에도 전적으로 영향을 미친 일이었기에 가볍게 넘어갈 수 없는 대목이다. 이 학교에 그토록 공이 큰 선생의 족적이 뚜렷이 새겨지기는커녕, 거의 지워져서 후학들의 기억에 자리 잡지 못한 비운이 어디에 있다고 할까? 이 사건이 간과되어서는 안 되고 반드시 재조명되어야 할 까닭이 여기에 있다.

학원의 분규가 늘 불행한 것은, 거기 연루된 사람들 관계가 흔들리거나 뒤틀리고 만다는 데 있다. 연세대학교 분규도 예외가 아니었다.

사태의 와중에서 선생은 인간의 아름다운 면모도 새삼 목격했거니와 기억하고 싶지 않은 추악상도 보지 않을 수 없었다. 지금껏 서로 내왕하고 신뢰하던 사람들의 관계가 변질되면서 보이지 않는 금이 사람과 사람 사이에 그어지는 일, 이런 일은 결코 있어서는 안 되지만 현실적으로는 불가피하게 나타날 수밖에 없었다. 선생은 워낙 그때를 되살리기가 괴롭고 곤란하여 이 일들을 전혀 기억하지도 못하는 양했지만, 한 번은 이렇게 구체적인 에피소드를 털어놓기도 했다.

> 농성 사태로 학교가 소란할 때 전필순 이사가 김윤경 씨와 나에게 교회생활을 하느냐고 물어요. 그래서 내가 대답하기를 '예, 당신네 교회에는 안 나가죠' 했죠. 헌데 전 씨의 그 질문에는 의도가 없지 않았어요. 왜냐하면 교회에 적만 두고 있는 게 아니라 교회에 충실한 생활을 하느냐 하는 질문이었으니까 말입니다.

한결과 선생은 다 같이 신촌 대현교회의 오랜, 착실한 교인이었다. 과연 이들의 신앙과 인격을 누가 의심할 수 있을까. 오히려 진정 교회생활을 하느냐는 질문은 질문자 자신이 받아야 했던 것이다. 학원의 소요 원인을 허심탄회하게 검토하여 그 근본을 치유하려고 하지는 않고, 어떻게든 교수단의 힘을 약화시키고자 선생에게 대학원장 직을 제공하지 않나, 또는 은근히 선생과 한결은 교수의 신분보장이라는 명분이 서는 원칙을 위해 일하지만 다른 이들은 불순한 딴 의도가 있어 그런다는 둥 갖은 감언이설과 이간책을 서슴지 않던 그들은 이후 다 어디에 있을까? 생의 만년에 자신이 걸어온 자리를 되돌아볼 때 일말의 회한이 없지 않았으리라.

선생은 또 이런 일도 기억하고 있다.

> 역시 농성 때 이사진 측에 선 7인 교수들 중 누군가가 정부 고위층을 통해 한결과 나의 사상 조사를 해달라고까지 진정했던 모양이야요. 그걸 어떻게 아는가 하면 부탁을 받은 내무차관 김득황 씨인가 하는 분이 오히려 아무개가 이런 모함을 해 왔다고 알려주더군요. 이런 고약한 장난을 하는 이가 누구인지 도리어 들통이 나게 되었죠.

개인의 명예에 관한 일이므로 선생은 오직 사례만 말할 뿐 음모의 장본인은 밝히지 않았다. 선생의 기본 자세는 늘 그러했다. 기왕에 알려져 있는 이는 어쩔 수 없지만, 선생 자신이 어느 특정인의 비위 사실을 알고 있을 경우 그 이름을 끝내 감춘 게 선생이었다. 선생의 관심은 늘 사람을 해치는 데 있는 게 아니라 일을 바로 잡으려는 데 있었기 때문이다. 아마도 방법과 전략에 신경을 쓰고 그것에 능란한 요즘 사람들에게는 선생의 바로 그런 점이 실패의 원인이라고 여길지도 모른다. 그러나 선생의 참모습은 그런 것이었다. 성패보다는 의미와 옳음을 좇은 선각자의 모습이었다.

연세대학교에서는 일찍이 학생들 사이에 '석두'(石頭)라는 별명이 떠돌았다. 세 사람을 가리켜 '3석두'라고도 했는데, 한결 김윤경 교수, 서산 정석해, 그리고 매당(梅堂) 심인곤(沈仁坤) 교수였다. 더러는 심 교수 대신 장기원 교수를 드는 이도 있지만 그것은 잘못이다. 세 분의 성격상의 공통점으로 보아 심 교수가 의당 적절하다.

마치 성자 같은 용모에 온유하기 이를 데 없었으며, 그러면서 학생 단 하나를 데리고서도 강의를 강행한 한결의 성실성, 불같은 성격에도 뒤가 없으면서 대의원칙에 철저한 서산의 엄격함, 동서 명구를 대치시키며 유려한 강론으로 청중을 매료시킨 단아한 매당의 고고한 멋, 이들이 교단을 지키던 시절의 연대 학생이라면 어느 누구도 학창 시절의 이 세 사표를 떠올리지 않는 이들이 없을 것이고, 또한 그들에게 붙어 있던 '석두'의 별명도 잊지 않고 있을 것이다. 그들은 각자의 강한 개성에도 불구하고 원리원칙의 사람들이요, 작은 일과 큰일을 구별할 줄 알고 매사에 철저하면서도 큰 그릇이 가진 그윽한 인간미를 풍기는 선생들이었다. '석두'라는 별명도 그저 머리가 나쁘다는 뜻의 석두가 아니라, 속된 사람의 속된 머리로는 뚫리거나 넘어가지 않는, 웬만해서는 흔들리지 않는 중심을 가졌다는 의미의 '석두'였던 것이다. 이런 의미에서 세 분의 선생은 돌은 돌이되 정말 금강석과 같은 가치 높은 돌이었다. 공교롭게도 이 세 분은 5·16 후 연희 강단에서 같은 날 함께 떠났고, 이분들에게 마땅히 주어져야 할 행복한 여생을 보내지 못했다는 것에서도 공통된 점이 있었다.

8장

만년의 학문과 삶

선생의 만년 모습

1. 5·16 군사쿠데타

4·19 후 과도정부가 실시한 총선거의 결과는 민주당의 압승으로 끝났다. 이승만 정권 하에서 오래 야당에 머물던 민주당 정권은 국민의 여망에 따라 민주적 절차와 방식에 의해 정국을 이끌어가고자 하였다. 한편 이미 장기간 부패와 독재에 시달려 온 국민은 사회 각처에서 구시대를 청산하기 위한 온갖 노력을 경주하였다. 사회 각계각층에서는 민주화운동이 물 끓듯 끓어올라 혼란하기가 말할 수 없었지만, 이것은 더 나은 세상을 위한 진통이기도 했다. 이러한 정치·사회적 혼란이 계속되던 중 뜻하지 않게도 1961년 5월 16일 일단의 군 장교에 의한 쿠데타가 발생함으로써 민주화 여망을 실현하려던 민주당 정권은 1년도 채 못 가서 붕괴하고 말았다.

5·16 군사혁명은 이런 역사적 문맥에서 보면 결국 '왕정복고'와도 다름없는 것이었다. 그간의 개혁의 소리는 이 사태를 기점으로 일단 수그러들지 않을 수 없었기 때문이다. 우선 선생과 같은 사람들이 '예비검속'이라는 명분으로 중부서에 연행되었다. 공교롭게도 연대 교수 중에서는 농성 교수들만 연행되었다. 김윤경·권오돈·오화섭·장덕순·이군철·김상겸·박두진은 서대문서에, 그리고 선생과 김형석(金亨錫)은 중부서에 연행되었다. 이곳에는 당시 정당 관계자, 사상 관계자는 물론이려니와 교원노조 관계 교수, 교사, 대학생이 포함되었으며, 기타 깡패·강도·절도·사기횡령·넝마주이·매춘 등 사회 잡범들도 끼어 있었다. 다행히 선생은 당일에 풀려 귀가는 했으나 벌써부

터 조짐이 좋지를 않았다. 곧 서대문경찰서에 다시 불려가 조서를 꾸미고 석방 보증 형식을 갖추고야 돌아올 수가 있었다.

학내에서는 부총장 물색 위원회가 조직되어 학사부총장 물망에 선생이 자주 올랐으나 결국은 학원 민주화운동의 기수격인 선생을 이사진이 받아들이지를 않았다. 그들은 선생 대신 그들과 친밀했던 장기원 씨를 택한 것이다. 그러나 선생에게는 보직이 문제가 아니었다. 평교수로서의 생애도 끝내야 하는 비운을 졸지에 맞게 되었기 때문이다.

군사정권은 9월 2일 '교육에 관한 임시특례법'이라는 것을 발표했다. 이 법에 따르면 교원의 정년제는 60세로 하고 종래 교수회의 동의를 필요로 하던 총·학장 및 교수의 임면 절차를 개정, 교수회의 동의권을 삭제해 버린 것이다. 교수회의 기능을 인정치 않음은 학원 민주화에 쐐기를 박은 처사였을 뿐 아니라, 정년을 종래의 65세에서 60세로 끌어내린 처사는 당장 선생의 퇴임을 선고하는 것임에 다름없었다. 허망하기 그지없는 일이나 어찌할 도리가 없었다. 실로 건강과 정열이 아직도 넘치던 선생에게는 청천벽력과도 같은 일이었다.

2. 정년퇴임

연세대학교의 정년퇴임식은 전통적으로 채플에서 기독교 의식으로 행한다. 10월 4일 12시 대학 대강당에서 종교위원장 백이언 목사의 주재로 정년퇴임 교수 송별예배가 거행되었다. 이 해에 연대에서는 앞의 특례법에 의거, 김윤경 · 심인곤 · 고병간 · 김명선 · 이용설 · 박태준 · 나기호 교수들과 그리고 선생, 이렇게 여덟 명이 퇴임을 하게 되었다. 서남동 목사의 설교와 기념품 전달이 있은 후 퇴임교수로서 남기는 말의 순서가 되었다.

선생은 여기서 할 말이 없다고 아예 일어서지 않았다. 말을 하자면 왜 할 말이 없겠는가. 오히려 너무 많을 것이다. 할 일은 많은데 너무나도 어처구니없는 퇴임을 강요당한 마당에 침묵이 최선이라고 생각했음이 틀림없다. 만감이 교차하는 순간에 선생은 그래서 흡사 돌부처가 된 듯 굳은 표정으로 연단에 서기를 고사했던 것이다. 「연세춘추」의 편집자는 이런 선생의 가슴 속을 어렴풋이 들여다 본 듯 다음과 같은 말로 선생의 퇴임을 아쉬워했다.

> 북해의 빙산처럼 그 밑에 따뜻한 사랑과 때로는 눈물조차 담뿍 고일 수 있으면서도 싸늘한 침묵을 지키고 유유히 흘러가는 분이 있다면 정석해 교수를 두고 한 말이리라. 그처럼 정 교수는 겉보기에 차갑고 싸늘한 침묵의 인이다. 연전 문과를 2년 수료하고 독일의 뷔르츠부르크 대학, 백림 대학을 거쳐 불란서 파리 대학에서 경

제, 정치, 수학, 철학 및 과학에 걸쳐서 연구하고 귀국한 정 교수는 4278년(1945년) 본 대학교 교수로 취임하여 학생처장 · 문과대학장 · 대학원장서리의 직을 거쳤다.

육영 15년의 교단생활을 떠나게 되는 장소에서까지 정 교수는 침묵으로써 제자들의 박수갈채에 호응했다. 3 · 1 운동 당시 젊음의 정열을 민족의 운명 위에 쏟아놓으려다가 뜻을 이루지 못하고 이역 조국에서 젊은 날을 보낸 정 교수는 공과 의를 위하여는 불의 앞에 철저한 대결을 한다. 학생들에게 분필로 가르치기보다는 몸소의 실천으로써, 인격 전체로 제자를 교육해 온 정 교수는, 그러나 그 전에는 이다지도 침묵의 인은 아니었다. 혼란한 도가니를 거쳐서 정석해 교수는 상당히 많이 변모했다. 이제 정석해 교수는 오직 침묵을 대답으로 연세를 떠나게 되었다.

슬하에 고등학교 다니는 아들을 장남으로 둔 정 교수는 B. 러셀의 『서양 철학사』와 G. 무어의 『윤리학 원리』를 번역 출판하였다.

서릿발 같은 눈초리에 몸서리친 모든 사람들이 그 뒤에 잠겨 있는 훈풍을 이해하지도 못한 채, 교수직을 떠나는 정 교수의 마음에는 무언가 안타까운 비애가 서려 있는지도 모를 일이다.(「연세춘추」 제265호. 1961. 10. 9)

그렇다. 선생은 나라와 민족을 위해서 하고 싶은 일을 젊은 학생들을 상대로 학원에서 성취해 보고자 자신의 모든 것을 바쳐 왔다. 그러므로 이 돌연한 퇴직은 전혀 뜻밖의 일이요. 따라서 심각한 유한을 간직한 퇴임의 자리에 선 것이라고 할 수밖에 없었다. 선생은 자신의 맡은 바 책무에 너무도 열중하는 성품이라 연대 이외의 어느 다른 학원이나 이권과 관련을 가져 본 일이 없었는데, 청빈한 선비의 예고 없는 이 퇴임으로 인해 우선 집안 살림 걱정만 해도 간단한 것이 아니었다. 이런 일에 너무도 준비가 없었던 분이었기 때문이다. 선생이 만혼이었던 탓에 자제들은 아직 중·고등학생이었고 막내는 국민학생에 지나지 않았다. 이런 저런 걱정으로 선생은 잠을 이루지 못하는 밤이 여러 날이었다.(김윤경, 「일기」, 1961. 10. 15)

이런 일신상의 문제도 가볍지 않았으나 들려오는 소리조차 하나같이 우울한 마음을 더하는 것들이었다. 학원 민주화를 위해 함께 투쟁하던 동료 교수들에게도 대체로 불행한 일이 찾아왔기 때문이다. 새로 들어선 장기원 총장 직무대리는 미결 재감중인 권오돈 교수의 보수를 끊고 이 사실을 통고하는가 하면, 대법원에서 선고유예를 한 오화섭 교수의 복직도 학교에서 망설인다는 소식이었다. 기소도 안 된 권 교수가 면직되고 이종은 교수가 파면되었으며, 퇴임교수 중에서도 민주화 운동 관계 교수들에게는 시간강좌조차 허락지 않는 것이 분명 보복 행정의 의도가 역력했다. 이 무렵 생각 있는 교수들의 심경이 어떠했는가는 한결의 다음 기록에서도 잘 읽을 수 있을 것이다.

… 왜정 때도 학교에서 쫓겨났었지만 이는 우리의 적에게 당한 일이라 분개를 느끼지 않았다. 그러나 내 나라 내 모교에서 세대 역행의 비민주적 학교행정(이사회)에 민주화 운동을 하였다고…… 무슨 죄나 지은 양 여럿을 내쫓고…….

아무리 생각해도 서글픈 일이었다. 설령 학교 개혁 문제를 놓고 의견 대립을 하고, 또 그래서 충돌이 있었다고는 해도 사람을 미워하여 그의 불행까지도 내심 바라마지 않는 심사는 인간적으로 결코 용납할 수 없는 일일진대 기독교 정신의 전파를 우선적 과제로 삼는 이들의 처사로는 너무나 비열한 짓이었다.

자기 일신을 위해서가 아니라 의로운 일을 위해 애쓰던 이들이 나라의 정변에 의해 불운하게도 피해를 입은 것을 호기로 삼아, 오히려 이들에게 회생할 수 없을 정도의 타격을 가한 것은 확실히 '페어플레이'의 신사적 태도는 아니었다. 다른 이는 몰라도 연세 역사상 한결과 매당 및 서산은 학교에 대한 공로와 사표의 정으로도 명예교수의 예우는 물론, 실질적 대접을 해야 옳았다. 그러나 그런 예우는 고사하고 학교와의 인연을 될수록 끊어 버리자는 것이 이때 학교 당국의 내심이었던 것이다. 그러나 민주화운동 하던 교수를 박해한다는 인상을 완화하려는 뜻이었는지 오직 선생에게만은 철학과의 강의를 배정하였다. 이 무렵에 남은 교수들 중에는 동료 교수들의 해직으로 쓸쓸하고 허전해진 학교 분위기를 견디기 어려워 학교를 떠나버린 이들도 있었다. 이광린 · 송석중 교수들이 그 대표적인 예이다.

3. 특별강사 정석해

길고 긴 강사 생활이 시작되었다. 첫해에는 시간과 보수를 모두 재임 때와 동일하게 대접하는 '선임교수'란 이름을 주었으나 곧 단순한 시간강사로 바뀌었고, 어느 때는 특별강사란 이름을 주기도 했다. 어찌 됐건 선생이 1981년 7월 미국 큰아들네로 떠나게 되면서 강사생활의 종료를 맞게 되니 전임교수 생활보다도 더 긴 20년의 강사 생활이 특별대우를 받았다면 받았다고도 할 수 있을 것이다. 따라서 '특별강사'의 칭호가 어울릴지도 모른다. 선생은 늘 "군들과 같은 제자들 덕분에 학교생활을 계속하게 된 거지" 하며 감사의 표현을 숨기지 않았으나, 선생이야말로 연세대학교 철학과의 상징적인 인물이라고 할 때 오히려 그것은 당연한 조치였다. 그러나 강사료만으로는 아이들 학비와 생계를 유지하기가 곤란했다. 선생은 이제 기회가 있는 대로 타 학교 강사도 마다할 수가 없는 형편이었다.

학교 분규 후 동료 교수들이 흩어진 것을 서글퍼하던 사학과의 이광린 교수가 서강대학교로 자리를 옮기고 있었다. 선생은 그의 주선으로 서강대 철학과에도 강의를 얻어 두어 해 출강하게 되었다. 이때 선생에게 수강한 학생 중에 모교 교단에 선 현역 교수가 있으니 선생의 말대로 교육의 힘은 참으로 놀라운 것이다.

선생이 그때 강사로 출강한 이 학교에 들어가면 "저기 데모대장 간다"는 학생들의 소리가 귀에 들리기도 했다니 소문은 참 빨랐다. 서강대 출강은 가장 어려운 때 선생에게 큰 위안과 의지가 되었다고 할 수 있다. 왜냐하면 박정희 군사정권은 선생을 교단에 서지 못하게 하려고 아주 혈안이 되어 있었기 때문이다. 문교부 관리를 내보내어 강의를 넣지 못하게 하지를 않나, 그러고도 미심쩍은지 사람을 시켜 연대 강의시간표에 이름이 있는지 없는지를 조사시키지 않나, 선생이 학생들과 접촉하는 일을 이토록 막으려 한 것은 선생의 감화력을 두려워하였기 때문이다.

이렇게 난감한 때였으므로 서강대학교 설립 초기에 이 대학 철학과에서 박고영 신부가 직접 찾아와 강사 초빙을 해준 것을 선생으로서는 잊지 못할 하늘의 은혜로 기억하고 있다. 얼마나 어려운 때였으면, 선생은 나중에도 그 시기를 1962년 4월 초로 분명하게 기억하겠는가. 선생의 사정을 잘 알고 있던 조윤제 씨는 농담으로 "나라에서 못하게 했는데, 또 어느 구석에 가서 저렇게 강의를 하고 있는 거냐"고 놀려대기도 했다. 이 밖에 동국대, 성균관대 등에도 나가 강의를 했다.

성균관에는 야간부에 좀 나갔는데, 그 인연은 이러하다. 김형욱의 고발로 정보부의 취조를 받을 때인데, 거기에 또 한 사람이 잡혀와 취조를 받고 있었다. 종일 이리 끌려가고 저리 끌려가고 하면서 이 사람과 선생은 가까운 친구처럼 되었다. 나중에 풀려난 뒤 바로 그의 주선으로 성균관 야간부에서 정치사상사를 다시 강의하게 되었다. 선생은 또한 동국대학교에 출강하던 때를 회고하기도 했다.

> 이 학교에 가서 학생들 시험을 보는데, 시험장에 들어온 학생이 한 쉰 명쯤 되고 문밖에서 기웃거리는 애들이 많아요. 시험이 끝나고

답안지를 받는데, 이리도 들어오고 저리도 들어오고 해서 나중에 세어보니 백오십 장이나 되더군. 그래, 양심상 하기 어려운 말이지만, 밖에서는 책 펴놓고 쓴 놈들이고, 안에서 시험 본 사람들은 정직한 학생이라고 해야 할 터인데, 한데 모아놓았으니 가려낼 도리가 없지 않겠소? 그래 다 학점을 주어 버렸지.

엄격하기가 이루 말할 수 없던 선생이 과거 연대에서 이런 일을 목격했다면 아마 큰 변고가 났을 것이다. 선생도 많이 누그러진 기미가 역력했다. 사실 선생은 1960년과 1961년의 격랑을 겪으면서 많은 일을 목격하고 또 많은 생각을 하였을 것이다. 사실상 인간적인 풍모에도 많은 변화가 눈에 띠기 시작했다. 아마도 가장 큰 변모는 학생들에 대해 훨씬 따뜻해진 태도였고, 또 학생 쪽에서는 예전보다 훨씬 쉽게 선생에게 다가갈 수 있게 되었다는 점이었다. 이전의 제자들이 선생을 어려워했던 것과 비교하면 격세지감이라고 할 정도였다.

선생이 자라나는 아이들의 교육비와 다섯 식구의 생계를 유지하는 일은 이 같은 강사료로 해결이 될 리가 없었다. 어쩌다 선생 댁을 방문하면 피아노를 치러 오는 어린아이들을 볼 수가 있었는데, 아마 부인이 생활비를 보태기 위해 '레슨'을 했던 것이라고 생각된다. 이처럼 경제적으로는 어려움이 있었지만, 다른 한편 선생은 오랜만에 자유로운 시간과 여유를 가질 수 있었던 때이기도 하다. 그래서 과거에 없던 생활 스타일이 생겨났는데 다름 아닌 근교 소풍이었다. 주로 주말에 행주산성 · 남산 · 송추 등지로 소풍을 갔다. 김윤경 · 권오돈 양 선생과 함께 하는 것이 상례요, 어쩌다가 이들을 좋아하는 젊은 교수들, 장덕순 · 이균철 · 장기욱 · 정경석 등이 동행하는 경우도 있었다. 마음은 착잡하나 직장을 잃은 이들의 여유였던 것이다.

선생이 한가로이 소풍이나 여행을 한다는 것은 이런 때가 아니면 결코 있을 수 없는 일이었을 것이다. 선생은 결코 한가한 사색과 소일을 낙으로 여기는 이가 아니라 실천적 행동과 격무를 오히려 즐기고 거기에서 삶의 의미를 얻는 분이었다. 그런 까닭에 직장이 허락되지를 않고 한가로움을 강요당한 처지가 되어서야 비로소 소풍이나 여행을 생활의 일부로 삼을 수 있었던 것이다.

일찍이 해외에서 귀국하여 일터를 갖지 못했던 왜정 치하 말년 다섯 해 동안에 전천 · 강계에 가보고 만주 하얼빈 여행길에 오른 것도 그와 같은 선생의 성품과 기질을 잘 드러내 보이고 있다. 그러나 선생은 그때에도 국내 곳곳을 찾아 다니지는 않았다. 나선 김에 함경도 방면으로도 계속 나갔을 법한데 그만 두었다. 선생의 변명은 이러했다.

> 가 보고도 싶었어. 가려면 장진으로 해서 산을 넘어야 하지. 누군가 동무가 있으면 갔을 거야. 옛날 사적도 있다고 들었으니까. 산이 험하다고 하더군. 황초령을 넘어야 하는데 내 곁에 거기 동행할 사람이 있어야지. 모다 생업에 매어 있고 일본 관리들한테 잘 보일 생각이나 하고, 속에 시커먼 생각 든 사람이 오히려 없단 말이야. 그래 금강산도 못 보았지. 내가 LA에 갔을 때 함흥에서 LST인가를 타고 거제도로 나왔다가 미국에 건너와 사는 교민들을 여럿 만났지요. 내 가까운 친구 이용제가 함흥사람이어서 그곳 이야기를 많이 들었었죠. 한번 가 보았으면 했지만, 그 험한 고개를 넘을 수

가 없어서 못 갔지. 함흥은 강화도사람 이동휘가 가서 교육 운동을 시작하여 교육열을 높여 놓은 곳이기도 해요.

아마 황초령이 아무리 험하다 해도 중대한 사명을 띠었다고 하면 선생은 단신으로도 훌쩍 넘었을 것이다. 의롭고 뜻있는 일에 오직 관심이 집중된 선생이 개인적인 흥미로 여행을 한다는 것 자체가 무의미하게 여겨졌기 때문이었으리라.

4. 숙명학원의 돌풍을 잡고

대학의 전임이 아니었기에 선생이 전처럼 바쁜 생활을 한 건 아니더라도 그저 편안한 생활만 하고 있지는 않았다. 선생은 뜻밖에 맡겨진 일로 해서 오히려 더 골머리를 앓는 숙제를 풀게 되었다.

5·16 쿠데타 직후, 이른바 국가재건최고회의라는 곳에 밀려든 민원 관계 진정과 투서 가운데 당시 숙명여고 교장 문남식 씨의 비행을 열거한 투서가 있었다. 그런데 그 비행의 도가 지나친지라 문교부 장관 김상협 씨는 이를 정리해야 할 입장에 있었던 것이다. 김 장관은 이 문제를 숙명학원의 관선 이사진 구성으로 처리할 뜻이었고, 그 자리에 선생을 일원으로 천거했다.

숙명학원은 선생과 본시 아무 관련이나 인연도 없었지만, 다년간 대학교수 생활을 했을 뿐더러 이미 양심적 인사로서 알만한 이들에겐 다 알려진 선생이었으니 이사로 지목한 것이었다. 그리고 법조계·학계 등에서 인사들이 모이니 나이로도 제일 어른이요, 학덕을 겸비한 선생을 만장일치로 이사장에 추대하는 것이었다. 그리하여 1962년 3월부터 1965년 4월까지 3년 간 선생은 실로 선생의 그 자신 있던 건강을 무너뜨릴 정도로 고민스런 일에 휩싸이고 말았다.

숙명학원은 이 나라 사립학교가 대개 그렇지만, 고등학교나 대학교가 다 같이 많은 문제를 안고 있었다. 숙명여고 사건 다음에는 숙대 사건으로 이어지는 소란을 평정하느라 선생은 연세대에서의 악몽을 또다시 겪지 않으면 안 되었다.

일을 해놓으면 권력층의 압력으로 또 위기를 맞고는 하는 산 넘어 산이었다. 숙고 졸업생들 중에는 이른바 명사 부인들이 많았다. 문제의 문남식 씨만 해도 문홍주·권오병 등 당시 문교부 장관들을 배경으로 가지고 있었을 뿐 아니라, 박정희 씨 처남인 육인수 씨가 국회 문공위원장이 되자 여기에 줄을 대고 간섭과 압력을 행사하곤 했다.

특히 숙대 문제는 선생에게 이만저만 괴로운 일이 아니었다. 세인이 알다시피 이 학교는 한동안 총장이 취임하면 얼마 되지도 않아 배척을 받고 물러나는 일이 무슨 관례처럼 벌어졌다. 선생이 관선 이사장의 자격으로 김순식 씨를 새 총장으로 선임하니 똑같은 일이 또 벌어지고 말았다. 선생이 김순식 씨를 받아들인 것은 이종우 장관의 천거에 의한 것이지만, 양식이 있는 이 장관의 고대 동료교수로서 우리나라 회계학의 제1호로 알려진 인물이었던 만큼 자격은 충분했던 것이다. 그러나 학내에서 스스로 총장되기를 은근히 기대하던 이들도 있었던지라 분란과 진통을 겪지 않을 수 없게 되었다. 총장 반대파 교수들과 지지파 교수들의 치열한 투쟁이 벌어지고 만 것이다.

선생은 이미 인간의 추한 모습을 보아 온 일도 많았지만 성품상 그런 모습을 오래 기억하고 싶어 하지도 않았고 또 그렇게 의롭지 못한 일에는 관심을 별로 갖지도 않았다. 따라서 교수들의 복잡한 인정 관계 같은 데는 늘 흥미가 없었다. 그러나 내막을 잘 모르는 선생에게 양쪽에서 상대방을 헐뜯는 보고와 진정이 끊임없이 올라왔다. 김 총장의 반대파에서는 총장 얼굴에다가 가래침을 내뱉는 극한적인 모욕을 주기까지 했다. 일이 이런 지경에 이르자, 총장은 그를 반대하는 교수들을 정리하지 않는다면 자기도 그 자리에 있을 수 없다고 강경하게 나왔다. 선생은 이 소용돌이 가운데서 정말 괴로웠다. 극단적인 태도를 취한 교수들을 처리하자니 그들은 또 선생에게 이렇게 항의하는 것이었다.

> 어째서 이사장님께서는 연세대 분규에서는 교수단에 서서 이사진에 대항하던 분이 이젠 입장을 달리하는 것입니까?

말 그대로만 따지면 일리가 없지 않은 주장이었다. 교수들이 현실적 사정의 차이는 덮어두고 이렇게 일반론을 내세운다는 게 한심스러운 일이었지만 말이다. 연세대 문제와 숙대 문제가 동일하다는 근거를 어디서 발견했다는 말인가. 당시 선생은 숙대 교수진의 반 이상의 학력이 교수자격 미비임을 보고 개탄하기까지 했다. 문제가 되는 사람들일수록 패거리를 짓고 생존을 위해선 집단적 폭거를 서슴지 않는 법이다. 그런 이들은 물론 형식상으로는 하자가 없는 유자격 교수들을 등에 업거나 앞에 내세워서 끈질기게 개혁 의지에 대항하는 것이다.

하는 수 없이 학교 질서의 확립을 위해 선생은 일곱 명의 교수를 해임하기에 이른다. 이 조치는 선생이 무슨 독선으로 그 힘을 내세우려 한 것이 아니라 학교 전체의 건전한 발전을 위해 부득이하게 취한 가슴 아픈 절차였다. 교수의 신분보장이야말로 우리나라 대학에서 반드시 제도로 굳어져야 한다는 생각에 남다른 소신을 가졌던 선생인지라, 이 사건은 정말 선생으로서는 견디기 어려운 조치였을 것이다. 선생은 불과 얼마 전 사립학교 이사 · 교장 · 학총장 회의가 있었을 때만 해도 여러 학교 대표자들이 "교사 · 교수 신분보장은 학교를 망하게 하고 공산주의를 끌어들이는 일이다"라며 대다수의 의견을 내놓았을 때, 이에 분개하여 큰 소리로 "신분보장만이 학교와 학생을 이끌어 갈 수 있게 하는 것"이라며 그 부당성을 신랄하게 공박하여 그 자리의 반동적 · 반사회적 기세를 꺾은 일이 있었다.(김윤경, 「일기」, 1962. 6. 3.)

그 당시 숙대는 교수 처우가 좋다는 평판이 있었는데, 재단은 거의 빈털터리였다고 한다. 학교 소유의 염전도 있고 했지만, 재단을 튼튼히 하는 데 별로 기여하지를 못했던 모양이다. 선생은 여기에 손을 대어 학교 운영을 흑자로 이끌었다. 또한 이 학교의 역사도 김 총장과 함께 다시 정리해 놓았다. 그러나 이렇게 역사를 다시 세우고 재원을 확보하는 등 학교 기틀을 잡아가고 있을 때, 정부와 국회 등 권력층의 손길이 강하게 뻗쳐와 다시 틀을 부수고 예전으로 복귀시키려는 책동 또한 끈질겼다.

이런 과정에서 선생의 그 강건한 몸도 한계에 부딪치게 되었다. 별로 몸져눕는 일이 없고 병원 출입을 모르고 살던 선생에게 병마가 덮치고 말았던 것이다. 선생은 1964년 9월 2일 평생 처음으로 고혈압으로 쓰러져 세브란스 병원에 입원하는 신세가 되었다. 이 어려운 위기를 넘기는 데는 무려 한 달 이상이 걸렸다. 병석에서 투병하는 고통을 치르고서야 말이다. 이것은 선생 생애에 커다란 커브를 긋는 사건이 된다.

김상협 씨가 장관으로서 내게 이사를 맡게 하여 공연히 남의 싸움판에 들어가 내가 주저앉은 거지. 그네들은 바깥에 무슨 줄이 많고 배경이 있어 생명이 길단 말이요. 우리들 같지 않지. 우리야 일시적으로 뭐 옳다고 해서 하는 일이지만, 그네들이야 평생 사업이지요.

불행하게도 이 사회의 뿌리 깊은 독소 중 일부를 쉽게 제거하지 못한 데 대한 뼈저린 통한이었다.

5. 고려대에서 명예 학위를 받다

선생의 생애에서 한 장의 삽화 같은 게 있다면 1963년 8월 24일 고려대학교에서 명예 철학박사의 학위를 수여받은 일일 것이다. 평생 자신의 일신을 생각지도 않고 공적이고 원칙적인 대의를 위해서만 헌신한 선생이건만, 포상 · 표창과는 거리가 먼 생애로 일관하다가 처음이자 아마 마지막으로 선생이 이 사회에 미친 공로를 인정하여 명예 학위를 수여하기에 이른 것이다.

1962년도 후기 졸업식이 거행되는 대강당에서 고려대학교는 내외 귀빈 다수가 참석한 가운데 동아일보 사장을 한 최두선 씨, 경북대학교 총장 계철순 씨, 역시 경북대학교 농대학장 장상욱 씨 등과 함께 선생에게 명예 박사학위를 수여했다. 이 나라 교육 · 문화 · 사회 발전에 공로가 많은 분에게 수여하는 이 학위 수여 대상으로 선생을 선정하고 수여한 사실은 늦게나마 다행이었다. 그날 유진오 총장은 훈화를 통해 "오늘 네 분 인사에게 명예 박사학위를 수여함은 그분들의 명예를 더함보다 고대의 명예가 더함을 느낀다"고 치하했던 것이다. 선생은 이 명예 학위 수여자를 대표해서 답사를 하였는데 짤막한 서두를 이렇게 꺼냈다.

> 3 · 1운동 당시 학생운동과 4 · 19 학생운동의 선봉이었고 민족적인 양심의 본원이며 민족적 협력의 모범, 산 진리의 전당, 자유의 상징인 고대에서 명예 박사학위를 수여받게 됨을 크게 영광으로

1963년 8월 24일 고려대학교에서 명예 철학박사 학위를 유진오 총장으로부터 수여받음.

생각한다.

선생은 강의도 그러했거니와 대중 앞에서의 연설이 유창한 편은 아니어서 같은 내용이라도 시간이 좀 더 걸리는 편이다. 답사에 '보성전문학교' 운운하는 말이 나오자 선생을 아는 이들은 장내가 무더워 못 견디겠는데 저렇게 시작한 이야기가 언제 끝이 날 것인가 걱정이었는데, 사실은 꼬리를 아주 짧게 몇 분 안에 간단히 맞추고 하단한 것이다. 그래서 그 후 고대 교수들 말로는 선생이 "요약을 아주 잘했다"는 평이 돌았다.

이루어지지는 않았으나 과거 인촌과의 약속도 그렇고, 해방 후 고대 초기 학생들에게 끼친 선생의 영향, 특히 4·19 이후 이상은·이종우 선생들과의 친교 관계로 보아 선생에게 고려대학교에서 명예 박사 학위를 수여한 일은 학교로서나 선생 개인으로서나 하등 이상할 게 없는 당연한 일이다. 또 누가 봐도 떳떳한 일이었다. 그러나 연세대학교에서 선생의 가르침을 받은 제자들로서는 아무리 생각해도 면목이 없는 노릇이었다.

선생과 고려대학교와의 관계가 아무리 깊다 한들, 모교요 또 광복 후 오직 이 교단에서 모든 것을 다 바친 연세대학교가 선생에게 이만한 대접을 못했다는 건 정말 부끄러운 일이었기 때문이다. 연대 재직 중의 교수로서 외솔과 한결에게는 학교에 대한 기여와 그 학적 업적을 기려 학위를 수여한 바 있는데, 이들과 함께 교내에서 학교의 발전을 위해 가장 활동이 많은 선생은 그야말로 원로교수의 대표 격이었음에도 불구하고 그만한 명예를 허여치 않았던 것이다.

이것은 선생을 한 사람의 인간으로서, 학자로서, 그리고 교수로서 진가를 평가할 만한 눈이 당시 연대 쪽에 없었거나, 아니면 선생에 대한 인정에 인색할 이유가 있었거나 한 탓으로 볼 수밖에 없겠다. 그것 말고 달리 이해할 방법을 필자는 모르겠다. 선생의 학문과 인격에 대해서는 이미 학교 교수와 학생들이 공인하고 있었던 만큼, 학교가 선생에 대해 내린 평가는 결국 공정한 태도의 표현이 아니라, 무언가 탐탁지 않은 사사로움이 개재해서 빚어진 결과라고밖에 볼 수 없을 것 같다.

선생 스스로 당시 연대로부터 받은 처사에 대해서는 돌이켜보고 싫어하거나 또 뭔가 발설하고 싫어하지는 않았던 것을 잘 알고 있다. 그러나 "어떤 때는 시기와 핍박이 없는 것도 아니었어요" 하는 선생의 한 마디만으로도 공정해야 할 대학의 자세와 방침에 그릇됨이 있었다는 감을 지울 수 없다. 이 점에 관해서는 선생의 차남 세진 씨도 그 당시를 회고하면서 전한 말이 있다. "사실 다른 말씀은 별로 없으셔도 고대에서 학위 받으실 때 연대에 관해 매우 섭섭해 하셨던 것만은 틀림없습니다." 이것을 두고, 성인도 그가 태어난 고향에서는 알아주지 않는다는 속담의 한 예로 보아야 할까? 그때는 그렇다고 하더라도 지금 와서도 선생에 대한 정당한 평가와 거기 상응하는 명예가 회복되지 않았다는 것은 매우 안타까운 일이다. 대학이 적어도 진리와 가치의 산실이요, 정의의 보루라고 할진댄 그릇된 대우의 회복과 올바른 궤도를 되찾는 용기와 아량은 필요한 일이다. 무엇보다 선생의 묘비에 대해서라도 연세대학교는 이 점을 확인해야만 할 의무가 있다.

6. 정치 비판 활동

5·16은 이젠 세월도 많이 흐르고 또 이후의 우리 사회의 정치적 변화도 적지 않은 만큼 이미 역사의 장으로 넘어갔다. 거기 대한 기탄없는 비판의 소리와 함께 그 잔해들에 대해 갑론을박하는 찬반의 소리도 아직까지 재생산되고 있는 중이다.

그러나 5·16쿠데타는 지금 돌이켜볼 때, 오랜 세월 반민주적 사회기풍에 물들고 아직 민주주의에 익숙지 않아 진통하던 상처투성이의 사회에 느닷없이 출현한 반민주적·반민족적 폭거였다는 데는 의심의 여지가 없다. 이제 겨우 싹이 트는 민주주의 화단에 내려친 벼락과도 같은 것이었다.

이 나라 역사상 처음으로 국민 스스로의 권리를 행사하여 수립된 정부가 그 역사적 책임과 사명을 얼마나 성실하게 수행했는지는 별개의 문제이다. 그것은 역시 국민에 의해 심판될 일이지, 몇몇 군인이나 이익 집단의 단견이 결코 그르칠 수도, 또 그르쳐서도 안 되는 문제인 것이다.

그러므로 5·16은 그 동기를 어떻게 합리화하고 정당화하든, 사리를 제대로 따질 수 있는 양식 있는 사람들의 눈으로는 정권 찬탈의 욕망 이외에는 아무것도 아니었다고 할 수밖에 없는 폭거였다. 그것은 그 후 오랜 이 군사정권의 행적으로도 잘 입증되고 있는 것이다.

군사정권에 저항하다

선생은 4·25 교수데모로 나라의 위기를 극복하고자 하는 데서 학자로서의 뜻을 행동으로 표현했지만, 그 뒤에는 곧 학교로 돌아가 교수로서의 본래의 위치를 지키고 있었다. 그러나 불과 1년 만에 또 다른 먹구름이 이 땅을 뒤덮었으니, 선생의 심경은 착잡하기 그지없었다. 아니나 다를까 5·16 발발 직후 선생은 이 나라 지식층, 의식 있는 인사들의 예비검속 대상의 하나가 되었다. 다행히 연행 당일에 풀려나오기는 했으나, 앞으로 무단 독재의 기미가 훤한 이들의 수작을 예감하고는 이를 방관할 수 없다는 신념을 굳혔다. 함석헌·권오돈 씨 등 뜻있는 인사들이 민주수호회를 결성, 반 박정권 운동을 벌일 때 선생은 이에 동참한 것을 계기로 적극적으로 정치 문제에 참여하게 된다.

민주수호회는 그 뒤 민족정기회·민족수호정기회 등의 토대 구실을 한 것으로 정부에 대항하여 민권운동을 전개해 나갔는데, 1970년대 초에 이르러서는 이들을 합쳐 민주통일촉진회를 결성하여 민주·민족운동을 계속해 나가고 있다. 선생은 처음부터 아주 나중까지지도 이 회의체와 관련을 가졌으며, 1980년대 말까지도 그 고문의 위치를 지켰다.

선생의 신촌 자택에는 당시 서대문서의 형사들이 상주하다시피 하고 전화는 도청되기가 일쑤였다. 선생은 일제 말엽에 요시찰인에 들어 있었으나, 이와 같은 신경전을 치르면서 귀추가 너무도 뚜렷한 이 군사정권의 타도야말로 지상의 과제라는 것을 확신했다.

민간독재건 군사독재건 독재는 다 마찬가지야. 어느 게 더 낫고 덜 한 게 없어요.

선생이 이 나라의 장래를 위해 정치적·사회적 민주화라는 게 얼마나 필수적인가를 말하는 단적인 표현이다.

박 정권은 합법적인 민간 정부를 뒤엎고 혁명을 일으켰다는 부담감으로 인해서 국민에 대해 무언가 해야겠다는 심적 압박을 안고 있었다. 이런 까닭으로 해서 진실보다는 어떻게든 국민에게 잘 보이려고 하는 전시효과에 치중했고, 그러기 위해서는 수단 방법을 가리지 않는 정권의 강박증만을 보여주고 있었다.

이런 사태를 우려하는 인사들 중 80여 명이 태화관에 모였는데, 거기에는 선생과 더불어 장건상·여운홍·이인·권오돈·조윤제·유석현·변희용·임창순 등 정계와 학계의 원로들이 자리를 같이했다. 그들은 박 정권이 저지르는 과오를 "바로잡아 주어야겠다"는 결의 하에 민족정기회를 결성했는데, 선생은 권오돈 씨와 함께 그 부회장에 추대되었던 것이다. 이 민족정기회에 대하여 당국이 압력과 탄압을 가리지 않은 바람에 참여했던 많은 인사가 떠나게 된다.

그래서 이 어려운 과정을 거쳐 1972년 2월 25일 대성빌딩에서 기존 반독재운동 단체들을 해체하고 민족통일촉진회를 다시 결성하게 되었다. 여기에는 함석헌·김재준·장준하 씨 등이 가세하여 간접적인 지원을 하게 되었으며, 선생은 3·1운동 당시 48인의 한 명이었던 김지환 씨, 애산(愛山) 이인 씨, 그리고 유석현·김재호·정화암·이상은 씨 등과 더불어 7인 최고위원에 지명되었다. 최연장자인 애산이 초대 대표위원이었는데, 그 뒤 물러나는 최고위원 자리에 권오돈 · 안재환 · 이동화 씨 등이 보선되었다.

선생은 여기서도 대표 최고위원을 늘 교섭 받았지만 한번도 승낙하지 않았다. 선생은 무슨 일에서나 대표로서 앞에 나서는 것보다는 꼭 필요한 때 행동으로 그 뜻을 관철하는 실천가였기에 사양의 이유를 알 만하다. 같은 뜻과 사상을 지닌 이들의 모임을 통해 협력하는 것도 중요하지만 촌각을 다투는 위급한 상황에서는 비상한 결단과 신속한 행동을 요구하기 때문에, 회의 대표가 회원 총의를 물어 움직이는 것이 오히려 거추장스러울 때가 있다는 과거 경험이 선생의 의중에 작용한 것이 아닌가 한다.

그런 까닭에 선생은 이런 사회 중진들의 모임에서보다도 실제로 집단행동으로 표출된 명분 있는 시위에서 그 뚜렷한 모습을 볼 수 있었다. 한 예가 박 정권 초기에 대일굴욕외교 반대 교수집회를 소집, 성명서를 내고 시위할 때의 적극적인 활동에서 나타난다. 대일굴욕외교의 반대, 혹은 한일회담 반대로 불리는 이 사태는 이미 그 전해부터 당시 집권 공화당 의장 김종필이 1945년 이후 일본과의 국교단절 19년을 청산하기 위한 측면 외교를 통해 「김 · 오히라(大平) 메모」를 작성함으로써 국내 여론을 들끓어 오르게 한 데서 비롯되었다. 한 · 일 양측의 국교 정상화를 세계 역사의 대세에 따라 기도한다는 집권당의 주장이었지만, 사실은 명분 없는 쿠데타에 의해 정권을 탈취한 박 정권이 통치 재원이 필요한 나머지 대일굴욕외교를 통해 그것을 조달하려 한 계책임이 분명했다. 이에 맞서 전국의 야권 세력이 단합, 대일굴욕외교 반대 투쟁위원회를 결성하고 한일회담을 규탄하는 전국적

캠페인에 들어갔음은 물론이려니와 3월 24일에는 서울대를 비롯해 연대·고대 등 서울의 다수 대학이 대대적인 시위를 벌이게 되었다.

이때에 선생은 성균관대에서 재경 교수단 선언문을 채택, 낭독하는 일을 주도했다. 이 대일굴욕외교 반대시위에서 사용한 태극기를 선생은 계속 보관하고 있다가 1880년대 미국 아들집에 갈 때도 가져갔으나 연세대 측에서 보내달라는 연락을 받고 우송했다고 한다. (그 후 이 태극기는 어디 누구의 손에 있는지 행방이 묘연했으나, 후일 연세대 신학과의 문상희 목사가 보관하고 있는 것으로 밝혀졌다.)

정치교수 제1호

당시 우리 사회에 처음으로 등장한 것 중에 '정치교수'라는 낱말이 있다. 정치교수 제1호가 바로 선생이었다. 정치학을 강의하는 교수를 일컫는 말은 물론 아니고, 또는 학문을 등한시하고 정치에만 정신이 팔린 사실상의 탈선 교수를 지칭하는 말도 아니었다. 정부 당국자 입장에서 정부 정책에 비판적인 활동을 벌이는 이들을 부정적으로 보이게 하고자 쓴 말인데, 오히려 당시 상황으로 보자면 개인적 야심이나 영달을 위해서가 아니라 순전히 애국정신의 발로로, 사회의 양심으로 발언하고 행동하는 이들에 대한 호칭이었던 것이다.

그러나 지성인이 정치·사회적 비리와 탈선에 대해 발언하는 기풍은 사실상 선생의 '사회 참여' 정신과 맥을 같이하는 것으로, 이렇게 폄하할 일이 결코 아니다. 대일굴욕외교를 규탄하는 시위가 결국 6·3사태와도 연결되었다는 점에서 의심할 바 없이 그 문제성과 역사성을 인정해야 할 것이다.

이 사태는 박 정권이 출범한 지 얼마 안 되어 봉착한 최대의 위기로서, 학원 정치사찰에서 학원 공작으로 발전하는 학원 질서 교란책이 펼쳐지기 시작한 한 분기점이 되기도 한다. 정권은 서울에 있는 대학의 학생 간부들에게 이른바 '괴소포'를 배포하여 결국은 그들을 공산분자와 내통한 것처럼 몰아서 수색 · 체포하는 음험한 모략을 연출하기까지 했다.

박 정권 초기부터 이미 세칭 Y.T.P.(일명 '青思會'라고 함)라는 사이비 학생단체를 학원 내에 음성적으로 침투시켜 출처 불명의 자금을 유포함으로써 문제 학생의 회유 공작에 부심하더니, 이제 학원 사찰을 얻은 학원 동태에 관해 정보기관이 개입하여 학원 분열을 획책하는 등의 수법은 더욱 강화되어만 갔다. 분격한 학생들은 이 사이비 학생단체의 조사에 직접 나서서 그 정체를 폭로하고 나아가 "한일 굴욕외교 반대", "학원 사찰의 즉각 중지", "구속 학생 석방" 등을 외치며 연일 과격한 시위에 돌입했다. 이것은 결국은 6월 3일의 대대적인 시위로 발전하는 '6·3사태'를 초래했다. 그리고 견디다 못한 정부는 마침내 계엄령을 포고하였고, 서울의 각급 학교에 휴업령을 내리게 되었다.

이와 동시에 당국은 학원의 안정을 도모한다는 구실 하에 이 기간 동안 장차 학원의 자유와 권리를 대폭 축소시킴으로써 정권의 꼭두각시에 지나지 않는 기관으로 전락시키려는 음모를 짜고 있었다. 드디어 집권당인 공화당은 방학 기간을 이용해 소위 '학원보호법'이라는 것을 국회에 상정하기에 이르렀는데, 이는 학원의 존재 이유를 뿌리째 위협하는 악법에 다름 아니었다. 이런 위기에서 선생은 좀처럼 들지 않는 붓으로 강력한 항의문을 쓴다. 선생의 글은 그해 「신동아」 9월호에 "학원 '감방'화의 망상—학원보호법안은 철회되어야 한다"라는 표제 하에 발표되었는데, 그 힘있고 조리 있는 명문은 후세에 길이 남을 것으로 확신한다. 그 글을 여기에 전재한다.

"학원보호법안은 철회되어야 한다"

「학원보호법안이 지난 8월 3일 여당에 의하여 국회에 제안되었으나 야당의 강력한 저지를 당하여 제안 설명조차 하지 못하고 심의에 들어가지 못한 채 폐회되어, 이 법안이 장차 어떻게 귀결될지 염려되는 시점에서 그 법안의 부당성과 불필요성을 지적하려 한다.

학원도 사회의 일부인 만큼 인간의 윤리를 기초로 하고 있다. 모든 사람이 나면서부터 가지고 있는 인격의 존엄성과 양심의 자유, 사상의 자유 등 이러한 기반 위에 세운 사회가 곧 학원이다. 여태껏 전통으로 지켜오던 모든 행위 규범이나 신념에 대해서까지도 어디까지나 그 존재 이유를 찾으려는 사상의 자유는 학원의 절대적 생명이다. 이 사상의 자유 없이는 학원이 학원 아니요, 종교 단체화되는 것이며 이것 없이는 학원이 진리의 터전이 될 수 없다.

진리는 자유의 분위기 속에서만 발전되고 자라난다. 거짓 없는 충실한 인물에게서 발견되는 것이다. 그 이유는 인간이 양여할 수 없는 천부의 권리라는 것은 너무도 평범한 진리요, 오늘날 자유세계에 살면서 이 기본적인 자유를 부르짖게 됨이 한국의 기막힐 딱한 사정이다. 유엔에 가입되지 못하여 몸부림치면서 유엔헌장의 정신은 왜 체

득하지 못하는가? 그 헌장에

> 사람은 누구나 자유롭게 자신의 의견을 가지고 이를 발표할 권리를 가진다

고 하지 않았느냐. 국회의원이 의정 단상에서 의사 발표의 자유를 가지듯이, 학자도 학원 안에서 사상의 자유, 연구의 자유가 확보되어야 한다.

중세 유럽의 대학이 종교적 압박에서 벗어나 자유로운 사상과 진리를 탐구하기 위하여 스승과 제자가 조용한 곳에서 함께 숙식하며 공동생활을 한다는 것이 서양말의 '유니버시타스' 곧 대학이었다. 그 때에는 나무토막 같은 책상 하나를 사이에 놓고 사제가 서로 학문을 토의하는 곳이었다. 그러다가 외부의 압력이 있을 때에는 그곳에서 철거하여 그 세력이 미치지 않는 곳으로 옮겨 버렸다. 그러나 문예부흥 이후로는 자연과학이 진흥하여 천문학의 관측기구와 물리학의 실험도구 등 연구 자재가 필요하게 되었다. 더욱이 현대의 학원은 막대한 물적 시설을 가졌기 때문에 외부의 압력과 간섭에 대해 학자가 불쾌와 아니꼬움을 느끼면서도 다른 곳으로 이전하여 갈 수가 없다. 오늘날 학자는 전같이 도피나 은둔할 수 없기 때문에 상아탑 안에서는 어떤 문제에 대하여서든지 연구와 발표의 자유가 보장되어야 한다. 민주국가의 헌법에 보장되어 있는 언론 · 출판 · 결사의 자유, 즉 인간의 기본적인 권리를 교육자나 학자가 되었다고 해서 지나친 제한을 받을 이유는 없다.

학원에는 사제의 도가 있다. 부모가 육체를 낳으나, 정신은 스승이 넣어 주는 것이다. 여기서 정신이라 함은 종교에서 말하는 영혼이나 형이상학적 실체를 의미함이 아니다. 시대적 정신이니, 과학적 정신이니, 유교정신이니, 불교정신이니, 하는 것 같은 인생관이나 사물에 대한 견해를 가리킴이다. 우리나라 교육법에 말한

자유를 사랑하고 책임을 존중하며 신의와 협동과 애경의 정신

은 가정교육에서도 얻을 수 있으나 주로 학원생활에서 체득하며, 사회의 '지도적 인격 도야'를 목적으로 삼는 대학 교육은 스승의 인격에서 무언의 감화를 받는 것이다. 제자는 스승의 고매한 인품을 흠앙하며 그 교훈을 자기 생활에 실천하여 가는 중, 부지불식간에 자기 인격을 형성하는 것이다. 교육자나 학자도 인간이라 완전자는 아니다. 인간은 실수와 과오가 있다. 더욱 전인적 교육이 결여된 현대의 지식 치중의 교육에서는 지식과 기술의 전승이 위주되고 덕성의 훈도는 박약한 게 사실이다.

그러나 학원보호법안이 실시된다면 학원의 분위기는 어떻게 될 것인가. 그 법 제5조 1항에서 교직원이나 학생에게 정당적 활동을 금하고, 제2항에선 정당 활동을 선동 또는 교사할 수 없도록 금지하였다. 이것이 공산주의나 정당들의 침투에서 학원을 보호하는 것같이 보이나, 선동교사라는 말은 명확한 규정이 없는 것이요, 귀걸이 코걸이, 능소능대한 고무사슬이다. 수사기관이 편의대로 마음대로 씌울 수 있는 올가미다. 어떤 우둔한 제자로 하여금 스승을 무고할 수 있는 기회를

조장하는 것이니, 그 결과는 사제 간의 경애심을 깨뜨리고 서로 불신과 두려움이 가득 차게 될 것이다. 따라서 학원이 도의에서 떨어진 변질적 사회가 될 것이다. 이러고서야 학원에서 어찌 인격 도야의 올바른 교육을 기대할 수 있으랴! 위정가들이여, 듣건대 향촌에 신의가 끊어져 일 푼의 통용이 두절되었다 하는데, 인격형성을 목적하는 학원마저 사제 간 서로 불신의 가시밭이 되어야 하겠는가.

외국인이 우리나라 사람과 교제하여 보고 우리의 노회한 점을 흔히 말한다. 외인이 우리에게 무슨 말을 물어 보면 우리는 그 일에 곧 대답하지 않고 묻는 이의 본의를 알아차린 후에 대답한다는 것이다. 우리 민족이 오랫동안 밖으로 이민족의 압박을 받고 안으로는 파당의 화를 입은 데서 남의 눈치 살피는 제2천성이 생겼는지 모를 일이다. 이제 학원법이 국회에서 통과되고 시행된다면 학원에서도 사람의 눈을 옆으로 흘기게 되고, 아마 심리는 아이러니컬해질지는 몰라도 강직하고 늠름한 인물은 더 드물어질 것이다. 소나무의 상청(常靑)한 기개보다 그 꼬부라진 것이 한국인의 성격을 상징하게 되지 않을까! 위정가들이여, 민주주의 정치 하에서 금지와 처벌의 규제로써 학원에 숨 막히는 분위기를 조성할 것인가.

불행히도 자유당 독재정치 이래 지성인은 정치에서 유리되었었다. 아직도 지성인의 현실 참여가 아쉽다. 위정자와 인민 사이에 소통과 연결을 지을 수 있는 것은 지성층이다. 국가와 사회의 현실을 분석하며 그 진로와 대책을 민중에게 이해시킬 수 있는 중간 역할을 할 자가 지식층이다. 국민은 공무원의 구두선보다 언론인과 학자의 직언을 더 뜻 깊게 받아들이는 것이다. 정부가 지성인으로 하여금 사회현실에 자진 참여케 하지 못하고 도리어 법망으로 훌쳐매려 하면 가뜩 유약한 선비는 현실에서 멀리 떠나려고 생각할 것이다. 하기야 지성인의 시(是)냐 비(非)냐 하는 비판이 없으면 집권하기는 쉬울지 모른다. 그러나 지성인이 기피하는 사회는 빛 없는 세상이요 암흑의 동굴이다. 거기서는 생명의 성장이 불가능할 것이다. 아직 우리 사회과학이 서양학문에 의존하고 있기 때문에, 그들의 역사와 현실에서 도출된 법칙과 원리가 우리 사회 실정에 그대로 적용되지 않는다. 우리는 우리 역사적 상황과 현실에서 사회과학을 재조직할 필요를 절실히 느낀다. 학원에서 사회 현상을 예리하게 분석하며 비판할 자유가 없어진다면 학술의 진보는 기약할 수 없는 것이요, 더욱이 정부의 정책 수립에 빈곤이 생길 것이다.

민정 이래 학원에서는 외부의 정치 세력을 배제하기에 힘이 들었고 말썽이었다. 공산당과 야당만이 학생을 유혹하여 이용하려고 한 것 아니다. 집권당이 정부의 압력으로 학생을 선거운동과 선전에 이용하여 온 것이다. 최근 각 대학 내에 조직되어 있던 Y.T.P.가 학원의 정치적 중립을 파괴하고 학원을 교란하였다. 정체불명의 장학금으로 학생을 매수하여 자당의 전위부대로 정치 세력을 학원 내에 부식하려던 것이 백일하에 부끄럽게 폭로되었고, 도리어 그 조직체에 가입하였던 학생들이 그 음흉한 내막을 통렬히 공격한 것이다. 이같이 정치적 간섭과 수사기관의 촉수를 학원에 뻗치려던 그들이 전비(前非)를 공개 사과하지 않고 도리어 사찰금지를 들고 나오니 아연 놀라지 않을 수 없다. 여태까지 학생들이 가장 싫어하는 학원사찰을 진심으로 금지하려면 상부의 명령으로 즉각 조치할 수 있는 것인데, 오히려 이

법안의 제3조 2항은 학교의 장(長)에게 통고만 하면 수사기관의 직원이 학원 내에 출입할 수 있음을 명문화하여 사찰을 강화할 뜻을 보인 것이다.

이 법안의 가장 중대한 골자는 제7조와 제8조이다. 제7조에는 '학생 단체의 연합 금지'라 하여

> 학생 단체는 다른 학교의 학생 단체와 연합할 수 없다

고 금지하였으며, 제8조는 '학원 외 단체활동의 제한'이라고 하여

> 학생이 학원 외의 단체활동에 참여하고자 할 때에는 미리 당해 학교의 장의 승인을 받아야 한다

고 제한하였다. 이 두 조문을 살펴보면 이 보호법안이 학생을 크게 애지중지하여 학생의 활동을 교내에선 금지하고 교외에선 제한하니 이 법을 세우려고 서두르는 내심이 빤히 들여다 보인다. 저 포악한 왜정 하에서 학생 단체의 연합을 사실로 금지당하여 그 쓰라림을 아직 잊지 못하고 있는데, 오늘날 독립한 내 나라의 민주주의 정치 하에서 백만 학도가 선량들한테서 고랑의 선물을 받는다는 건 시대역행이요 있을 수 없는 일이다.

학원에서는 매년 유엔의 날을 기념할 때에 인권선언을 읽던 생각이 생생하다. 그 선언에

사람은 전제와 탄압에 대항하는 최후의 수단으로 반란을 일으키지 않게 하기 위하여서는 인권은 반드시 보호되어야 함이 절대로 긴요하다

고 서론하고, 그 제20조에

누구를 막론하고 평화적인 집회와 결사의 자유를 지킬 권리를 가진다.

고 인권을 강조하였다. 어찌하여 한국 학생은 인간으로서 당연히 누려야 할 인권을 박탈당할 것인가. 이것이 조국 근대화의 정신적 태세인가. 우리 전 헌법에도

이제 민주·독립국가를 재건함에 있어 정의·인도의 동포애로써 민족의 단결을 공고히

할 것을 역설하였다. 하필이면 학생 단체들의 연합을 금지할 것인가. divide and rule, 분리시켜야 통치할 수 있다던 식민지 지배의 방식으로 정권을 유지하기 위한 안전판으로 학생의 발목을 묶는다는 것은 불행한 처사이다.

우리는 남북통일이라는 거창한 민족적 과제를 앞에 놓고 이를 위하여 거족적으로 단결하여야 하고, 특히 애국 심정이 강렬한 학생 단체의 연합은 절대로 필요하다. 교육자는 항상 학생에게 민족적 단합

을 고취하여 왔다. 만약 학교와 학교 사이에 학생들이 서로 연결할 수 없다 하면 각 학교는 한 개의 '감옥의 감방'화 되는 것이다. 위정자가 청년학도에게 활동 무대를 적극적으로 열어 주지는 못하나마, 반대로 그들의 활동반경을 축소시킬 아무런 이유도 없는 것이다.

사상의 자유와 결사의 자유를 절규하는 오늘날의 학도에게 이런 보호법안 같은 선물은 도리어 그들을 자극할 뿐이요, 아무 효과도 없을 것이다. 이 법안은 마치 아들이 떡을 달라는데 돌을 주며, 생선을 달라는데 뱀을 주는 격이다.

기미 3 · 1운동 이래 민족의 독립정신을 계승하여 오고 정의감으로 독재자를 몰아내어 4 · 19의 역사를 창조한 것이 학생이다. 앞으로의 나라 운명도 그들에 의하여 좌우되리라고 믿는 바이다. 3 · 24의 학생 데모에서도 대일교섭에 있어서 저자세를 비난하여 정부로 하여금 사로에서 깨어나게 한 것이다.

신문에 의하면 대륙붕에 관한 협약은 6월 10일을 기하여 국제법으로 확정 · 발효됐다.

> (1) 대륙붕이란 해안이 인접하되 영해 본역 밖으로 수심 200미터에 이르거나 이를 초과하더라도 해저지역에 있는 천연질원의 개발이 가능한 수심까지의 해저지역의 해상(海床) 및 하층토를 말하며, (2) 연안국은 대륙붕에 대하여 이를 탐사하고 그 천연질원을 개발하기 위하여 '주권적인 권리'를 행사한다

고 하였다.

한국의 평화선은 이제 국제법에 시인된 생존권(Lebens-raum)으로 국민은 확신하는 바이다. 3·24의 학생의 애국심과 정의감이 얼마나 사리를 바로 보았는가 참 놀랄 만하다.

이 법안의 제9조는 학교장과 감독청의 권한으로

> 이 법안의 규정에 위반한 학생단체는 학교장이 그 단체를 해체하거나…… 고무·선동한 교원에 대하여는 징계를 요구하여야 한다

하였고, 제10조에는

> 이 법에 위반한 자는 1 년 이하의 징역……

등 벌칙을 규정하였다. 법을 제정하는 것이 국회의원의 권한이요 의무이기도 하나 각기 한계가 있는 것이다. 학교의 학칙에 의하여 행사할 것을 국법으로 사소하게 간섭할 필요 없으며, 학생 처벌은 학원에 맡기는 것이 참으로 학원의 자주성을 존중하는 것일 것이다. 국회도 국가사회의 한 기관이요, 학원도 정치 기구의 변동에 불구하고 민족과 함께 길이 생존할 사회적 기구이다. 국회는 법 제정의 한계를 지키고 법 만능의 망상을 포기함이 나을 것이다. 교원이나 학생이 위법의 행동을 범하였다면 이를 다스릴 법은 충분히 있다.

> 오늘날 국민은 구정권 때 일찍이 볼 수 없었던 반공법·보안법 및 특수범죄 처벌에 관한 법, 집회에 관한 임시조치법 등 온갖 법으로

국민의 기본권을 제약당하고 있다. 여기 또 무슨 법의 부족을 느껴 언론과 학생의 자유를 통제하려 드는가

고 여론은 비등하고 있다. 법이 국민 의식의 찬동을 받지 못하면 필경 사문화되는 것이다. 학원에서는 권력의 시대가 가고 도의의 시대가 오기를 기다린다. 국민의 인권을 박탈하는 시대 역행의 법안은 당연히 폐기되기를 주장하는 바이다.」(『진리와 그 주변』, 261-270쪽에서 전재)

대학과 학문, 그리고 학생의 고귀함을 이보다 더 웅변으로 표현하기란 어려울 것이다. 선생은 학문의 자유와 또 거기서 커가는 학생의 무한한 가능성을 확신하고 있었을 뿐더러 이러한 이상의 전제로서 정치적 독재의 타도와 민주주의의 확립이 무엇보다도 요구된다고 보았다. 그래서 선생은 우리의 현실 여건을 개탄하며 의분을 참지 못하곤 했다.

우리나라는 이 대통령부터 그저 독재야요. 요즘 독재는 더욱더 악랄해졌다고 하지만 지금 당장 겪는 건 아픈데, 지나간 건 고통도 미화되는 법이어서 잊을 뿐이지. 하기는 왜정 때 학교에 군경이 안 들어온 것은 사실이지. 오히려 제 나라 찾고부터 군인·경찰이 학교엘 들어와 점령한단 말이야. 교육이 무언지 도무지 모르는 이들이지. 왜놈은 그렇게 우리를 괴롭게 하면서도 군인은 보내지 않았거든. 3·1운동 때도 우리를 그렇게 잡으려고 했는데도 학

교에 군을 들여보내지는 않았었어. 하나 생각나는 일은, 6·25 직전인가 한데, 내무장관 김효석과 경무국장 최운하가 할 적에 학생처장을 내가 하였던 관계로 가서 '왜 자꾸 학생 체포하는 따위 일로 형사를 학교에 보내느냐'고 따졌지. 명함을 내놓고 말을 할 수밖에 없죠. 그랬더니 뒤에 신문기자가 서 있다가 그걸 신문에 냈더구만……. 그때도 마포서에 우리 학생이 가서 발바닥에 전기고문을 받는다는 소문도 나고 해서 이런 법이 세상에 어디 있는가 하고 대든 거지. 한번은 밤 한 시가 되었는가 할 때, 경관들이 들이닥쳐 밖에서 시끄럽게 떠드는 소리가 나요. 무슨 정보가 들어왔는데, 학생들이 내 집을 습격한다나… 그런 소리도 듣지 못했고 아무 일도 없는데 무슨 수작들인지, 원….

학생을 믿고 사랑하는 선생의 마음 그대로였다. 선생은 언제나 젊은이들하고 같이 앉아 학문을 담론하는 것을 최상의 낙으로 여기었던 만큼 그들에 대한 신뢰는 전적이고 절대적이었다. 이런 의미에서 선생에게는 학문이 첫째요, 정치는 그 다음 문제였다고 해야 옳을 것이다. 그러나 우리 현실의 모순과 부정을 참지 못하고 정치 비평과 시위를 주저하지 않은 것으로 본다면, 정치 문화에 대한 참여를 꽤 적극적이고 강력하게 했다고도 볼 수 있겠다. 김재호 옹의 말대로 선생은 "정치를 할 수는 없었으나 정치 비판은 많이 했다는 점에서 정치를 안 한 것이 아니라 정치했다"고 할 수 있을는지도 모른다.

7. 혈압으로 쓰러지다

4·19 이후 1960년대 전반을 선생은 참으로 너무 많은 일에 시달렸다. 격동의 시대에 다사다난한 국내 사정이 선생을 분주하게 살도록 할 수밖에 없었지만, 숙명학원의 어지러운 문제와 씨름하면서 밖으로 다시 고개를 든 반민족·반민주적 동향에 대한 저항 운동에의 적극적인 참여로 심신의 긴장이 한시도 풀리지 않고 있었다.

선생 스스로 늘 건강에 자신을 가지고 있었던 만치 과로로 이미 몸에 무리가 오고 있는 것을 의식하지도 못했다. 마침내 뜻하지 않게도 난생 처음 혈압으로 쓰러질 때까지. 1964년 9월 2일이었다. 선생은 세브란스 병원에 입원, 혼수상태를 겪다가 겨우 회복되어 갔다. 한 달 동안은 정말 위험한 상태였다. 선생은 꽤 오랫동안 입원실에 누워 지낼 수밖에 없었다.

매년 정초에는 선생을 존경하고 따르는 이들로 집안이 붐비며, 손님들은 솜씨 좋은 부인이 손수 만든 떡국을 먹고 헤어지는 것이 관례였다. 그러나 이 해에는 선생의 이 같은 불상사로 세배꾼들이 문병을 겸해 병원으로 찾아들었다. 병실 맨바닥에 엎드려 절하는 세배를 받는 선생은 그렇게 흡족해 할 수가 없었다. 이 뜻하지 않은, 그러나 인생의 어느 나이에는 찾아오기 마련인 이 반갑지 않은 병마를 만나 매사에 이젠 조심을 해야만 하게 되었다. 신경을 자극하는 일들에 전처럼 너무 골몰하거나 휘말려서는 안 되며 음식 조절도 중요한 일의 하나였다.

선생의 식성은 북쪽 태생답게 육류를 즐기는 편인데, 게다가 젊은 시절을 오랫동안 육류가 기본인 서양에서 생활을 해 온 터라 육식을 매우 선호했다. 고혈압 환자가 육식을 삼가야 한다는 건 상식이지만, 선생은 여전히 고기를 찾으므로 부인은 이때 이 일로 해서 큰 걱정이었다. 그래도 이때의 위기를 무난히 넘긴 것은 선생의 이성적인 자제와 심중한 생활 태도 때문이 아니었겠는가 한다. 병석에 몸져누워서도 선생은 그 병이 사람에게 가져다주는 영향을 예의 관찰하는 학자적 습성을 우리에게 보여주었다. 병이 회복되더라도 실어증의 후환이 있을 수 있다며, 먼저 명사를 잊고 그 다음 동사를 구사하기 힘들어진다는 등의 이야기를 하면서.

겨우 고비는 넘겼으나, 이 시기를 기점으로 해서 선생의 건강은 크게 훼손되었다. 선생은 자주 병원 신세를 지는 몸이 된 것이다. 선생은 본시 건강하면서도 해수병을 지니고 있었는데, 이런 고비가 있고부터는 해수도 더욱 두드러져 감기만 들어도 위험할 정도로 그것이 악화되곤 했다. 해수는 선생 집안의 내력이라고 하지만, 이것만으로도 이제는 입원이 잦아졌다. 혈압이 문제가 된 이후엔 선생의 걸음걸이에서 예전 같은 활기가 없어지고 말았다. 선생이 보행을 할 때 전신이 약동하는 듯한 그 위세를 누구도 이제는 다시 볼 수가 없었다. 이런 결함으로 한 번은 교통사고까지 당해서 또 입원한 적도 있다. 생물로서의 인간에게 있어 불가피한 일이라고 해도 선생의 과거를 아는 이들로는 참으로 서글픈 모습을 대하게 된 것이다.

혈압은 늘 조심하고 심신을 편하게 해야 하는 법인데, 그런대로 선생은 이런 까다로운 조건을 잘 알아서 조정해 갔다. 오랫동안 별일 없이 잘 지냈으나 1983년 5월 6일 선생은 미국 큰아들 집에 체류하는 동안 또 한 번 이 병이 재발되어 다시 쓰러진 후 그 연로한 몸에 치명적인 타격을 받게 되었다. 이번에도 다행히 회복이 되어 해외를 왕래하는 노익장을 보였으나, 선생에게는 무엇보다도 안정이 필요했다.

실제로 선생은 1964년 가을의 일차 위기를 넘긴 이후 대체로 조용한 생활로 돌아갔다. 연세대 강사로서 학생들과 만나 강의하고 담화하는 일과 외엔 독서와 친지들을 접견하는 것으로 소일했다. 연세대학교에서는 '인문과학 개론'이라는 새로운 교과목을 담당하여 많은 학생에게 원로학자로서의 여유 있는 강의를 해 나갔다.

이 무렵 선생은 연세대 문과대학의 「인문과학」지의 후원 하에 "도상과 형상", "인식으로서의 역사", "서양인의 인간관" 등 서양철학의 진수를 압축한 매우 귀중한 글들을 발표했는데, 이런 글들을 중심으로 해서 후일 선생의 유일한 저작인 『진리와 그 주변』(초판 1981년, 개정증보 2016년)이 단행본으로 간행되었다.

건강도 보살필 겸 선생은 틈이 있는 대로 서서히 여행을 떠났다. 선생 동배의 노인들 가운데 사업을 해 생활이 윤택한 편인 채기엽 씨가 좋은 후원자가 되었다. 채 씨 영감님은 본시 권오돈 선생과 관계가 있었던 연분으로 학교를 떠나 비교적 한가하고 때로는 무료해진 친지들을 모아 국내 여행을 재미삼아 이따금씩 나서게 한 것이다. 선생은 이 노인의 도움을 무척 고맙게 여겼다. 노인들이란 대개 민족통일촉진회 관계 인사들이었다. 세상을 산 과거의 이력으로나 현재 세상을 내다보는 눈과 마음이 대체로 하나인 셈이므로 별 부담 없이 즐거운 나들이를 할 수가 있었던 것이었다.

1976년 남도 지방의 관광·유적지를 여행하다 섬진강변에서.
맨 왼쪽이 선생, 그 옆이 유석현, 권오돈, 채기엽, 김재호.

> 그 양반, 첫 번 편지한 것도 지금 가지고 있는데, 후에 그 집안에서는 나를 많이 도왔어요. 자기네 차가 있고 운전수도 있고 하니까 우리를 데리고 전국을 다 돌았어요. 내가 우리나라 전국을 처음 돈 것은 박병권 장관이 군에 있을 때 6·25 전에 경상도와 전라도 등 남도여행을 시켜 준 적이 있었지. 그 이래로는 어디 가보지 못하다가 채기엽 씨 차를 타고 서해안으로 해서 왼통 다 돌아다녀 본 겁니다.

이런 기회가 아니고서는 선생이 여행을 한다는 건 생각도 못할 일이었다. 이렇게 해서 선생은 여러 날을 두고 예산의 완당 김정희 고택을 비롯해 우암 송시열의 화양동 계곡, 동해안 강릉 일대 등 두루 산천과 유적을 돌아보는 여유를 만끽했다. 하지만 머지않아 포명 권오돈 선생도 가고 채 씨도 LA로 갔다가 불귀의 몸으로 운구되어와, 선생은 이 시기에 동락한 친구들을 거의 모두 잃게 되었다.

선생은 견딜 수 없는 불의와 비리를 많이 보았으려니와 인생의 무상을 또한 심각하게 경험한 것이 한두 번이 아니었으리라.

8. 태평양을 넘나들며—말년의 삶

선생에 관한 한 사생활을 서술하는 것보다 어려운 일이 없다. 이는 선생이 무슨 비밀을 많이 가지고 있고 또 그것을 지키려 해서가 아니라, 도대체 사소하고 구차한 화제를 꺼내놓기 싫어하는 선생의 성벽 때문이다. 그래서 집 안팎 어디에서고 선생 댁에 관련된 정보를 얻기란 매우 힘들었고, 그래서 그런지 어쩌면 주변 사람들로서도 그런 것을 알려는 생각을 별반 지니지 않고 지냈다는 편이 옳을는지도 모른다.

선생은 생활에 어려움이 이만저만하지 않았을 것이나 그런 걸 내색한 적이 너무도 없었다. 개인의 문제는 그 개인이 해결할 사항이라고 여기는 게 선생의 굳은 신조였다. 이런 기미를 잘 아는 제자들로서도 당연히 선생과 대좌하여 개인 신상 이야기를 화제에 올리지 않는 것이 상례가 되었다.

LA로 떠나다

필자가 이 책을 처음 쓸 무렵에는 선생도 노인이 되어 있었다. 직접 생계를 유지할 능력도 이제는 없었다. 따라서 선생도 우리 사회의 관례대로 자식에 의탁치 않을 수 없는 몸이 되었다. 늦게 둔 자식들이 학업을 마치고 다행히 사회에 진출하여 부모를 돌볼 수 있는 입장이 되었던 것이다. 선생이 노년을 동배 친지들과 보낸 즐거운 시간은 이 성장한 자식들의 돌봄이 있음으로써만 가능했을 것이다. 그러나 이 같은 선생의 평탄한 생활에 변화가 왔다.

선생의 맏아들 세훈 씨네는 1970년대에 미국에 건너가 자리를 잡고 이미 살림을 해 오고 있었는데, 1979년 6월에 선생의 첫 손주가 태어났다. 만혼의 선생이 팔십 고령에 장손을 보았으니 한번 가보고 싶은 마음도 들었다. 그런데 박 정권 하에서는 선생에게 여권을 내주려 하지를 않았다. 공교롭게도 그 해 10·26 사건이 발발, 박 정권이 무너지자 기회가 왔다. 12월 14일 여권이 나왔다.

그런데 이번에는 미 대사관 영사과에서 의심을 품었다. 한국인이 적법한 절차를 밟아 미국에 가서도 안 돌아오는 이들이 많으니까 한국인에 대해 입국 비자를 쉽게 내주지 않을 때였던 것이다. 선생 또한 이미 노인인데다가 아들네가 미국에서 살고 있으니 돌아오지 않을 것 같다는 생각이 들었던 모양이다. "내가 지금 연세대학교에서 강의하도록 되어 있는 사람이오. 봄학기 강의를 위해서도 돌아오지 않을 수 없는 몸이요. 학교에 전화를 해보시오." 이렇게 나온 선생에게 영사과 담당자는 선생의 말을 믿는다며 입국사증을 내어주었다. 선생은 이렇게 해서 캘리포니아 알함브라에 있는 아들네에 가 석 달 정도를 함께 지낸 뒤 이듬해인 1980년 3월 4일 귀국, 약속한 대로 봄학기 강의를 했다.

그러나 선생은 즉시 또 움직여야만 했다. 서울에는 대우그룹에서 일하는 둘째 아들네가 있었지만 그가 서독 지사로 발령이 나 떠나지 않을 수 없게 된 때문이다. 몇 년을 해외에 나가 일할 아들네가 비워놓은 집에서 두 내외만으로 살아가기란 어려운 노릇이다. 그리하여 선생은 손자 보고 돌아온 다음해인 1981년 7월 4일 부인과 함께 LA

아들네로 아주 떠나버리게 된다.

이때의 미국행이 선생에게 있어서는 물론 개인적인 생활 형편 때문이었다고는 해도 선생을 알고 평소 흠모하던 이들에게는 하나의 충격이 아닐 수 없었다. 선생은 소시부터 장년에 이르기까지 나라와 겨레의 독립과 각성을 위해 몸을 바치고 광복 후 분단된 조국에서나마 민주국가로서의 초석을 닦는 데 심혈을 기울이며 이 사회 미래의 주인이 될 후진 양성에 진력해 온 생애를 살았다.

다른 이도 아닌 이런 선생이 만년에 이 땅을 떠난다는 것은 부끄럽기도 하고 송구스런 일이 아닐 수 없었기 때문이었다. 그러나 이미 조용히, 늘 그랬듯이 소문 하나 내지 않고 혼자 결단한 선생의 앞길을 누가 막을 수 있단 말인가!

철학과 졸업생들이 떠나는 준비로 바쁜 선생을 굳이 저녁 식탁에 모시었으나, 선생은 소감 한 마디 남기지 않고 황급히 자리를 뜨고 말았다. 남은 이들로서는 생각할수록 착잡한 심정이었다. 다시 볼 수 있을까 하는 생각이 떠나지를 않았다.

또 한 번의 와병

선생은 떠나기 전에 우선 소장하고 있던 상당수의 책을 연세대 도서관에 기증했다. 어려운 생활 속에서도 꾸준히 사 모은 귀중한 책들이었다. 대개가 양장본이라 값도 비싼 것들이었다. 선생 댁을 방문하면 따로 무슨 서재가 있는 것도 아니고 마루에 놓인 책장에 마구 꽂혀 있어서, 선생과 마주하여 이야기를 나누면서도 손쉽게 책들을 훑어볼 수가 있었는데 공부하는 이로서는 몹시 탐나는 것들이었다.

선생은 이제 아무 미련 없이 자기가 몸담았던 학교에 이것들을 내놓은 것이다. 이 귀중한 책을 기증받은 후 안세희 총장은 선생이 떠나기 바로 전 날 선생 댁을 찾아와 사례조로 돈 백만 원을 놓고 갔다. 좀 늦은 일이었다. 아들에 의탁하고 있는 노인을 위해 좀 더 일찍이 그 돈을 이용할 수 있게 배려했다면 얼마나 좋았을까. 한화 백만 원을 막 떠나는 사람이 어디다 쓸 것인가. 선생은 인사 온 막내에게 주어 쓰라고 했다. 선생은 책에다가 처음에는 서명을 해 오다가 뒤에는 전혀 표를 남기지 않아 소유자를 밝혀 둔 바가 없다. 도서관에서 선생을 기리는 무슨 문고라도 만들어 처리했는지 모르겠다. 아깝게 여겨 묻는 말에 선생은 말했다.

> 그거 한 천 여권 이상 될 겁니다. 차로 와서 싣고 갔어. 그래도 떠나기 전전 날인가 미국으로 피아노를 부치게 됐어요. 피아노를 싣고 그 밑에 빈자리가 있어 거기에 책을 좀 실어 보냈어요. 『노자』(老子)라든지 『사고문집』(四庫文集)에 든 책 한두 권, 청나라 시대 책 『고문관지』(古文觀止)도 있고.

몇 권의 한적을 골라 가져간 것이다.

선생의 천식은 일정한 시간이 지나면 거처를 옮기는 게 좋다고 한다. 그런 의미에서 선생이 캘리포니아의 좋은 기후를 찾아간 것은 일말의 위안으로 생각되기도 했다. 그곳으로 떠난 후 선생은 건강한 생활을 유지하며 지냈다. 더러 들려오는 말로는 되도록 출입을 삼가고 주로 집안에 칩거하면서 책을 읽는다는 소식이었다.

그런데 또 불운이 닥치고 말았다. 두어 해 지난 1983년 5월 6일 선생이 다시 혈압으로 쓰러졌던 것이다. 이번에는 고령이라 회복이 더뎠고 이후 용태도 깨끗지가 못했다. 본시 선생의 기억력은 놀라울 정도였다. 알고도 말을 안 하다뿐, 있었던 일에 대한 소상한 회고가 가능했던 것을 우리는 기억하고 있다. 그러나 그 맑은 정신에 큰 훼손이 온 듯했다.

> 그 후로부터는 내가 지금까지도 아주 맑은 정신을 못 가져. 전엔 내 생각으로는 그렇게 기억이 좋았는데…… 이제는 모두가 뿌옇게 떠오를 뿐이야.

워낙 집념과 의지가 강한 선생이라 아무튼 이 위기도 다행히 넘기게 되었다. 몸이 좀 회복되자 선생은 일시 귀국했다. 1985년 봄 연세대학교 개교 백주년 기념식에 참석하기 위해서였다. 모교에 대한 사랑을 이 이상 더 어떻게 나타내랴! 강남 성내 아파트에서 잠시 지내면서 반갑게 방문객들을 맞아들였다. 그러나 역시 몇 년 전 도미 때의 건강한 모습은 아니었다. 무엇보다도 우선 걸음이 불편한 데서 오는 원기의 급격한 저하에 기인하는 것 같았다. 그렇지만 하루 종일 책을 보며 시간을 보내는 선생의 눈은 놀랍게도 건재함을 알 수 있었다.

선생의 일시 귀국을 안 4·19 세대와 6·3세대 제자들이 선생을 모시는 밤을 마련하여 시내 수송동 '중원'(中苑)이라는 음식점에서 환영회를 베풀어드렸다. 이미 그때의 학생 주역들의 많은 이가 우리 정가의 중진들로 자랐고, 비록 소속 정파야 다르더라도 선생에 대한 예우에 있어서만은 뜻이 같을 수밖에 없었기 때문이다. 이 자리에서 사회운동가 박진목(朴進穆) 씨는 유근주(柳根周) 씨의 시를 글씨로 써 선생에게 헌정했다.

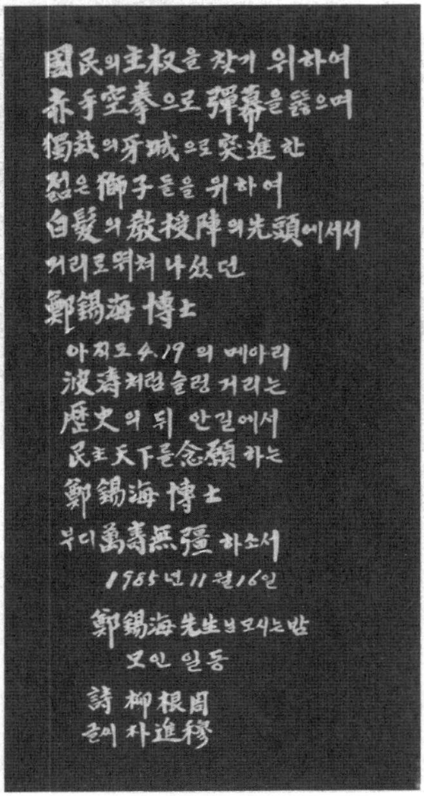

1985년 선생의 일시 귀국을 축하하는 환영연에서 선생을 칭송하며 드린 시(유근주)와 글씨(박진목)

그러나 이 해를 넘기고 곧 선생은 캘리포니아로 다시 돌아갔다. 선생이 어찌나 매사를 혼자 생각하고 실행에 옮기는지, 다시 도미한 사실을 거의 한 해가 지나도록 모르고 지낸 이들도 많았다. 모두 바쁜 생활에 시달리느라 정초에 찾아뵙는 것 말고는 연락도 취할 겨를이 없었던 까닭이다.

그런데 1987년 여름, 선생은 느닷없이 서울로 다시 돌아왔다. 서독 지사에 가 일하던 둘째 아들네가 귀국하여 서울 살림을 하게 되었기 때문이다. 홍은동 백련사 아래 선생 댁에는 이제 다시 선생을 찾는 방문객들의 모습이 눈에 띄었다. 여전히 보행이 자유롭지 못할 뿐, 다른 기능은 모두 양호하셨다. 바깥출입이 별로 없이 집안에서 나날을 보내는 것이 매우 무료했을 뿐. 선생은 이 무료함을 간혹 찾는 손님맞이와 독서로 달래셨다.

그러나 여전히 선생은 가벼운 신문·잡지류나 읽기 쉬운 책을 본 것이 아니라, 아직도 정신을 집중해가며 사고를 강요하는 전문적인 철학서적을 구해 읽곤 했다. 예컨대 제자 오영환 교수에게는 학교 도서관에서 뷔르츠부르크학파의 도서들을 찾아봐 달라고 책 목록을 건네는가 하면, 박동환 교수에게는 노사광(勞思光)의 『중국철학사』를 얻을 수 있으면 보내 달라 해서 이들을 독파하였다. 날을 택해 새로 지은 독립기념관도 찾아가 들러 보았다. 당시 선생의 동년배 가운데 아마도 가장 건강이 좋은 이는 민족통일촉진회 대표 최고위원인 김재호 옹이었을 것이다. 이때의 나들이를 동행한 김 옹은 선생을 다시 만나 기뻐하며 이렇게 말했다.

> 만나 보니 얼굴은 그때나 지금이나 같지만 걷는 것이 전만 아주 못하더군요. 전에도 어딜 가면 같이 다니는 사이였는데, 지난번 독립기념관 구경을 간다고 해요. 독립기념관 지을 때 내가 이사로도 있었고 해서 조금은 알고 있었으므로 같이 가기로 했죠. 가면 걸어서 다녀야 할 텐데 어쩌겠느냐 했더니 걸을 테니 염려 말라 그래요. 아들이 차를 가지고 와 거기까지 가서는 트렁크에서 휠체어를 내더군요. 그걸 타고 앉은 것을 아들이 밀고 다니는 거죠. 이렇게 같이 둘러 봤어요. 정초에는 오는 손님들이 많으니까 손님 없을 때 간다고 날을 잡아 하루 이야기하며 지내다 돌아왔어요.(1988년 1월

9일 면담에서)

그러나 선생은 몇 개월 지난 1988년 여름에 다시 도미 길에 올랐다. 그곳 손자가 몹시 앓다가 큰 고비를 넘겼다고도 하고 선생 자신의 건강도 자주 처소를 바꾸는 게 좋다고 해서였다. 어쨌건 젊은이도 자주 왕래하기 어려운 장거리 여행을 구십 노인이 다시 하게 된 것이다.

환도 직후 1950년대에 미국 대학 시찰차 갔다 온 것까지 해서 내가 지금 태평양을 여덟 번을 왔다갔다 했어.

이듬해인 1989년 이 책의 초판이 나왔을 때 선생이 출간 기념차 다시 모국을 방문하고 돌아갔으니, 총 열한 번을 넘나든 셈이다. 과거 인도양을 오간 것까지 하면 선생은 세계를 꽤 누빈 편이다. 물론 선생은 머지않아 다시 오겠다고 했으나, 당시에는 고령을 생각할 때 그것이 가능할지 확신할 수 없었다.

노인이 장시간 비행기 여행하는 게 어려운 일인데 또 가십니까?

하는 말에 선생은

어딜 가도 가긴 갈 사람이니까 가는 거야

하며 껄껄대는 그 시원한 웃음을 웃어 보였다. 일찍이 그토록 자주 들

1985년 5월 30일 일시 귀국하여 부인과 함께 4·19 묘지를 참배

던 호탕하고 통쾌한 그 웃음소리, 한번 들으면 속이 다 후련하고 의지가 되게 하던 그 믿음직한 저음의 격발을 오랜만에 다시 대하면서 오직 선생의 안전한 여행을 빌었던 기억이 난다.

욕심 같아서는 선생이 놀라운 천수를 누리시며, 오늘날 갈수록 비열하고 저속해 가기만 하는 세태에 '어른'이 과연 무엇인가를 보여주었으면 하는 마음뿐이었다. 선생이여, 편히 쉬소서!

9장

회고와 일화로 본 서산의 삶과 철학

1987년 무렵 선생의 모습

1. 해학과 멋

대학 강단이나 회합에서와 같은 공석에서만 본 선생의 편모는 너무나도 엄격하고 진지해서 그것만 가지고는 선생이 늘 그런 분이려니 하고 착각하기가 쉽다. 따라서 선생의 전모를 이해하는 데는 그와 같은 경우가 오히려 장애가 되기도 한다. 선생의 한 생애가 조국의 독립 · 반독재 · 민주화운동으로 점철되는 만치 그 과제와 사명 때문에 선생의 풍모 또한 여지없이 무겁게 보이는 것도 사실이다.

그러나 사람에게는 사생활이라는 게 있는 법이요 남들과 공통된 삶의 형식을 나눌 수밖에 없는 것이니, 아무리 까다롭고 엄격한 선생인들 세간에서 말하는 인간다운 온정이 없는 이라고 할 수 있을까. 오히려 더 깊고 넓은 의미에서 선생의 인간미는 정말 넘쳐흐르는 풍부함이 있었다.

생각이 크고 많은 사람들이 가정에서 사소한 화제로 가족과 시간을 보내지 않는다는 건 거의 상식에 들어가는 이야기이다. 집안의 가장으로서 아기자기한 성품을 지닌 사람들은 그러니까 좀 다른 부류라고 할 수 있다. 이런 부류의 사람들은 아무리 공사(公私)를 엄격히 분리한다고 해서 사사로운 생활에서 완전히 떠난 다른 인간이 되기가 어렵다.

그러나 선생은 정말 공사를 엄격히 가릴 줄 아는 이였다. 자신만이 이 점을 지키는 것이 아니라 다른 사람이 이를 어길 때는 그것을 용서치 않았다. 추상같은 힐책이 따라 나왔다. 그러면 선생은 언제, 어디서 인간적인 면을 드러내곤 했을까?

선생은 공적인 일을 떠난 곳에서는 집 안팎을 가리지 않고 언제 어디서건 이야기 상대에게 푸근하면서도 부드러운, 그리고 때로는 익살스럽기까지 한 화제의 꽃을 피우곤 했다. 이런 성품은 어느 사람에게나 나이가 들면 더 농후해지는 법이라고들 한다. 선생의 경우도 이 점에서는 여느 사람과 크게 다를 바가 없었다.

당나귀 선생님

선생은 회중과 같이 하는 비공식적인 자리에서 좌중을 흔드는 웃음소리와 더불어 은근한 해학과 매서운 위트를 끊임없이 쏟아 놓곤 했다. 4·19 이후 심신의 많은 시련을 겪으면서 만들어진 선생의 해학과 멋은 그 자체로 하나의 작품과도 같았다. 몇 개의 일화만으로 선생에 대한 평소의 이미지가 그리 쉽게 바뀔 수는 없지만, 어쨌든 선생과 주변 동료들 사이에서 피어난 익살을 한두 개 기록해둔다. 이것은 지나간 세대와 그 시절 교수들의 문화이기도 하다.

일찍이 부산 임시 교사 시절이다. 점심시간에 선생은 홍승국·장지영 선생들과 점심을 들고 있었다. 그런데 선생을 제외한 두 교수가 식사를 먼저 끝내고 나가게 되었다. 장지영 선생의 말이 "자, 그럼 천천히들 나오시오. 나는 먼저 가오" 하며 나가려 하자, 선생은 즉시 이를 받아 "아무렴 장 선생 같은 분이 앞서 가셔야지요, 누가 앞서 가겠소." 그러자 막 문을 열고 나가려던 장 선생이 돌아서며, "그 옆에 계신 여러 선생님네들 조심하십시오. 잘못하면 그의 뒷발에 다치리다." 며칠 뒤 선생이 식당으로 들어오면서 발길로 문을 쿡 차고 들어섰다. 마침 그 안에 있던 홍승국 선생이 "원, 저런… 앞발질도 곧잘 하시네" 하는 것이었다.

장지영 · 홍승국 두 교수는 선생보다도 당시 연장이어서 나온 우스갯소리가 연달아 폭소를 자아내는 익살로 이어진 것이다. 선생은 나귀 정 씨(정鄭 자가 당나귀처럼 생겼다고 해서 장난으로 붙인 뜻)였으므로 자주 당나귀에 비유되어 농을 받았다.

1950년대 말에 독일어를 가르치던 정경석 교수가 훔볼트 장학금으로 독일 유학길에 오르게 될 때 선생은 반도호텔 앞에까지 나가 그를 전송했다. 역시 나귀 정 씨인 정경석 씨가 농을 던졌다. "선생님, 이제 운수사업은 어떻게 되는 겁니까?" 그러자 선생 왈 "젊은 당나귀 가니 짐이랑 다 내게 맡기라구." 교수들 간에 참으로 노소동락하던 옛 시절이 눈에 선하다.

당나귀에 얽힌 이야기 한토막이 또 있다. 선생의 호는 오랫동안 알려지지를 않아 아예 없는 것으로들 생각했다. 그러나 선생에게는 아주 일찍이 한 친구(樂山 김규형)로부터 얻은 '인체'(仁棣)란 호가 있었다. 선생 자신이 쓰지 않았음은 물론 그 친구 외에는 누구도 불러주지 않아서 이런 호가 있음을 아는 이가 없었다.

그런데 한 번은 고 정병욱 교수의 책 출판을 축하하는 모임에서 권오돈 · 조윤제 등 원로 교수들이 죽 앉아 있고, 자연 그들의 호를 불러 인사가 오가는데 선생의 호를 아는 이가 없었던 것이다. 즉흥적인 농으로 '서산(西山) 선생' 한 것이 그 뒤부터 '서산'으로 굳어져 버렸다. 서산은 중국에서 나귀가 유명한 곳으로 알려진 때문이라는 것이다. 중국의 정자(程子)의 제자 양구산(楊龜山) 이하 여러 철학들의 호가 서산이요, 우리나라 고승 휴정(休靜)도 서산대사(西山大師)라 불리고 있다는 점을 생각하면 선생에게도 걸맞은 호라 할 수 있지 않을까 한다.

선생의 이 평전의 간행을 준비하기 위해 발기위원들이 모여 선생의 평전 간행 취지문을 발송할 때도, 우리 발기위원들은 선생의 저서 『진리와 그 주변』의 머리말에서 선생 스스로가 밝힌 '연희학원 초로(樵老)'를 보고서 아마도 이것이 선생의 아호인가 하여 '초로 정석해 선생……' 하는 취지문을 띄운 적이 있다. 그러나 이것은 선생의 호가 아니라 스스로 낮추어 자기를 표현한 말에 지나지 않았으니, 이 잘못된 활용이 선생의 또 다른 호 하나를 탄생케 했다 해도 좋을 것이다. 선생은 결국 인체 · 서산 · 초로 등의 호가 있었음을 밝혀둔다.

역시 오래전 일이다. 추위가 닥쳤는데, 학교 통근차는 사고로 운행을 못하고 아현동 고개를 꼬박꼬박 도보로 넘어 다니던 장지영 선생이 감기에 걸려 떨며 학교에 나왔다. 설상가상으로 국문과 교실로 배당된 방이 문과대학이었던 학관 서북쪽 맨 끝방이어서, 냉랭하기가 짝이 없었다. 그래서 장 선생은 학장인 선생에게 항의조로 말했다. "정 선생, 국문과 교실을 제일 추운 방을 주셔서 견뎌낼 재주가 없으니 어떡하면 좋으리까." 이렇게 항의를 받은 선생은 서슴지 않고 즉석에서 대답했다. "가마-니 계시우. 명년 여름에는 남쪽 편에 있는 따뜻한 방을 하나 드리리다. 그저 올 겨울만 참으시우." 곤란한 형편을 당장 해결할 수도 없었으니, 웃음이라도 선사 해드리려 했던 것은 아닌가.

한 번은 박동환 교수의 차로 서오능에 선생을 모시고 가 점심을 대접해 드리고 돌아오는 길이었다. 선생은 느닷없이 "당신네들은 본관이 어디요" 하는 것이다. 필자는 "우리는 밀양(密陽)입니다"고 대답했다. "아, 그런가." 우리가 다시 "그런데 인명사전을 들춰 보니 밀양 박씨는 큰 벼슬한 이가 없더군요" 하고 덧붙이니, 선생은 즉시 이렇게 받으시는 것이었다. "그럼 죄는 짓지 않았겠군." 이 나라 역사에 대한 날카로운 비평을 담은 위트였다.

선생과 여인

선생이 항상 이 사회에서 '어른'으로 산 것밖에 기억할 수 없는 이들은 아무래도 선생의 높은 격조만을 대했지 이와 상반하는 적나라한 인간상을 접할 기회가 없었던 게 사실이다. 그러나 연세대 퇴직 후 여유가 있을 때 선생을 흠앙하는 가까운 손아래 교수들이 간혹 선생을 모시고 경치 좋은 곳을 찾아 자연을 즐기고 돌아오곤 했던 적이 있었다. 정병욱 · 장덕순 · 이군철 교수 등이 주로 이런 일을 계획해서 실천에 옮겼는데, 그 한 경우는 근엄한 선생을 희화화한 감이 없지 않아 장덕순 교수의 기록에서 여기 인용해본다.

> … 백영 정병욱 교수는 카메라의 명수였다. 언젠가 삼복 중에 계룡산 갑사에서 선생을 모시고 청유한 일이 있었다.
>
> 그곳 연못에서 우리 일행은 훨훨 옷을 벗고 물속에서 신나게 멱을 감았다. 정병욱 교수가 어느 새 카메라에 정석해 선생의 나신을

포착했다.

또 겨울철이었는데, 유성 온천의 어느 여사(旅舍)에서 하룻밤을 선생과 지냈다. 그 때에도 정병욱 교수가 카메라를 갖고 있었다. 하룻밤을 자고 나서 이튿날 아침 우리는 세수를 마치고 거울 앞에서 머리를 매만지고 있을 때 마침 당번인 젊은 여인이 방에 들어섰다. 우리는 그 여인에게 선생의 머리를 빗기게 하고 또 카메라에 담았다. 선생은 물론 모르고 있었다. 그 후의 경로회(노교수들을 모시고 회식하던 모임) 때에 그 사진을 공개했다. 나신과 여인과의 장면을 말이다. 이것을 본 일행은 가가대소했다. 그때 선생은 "악동들이군! 그 사진 이리 줘" 하기에 "사모님께 야단 맞을라구요?" 하니, 그런 걱정은 말라며 사진을 보고 웃으며 수첩 속에 채곡채곡 넣었다. 그 사진을 정말 사모님이 보았는지는 모르나 그만큼 선생은 탈속한 데가 있었다.(장덕순, "잊을 수 없는 인물들—전 연세대 교수 정석해", 「주간조선」)

선생의 일생일대를 통해 정말 포착하기 힘든 장면임에 틀림없다. '선생과 여인'이란 아무리 생각해도 연결이 잘 닿지 않는 주제이다. 사실 이런 대목이 결여되고 있다는 게 선생의 엄격하기만 한 이미지가 많은 이의 뇌리에 박힌 이유가 아닌가 한다. 선생은 슬하에 세 아들뿐이요, 딸이 없다. 그래서인지 학교라든지 밖에서는 그렇게 무서웠던 선생이 여학생을 야단치는 광경은 본 적이 없다. 여학생을 대할 때는 그 이상 더 유순할 수가 없는 부드러운 태도였다는 평이 나돌았을 정도이다. 선생과 여인의 관계는 아무래도 수수께끼로 남을 것이다.

귀국 후야 모를 일이되, 젊은 시절 그토록 오랜 해외 생활을 보내는 기간에 그저 숫총각으로만 지냈겠는가 하는 구구한 억측이 있었지만, 그것은 아무래도 선생을 특징짓는 한 생애와는 별 관련이 없는 이야기라고 할 수 있을 것이다.

선생의 삶에서 여성과 관련된 무슨 에피소드가 더 없을까 하여 평소에 필자보다는 좀 더 자유롭게 선생을 대했던 이종은 교수에게 상의한 적이 있다. 아닌 게 아니라 이 교수는 어느 자리에선가 선생 앞에서 이와 관련된 화제를 슬며서 꺼내는 것이었다. 선생은 벌써 무슨 계책인지를 알아차리고는 이렇게 받아넘겼다. "어찌 됐건 나는 프랑스 여성과 결혼할 생각은 한 번도 가져 보지를 않았어. 그러나 여성 이야기를 하자면 나도 참회록을 쓸 만큼 얘기가 많아. 안동현에서 더 들어간 광전에서 내외가 없는 청족(淸族) 젊은 유부녀를 매일 찾아가 본 일도 있었어." 이 교수는 "참회록이야 몇 줄이면 되는 건데 뭔가 많은 얘깃거리가 있다는 건 한 가지도 사건이 없었다는 게 아닌가요?" 해서 한바탕 같이 웃고 만 일이 있다.

술자리의 선생

우리가 아는 한 선생은 술과 좌담을 꽤 즐기는 이였다. 물론 선생이 술자리를 찾아다니거나 그런 자리를 스스로 마련하는 일을 나서서 하는 것은 아니었다. 이런 점에서 선생은 세칭 술꾼이 아니었다. 그러나 공적으로나 사적으로나 회식이 있을 경우 여기저기서 권하는 잔을 사양하는 걸 본 적은 없다. 한번은 술에 대해서 어떻게 생각하는지 물어 보았다. 생활에 꼭 필요하다고 여기는지 아니면 없어도 되는 것으로 생각하는지 선생의 의견을 듣고 싶었던 것이다. 선생은 즉시 “만일 이것이 없었다면 인류 문화가 달라졌을 걸” 하는 대답이었다.

일찍이 독일에서 아침 식사를 끝낸 뒤 하녀에게 물을 달라 했더니 아주 멸시하는 듯한 표정을 짓는 것을 보고 먼저 와 있던 우리 동포 학생에게 그 말을 했다고 한다. 그러자 여기서는 맥주를 청해야 대접을 받는다고 하여, 다음번에는 그렇게 했더니 하녀의 대접이 달라지더라는 얘기를 들려주기도 했다.

젊은 시절 유럽에서 으레 하던 맥주와 와인 습관이 배어서인지 선생은 술을 즐기며 대화를 나누는데 익숙하다. 술과 음식을 앞에 놓고 벌이는 선생의 좌담 실력은 정말 일품이다. 학문이나 사회비평 등의 무거운 주제에서 사소한 세간사에 이르기까지 화제로 떠오르는 모든 주제를 왔다갔다 하며 자유롭게 풀어 놓는 선생의 좌담은 멋이 있고 윤기가 흘렀다. 혈압으로 고생하던 얼마간을 제외하곤 선생의 이런 모습에는 변함이 없었다. 마지막 무렵 도미하시기 전에 몇 번 식사를 같이 나눈 자리에서도 그것은 역시 마찬가지였다. 구십 고령에도 반주를 권하니 쾌히 받아들였다. 그것도 순한 것보다는 차라리 위스키 같은 독주를 말이다.

2. 교수로서의 자세

학부에서나 대학원에서나 선생의 교수 시절의 포즈는 늘 일정했다. 강의에 필요한 두터운 책들을 옆에 끼고 들어오면 으레 양복 주머니에서 두툼한 '해밀턴' 회중시계를 탁상에 끌러 놓고는 역시 두터운 테의 안경을 썼다 벗었다 하며 교단을 이리저리 왕래하면서 강의를 진행해 간다. 선생의 좌담은 일품이었지만 강의는 유창한 편이 아니어서 듣는 사람을 힘들게 한다고들 하는데, 주의를 집중하여 경청해야 할 철학 강의에서는 오히려 이해를 돕는 이점이 있었다. 말이 유창하지 않은 편이어서인지 선생은 외부 강연을 하는 기회를 많이 갖지 않았음은 물론, 몇몇 제자들 이외에는 주례도 자주 불려 다닌 일이 없었던 것으로 안다.

대학원 강의나 세미나에서는 학생들의 질문에 잘 응하며 서로 의견 교환이 활발했으나, 학부 강의에서의 질문에는 강의 진도와 관련이 있어서랄까 단호히 학생의 질문을 무시하는 자세를 취할 때가 종종 있었다. 타과 학생이던 이종은 씨는 한번 선생에게 강의 시간에 질문을 했다가 코 뗐던 일을 지금도 기억하고 있다. 선생은 그때 "학생, 지금 질문하지 마시오. 당신네 말입니다, 당신네보다는 내가 더 책을 읽고 더 잘 알고 있어요. 그저 따라오기나 하시오" 하더라는 것이다. 아직 배울 것이 많은 학부 학생들에 대한 권위 있는 일갈이었다.

선생이 가르친 철학

선생이 철학과를 중심으로 오랜 기간 맡아 온 과목은 논리학·인식론·형이상학 등 이른바 순수철학 분야였는데, 그 어느 강좌도 관계 문헌으로서 원전의 인용 없이 이루어진 것은 없다. 첫 학기에 연역 논리를 끝내고 둘째 학기에 가서 과학 방법론을 취급한 기초학으로서의 「논리학」 강의에서도 전통적인 논리학 후미에는 반드시 논리학의 논리주의와 심리주의의 논란을 다루었고, '주술 판단논리' 이후의 '관계논리'가 전개되어 나오는 사정을 강론하여 새로운 '기호논리학'이 얼마나 논리의 세계를 확장해 주었는가를 깨우쳐 주었다. 이것이 1950년대에 우리 대학 강단에서 있었던 강의라는 데 놀라움을 금치 못할 일이다.

과학방법론에 있어서도 베이컨의 『노붐 오르가눔』(*Novum Organum*)과 밀의 『논리학 체계』(*A System of Logic*)를 직접 인용하면서 귀납법의 세계를 소개하고는 가설이 학문의 근본 전제가 되는가를 묻고 논리의 근본 문제를 제기하기도 해서, 한창 허우적거리며 무언가 모색하려는 학생들의 사색에 방향을 지어주곤 했다. 선생의 '방법론'은 논리학과 영국 경험주의 인식론의 전 범위를 아우르는 광역의 무대를 유감없이 활용한 명강의였다. 인식론은 물론 칸트의 『순수이성비판』이 주 텍스트였지만, 그의 수학적 명제가 종합판단이 아니라 분석판단일 수 있음을 라이프니츠를 통해 반증하고 분석판단 역시 새 지식을 우리에게 가져다 줄 수 있지 않느냐는 문제를 제기하기도 했다.

선생의 깊고 넓은 시야는 칸트의 '시공간'과 '도식론'을 푸앵카레로, 베르그송으로 그리고 하이데거로 연결짓는 끊임없는 문제 제기로 치달았다. 선생의 강의에서 추출할 수 있는 특징은 원전에 충실하면서 그 원용 문헌이 어느 한 나라 철학에 치우치지 않았다는 것이다. 대체로 우리네 철학은 자기가 유학한 곳의 학문의 이론과 방법에 얽매여서 가령 독일 · 프랑스 · 영미 학문의 냄새를 짙게 풍기는 게 예사였는데, 선생은 서양 학문의 전 영역을 고루 소화하고 소개하는 공정성을 잃지 않았다. 이것은 뜻만 있다고 그리 할 수 있는 게 아니다. 일찍부터 그런 폭 넓은 공부가 다년간 지속되지 않고서는 그와 같은 시야를 가질 수가 없는 것이었다.

대학원에서도 선생은 영 · 미 · 불 · 독 등 서양 현대학문의 정수들을 자유롭게 취사선택하여 제시했다. 선생의 본령인 논리학과 인식론적 주제는 말할 것도 없으려니와 새로운 심리학적 성과, 과학철학상의 쟁점들, 형이상학과 인간학의 여러 양상들을 무수한 관계 학자들의 논저를 통해 같이 논의했다. 선생이 1920년대에서 30년대 말까지 유럽에 체류하면서 흡수한 모든 것을 아낌없이 후학들을 위해 털어 놓았던 것이다. 선생에게도 1950년 말의 시기는 모처럼 얻은 귀중한 시간을 학문 연구에 바칠 수 있었던 즐거운 기간이었을 것이다.

선생의 문제 취급이 하도 다양하고 또 서로 엇갈려서 정리하기가 쉽지 않고 갈피를 잡기가 어렵다는 평도 있었지만, 선생은 서로 모순되고 상치되는 학설과 방법들을 던져서 학생들에게 사색의 실마리를 제공하고자 했던 것이 확실하다. 연세대 철학과의 박동환 교수는 선생이 철학과에 끼친 의심할 바 없는 공헌을 긍정하면서도, 강의와 세미나에서 종종 느끼던 선생의 통일된 정리의 결여를 두고 이렇게 서술한 바 있다.

그는 과학철학에 관한 한 학기 강의에서도 라이헨바흐의 실증주의적인 시공간론과 함께 하이데거의 실존적인 무의 체험을 소개함으로써, 서로 일치시키기 어려운 과학철학과 실존철학의 이해들이 그의 개인적 사상에서 어떻게 종합되는 것인지 궁금하게 생각되는 때가 많았다. 그는 궁극적인 근거를 묻는 독일철학의 심오한 탐구 경향에 대해서 경의를 지니면서도 프랑스 혁명의 자유주의 사상에 기울어져 있었다…….

그는 언제나 데카르트적인 지성의 정수인 명석(clarté)과 판명(distinction)을 요구하면서 모호한 표현으로 대답하는 학생들을 질타하였다. 그러한 그의 지적 요청 때문에 근거를 찾아서 끝없는 미로에 빠져 버리는 독일관념론의 철학보다는 부러지게 명석한 논증과 그림처럼 판명한 증거를 구하는 무어, 러셀 또는 많은 논리실증주의자들의 철학을 읽고 강의했던 것으로 이해할 수 있다……. 그가 강의하는 사상들 사이에는 질문을 던져도 해명할 수 없었던 모순이 많았고 그의 강의하는 철학과 그의 실천한 행동 사이에 어떤 통일성이 있는지 감히 질문할 수도 없었으며, 그 자신도 해명할 기회를 갖지 못했던 것은 유감스러운 일이 아닐 수 없다. 일관되어야 할 많은 큰 모순들을 품고서도 그것들을 차분히 정리하고 저술할 여유를 얻지 못했던 것은 그가 처했던 시대적 불운에도 그 원인이 있겠지만 학문과 현실에 안주할 수 없었던 그의 어떤 기질

때문이었는지도 모른다.(『연세대학교 백년사』, 제3권 「연세학술사」, 43-44쪽)

물론 상이한 철학적 입장들의 종합, 강단에서의 철학 강의 내용과 실천적 행동과의 납득할 만한 어떤 문맥상의 연계성 및 통일성은 문제가 되려면 될 수도 있을 것이다. 그러나 '존재'의 다면성 내지 다층성을 긍정한다면 그러한 스타일도 용인될 수가 있으며, 나아가서 종합 · 정리 · 연구 · 비판 등은 오히려 앞으로 이루어져야 할 과제로 남는다고도 볼 수 있을 것이다.

행동하는 철학자

돌이켜 보건대, 오늘날까지 학문은 실천과 관계를 짓고자 하고 또 궁극적으로는 실천을 지향하고자 해왔다. 그러나 그럼에도 불구하고 그것은 어디까지나 실천의 이론화에 머무름으로써 오히려 결단을 요구하는 격변의 와중에서 학자의 고뇌와 무기력을 통감하게 한 역설적 체험을 맛보지 않을 수 없었던 것도 엄연한 사실이다. 물론 학자의 학문은 이론만으로도 그의 실천적 행동을 뒷받침할 수가 있다. 그러나 이런 이론의 실천성이 없다고 해도, 학문한다는 활동 자체가 일견 그것과 무관한 듯 보이는 실천이 요망될 때 그 실천에 당연히 부응하곤 한다는 것은 많은 사실에서 예증되고 있다.

이런 점에서 선생은 독일학들보다는 영국이나 프랑스학들의 경우와 더 유사한 편인 듯했다. 러셀의 사회운동이 그의 수리철학과 뚜렷한 관계를 가진 것은 아니었고, 앙리 피렌(Henri Pirenne)과 마르크 블로크(Marc Bloch)의 중세 봉건사회 연구가 그들의 반나치 활동과 특별한 관련을 갖지 않는 것이 모두 그 좋은 예일 것이다. 더 최근에 있어서는 핵 개발에 반대한 아인슈타인과 오펜하이머, 소련의 핵물리학자 사하로프의 사례 또한 여기서 벗어나는 것이 아니다.

몰가치적 학문의 이론적 연구가 직접적인 바탕이 되어 그들의 실천이 유도된 것은 결단코 아니다. 인문학만이 아니라 자연과학을 연구한다고 해도, 궁극에 있어서는 인간이란 무엇이며, 그의 모든 활동은 어디에 귀착하는가, 또 그것의 의의는 어디에 있는가 하는 물음에가 닿을 때가 있는 법이다. 이러한 반성이 결국 당면한 실천적 행동으로 이끌어가는 것이라고 할 수밖에 없지 않은가.

이런 의미에서 볼 때 '학문을 위한 학문'이라는 이상과 구호도 결국은 지난 세기에 비로소 정착한 강단 학문의 풍토를 모델로 삼은 한낱 주장에 불과한 것은 아닌가 반성하게 된다. 학문의 우상화와 신화화도 재고될 시점에 서 있는 것은 아닌가. 이런 견지에서 선생의 교수로서의 생활과 사회적 실천과의 관계는 오히려 더욱 깊은 뜻에서 연장선을 그을 수 있는 것이었으며, 또 그런 맥락에서 우리의 학문과 그것을 수행하는 자세의 한 모범으로서 의미를 주는 게 아닌가 생각해 보는 것이다.

선생은 "내가 워낙 단계를 밟아 착실하게 공부할 수가 없었고, 또 사실, 강단에 서서 내 힘 부족한 걸 많이 느꼈어요" 하는 말로 솔직하고도 겸허한 고백을 하고 있지만, 그 어려운 여건에서 최선을 다한 수확을 후학에게 나누고 살찌게 해준 사실은 무엇보다 고맙게 여기지 않을 수가 없다. 언제나 학문은 그 토양과 조건에 알맞은 한에서 얻는 것이지 무리한 장치와 수단으로 육성되는 것이 아니다.

선생의 학문은 해방 후 이 나라 학계에서는 최첨단이었고, 그래서 학문 자체로는 격랑의 세파에 흔들리지 않았는지도 모른다. 그러나 오늘의 학문은 오늘의 조건을 외면하는 '신선의 소리'로 남을 수가 없다. 오늘의 학자도 어떤 점에서는 선생의 젊은 날과 마찬가지의 어려움과 괴로움을 안고 학문의 길을 걸을 수밖에 없는 운명에 처해 있다고 해야 할 것이다.

선생은 스스로가 말하듯 '성실'이 인생의 좌우명이었다. 학교 밖의 형편이 선생을 늘 필요로 했을망정, 학생들과 가져야 할 시간을 축낸 적은 한 번도 없었다. 그뿐이 아니었다. 학기말 리포트나 논문을 제출하면 밤을 새우면서까지 읽어 일일이 교정하고 보완점을 지적해 주는 성실한 배려를 잊지 않았다. 남의 이론의 타당, 부당을 운위하기 전에 그 이론의 핵심을 올바로 소화할 수 있도록 하기 위해서 선생은 각 학과, 각 학자의 입장을 소개할 때 바로 그런 학파와 학자의 입장이 되어 그것들을 대변했다. 그런 까닭에 선생은 강단에서는 관념론자도 되고 실재론자도 되었으며, 형이상학파도 되고 분석학파도 되었다.

이것을 두고 선생이 어떤 철학적 입장을 결여하고 있었다고 본다면 그건 명백한 오해이다. 선생은 될수록 다양한 그림과 무한히 가능한 접근 방법의 존재를 확인시켜서 학생들로 하여금 스스로 독자적인 사색에의 길을 걷도록 유도하는 자세를 견지했던 것이다. 생각하면, 선생처럼 공평무사하고 개방적인 스승도 없지 않나 한다. 별 확신도 없으면서 굳이 자기가 다룰 수 있는 유일한 이론이나 사상만을 고집

하는 이들을 흔히 대하면서, 선생 같은 자세야말로 얼마나 학생들 개개인의 자질과 개성을 존중해 준 인간적인 교육자의 자세였는가를 새삼 느끼게 되는 것이다.

제자의 사상적 · 행동적 진로를 규제하지 않고 자유로운 선택에 맡겨두는 데는 자칫 절제 없는 허술함이 끼어들 여지가 없지를 않다. 깊은 반성과 철저한 연마가 결여된 제멋대로의 방만 · 당착 · 혼란만을 야기할 위험이 없지가 않다. 그러나 선생과 마주하여 무언의 암시와 교훈을 깨닫게 되면, 오히려 무거운 책임감과 함께 평생을 매사에 신중을 기하게 되는 자세가 몸에 배게 된다.

어쩌면 이것은 그토록 직선적인 성격의 선생이 상대방에게 역설적으로 발휘한 마력이 아니었나 생각하게 된다. 그러나 그것은 행동으로 옮겨지기 전의 학문 단계를 참선이라도 하듯 집중케 하고 학리를 꼼꼼하게 파헤치는 선생의 철저하기 이를 데 없는 그 학자적 자세에 기인하는 것이다. 학문과 생활, 이론과 실천, 사색과 행동이 선생에게서처럼 성실성으로 일관되고 긴밀히 맺어져 있는 이를 별로 찾아보기가 어렵다. 달관한 인격에서나 볼 수 있는 그 밀도와 긴장, 그리고 자연스러움의 융화가 선생에게서는 틀림없이 볼 수가 있었다.

3. 탁월한 문장가

선생은 보통의 기준으로도 글을 많이 쓴 이는 아니다. 따라서 세상에 남긴 저술이 희귀하다. 1950년대에서 1970년대까지 간혹 원고 청탁의 기회가 있을 때 발표한 십 수편의 글들을 모아『진리와 그 주변』이라는 표제 하에 1981년 일조각에서 출판한 조그마한 책자 이외에는 몇 편 더 없는 것으로 안다. 그러나 이 소량의 글 가운데서 단 한 편이라도 읽어 본 이라면 선생의 문장력에 감탄치 않을 이가 없으리라. 선생의 강의에서의 그 딱딱하고 힘든 표현을 대해 보았다면 더욱이 그러하리라.

간결함과 명료함으로 빛나는 문장들

선생의 글에는 논리 정연함과 설득력을 지닌 박력과 그리고 간결·명료한 빛이 어울려 '선생 그 자신'의 모습을 그대로 반영하고 있는 듯했다. 선생을 문장가라 하는 것은 이 때문이다. 이미 이 '평전' 속에도 선생의 글을 몇 편 전재하였기에 예시로 삼을 수 있거니와, 실제로 선생의 글이 얼마나 글 자체만으로도 모범적인가는 일찍이 서울대학교『대학국어』에 선생의 글이 실려 있었다는 것으로도 충분히 입증되리라. 장덕순 교수는 그의 한 글에서 이렇게 적고 있다.

선생은 수철학(數哲學)을 전공했다고 하는데, 나는 이 방면에는 전

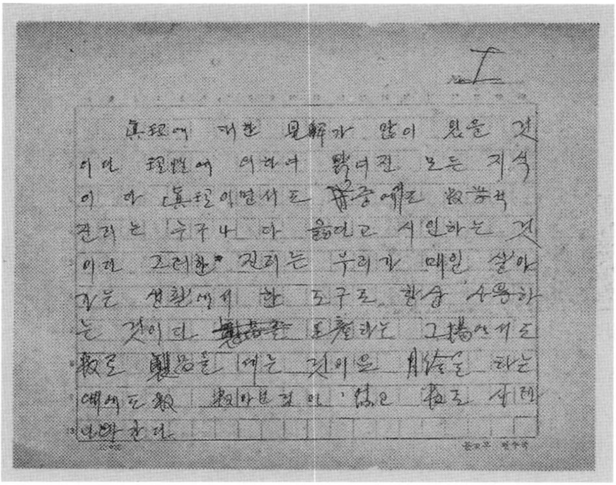

I

眞理에 대한 見解가 많이 있을 것이다. 理性에 의하여 밝혀진 모든 지식이 다 眞理이면서도 [illegible] 관리는 누구나 다 [illegible] 시인하는 것이다. 그러한 진리는 우리가 매일 살아가는 생활에서 한 도구로 항상 사용하는 것이다. [illegible]

선생의 원고 필체

선생의 프랑스어 필체

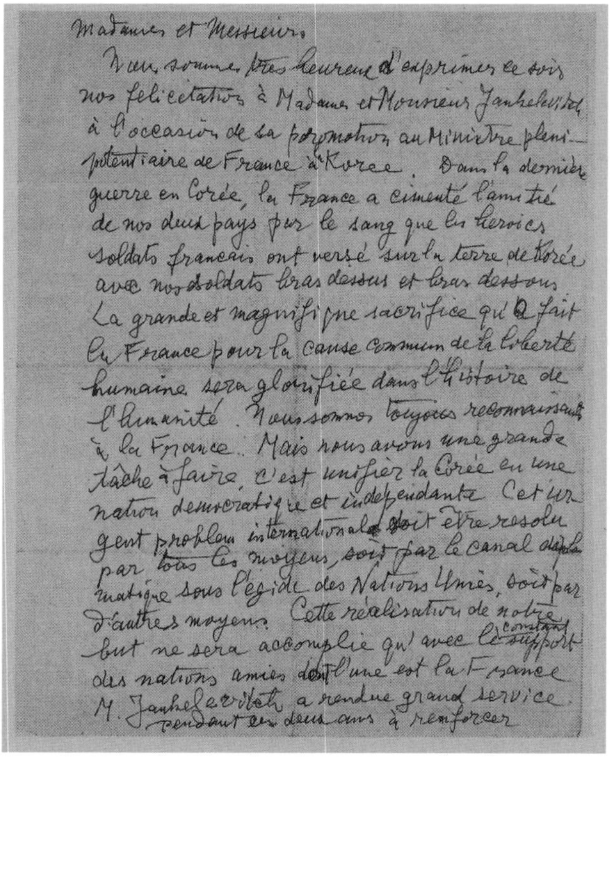

Madames et Messieurs,

Nous sommes très heureux d'exprimer ce soir nos félicitations à Madame et Monsieur Jankelevitch à l'occasion de sa promotion au Ministre plénipotentiaire de France à Korée. Dans la dernière guerre en Corée, la France a cimenté l'amitié de nos deux pays par le sang que les héroïcs soldats français ont versé sur la terre de Korée avec nos soldats bras dessus et bras dessous. La grande et magnifique sacrifice qu'a fait la France pour la cause commun de la liberté humaine sera glorifiée dans l'histoire de l'humanité. Nous sommes toujours reconnaissants à la France. Mais nous avons une grande tâche à faire, c'est unifier la Corée en une nation démocratique et indépendante. Cet urgent problem international doit être résolu par tous les moyens, soit par le canal diplomatique sous l'égide des Nations Unies, soit par d'autres moyens. Cette réalisation de notre but ne sera accomplie qu'avec le constant support des nations amies dont l'une est la France. M. Jankelevitch a rendu grand service pendant ces deux ans à renforcer

혀 무식하지만 선생의 글을 학생들에게 강의할 때마다 느끼는 것이 논리의 정연, 어휘의 적확한 선정, 내용의 깊이이다. 선생은 한 섬의 지식을 갖고 있으면서 발표는 한 되로 압축시키는 능력이 있다. 이는 평소의 과묵과 일치한다고 생각된다.('잊을 수 없는 인물들—전 연세대 교수 정석해', 「주간조선」)

물론 훌륭한 문장을 조성하는 데는 여러 가지의 요인이 있을 것이다. 그리고 모범적 문장에는 여러 가지의 종류도 있을 것이다. 선생의 문장은 풍부한 어휘와 문자를 종횡으로 구사하는 박학다식이나 어려운 학술적 술어를 외래어로 누비는 현학적인 스타일의 것이 아니었다. 군더더기 수식이 없고 적확한 어휘와 구조로써 사고 내용을 가장 효과적으로 드러내는 가장 경제적인 표현 방식이었다. 장식이 없고 억지가 없음은 물론, 비비 꽈서 상대를 야유하며 자기만족을 취하는 듯한 태도는 선생의 글 어디서도 발견되지 않는다.

선생의 글을 특징짓는 것은 깨끗한 논리와 도덕성에 깔려 있는 깊은 사색이었다. 1969년 선생은 「월간중앙」 7월호에 "정치적 원죄"라는 원고지 10매 정도에 지나지 않는 단문을 썼는데, 원죄설이 기독교의 도덕관만이 아니라 경제적 원리도 함축하고 있음을 논하고 나아가서는 '나의 현실 존재가 다른 가능 존재를 비존재케 하는 죄책이 있다'는 존재론적인 원죄로까지 도달할 수 있다는 이론 정연한 전개를 보여주었다. 이 글의 의도는 사실 위정자의 안이한 자화자찬에 경종을 울리는 데 있었다. 앞서 말한 선생의 문장의 특징적인 실례이기도 하므로, 그 결말 부분에 여기에 옮긴다.

사람이 사회에서 어떠한 직능인이 되었다고 하자. 그는 다른 종류의 직능인이 될 수도 있었을 것이다. 그 다른 직능을 가질 수 있던 가능을 내버린 책임은 그의 불가피의 운명이요, 인간 존재의 숙명적인 죄책일 것이다. 사람이 자기의 가장 좋은 소질대로 최선의 인물을 이루었다면 왜 죄책이 되겠느냐고 반문할 수도 있을 것이다. 그러나 최선의 가치를 실현하였다는 상정은 실현되지 않은 것과 대비할 수는 없다. 이런 견지에서 자기를 돌이켜 살펴보면 사람은 겸허하지 않을 수 없다. 그러나 위정들은 자기들이 이룩한 것이 잘된 것이라고 자찬하여 마지않는다. 그들은 이 현실에만 집착하고 다른 가능을 말살한 책임을 지려고 하지 않음이다. 자기가 이렇게 이룩하여 놓았다 하는 것이 다른 많은 가능을 실현 못하게 막은 원죄를 범하지 않았는가 하고 반성도 해보아야 한다.

유난히 미문을 강조하는 프랑스 교육의 영향인지 선생의 문장 감각은 이렇듯 놀라운 바가 있다. 프랑스식 '에세'를 연상시키는 선생의 글은 박진감과 간결미가 돋보인다. 그래서 선생은 논문을 심사하는 데 있어서도 논문 내용과 문장 표현의 양면을 구별하여 하나하나 짚어가며 수정·보완을 지시하곤 했다. 원전의 그릇된 번역이나 점잖지 못한 표현 등은 모두 선생의 준엄한 질책의 표적이 되었다. 선생의 많은 관심 분야 가운데 예술 혹은 미학은 확실히 포함되어 있지 않았지만, 어느 면에서는 선생이야말로 참으로 높은 차원의 미감 내지 미의식을 지니고 있다고 해야 할 것이다.

선생은 그 사상에 동의하지 않는 학자라 하더라도 그의 저술 가운데 특히 문장이 훌륭한 것이면 따로 베껴 간직하는 습성이 있다. 동양에선 양계초(梁啓超)의 문장(『중국 학술사상 변천 대세』)을 선호하였고 서양에선 슈펭글러의 글(「서양의 몰락」)을 찬탄해 마지 않았는데, 여기서 후자는 그 내용에 동의한 것이 아니라 '인과법칙'에 대립된 '운명이념'을 몽환적이면서도 장중한 문체로 그려내는 '영혼의 형이상학화'에 이끌렸던 것이 거의 틀림이 없을 것이다.

선생의 간결·명료한 기풍과는 정반대의 이런 스타일을 선호하는 선생의 성벽을 충분히 이해하기는 곤란하나, 거기에는 단순히 문체를 떠난 그의 형이상학적 '동경'이 노년의 선생의 심금을 특히 울려 주었던 탓일는지도 모를 일이다. 선생이 만년에 들어오면서 자주 동양 고전을 화제에 올린다거나, 일찍이 6·25 동란 시 부산에 내려갈 때 서재에서 오직 플라톤의 『국가』 편만을 빼어 들고 나섰다거나 하는 것은 선생에게 깊이 내재하는 형이상학적 열망과도 관련이 없지 않아 보인다. 그러나 『국가』 편의 '동굴의 비유'가 간직한 아름다운 환상과 한때 즐겨 이용한 빈델반트의 『철학사』의 중후한 문체로 미루어 역시 사상과 문장의 귀품을 선택하는 안목이 매우 높았음을 짐작케 한다.

글이 많지 않은 이유

선생과 같은 이가 많은 글을 남기지 않았다고 하는 것은 너무나도 아쉬운 일이다. 한번은 "선생님의 글은 논리적이면서도 문장이 힘찬 데가 있는데 좀 많은 글을 쓰셨으면 좋으셨을 텐데요. 이 '평전'도 자서전 형태로 직접 쓰실 수 있었으면 얼마나 좋았겠습니까?" 했더니 매우 우회적인 다음과 같은 말로 응답을 했다.

사람의 기억이라는 게 참 이상도 합디다. 여기도 그 편지를 가지고 있지. 불란서 가서 우리나라에 있는 부산 친구(고인이 된 김규형 옹을 가리킴)에게 첫 번째 편지를 했는데, 그 글 가운데 있었다고 하며, 그가 나를 생각할 때는 그 글귀가 늘 떠오른대요. '상이일야 매화발'(上巳日夜 梅花發)이라는 건데, 난 도무지 쓴 기억이 없는데 말입니다. 내가 12월 말에 불란서에 도착하고 1월에 보낸 편지였던 모양이야요. 거기서 옛날 글귀를 썼는지도 몰랐지요. 그래서 한 3년 전인가 여기 왔을 때, 책점에 나가보니 『고문진보』(古文眞寶)라는 책은 없어서 주나라 시대부터 내려오는 고문 모은 것을 꺼내 읽어 내려가니까 거기에 그 말이 있지 않겠소. 어렸을 적에 남이 한문 읽는 것을 들었는지는 몰라도 내가 직접 읽은 기억은 없는데, 그런 글귀를 편지에 썼던 거지요…….

심리학을 독일서 배울 때 이런 말을 들었지. 불란서의 샤르코(J.-M. Charcot)가 한 말이기도 한데, 병리학실에 어느 환자가 들어왔어요. 이 여자는 교육을 받은 적은 없어도 이야기를 하는데 희랍어 대화를 쭉 하거든. 그래 이상해서 알아보니까 그 여자가 어느 희랍 학자 집에서 하녀로 심부름을 했었다는 거예요. 그때 그 애의 머리에 들어가 있던 거지요. 이렇게 사람이 자기 모르게 어떤 기억이 한편에 있는 모양입니다. 인격 분열에 나오는 심리학설이예요.

많은 글을 쓰기에는 기억이 못 미친다는 뜻으로 한 말이기도 했지만, 자유로운 언어 구사, 명구의 풍부한 비축이 요구되는 글쓰기에 이와 같은 일들이 그리 손쉬운 일이 아니라는 의미였을 것이다. 그러나 선생은 몇 편 안 되는 글이지만, 참으로 주옥같은 논문과 고도의 질과 수준을 갖춘 명문을 남겨 놓았다.

4. 학문과 실천의 문제

강단 생활과 관련하여 선생의 학문은 두 가지 부문을 언급하지 않을 수가 없다. 하나는 어학으로서의 불어요, 다른 하나는 철학이다. 물론 선생이 강단에서 강의한 학과목은 매우 다양했지만, 대개가 그때 사정상 부득이하여 손댔던 것인 만큼 그런 것들은 한낱 일과적인 경우에 불과했다.

그런데 선생은 연세대의 불어를 담당하였고, 또 퇴임 이후에도 강단을 완전히 떠날 때까지 철학교수로서의 생애를 보냈기 때문에 이 두 부문의 전담 교수로서의 위치는 확고했다고 할 수 있다.

연세대 프랑스학의 기틀을 다지다

연대는 해방 후 종합대학으로서의 출범을 기한 후에도 오랫동안 문과대학 내에 불어불문학과가 설치되지 못했다. 이 시기에 총장으로서 또는 문교장관으로서 연희학원에 군림해 온 백낙준 씨는 늘 연희의 '가족적 분위기'를 역설하며 소규모의 대학에 자족하고 있었다. 이것은 물론 그 이래 우후죽순처럼 일어나는 국내 대학들의 속출과 그 발전에 비추어 볼 때 결코 현명한 전망이었다고 할 수는 없는 것이다. 이렇게 해서 불어불문학과가 정식으로 연세대학교에 설치된 것은 1972년 3월에 이르러서였다.

그러나 학과의 설치는 이렇게 늦었지만 불어불문학과의 설립 조건은 이미 오랜 기간 성숙되어 있었으며, 이에 대해 선생이 공헌한 바는 지대하며 결정적이었다고 해도 과언이 아니다. 선교회 학교로 시작되었다는 사정 때문이기도 했겠지만, 연대에서는 외국어로 역시 영어가 가장 강세인 반면 상대적으로 불어와 독어는 약세를 보였던 게 사실이다.

독어는 국내 대학에서 제2외국어 1위의 자리를 차지하던 일반적 경향에 따라 어느 정도 학생들 사이에서 그 학습열이 유지되었으나 불어의 사정은 좀 달랐다. 이런 환경에서 선생의 위치는 해당 학과가 없는 연대에 불학을 심는 데 정말 결정적인 역할을 하는 것이었다. 선생이 이 분야에 대해 기여한 바는 흔히 간과되거나 제대로 인식되지 못하고 있었는데, 연대 불문학과의 이정(李亭) 교수는 이에 관해 확고한 신념을 지니고 이렇게 서술한 바 있다.

> 정석해(철학 전공)가 1945년 이래 본교의 불어과목을 담당하였다. 당시의 학계는 불어불문학을 전공한 학자가 극소수에 불과하였을 뿐만 아니라 불어를 해독할 줄 아는 학자의 수도 많지 않았으며 또한 불어불문학을 전공하였건, 또는 불어를 해독할 줄 아는 학자였건 간에 모두가 일본을 통하여 불어를 습득한 학자들이었다. 이러한 상황에서 정석해의 위치는 불어와 불란서 관계의 학문을 전파하는 데 향도자로서의 중요한 위치를 차지하였고 적지 않은 공헌을 하였다.(『연세대학교 백년사』, 제3권 「연세학술사」, 25쪽)

불학에 대한 선생의 촉매 역할이 얼마나 귀중한 열매를 열게 했는가는 파리 대학에서 우리나라 사람으로 최초의 인문학 국가박사 학위 취득의 영예를 안은 최석규 · 이옥 두 교수로 입증되고도 남는다. 최석규 교수는 선생의 제자로 1952년 3월 이후 불어 강의를 선생에게서 인수하여 그 맥을 잇다가 프랑스에 유학, 그곳에 체재함으로써 모교를 떠났으나 그의 공헌 역시 매우 값진 것이었다. 현재 프랑스 국립과학연구원에 소속된 연구원으로 음성학 연구에 일가를 이루었다. 파리 대학에서 한국사와 한국어를 강의하는 이옥 교수는 늘 "나의 불어는 정석해 선생에게서 배운 것"임을 자랑으로 입에 올렸을 뿐만 아니라 그의 아우인 이정 교수 또한 선생에게서 불어 강의를 듣고 1970년대 초 연세대 불어불문학과 창설의 실질적인 초석이 되었다.

외국 문화에 대한 태도

이렇듯 선생이 뿌린 씨가 자라 그 성과가 백일하에 입증이 되었음에도 불구하고 선생은 늘 그저 "내게서 초급 정도나 배웠겠지" 하며 자신의 역할을 겸허하게 숨기려고 했다. 선생의 강의 방법에는 찬 · 반의 양론이 없지 않았으나, 어쨌든 정확한 문법과 작문에 치중하여 후일 독자적으로 책을 보고 글을 쓰는 데 기초가 되도록 한 것은 널리 알려진 일이다. 불학의 보급에 대한 선생의 태도는 중심이 있고 사려 깊은 우리네 모범적 선비의 그것이었다. 따라서 외국 유학한 이들에게서 흔히 보듯 그 나라 언어와 문화의 전파를 마치 사명처럼 내세우는 경거망동은 선생에게서는 전혀 찾아볼 수가 없었다.

선생은 철학 전공을 하는 학생들이나 후학들과 마주하는 경우 외에는 일상적으로 외국어를 사용하는 일이 전혀 없었다. 선생은 외국어 학습을 강조하되, 늘 "그것은 마치 사람의 눈과 같소다. 외국어 하나 더하면 눈이 하나 더 생기는 거야요" 하며 학문을 함에 있어서 외국어가 필수적임을 조용히 강조할 뿐, 어느 것을 꼭 해야 한다는 무리한 요구는 일체 하지 않았다. 자국 문화의 건전한 발전을 위해 타문화에 주목하는 것이 바람직하다는 점을 시사했을 따름이다. 이런 견해는 1958년 선생이 한불문화협회의 회장으로서 그 회보 권두언에서도 밝히고 있다.

(전략) 문화는 그 본질로서 보편타당성을 요함으로 어느 문화든지 한 지역과 한 사회에만 적용될 뿐 아니라 어느 사회에든지 적용될 가치가 있어야 우월한 문화로서 자생할 수 있다. 다른 사회에 적용될 가치가 없는 문화는 다른 문화와 접촉될 시 하급으로 은폐되어 고사케 되는 것이다. 진·선·미의 본질적 가치를 내포한 문화는 타문화와 교류될 시 자기 생명을 넘겨 보존할 뿐만 아니라 타문화를 동화·흡수하여 생명을 더 연장케 한다. 문화는 빛과 같아서 광명을 더욱 널리 확충하려 한다. 반대로 만약 한 문화가 한 지역에 침체하면 생기를 잃고 부패되기 쉬운 것이다.

프랑스 문화는 문예부흥 이래 합리성에 근거하여 수학·역학의 원리를 건설하며 과학문명의 기반을 세운 것이다. 프랑스 대혁명은 구주의 사회생활 양식을 일변하여 현대 사회제도의 모형을 이루었다. 개인의 자유, 사회상 평등, 여러 민족 간 우애의 정신은 오늘에도 우리 인류 이상의 표적이 되고 있다.

우리나라는 약 300년 전부터 외교 사명의 북경 내왕을 통하여 서구문화와 접촉케 되었으며, 종교·철학·과학의 사상과 서적이 국내로 침윤되어, 당시 학자들로 전통 사상의 수면에서 각성케 하여 실학의 연구를 찬연케 하였다. 19세기 프랑스 선교사의 도래는 우리 역사상 많은 사변을 일으킨 바이나 우리 민족으로 하여금 쇄국에서 깨어나 세계적 존재로 향케 하는 기연이 된 것이다. 그 이래로 한불 양 민족의 접촉과 두 문화의 교류는 점차 더 긴밀하여지며 앞으로 동서 양문화의 융합에 필요한 유대를 형성할 줄 깊이 믿는 바이다.("문화교류의 길", 「한불문화협회보」, 제2호, 1958)

선생이 우리 문화의 선진화 작업에 견고한 돌을 놓고 후일을 내다보게 하는 데 기여한 것은 여러 면에서 값진 일이거니와 불학의 이식에서도 그것은 뚜렷한 족적을 남겨 놓았다. 해방 후 이 나라에 서양학문을 소개하고 전파하는 데 있어 늘 최고원로의 하나라고 하는 위치에서 선생의 이바지한 바는 쉽게 헤아릴 수 있는 것이 아니다. 그때에는 학계에서 영·독·불어를 자유롭게 활용할 수 있는 학자가 희귀했는데 선생은 이런 희귀한 인물 중의 하나였다.

베르그송 철학의 영향

철학교수로서의 선생의 면모는 앞에서도 여러 번 언급한 바가 있다. 선생의 강좌는 물론 여러 방면에 걸쳐 있었으나, 본령은 역시 논리학과 인식론이 아니었는가 한다. '철학은 형이상학'이라는 신념에도 불구하고 선생의 실력이 돋보이는 데가 바로 이런 과목에서였기 때문이다. 깊이 있는 사색을 좋아하고 궁극적인 실상을 포착하려는 선생의 열망이 플라톤 · 아리스토텔레스로부터 브래들리 · 하이데거 등의 형이상학자들을 논의의 주제로 올려놓게 하기는 하였으나, 안개 속을 더듬는 듯한 존재론적 혼미보다는 역시 명쾌한 인식론적 · 과학비평적인 밝은 통로로 해서 형이상학에 가 닿는 접근 방법이 오히려 선생의 철학의 성격을 특징짓는 것이 아닐까 한다. 선생이 자신에게 가장 큰 영향을 주었다고 말했을 뿐 아니라 학부에서 철학 강독에 으레 끌어들였던 베르그송의 예를 볼 때, 이는 거의 분명한 선생의 입장이라고 할 수 있을 것 같다.

선생은 그것이 인식론이건 형이상학이건 간에 많은 상이한 방법과 이론의 학자들과 저술들을 토론의 자리에 끌어들였다. 그런 까닭으로 해서 문제의식의 통일성이나 선생의 입장에 의혹을 갖는 경우도 자주 있곤 했다. 그러나 선생의 말대로 은사 들라크루아 교수의 방법이 그랬듯이 이질적인 철학들의 서로 상충하는 대립적 견해들을 헤치고, 학생 스스로가 정리된 생각을 갖추도록 하는 여백과 자유를 부여하는 특색이 긍정적으로 받아들여질 수도 있을 것이다.

영 · 미 · 독 · 불 어느 나라 철학에도 치우치지 않은 공정한 소개로 간접적으로나마 결코 사상의 강요나 정신적 세뇌를 경계하고 자유로운 사고의 실험을 허용하는 선생의 의도는 그렇기 때문에 한층 존중할 만하다. 그 많은 자료를 서로의 연관이야 어떻든 하나하나 정독하여 이해하고 자유로운 구성과 정리의 여지를 남겨 놓는 방식은 아무래도 선생의 자유정신의 반영임에 틀림없었다.

철학의 접근 방법과 형이상학에 대한 선생의 기호를 충족시키는 데 있어서 베르그송은 늘 선생을 사로잡았던 것 같다. 질적인 것의 양화·공간화를 가져온 과학적 기계론을 거부하고 순수 지속의 '참 자아'의 배경을 드러내는 베르그송의 사상에 심취했다는 것은 선생의 철학의 이해를 돕는 열쇠가 아닌가 한다. 이론적 개념들을 미리 설정하여 현실적 구조를 해명하려는 독일관념론이 아니라, 생동하는 현실을 직관적 명증성에 자리 잡게 함으로써 결정론으로부터 자유를 구제하고 주체적 실천 내지 행동에의 문을 열어 놓은 것이 베르그송의 철학이다. 이것은 '이론화한 실천'의 테두리 속에서 사념의 끝없는 반복이라는 수렁에서 헤어나지 못하는 독일철학의 어두운 몽상이 아니다. 그것은 미래에 대해서 열려 있는 자유로운 자아가 참된 인격을 창조하면서 정의로운 행동에의 투신을 가능하게 하는 근거이다. 선생은 그래서 베르그송을 이렇게 긍정한다.

… 자유 문제에 대한 모든 오해는 베르그송에 의하면 '자유에로의 해방을 공간 안에서 생기는 진동과 같이 생각'하는 데서 유래한다고 말한다. 행위하는 이가 이 방향으로 갈까 저 방향으로 갈까 하는 선택의 자유는 피상적이요, 실재하는 것은 생생히 살아 있는 자기이므로, 그 자기의 자유로운 행위는 스스로 해방되어 진전하여 가는 것이다. 요컨대, '우리 행위가 우리의 전 인격에서 흘러나오고, 전 인격을 행위가 표명할 때' 그리고 동시에 그 행위가 인격을 확충하여 인격을 완성할 때에 우리는 자유인 것이다. 관념론자가 생각하듯이 자아는 이미 완성되어 있는 것도 아니요 고정된 것도

아니다. '자유는 유동적 진행이므로, 자아의 능동 그것은 산, 참 실재와 마찬가지로 부단의 생성 속에서 스스로를 실현해가고 있다.' 남의 인격에 대하여, 그의 과거에 대하여 판단하듯이 그처럼 충분히 남의 미래의 행동을 예견할 수 없는 것이다. 같은 원인에서 같은 결과가 난다고 하는 논리적 필연관계, 즉 결정론은 인생 현상에는 적용의 문이 막혔다. 구체적 자아가 수행하는 동작과의 관계를 유라고 부르는 것이다. 이 관계는 자유이므로 우리는 이를 정의할 수 없다.

베르그송은 위에 본대로 내적 자아와 외적 자아를 구분했다. 전자는 내적 · 계기적 · 시간적이요, 후자는 양적 · 병렬적 · 공간적이다. 외적 자아는 일상적 자아요, 사회생활을 가능케 하는 것이다. 그러나 참 실재를 구하는 이는 일상적 자아를 내버리지 않으면 아니 된다. 단번에 실재의 한 복판에 뛰어 들어가지 않으면 아니 된다. 내적인 자아, 자유로운 참 자아를 붙잡으려면 극도의 긴장이 필요하다. 생동하는 자아는 내감하는 길밖에 없다. 대상과 합일하여, 스스로 대상 그것이 되어 대상 안에서 보는 것이다. 이것이 직관(Intuition)이요, 그리하여 직관은 공감이다.

베르그송은 이 시론에서 구체적, 현실적인 자아의 실존을 드러냈고 표면적인 자아에서 본래적인 자아를 구별하였다. 그 내적 자아는 생성의 과정에서 이루어가고 있어서, 그 본질이 자유임을 갈파하였다. 자아를 고정한 인식 기능, 즉 이성으로 보는 칸트의 관념론을 극복한 것이다. 실로 베르그송은 현대 새 정신의 한 개척자이다.("시간과 자유", 「신동아」 1968. 1. 부록)

선생의 이와 같은 견해는 자유란 절박한 상황에서 회피하는 것이 아니라 오히려 현실에 참여하고 미래를 건설하는 힘이라고 보는 행동적 실존주의에 연결되는 것으로서, 선생의 강의 프로그램에 자주 올랐던 사르트르와 메를로 퐁티의 입장을 되새기게 한다. 데카르트 이래 인간이 확신을 가지고 의지해 온 '의식'의 심화를 독일의 관념론이 성취했다고는 해도, 그 의식의 추상화의 제고가 아니라 그것을 인간화하고 구체화함으로써 거기에 생명을 불어넣은 것은 프랑스적 실재론이었다고 할 수 있을 것이다. 선생의 '형이상학'이 '직접 소여'로서의 '실재'를 중시하고 그 오의(奧義)를 체현하는 것이 삶의 진수임을 보여주는 것은 다음의 글에서도 쉽게 판명된다.

> 인간 정신이 부단히 변화하는 현실 세계에 부닥쳐 서로 조화를 이루는 데서 진리와 학문이 생성되어 가고 있다. 인간 정신에게 이미 고정한 활동 형식을 예정하거나 세계의 영구한 법칙을 예상하는 것은 안정감을 요구하는 이성의 표현일 뿐이요, 생생한 현실은 부단히 창조되어 가고 있다. 이에 따라 학문과 진리도 재구성되고 항상 진전될 것이다.("학문과 진리의 문제", 『현대사상 강좌 III』, 1960)

인간의 정신과 의식을 허구화·추상화하는 것이 아니라 거기다가 인간과 현실의 옷을 입혀 현실적으로 살아 움직이는 의식이 되게 하고, 삶과 현실이 또한 인간적인 체취와 숨결이 담긴 그러한 것들을 지향케 하는 데서 우리는 선생의 기본사상이 지극히 인간주의적이고 현실주의적이며, 따라서 창발론적인 것임을 이해하게 된다. 선생은 순수수학의 '환영'을 찬탄하면서도 그것이 한낱 허구로서 존재하는 게 아니라 우주의 경이를 드러내는 인간 정신의 노력이라는 것을 확신했으며, 철학적 이론의 세계가 아무리 준엄하고 냉정하다고 해도 그것이 육화된 인간정신의 성과임을 잊지 않았으며, 사회와 역사의 진로가 아무리 질곡과 모순으로 점철되었다고 해도 인간적 노력에 의한 장애의 극복과 창조의 길이 있음을 의심치 않았다. '실재'를 대면한 인간적 겸허와 적극적인 희망의 '포즈'를 우리는 선생에게서 놓칠 수가 없다.

인간을 위한 학문

인간의 존엄성에 대한 선생의 경외는 노경에 들어서면서 현실세계 문제와 관련지어 훨씬 더 폭넓고 깊이 있는 사색을 통해 한결 더한 강도를 지니고 나타났다. 선생은 '이론의 자기 논리', '이론을 위한 이론', '이론에 이끌리어 거기 노예화된 인간적 궁경(窮境)' 등에 경종을 울리며, 인간과 학문을 밑받침해주고 있는 거대한 현실 · 세계 · 자연에서 눈을 돌릴 수 없음을 명백히 표명하고 있다.

> 인구 폭발의 위험이 사회 문제가 되고 인구의 인위적 조절이 개인 의식에 필요를 느끼게 되었다. 현대인은 인간의 실천상 목적이 행복에 있다고 판단하기 전에 인간 존재에 대하여 먼저 반성해 보게 된다. 인구 조절은 인간 존재가 사람 자신의 손에 달려 있다는 믿음을 갖게 한다. 이럴 때에 사회적으로 그 조절을 명하는 정치적

기구가 거대한 위력을 가진 괴물(Leviathan)로 등장하는 것이다. 인간 존재까지도 규제하려는 이 괴물은 신을 대신하여 군림하려는 것이다.

피론(Pyrrhon)은 그 시대에 사람들의 의견이 다르고 심지어 대립되는 주장을 하므로 학문에 있어서 객관적 인식이 불가능하다고 생각하였다. 그래서 피론학파는 사물에 대하여 올바른 태도는 아주 판단을 중지하는 것(epoche)이라고 하였다. 어떤 적극적인 주장을 삼가자는 것이다. 어떤 문제에 대해서든지 「그러할는지 알지 못한다」고 하든지 「아마 그러할 걸」 하는 정도로 단정을 미루는 것이다. 「단정을 하지 않는 것도 단정하지 않는다」고 덧붙이는 것이다. 하나, 현대인은 삶에 대한 태도보다도 인생 존재에 더 깊이 의심하게 된다. 사람 존재가 사람 손에 의하여 좌우되면서 자기 존재의 밑바닥을 잃게 되었고 존재의 가치를 의심하게 되었다. 현대인이 서 있는 기반이 깨어지므로 사람은 허공으로 굴러 떨어지고 있다. 이러한 파멸의 허공에서 맴돌며 어지러워하는 것이 현대의 정신적 상황 아닌가 생각된다. 이 구렁텅이에서 피론을 구해낼 소박한 농부는 누구인가? 자연으로 돌아가라는 외침이 의미 깊은 것 같다.(「연세소식」 1973년 봄)

인간 존재와 그 삶에 대한 실로 의미 깊은 주장이 아닐 수 없다. 철학적 사색이 실천적 삶과 괴리를 나타내지 않은 선생의 발언이라 더더욱 경청할 만하고 음미할 만하다. 아무리 의식의 깊은 심연을 내려간들 인간 의식의 사실이라고 하는 것이 엄연한 진실일진댄 사상과 실천이 자유로운 자아의 약동하는 두 측면에 지나지 않을 것이며, 그런 의미에서 양자는 사실상 서로 대치·상극하는 것이 아니라 제휴 삼투함으로써만이 정당한 사상이요 실천이 된다고 할 수 있겠다. 그런고로 선생에 있어 사상과 실천적 행위는 근본적으로 불가분리의 하나였던 것이다.

하나의 사회·역사철학이 있고 인간학이 있으므로 해서 실천적 행위의 근거가 주어지며, 그 연계가 이루어지는 예를 흔히 철학자들, 특히 독일철학 한 이들에게서 발견하게 된다. 그러나 기이하게도 그것은 실천의 이론화일 뿐 실천 자체는 아니요, 오히려 실천에의 이행을 가로막는 장애가 되는 수도 있다. 단순히 추상적 관념으로서의 '실천'에 머무는 까닭이다.

여기서 우리는 과거 우리의 대표적 철학자라는 이들의 경우에서 그토록 '현실'을 주제로 한다면서도 사실상 노정되는 그들의 학문과 생활의 괴리, 이론과 실천의 불통일성을 유의해 볼 필요가 있다. 현실과 이상의 통일을 모색한다는 그들의 야심은 자주 왜곡된 현실 긍정 내지 현실에 영합하는 태도로 귀착하는 예를 목격케 했다. 그토록 강한 '현실'에의 관심이 현실적으로 좌절하고 모순을 드러내고 만다는 것은 참으로 아이러니가 아닐 수 없다. 산 경험에서 떠난 공허한 관념·도식 체계가 무반성적으로 무단 채용되었을 때 범하는 당연한 오류인 것이다.

따라서 이와 같은 사실은 실재론적이고 객관적인 견지에서의 현실 이해가 얼마나 그와 같은 위험과 과오에서 우리를 벗어나게 하는데 도움이 되는가를 새겨 두게 한다. 실제로 학자가 현실적 부정(不正)에 분개하고 그것을 좌시하지 않고 간단히 행동의 세계로 뛰어들 수 있는 것은 이런 객관론적인 정신, 과학정신에서 예증되는 공평무사한 정신, 그 순수성의 발로인 경우가 많다. 요컨대, 철학은 다른 학문보다도 종국엔 인간 그 자신과 그의 삶에 귀착하는 것인 만큼 '잘한 철학'과 '잘못한 철학'이 외부 세계에 대해 미치는 각각의 영험은 실로 엄청난 것일 수가 있다.

최근 백년간의 한국 사회와 역사의 과제로 보아 선생은 이 점에서 분명 모범이요 귀감이 된다고 하겠다. 향후 우리 학계를 비롯한 이 사회 전반에 걸친 정통성 시비를 가름하는 데 있어 선생은 반드시 참조될 만한 인물이다. 오늘날 철학에 있어서도 자생적이고 주체적인 문제와 그 해결을 요구하는 소리가 여기저기서 들려오는 바, 이런 시점에서 볼 때 선생의 학문과 생애는 이 나라 철학계의 대선배로서 우리의 철학적 정통성 수립에 있어 긍정적인 수용이 있어야만 하리라고 믿는다.

우리는 19세기의 철학적 고답주의의 세계에서 너무도 철학의 학적 미망에 사로잡혀 있다. 철학은 저 멀리 소크라테스 · 플라톤에서부터 근세 여명기의 조르다노 브루노와 18세기의 활기찬 사상가 등, 기라성 같은 실천적 지성인의 군상을 철학의 역사에서 이미 가지고 있다. 다만 이러한 맥락을 철학사에서 충분히 살리지 못했을 따름이다. 학문과 실천의 관계 수립이 좀 더 확고히 되어야 함은 오늘날 학문의 지상의 과제인 바, 선생의 우리나라 현대 철학사상의 위상은 분명히 여기에 달려 있다고 보아야 할 것이다.

5. 사상과 생활신조

선생에게는 보통 과묵한 이에게서 볼 수 있는 무게가 있지만, 경우에 따라서는 필요할 만큼 자신을 표현하기를 주저치 않는 성품이 있었다. 특히 동료 교수들이나 제자들과 같은 격의 없는 이들과 같이 하는 사석에서의 선생의 담론은 듣는 이를 더없이 유쾌하게 만들곤 했다.

선생에게는 또한 학덕이 높은 이들에게서만이 풍기는 품격의 향기가 있지만 그 자신 가장 평범하고 소박한 생활인이었으며 또 그렇게 평범하고 소박한 인간들 속에 늘 있었다. 선생은 과연 어떤 이인가, 어떤 생각을 지니고 살았는가. 뭔가 명시적인 표현이 있었어도 여전히 선생에겐 많은 신비가 감돈다. 대체로 선생의 인간과 사상에 대해서는 단편적인 이해의 범위를 넘어서지 못하는 게 사실이다. 이제 오래 두고 옆에서 기회 있는 대로 청취하고 목격한 선생의 언행을 통해 선생의 사상 및 그 생활신조를 추정해 볼 따름이다.

1) 유가적 명분과 서구의 개인주의적 자유주의

구한말에 세상에 태어난 선생은 설명할 것도 없이 구시대의 사람이다. 학문의 시작이 한학이요, 대대로 내려온 유가적 선비의 가계를 지니고 있는 만큼 유가의 기풍과 규범의 실천이 일찍이 몸에 배었을 것은 당연한 일이다. 그런 까닭에 서양 세계에서 20년 생활을 했으면서도 우리네 옛 선비의 기품을 그대로 간직하고 있었던 것이다. 평생 건강을 위해서건 또는 취미로건 무슨 운동을 하는 걸 본 일이 없을 뿐더러 가무를 즐기는 걸 보지를 못했다. 선생이 캘리포니아에 가 있을 때 골프장 아래 살았다는 말이 와전되어 '골프도 하는 멋쟁이(?)'로 오인된 일이 있지만, 사실은 그런 것은 할 줄도 해 본 일도 없었다. 술과 음식을 대하여 유쾌한 담화의 꽃을 피우는 일은 있으되, 가락을 청하거나 거기 취하는 일이 없었다.

놀기를 좋아하는 이들은 이걸 매우 무취미하다든가 무미건조한 생활인이라 할는지 모르나, 실제로 선생은 그런 부류의 인간이 아니었다. 선생의 취미와 개성은 너무도 강해서 오히려 기호가 분명했다. 시간이 있으면 서점에 들르고 남과 내용 있는 대담을 하는 정도로 만족했다. 집안에서는 좀 무거운 공기가 감돌았을는지는 모르나, 학문하는 사람으로서는 선생과 같이 있을 때는 지루한 것 모르고 지내게 되는 쾌적한 기분을 맛보게 해주었다.

그러나 선생이 유교사회의 영향을 입었다 해서 그저 고식적이고 제도화된 유가풍을 그대로 답습하는 것은 결코 아니었다. 월남한 철산의 종친들이 하동 정씨 철산파 종친회를 만들었을 때 선생은 그 초대 회장에 추대되긴 했으나 생애를 통해 혈족주의에 물든 흔적을 조금도 찾아볼 수가 없었다. 밖으로 그런 회합에 관련되어 있었다는 걸 전혀 나타내 보인 적이 없어 이런 사실을 발견했을 때 오히려 필자에게는 한 가닥 놀라움과 기이함마저 뇌리에 떠올랐음을 고백치 않을 수가 없다. 그만큼 선생은 가족과 혈족의 사람이라고 할 수가 없었다.

그런데 이 같은 생활 태도가 반드시 유가의 범주에 국한된 것은 아닌 만큼, 선생의 사상이나 생활신조를 꼭 우리의 전통사상의 계승이라는 차원에서 보아서는 안 될 것 같다. 일제 식민주의에 대항한 민족 독립운동과 독재정권에 저항한 반독재 민주화운동 같은 기치를 드높였던 선생의 뚜렷한 족적이나 일상생활에서의 규모 있는 생활 태도는 모두가 합리적인 서구의 개인주의 사상, 자유주의적 사상에 뿌리를 두고 있다고 보게 하는 것이다.

형식보다는 반드시 실현되어야 할 당위성이 있는 것이면 기필코 실천에 옮겨야 한다는 게 선생의 신념이었던 만큼 올바른 생각과 행동은 선생에게 있어선 분리되어 있을 수가 없었다. 이런 점에서 선생은 일종의 '래디컬리스트'이기도 했다. 선생의 생각뿐 아니라 행동에서도 파격적인 면이 어렵지 않게 목격되는 것도 이와 관련이 깊은 것이다.

그저 추상적인 명분에 얽매어 아무데서나 요지부동의 경직된 자세를 취하는 게 아니라 일신의 문제를 떠난 커다란 문제, 가령 구체적인 사회적 · 현실적인 이슈가 아니고는 웬만한 일엔 격식이 오히려 없어 편의 위주라고 해도 무방할 정도로 자유롭고 개방적인 것이 선생이다. 쓸데없이 버티고 앉아 어른 행세하려는 일도 없고 격식에 맞춰 일을 해야 한다는 허례허식이 전혀 없었다. 필요하면 손아래 사람도 찾아가 보고 아무데서나 해야 할 일은 하고 돌아섰다. 근본주의건 과격주의건, 여하튼 이런 것들이 선생과 친근한 개념들이라고 해야 옳을 것이다.

개인주의 사상은 물론 자기 이익을 앞세우는 이기주의와는 판이한 것이다. 인간으로서의 개인의 존엄성을 인정하고 자기반성을 통해 주변 세계와의 관계를 깊이 통찰하여 나온, 일종의 건전한 인간주의이기 때문에 서양 근대문화의 원동력으로 작용한 것이었다. 그런 개인주의는 개인의 자기실현이 그와 상관관계에 있는 사회를 떠나서 이룩될 수 없음을 간과하지 않는다.

선생은 이런 의미의 합리적 개인주의 상을 지니고 있었다. 그렇기 때문에 선생은 항상 개인보다도 큰 실체로서의 사회·이웃을 먼저 생각하는 명분, 이상을 늘 저버리지 않고 살았던 것이다. 선생에게 있어 감동을 주는 것이란 모두가 이런 것과 관련이 있다. 민족의 독립운동이나 반독재 민주화운동이나 어느 하나도 선생의 의기를 돋우기에 충분한 것이었다고 하는 것이 바로 그런 데 이유가 있었다. 선생은 삶의 의미를 이렇게 뚜렷한 명분, 높은 이상 속에서 발견했으며, 그런 것들과 자신을 하나로 만들고자 필생의 노력을 기울여 왔던 것이다.

선생의 마음은 돌같이 굳고 얼음같이 차가우나 선생의 눈시울이 뜨거워지고 목을 메이게 하는 일이 있다고 하면 그건 오직 민족적 과제와 민주주의를 위한 투쟁에 얽힌 사연을 회고할 때뿐이었다. 크고 장중한 광경, 숭고한 행위 앞에서 뉘가 옷깃을 가다듬지 않으련만 선생에게 있어서는 오로지 그와 같은 일과 장면만이 감명을 주는 것이었다.

이런 이유 때문에 선생은 명분이 뚜렷하고 의로운 일엔 한 보도 양보하지 않았을뿐더러, 거기서 회피하는 자를 비굴하게 여길 수밖에 없었던 것이다. 선생에게 있어 진실과 허위, 용기와 비겁, 이것은 단순히 인식과 가치의 범위에 머물지를 않고 존재 자체를 규정하는 절대적 개념이었다. 거의 남의 얘기를 하지 않고 남의 일에 그리 관심이 없어 보이는 선생이 이런 문제와 결부된 것에 있어서는 하나도 놓치지 않고 있음도 그 까닭을 알 만한 일이다. 또한 선생이 백낙준 씨에 대해 평생 유감스런 감정을 지울 수 없는 것도 오직 그와 같은 문맥에 있어서임을 충분히 이해할 만하다. 오래 전 한결과 선생의 사담으로 나타난 다음의 글은 백 씨에 대한 선생의 평가와 아울러 선생의 가치관을 단적으로 표명 해준다.

> … 한담 중에는 옛적 한글 파동 때 이선근 문교장관의 한글맞춤법 비판 강연하던 때, 백낙준 씨의 겁쟁이 태도 이야기가 나왔다. 문과대학장인 자기는 그 강연회 주최를 학생(국어국문학과)에게 허락했는데, 백 씨가 자기를 부르더니 정부의 비판 강연을 하게 되면 어찌하겠느냐고 야단을 치므로 자기는 자기가 허락하였다고 미루고 학교에 나오지 말고 피하라 하여 그리하였다고 한다. 하기야 고려대학생도 이러한 강연을 하려고 하였는데 유진오 총장이 막아서 못한 일도 있던 때니 그리함도 괴이하지는 않다 하겠으나 애국자라 자처하면서 희생을 털끝만큼도 당함이 없을 만큼 요리조리 회피하여 왔다고 함이었다. 105인 사건 때도 피하였으므로 걸리지 않고 면하였다고 한다.(김윤경, 「일기」, 1962. 11. 25)

사람이 정당한 일과 정당치 못한 일을 식별하여, 일단 이런 인식에 근거해서 확고한 소신을 가지고 책임 있는 일을 한다는 건 많은 사람이 당연한 일로 말하지만, 실제로는 그 본을 보기가 쉽지를 않다. 선생의 인물관은 분명히 당연하게 여기는 원칙에 입각한 것이었다. 반면, 백 씨가 선생을 보는 바는 그저 불어교수에 지나지 않는 것쯤으로 생각했을는지도 모른다. 백 씨는 많은 강연과 글을 남겼지만 철학적 사색이 엿보이는 대목이 눈에 잘 띠지 않는다. 자주 바쁜 생활로 중단된 학문의 계속을 다짐하면서도 우리는 그가 그의 학위논문 "한국에서의 선교사" 이외의 학문적인 업적을 그 생전에 남겼음을 결코 알지 못한다. 그러면서도 그는 느닷없이 심리학자 성백선 교수에게는 외람되게 "선생, 손다이크(Thorndike)를 아시오?"한다든가, 러셀 강독을 하는 손명현 교수에게 "러셀은 무신론자가 아니냐?"고 하는 망발을 주저 없이 토로했던 것이다. 사람의 인격은 그 자신의 문제로 그치는 게 아니라 원숙한 인격자에게 심적 공해를 안겨준다는 데 문제가 있다.

선생의 근본주의적 태도는 말과 행동의 괴리를 용서치 않는다. 말의 일관성, 그리고 말과 행동의 일관성이야말로 선생의 확고부동한 신조이다. 그러나 선생의 합리적 개인주의 사상은 자유주의 이념과 밀접히 고리가 채워져 있었다. 그렇기 때문에 선생은 그 자신의 개인적 판단에 의거, 과감히 행동에 뛰어들었지만, 그것은 어디까지나 그 개인의 행동으로 자족하였지, 그러니 누구보고 그걸 따르라 종용하거나 설득하려는 생각은 조금도 하지 않았다.

쉽게 말해서 선생은 조직적 행동가는 아니었다. 모든 활동은 그 스스로 옳다고 생각해서 할 뿐, 다른 이의 동참을 나서서 적극적으로 구하는 법이 없었던 것이다. 이 점이 오히려 소홀하다 하여 문제시하는 이도 있었지만, 선생은 개인의 존엄성과 자유를 무엇보다도 중시한 만큼 위험한 일, 모험을 요하는 일에 다른 이 특히 가까운 이의 동조를 무리하게 얻고자 하지를 않았던 것이다. 모두 자기의 자유로운 선택에 맡기겠다는 뜻이었다. 이러한 선생의 기본 입장을 박진목 선생은 이렇게 말한 바 있다.

정 선생님은 과거 인물들에 비추어 볼 때, 안도산과 닮은 데가 있어요. 왜냐하면 도산이 자기 밑에 있던 사람이 혹 일본인에게로 가겠다고 하면, 가라고 선뜻 허락했기 때문이지요. 물론, 이것이 도산을 비난하는 이들의 한 근거가 되기도 했지만, 정 선생님도 이 점에서는 유사한 태도를 지닌 분이더군요.

자기 생각이 정해졌으면 그렇게 하는 것이 인간의 자유이며, 그 책임만 지면 된다는 지극히 실존적인 입장이었다. 그렇다고 선생이 피상적인 상대론에 빠져서 무엇이나 정당화했다는 것을 의미하는 것은 아니다. 주어진 조건에서 요망되는 최선이란 물론 엄연히 있다고 해도, 사람의 생각과 행동은 자유라는 말이다. 그러니까 선생은 어떤 경우에도 일 자체를 가지고 논란하지 사람을 미워하지를 않았던 것이다. 선생에 대한 김재호 옹의 인물평도 이를 뒷받침해 주고 있다.

그이는 남과 다른 특수한 점이 있지요. 아무리 잘못해도 그놈 나쁘다든지 몹쓸 놈이라든지 하는 말이 없어요. 누가 나쁜 짓을 한 걸 분명히 알고 말해도 그저 '이런 사람도 있고 저런 사람도 있어서 구성된 것이 이 사회인데……' 하고 말아요. 그래서 나는 그를 철학자라기보다는 철인(哲人)이라고 보아요.

선생은 분명히 괄괄한 성격의 소유자인데 이만한 여유와 관용을 잘못한 이에게 베푼다는 건 웬만한 수양 가지고는 안 될 일이었다. 그러니까 선생은 근본에 있어서 개인주의적 자유주의자요 인도주의자였으며, 그러면서도 대의명분의 이상주의자요 근본주의적 사상과 실천의 사람이었다고 볼 수가 있는 것이다.

2) 인격적 완성을 위한 '자기 실현'의 요구

선생은 불합리한 제도와 불법적인 힘의 남용을 준엄하게 비판하고 대항하는 용기 있는 사람이었음에도 한 번도 그와 같은 일을 무리하게, 또 떳떳치 못하게 행한 적이 없었다. 실천적 행동의 사람임을 그렇게 적시에 증명하면서도 조금도 거칠거나 사리에 어긋나는 방식에 의존한 적이 없다. 결국 선생은 부단한 자기실현의 한 반영으로서 일체의 현실적 활동에 균형감을 부여할 수가 있었다.

선생의 생각과 말 · 글 · 행동이 모든 것에는 그 인격의 표현 아닌 것이 없었다. 1970년대 중반에 독립유공자 10여 명의 일본 방문 여행이 유신정권에 의해 마련된 적이 있는데, 이때도 선생은 "우리는 총을 안 가진 사람이니 죽음을 두려워 말고 남의 잘못을 설득해야 한다. 또, 없는 것을 있는 것으로 만들지 말아야 한다. 그런 사람은 자신을 속이는 사람이므로 자기 고발자일 뿐"이라고 역설했다.(당시 수행했던 박진목 씨 증언) 이것은 아무리 위험이 따르는 일을 하더라도 정정당당한 일임을 자각한다면 용기를 가지고 소신 있는 표현에 의지해야지, 비열하게 또는 컴컴하게 흉계 · 음모 · 무법한 폭력 등에 의지해서는 안 된다는 것을 철칙으로 여기는 선생의 인간됨을 여실히 나타내

주고 있다.

선생이 '5 · 16 쿠데타'를 경멸조로 비난할 때 자주 장준하 씨의 지적대로 '왜 그렇게 훌륭한 의도를 지녔다고 하면 백주에 할 일이지 남이 다 자는 밤중에 일을 꾸미고 실천해야 했는가'라고 했던 것도 이와 같은 문맥의 말일 것이다. 올바른 일을 생각하는 것에서 시작하여 그 일을 시행하는 것도 인격의 표현임은 물론, 이와 같은 일이 요청될 때 주저하지 않고 표현하는 것도 역시 인격의 완성에 필수적이다. 선생은 그렇기 때문에 인격에 훼손이 되도록 하는 어떠한 변칙적인 사고도, 또 그 실행 방식에도 동의하지를 않았다. 무슨 일이건 그 사람이 왜 그런 일을 하는가가 분명해야만 했다. 선생은 그래서 젊은이들을 책망 · 힐난하는 경우 격앙된 어조로 '젊은 사람이 왜 분명치가 않느냐', 혹은 '현대인이 그렇게 불분명해서 되겠는가'라는 투의 말을 잘 했던 것을 누구나 기억할 것이다.

선생의 이런 태도는 인격의 완성을 위해 젊은 세대가 혼신의 노력을 기울일 것을 은연중 간절히 기대했음을 알게 한다. 한번은 이런 일이 있었다. 선생이 사랑하던 제자 김창성 군(미국 몬터레이 거주)이 대학원에 적을 두고 있을 때 대학원장 김윤경 선생의 어떤 조치로 자기가 피해를 입게 된 것을 불평했던 바, 선생은 다 듣고 나서 "군이 설령 옳다 한들 김 선생님의 인격과 군의 인격을 세상 사람이 어찌 비교하겠는가? 군이 좀 더 생각해 볼 일이 아니겠나!" 하고 일축해 버렸다. 사리를 따지는 것도 중요하지만 세상사는 좁은 자기 주관에 너무 매달려 생각지 말고 좀 더 넓은 시야에서 일을 생각하고 신중한 처신을 해야 함을 당부하는 선생의 교훈이 담긴 일화이다.

선생이 제자들에게 지나칠 정도의 강훈과 질책을 서슴지 않은 것도 이유가 분명했다. 다른 이들에게는 그렇게 관대한 선생이 제자들에게 양해나 용서를 빌 수 없는 무섭기만 한 존재로 보였던 것도 그들의 분발을 촉구하는 선생의 기대에서였다. 그리고 또 '완전한 이상'의 기준을 향한 선생의 강렬한 열망의 복합적 산물이었다고 여겨진다. 사람이 되는 길이 뼈를 깎는 아픔과 한쪽의 희생이 없이 그저 주어지지 않는다는 사실을 깊이 새겨 두도록 하는 그 무엇이었다. 선생이 자기의 제자를 어디 추천하지 않은 일도 이와 연관된 이야기가 되리라고 본다.

선생은 자기 제자를 어디에 추천한 예가 별로 없었다. 밖으로 천거하지 않았을 뿐 아니라 학교 안에서도 다른 학교 인사가 천거해 온 이의 큰 흠이 없는 한, 그것부터 고려의 대상으로 삼는 경우가 많았다. 이런 점에서 선생의 직계 제자들은 항상 손해 볼 각오가 되어 있어야 했다. 웬만한 상식으로는 도무지 납득이 가지 않을 일이다. 그러나 선생은 그와 같은 인생관을 지니고 있었을 뿐만 아니라 많은 비난과 비판의 소리를 들었을 것임에도 그 같은 자세를 평생 고수했다. 필자가 아는 한, 극히 소수의 경우를 제외하고는 선생이 누구 직장 찾는 일에 도움을 준 일은 별반 없었다고 믿는다. 따라서 선생의 문하에서나 주변 인사들까지도 이런 일에는 선생이 관여 안하는 분으로 대개 인식되어 있었다.

오늘날 우리 사회에서는 '제 사람 만들기'에 혈안들이다. 제 자식, 제 계통 사람을 무리를 하면서까지 밀어 넣는 일은 당연하고 어디서 흘러왔건 온갖 수를 다해 자기 쪽 사람으로 만들고자 경쟁적이다. 이런 세태를 의식해서인지 선생은 "내 군들에게는 아무 한 것 없쇠다" 하고 잘라 말하곤 했다. 남들이 어떻게 살아가는지를 선생인들 모를리 있겠는가. 다만 선생은 선생 나름의 뜻이 그들과 같은 길을 걸을 수 없게 했을 뿐이다.

우리의 전통 윤리 속에서도 남 앞에서 제 자식 자랑 아니 하고 남을 칭찬해 주는 일은 미덕의 하나였다. 자식의 자질·능력은 차치하고 그저 좋은 자리에 가도록 무슨 일이든 무릅쓰는 일은 점잖은 집안에선 생각도 못할 일이다. 더러 동·서양 어디서건 학자가 제자로 하여금 학통을 잇게 하고자 도제 체계를 유지해 온 일이 없지는 않으나, 이것 또한 비판적 검토 없이 무조건 고수되어야 할 관행인지는 생각해 보아야 할 문제인 것이다. 왜냐하면 교육이 특정 계층의 전유물이던 사회 구조 속에서는 몰라도 교육의 보편화·기회균등으로 문호가 크게 열린 경쟁의 마당에서 '페어플레이'를 통한 인선이 요구되는 때에 낡은 시대의 한 관행이 그렇게 존중되어야 할 까닭은 없기 때문이다.

심지어 선생의 문하생들 가운데서도 이 점에 오해가 있어 선생을 비판하는 수가 종종 있었으나, 시계를 더 넓혀 새로운 진취적인 철학에 선생의 입장을 일치시켜 볼 때 오히려 무정해 보이고 물정을 모르는 것 같은 선생의 생활 태도가 얼마나 점잖은 인격의 한 표본이었는가를 알게 한다. 선생은 자신의 장래 문제와 결부시켜 속되게 자기 울타리를 만들어 간 이가 아니었으며, 또 그 같은 옹졸하고 꾀죄죄한 생각을 속에 품은 적도 없었다. 혹 선생의 다른 관심이 그런 쪽을 볼 여유를 박탈했던 것이 아닌가 하는 이도 있을지 모르겠다.

그러나 어떤 이유에서건, 선생은 자신의 후일을 편하게 하고자 그 생활을 전략화하는 요즘의 '똑똑하고 현명한' 인사들과는 유를 달리하는 이였다. 나라의 일, 민족의 문제가 우선하던 시절을 보낸 1980대 말 이전 이들에게서 흔히 보이는 사소한 일로부터의 초탈, 개인적인 비운을 굳이 도모하기라도 하듯 늘 '오늘'의 일에 전념하는 희생적인 몰입을 우리는 선생에게서 쉽게 감지할 수가 있다. 현실을 살면서 그것을 무사공정하게 보고자 하였고 이 세상을 열심히 살았던 탈속의 경지를 선생의 생애에서 직시하게 되며, 그래서 우리는 선생 앞에서는 머리를 숙이게 되는 것이다.

이 사회에서 지양되어야 할 병폐 중의 하나는 더러운 '정분의 덕'이다. 정당성 여부가 새김질되고 확증되기도 전에 서둘러 모두들 제 '울타리'를 짓기에 바쁘고, 또 그렇게 해서 '국지화된 논리'의 조작에 광분하고들 있는 시점에서 선기(禪氣)마저 느끼게 했던 선생의 고고한 삶의 자세는 오히려 후학이 두고두고 되새길 올바른 지침의 값을 하리라고 믿는다. 비속(卑屬)과 문하(門下)에 부귀와 평안을 가져다주기는커녕 고난과 형설의 길을 열어준 것이 위인들의 가르침이었다고 하는 것을 이해하기란 어려운 일이 아니다. 선생은 이들 위인의 반열에서서 후진에게 인격의 완성을 위한 자가 실현의 채찍을 들 수밖에 없는 삶을 살았다고 해야 옳을 것이다.

3) 개인보다 큰 것

선생에게 있어 개인의 완성이란 매우 중요한 과제였다고 하겠으나,

이것이 개인의 문제 영역 내에서 처리될 수 없는 것이었다는 것 역시 자명한 일이다. 선생이야말로 당신의 전 생애가 그랬듯이, 개인이 그 사회, 국가, 그리고 세계와 인류를 자기 밖에 놓고서, 혹은 적대시하면서 인격의 완성을 이룩할 수 있다고는 생각지 않은 표본적 인물이었다. 선생 개인은 한 번도 주변 세계와의 상관관계를 떠나서 스스로의 위치를 생각해 본 적이 없다. 선생이 온갖 난관과 고통스런 일들을 당해서도 미래에 대해 절망하거나 어두운 생각을 드러내지 않고 늘 '낙관론'(Optimism)을 견지했던 까닭은, 바로 이런 일신의 불행이 개인보다도 큰 사항과 연결되어 있다는 것을 자각한 데 그 비결이 숨어 있다고 본다.

선생에게 있어 '개인보다 큰 것'에 대한 경외심은 의문의 여지가 없었다. 아니, 선생은 그 자신보다 큰 사회 · 국가 · 대의명분 · 이상 등과 하나가 되지 않은 자신을 용납할 수조차 없었다. 소시에 이미 항일독립운동에 투신함이 그 때문이었으며 머나먼 이국에서 자기실현을 위한 길고 오랜 학문에 정진한 후 귀국하여 이번에는 반독재 · 민주화운동에 뛰어들지 않을 수 없었음이 또한 그런 연유에서였다.

'개인보다 큰 것'—이 한 가지를 위해서 선생은 그 밖의 모든 것의 희생을 감수하고 어떠한 부정적 평가와 오해 · 비난도 개의치를 않았다. 그러므로 선생에 관한 한 일체의 잘잘못을 운위하려 할 때는 이것을 반드시 고려에 넣고서야 온당한 평가가 가능할 것이다. 그것 때문에 가사를 윤택하고 안녕하게 꾸리지를 못했으며 부모 형제를 돌보지도 못했다. 선생은 광복 후 고향 철산의 부모를 서울에 모셔오지 못하여 이산가족의 아픔을 지녔을 것임에도 평생 집안 얘기를 꺼내는 걸

보지 못했다.

오랜 유학시절에 종지부를 찍고 아직도 독립의 햇빛을 보지 못하는 조국을 향해 오다가 임정이 있는 중국으로 갈 것인가, 아니면 귀국할 것인가 하는 기로에서 너무 오래 뵙지 못한 부모님 생각에 귀국을 작정한 선생의 효심을 의심할 수는 없을 것이다. 그러나 선생에게는 광복 후의 독립된 나라 일이 무엇보다 우선했을 것이다.

집안일보다는 학교 일이요, 학내에서도 학과 일보다는 대학 전반의 일, 또 대학보다는 나라 일, 이렇게 선생의 관심사는 항상 '대사'(大事)를 우선하여 살아왔기 때문에 그 앞에서는 다른 많은 작은 일들이 뒤로 물려지지 않을 수 없었던 것이다. 이와 같은 생활 태도도 시비가 되는가. 자기의 사적인 이해관계를 우선 생각하고 자기의 현재와 그리고 내일을 계산에 넣어 세속적인 생활 설계를 하는 이들의 눈으로는 그지없이 어리석은 행태라 여겨질지도 모른다. 자신의 기반이 구축되지 않은 환상가의 작태라고 볼는지도 모른다.

그러나 그건 대단히 불건전한 '이익 사회'의 잡념이요 편견이다. 간계를 지혜로 착각하고 참다운 지혜와 신성한 희생을 우둔시하며 우롱하는 썩은 사회의 눈이다. 남이 두려워하고 몸을 빼는 일에 대신 나서고 그리고도 아무런 보상과 논공행상을 기대하지도 않았으며, 잘한 일을 감춰 두고 본무에 돌아가 충실을 기했던 선생의 의연한 태도에서 우리는 실로 '초절의 숭고함'마저 느낀다. 사실에 있어서 매사에 담담했던 선생이건만, 선생을 감명케 하는 일은 이와 같은 '개인보다 큰 것'에 대한 외경이요, 그와 같은 일에 위험과 모험을 무릅쓰고 자기를 돌보지 않는 희생의 정신이다.

이 평전을 위하여 필자는 선생과 면담을 가지면서 이 점을 재삼 확인할 수가 있었다. 이제는 아물아물한 과거의 일들을 회고하기란 지난한 일이나, 그런 중에서도 청산리 전투의 영웅 김규식 씨와의 대면, 도산의 부름을 받은 황진남 씨의 부친과 관련된 일화 등은 생생하게, 그리고 감격스런 어조로 회상하는 것이었다. 선생의 심금을 울리고 일생을 좌우한 동력이 무엇이었는가를 족히 알게 하는 일들이었다. 선생에게 이같이 참으로 크고 위대하며 숭고한 것의 존재를 연결짓지 않고는 선생의 일생은 허망한 것이 될 수 있었을 것이다

그래서 선생의 노후는 범인의 말년과 같은 쓸쓸함이나 초췌함을 띠지 않은 그 특유의 당당한 기상을 잃지 않은 것이었다. 예나 평전 출간 당시에나 선생을 대하며 감사와 존경의 염(念)을 갖게 됨은 육신의 노쇠에도 불구하고 여전히 간직하고 있었던 선생의 굽힐 줄 모르는 기개였다. 연륜을 더하면서 다만 그것이 정열이 아닌 자연에의 아름다운 순응과 화해로 변모되어 가고 있었을 따름이다.

이것은 지극히 당연하고도 바람직한 자세 변경이었다고 하겠다. 만일 그렇지 않았다고 한다면 그건 오히려 선생이 인간임을 거부하는 것이나 다름없는 일이었기 때문이다. 바야흐로 선생은 현재와 미래에 대한 집념보다는 과거에 대한 회상을 통해 자신을 정리하는 시점에 서 있었다. 그리고 그러한 노년의 회상은 선생과 그 주변을 다 같이 풍부하게 하였고, 유의미한 세계로 끌어들여 함께 숨 쉬고 삶을 살찌게 하는 귀한 값을 하였다고 믿는다.

선생은 옛날에 스쳐간 그림 같은 추억의 파편들을 이렇게 회상하였다.

독일에 있을 때 하숙집 하녀가 말했지. 아침에 창문을 열어 보고 날이 맑으면 내 얼굴에 웃음이 있고 날이 흐리면 웃음이 없다고 하며 자연 그대로의 사람이라고 놀려댔었지.

이용제가 내게 많은 도움을 주었지. 나이도 나보다 두 살 위였어. 백성욱, 김법린이도 벌써 다 떠났어. 서울 가까이에 산림이 제일 많은 곳은 보광사(普光寺) 있는 데였지. 지금은 아니지만, 옛날에는 미군 포대가 있었는데, 그 고령산(高靈山) 보광사 거기에 자주 갔었지.

선생은 역시 자연인이었다. 일생을 문화의 한 가운데서 그 꽃을 싱싱하게 피우고자 애쓰던 선생도 영원히 풀리지 않는 이 자연의 불가사의한 침묵에 고요한 심정으로 화답하고 있었다. 선생의 고매한 인격과 크고 깊은 뜻을 담은 행적과 파란만장의 생애를 어찌 이 무딘 필설로 그 한쪽이라도 드러낼 수 있을 것인가. 나는 그저 선생의 고향, 철산의 명물 반송의 송시로써 선생의 자태를 비유하고 싶을 따름이다.

반묘의 짙은 그늘이 길가를 덮었으니
조래산서 씨를 나누어 먼 지방에 왔네.
하늘을 받친 깃일산[羽蓋]은 깊이 서리었고
땅에서 나온 용비늘[龍鱗]은 떨쳐 일어나려 하네.
늙어가며 정정한 모습은 비이슬을 넉넉히 받았고

나면서부터 높은 절개는 바람서리에 오만하네.

산 앞에 푸른 나무가 응당 무수하겠으나

어찌 신기한 뿌리의 홀로 이상함과 같을 수 있으랴.

– 기순(祁順)의 '반송시'(盤松詩)에서

후기 : 선생은 1989년 이 평전의 출판을 기념하는 자리에 참석하시고, 이어서 KBS에서 '원로와의 대화'라는 일요일 아침방송에 필자 본인과 함께 출연하신 후, 아들을 따라 다시 미국으로 떠나셨다. 그리고 몇 년 후 선생은 그곳에서 이승과 작별을 고하셨다. 1996년 8월 14일 로스앤젤레스에서 생애를 마감하신 후 그곳 로즈힐 기념 공원묘지에 안장되었다.

LA 로즈힐 기념 공원묘지의 선생 묘소. 선생 부부를 나란히 모셨다.

서산 정석해 연보

1899. 음력 3. 15(양력 4. 24) 평안북도 철산군 여한면 문봉리에서 아버님 정주언(鄭伷彦), 어머님 노신언(盧信彦)의 장남으로 태어나다.

1904. 부친이 화천에 세운 인화재(仁和齋)에서 천자문과 「사략」을, 증조부에게서 「대학」을 배우다.

1907. 명흥학교로 옮겨 신식 소학교 교육을 받다.

1911. 4. 명흥학교를 졸업하다.

1914. 11. 선천 신성학교에 입학하다. 이때는 1학년 마지막 학기였지만 교장 윤산온(尹山溫)의 배려로 입학이 허용되다.

1916. 8. 3학년 가을 학기에 실력 있는 선생의 초치를 요구하는 '스트라이크'를 주동, 사태가 커지면서 출학당하다.

1916. 8. 소학교 교원자격시험에 합격하고 창성 대유동의 프랑스인이 경영하는 금광의 소학교 교원으로 부임하다.

1917. 3. 공부를 계속하기로 결심하고 창성을 떠나 서울로 향하다. 연희전문학교 수물과에 입학하였으나 5월에 문과로 옮기다. 당시의 교수 백상규의 영향으로 논리학에 흥미를 갖고 김윤경·이경화·계병호 등과 교우관계를 맺다.

1919. 3. 1. 3·1독립만세운동에 참여하다.

3. 2. 연전 기독학생회 회장으로 3. 5 남대문 역두에서의 시위를 준비하다. 독립선언서를 하숙집에서 인쇄하여 각급학

교 학생들에게 나누어주고 철산 고향의 유봉영에게도 보내다.

3. 5. 남대문 역두에서의 시위를 주동하다.

3. 13. 일경의 감시를 피해 철산 고향으로 내려가다.

3. 18. 고향도 안전하지를 못하자 압록강을 건너 만주 안동현으로 넘어가다.

4. 김진제(金鎭濟) · 김동평(金東平) 등과 함께 독립운동에 가담하다.

1920. 5. 31. 공부를 계속하고자 만주를 떠나 북경으로 향하다. 장자인 · 문승찬들을 통해 학업의 길을 모색코자 했으나 여의치 않다.

6. 10. 서양의 선진 학문을 접하고자 상해로 가다. 도산 · 춘원 · 임득산 등을 만나 그들의 권유로 흥사단에 가입하다.

11. 6. 서양학문을 본고장에서 배우기 위해 중국 정부가 운영하는 유법검학회(留法儉學會)의 주선으로 유럽 유학의 길에 오르다. 배에서 이정섭을 처음 만나다.

12. 14. 인도양, 마르세이유(12.13)를 거쳐 이날 아침 파리에 도착하다. 한국외교위원부를 찾아가 서기 황기환(黃玘煥)에게 유학 알선을 부탁하다.

12. 23. 입학 통보가 지연되자 황기환에게서 들은 정보를 가지고 직접 이정섭과 함께 보베로 내려가다.

12. 26. 보베의 국립고등학교(Lycee)에 입학하여 불어와 영어를 배우다. 백성욱(白性郁)을 만나다.

1921. 6. 학비가 떨어져 보베를 떠나 파리로 돌아와서 노동을 하다.

1922. 봄 독일 뷔르츠부르크로 가서 김나지움의 교수로부터 독일어를 배우다.

10. 이미륵의 도움을 받아 뷔르츠부르크 대학 정치경제학부에 입학하다. 여기서 마르베의 '심리학 개론'을 청강하다.

1923. 9. 하이델베르크로 갔으나 사정이 여의치 않아 뷔르츠부르크로 돌아왔다가 베를린으로 떠나다.

10. 베를린대학 정치경제학부에 입학하다. 좀바르트의 '고도자본주의론'을 듣다.

1924. 4. 경제 문제로 미국으로 갈 결심을 하고 셰르부르로 가기 위해 다시 파리로 오다. 이용제(李龍濟)의 만류와 도움으로 파리에 정착하기로 결정하다. 이용제 · 김법린 · 이호(李浩)가 일하는 부알로 가의 보탱 병원에서 일해주다.

11. 파리대학 철학과에 입학하다. 철학과 더불어 사회학 · 경제사회학 등을 공부하다. 랄랑드 · 들라크루아 · 레이 교수 등의 지도를 받다.

1926. 벨기에에서 열린 약소민족회의에 파리 거류민단의 대표로서 김법린을 파견하다.

1927. 망국민의 삶의 의의와 목적에 대해 회의하기 시작, 번민과 고뇌에 빠져들어 정신적 방황을 하게 되다.

1929. 수학을 공부하며 정신적 방황에서 회생하면서 과학사 등을 공부하여 졸업 자격을 얻다.

1930. 10. 파리 대학 철학과를 졸업하다. 이후 노동을 해가며 파리 대

학에서 연구 생활을 계속하다. 이 해에 파리에 온 공진항(孔鎭恒)을 만나서 교우관계를 갖다.

1931. 파리에 온 김성수·장덕수의 관광 안내를 맡다. 이즈음 허헌·강용흘을 만나다.

1933. 3. 제네바에 체류하는 이승만을 남불(南佛)에 초청, 독립운동의 이야기를 나누고, 이용제와 함께 경제적 도움을 주다.

1934. 파리에 온 김선기를 만나다.

1936. 8. 베를린 올림픽에서 우승한 손기정의 환영연을 마련하고 애국심을 고취하는 환영의 말을 하다.

1939. 9. 3. 귀국의 길에 오르다. 상해에서 변절한 왕년의 동지 김경재에 의해 체포되어 일본으로 압송되다. 일본에서 석원(錫源)·석연(錫淵) 두 동생을 만나다.

12. 21. 부산에 도착하던 즉시 사전 연락을 받은 부산 해경에 의해 억류되다.

1940. 1. 18. 아는 이의 도움으로 고향 철산으로 보내졌으나, 불온인사의 딱지가 붙어 연금 및 여행 통제 생활이 시작되다.

1941. 2. 14~20. 서울에서 허헌·인촌·몽양·고하를 만나고 김윤경, 김선기 등 친구들도 찾아보다.

1942. 6.~8. 친지의 도움으로 강계 전천에 머물다.

1943. 2. 23. 개성의 진상길(秦上吉)과 혼인하다.

1944. 4. 2. 장남 세훈(世勳)이 태어나다.

4. 26. 일제의 억압에서 잠시 피하고자 동서 조노적(趙露積)의 도움으로 만주 여행을 하다.

1945. 8. 불령선인을 몰살한다는 소문을 듣고 개성·신의주를 왕래하다가 해방을 맞다.

8. 17. 서울로 달려가 인촌·허헌·몽양 등 민족의 지도급 인사들을 만나지만 정치 풍토에 환멸을 느끼고 교육자의 길로 들어서기로 결심하다. 김윤경과 자주 내왕하다.

9. 15. 인촌이 보성전문학교로 와 달라고 하여 반승낙을 하다.

9. 16. 한결이 연희전문학교로 오라고 권유하다.

10. 7. 한결·최규남·유억겸 등의 청으로 연희로 가기로 결심, 보성전문에는 시간강사로 나가기로 하다.

10. 25. 연희의 개강으로 교수생활을 시작하다.

12. 21. 성인교육심의위원으로 위촉되다.

1947. 5. 23. 차남 세진(世振)이 태어나다.

9. 학생처장의 직을 맡아 1949년 9월까지 집무하다.

1948. 9. 교무처장의 직을 겸임하다. (1949년 9월까지)

1949. 11. 7. 3남 세림(世林)이 태어나다.

1950. 5. 문과대학장의 직을 맡다.

6. 25. 6·25 동란이 났으나 미처 피신하지 못하여 3개월 동안 신촌의 교수 사택에서 은둔하며 보내다.

10. 5. 9·28 수복 후 김윤경·강만유 등과 학교를 수습하기 시작하다.

11. 연희대학 다시 개강하다.

12. 전쟁이 확대되어 가족을 부산으로 먼저 피난시키다.

12. 6. 연희 임시 휴교하다.

12. 18. 미 '공군 민정조사단'의 일원으로 부산에 내려가다.

12. 19. 연희 정치과 학생 이백우(李伯雨)의 도움으로 그의 매부 집 2층을 빌려 가족과 합류, 피난생활을 시작하다.

1951. 3. 연희대학 연락사무소가 대구 · 부산에 서면서 부산 연락사무소의 책임을 맡다. 연희대학 부산 가교사에서 개강하다. 총장 대리 김윤경과 함께 교무행정을 펼쳐 가느라 일인다역을 감당하다.

1953. 7. 서울로 올라오다.

1954. 9. 15. 미국 '스미스먼트 법안'에 의거, 교환교수로 미국에 가다. 하버드 · 예일 등 미국 대학들을 시찰하다.

1955. 7. 15. 귀국하다.

1956. 포명(抱溟) 권오돈을 국문과 교수로 채용하면서 친밀한 관계가 되다. '한불문화협회' 초대 이사장직을 맡다.

1957. 3. 문과대학장직을 끝으로 보직에서 벗어나 연구와 강의에 전념하다. 번역서, 러셀의 『서양철학사』, 무어의 『윤리학 원리』를 출간하다.

1958. '한국철학회' 부회장직을 맡다.

1959. '한국철학회' 회장직을 맡다.

1960. 4. 19. 4 · 19 혁명에 동료 교수들과 함께 학생 데모 현장으로 나가다.

4. 21. 고려대 이상은 · 이종우, 서울대 최재희 교수 등과 함께 서울대 교수회관에서 4 · 19 혁명의 대책을 의논하다.

4. 22. 이상은 · 이종우 교수와 계동의 정석원(아우) 집에서 만나

4·25 교수단 데모를 준비하다. 이 준비는 4. 24 이종우 교수 댁에서 완료되다.

4. 25. 서울대 교수회관에서 임시의장으로서 교수단 성명서를 발표하고 이른바 4·25 교수단 시위를 주도하다.

5. 연세대학교 문과대학에서 민주적 대학기구 개편안을 마련하다.

6. 13. 학교기구 개편안을 발의하다.

8. 24. 학원 민주화운동을 추진하는 교수 중 장덕순·장경학·박두진 교수를 연세대학교 재단이사회에서 파면하자 이의 대책을 한결과 숙의하다.

9. 12. 연세대학교 교수단은 교수 파면 철회, 학교기구 개편안 실행을 재단에 요구하다.

9. 15. 교수단 농성을 시작하여 연세대학교 학원민주화운동이 일어나다.

11. 10. 학원민주화운동이 실행되지 못한 채 끝나고 연세대학교는 다시 개강하다.

1961. 5. 18. 5·16쿠데타 후 예비 검속의 명목으로 중부서·서대문서에 연행되었다가 석방 보증 형식을 갖추고 풀려나다.

10. 4. 교육에 관한 임시특례법에 따라 교수 정년이 60세로 하향 조정되면서 교수직에서 정년퇴임하다.

1962. 3. 연세대 철학과 시간강사 생활을 시작하다.

4. 생활 곤란을 받아가며 서강대에 출강하다. 이후 동국대, 성균관대에 시간강사로 출강하다.

1962. 3. 숙명학원 이사장직을 맡다. (1965년 4월까지)

1963. 8. 24. 고려대학교에서 명예철학박사 학위를 받다.

1964. 9. 2. 숙명학원의 분규 속에서 과중한 집무로 인해 고혈압으로 쓰러지다. (1차)

1965. 3. 24. 대일굴욕외교 반대 재경교수단 선언문을 채택, 시위를 주도하다.

1969. '민주수호회' 결성에 참여하고 부회장직을 맡다.

1972. 2. 25. 정부의 탄압으로 '민주수호회'가 '민족정기회'로 바뀌었다가 다시 '민족통일촉진회'로 개편 결성되자 민족통일촉진회의 7인 최고위원에 위촉되다.

1974. 일본을 여행하다.

1979. 12. 14. 미국에서 태어난 맏손자를 보기 위해 미국으로 떠났다가 80. 3. 4 귀국하다.

1981. 4. 그간 몇몇 잡지에 발표했던 글들을 모아 저서 『진리와 그 주변』을 펴내다.

7. 4. 20년 동안의 특별강사 생활을 마치고 미국으로 이주하다.

1983. 5. 6. 고혈압으로 다시 쓰러지다. (2차)

1985. 4. 연세대학교 창립 백주년 기념행사에 참석하기 위해 일시 귀국하다.

1987. 7. 다시 귀국하다.

1988. 6. 미국으로 떠나다.

1996. 8. 14. 미국 로스앤젤레스에서 작고. 로즈 힐 기념공원 묘지에 안장됨.

부록: 선생과의 서신 교류

惠書를 받고 기쁨을 느끼며 屢次熟讀하면서 큰 慰安을 얻었습니다. 書評은 大體로 過讚이나 君의 心情을 諒察할 수 있어 반가웠습니다. 卽時 回答하지 못하여 未安하외다. 諒解하시오. 고국을 떠난 후 老軀는 漸漸 쇠퇴하여 가고 자기 차를 모지 못하는 身世에 自然히 蟄居生活을 하며 外部와 交際가 없었습니다. 氣候가 溫順하여 喘息의 苦痛을 받지 않으니 大幸이외다. 상상컨대 國內선 大學의 新入生 迎入으로 분주하겠지요. 後學을 많이 輩出하시오. 이것이 우리의 使命이오 聖職일 것이외다. 기회 있는 대로 소식 보내주기를 바랍니다.

새해에

貴宅諸節이 均安하고 慶福이 充滿하기를 祝願합니다.

1982. 1. 7

정석해

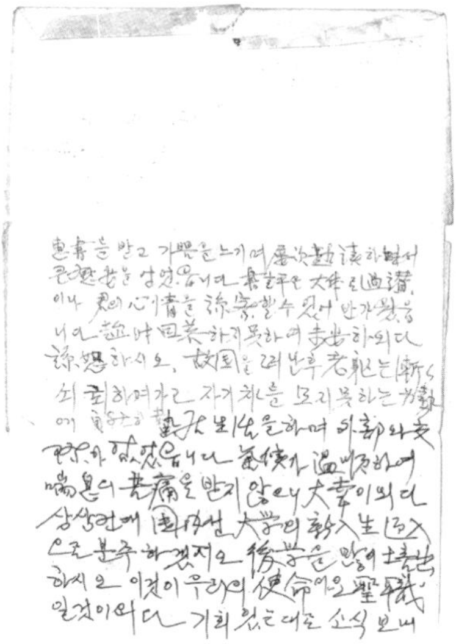

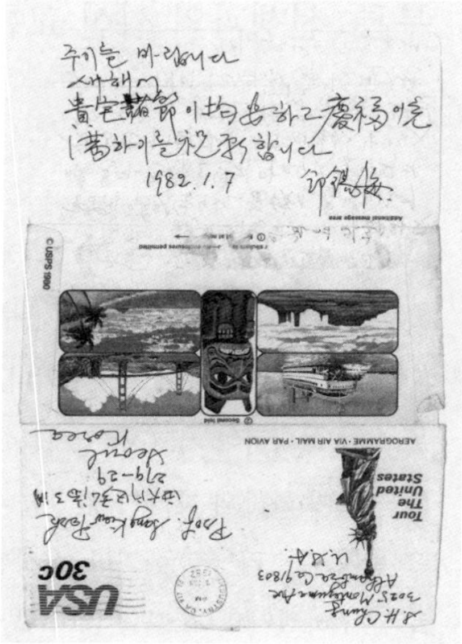

미국에 거주하던 선생이 제자 박상규에게 보낸 서신과 필체.

박 선생

새해

댁에 만복이 충만하기를 축원합니다.

1982. 12. 7.

정석해 재배

정석해 선생님께 드립니다.

선생님, 그간에도 건강하시지요. 선생님 근황이 궁금하던 차 어제 세진 씨와 통화하고 매우 건강하시다는 소식 듣고 저도 여간 기쁘지 않았습니다. 지난봄에 잠시 들르셨다가 너무도 훌쩍 떠나심으로 마치 꿈결에 뵈온 것 같았는데, 이건 아마 저 혼자만의 느낌은 아닐 것이라 믿습니다. 이종은 씨도 하도 어이가 없었던지 어느 날 저녁 저와 만나서 그때의 아쉬움을 재삼 되뇌더군요. 이젠 좀 틈을 내서라도 선생님 모시고 교외의 이곳저곳이라도 모시고 나갈까 했더니 너무 '쌀쌀하게' 가셨다고요. 여하간 어디서고 건강하시기만 하면 좋겠습니다.

선생님 '전기'는 그동안 얼마나 판매가 되고 얼마나 읽히고 있는지는 저로서는 알지를 못합니다. 연대 출판부의 소관인 까닭입니다. 다만 교내외로 광고나 좀 해주었으면 좋겠건만, 그런 성의가 눈에 띄지를 않아 섭섭합니다. 책의 내용이 아직도 학교 안의 사람들에겐 거북스런 감을 주고 있는 것으로 판단됩니다. 그러나 연대나 또는 이 사회가 성숙하려면 사실은 사실로서 받아들이는 용기와 양식이 반드시 필요하리라 보며, 어느 때고 이런 고비가 없이는 뭔가 떳떳한 진로를 얻지 못함이 명백합니다.

또한 국내적으로 선생님에 관한 이 책의 출판이 시의를 잘 타지 못한 것은 사실입니다. 요즘 젊은 학생층이건 기성 지식층이건 간에 이 사회의 진보세력의 유일무이한 관심이 남북통일과 외세(주로 미국)의 배격이라고 하는 민족적 역량의 과시에 집중되어 있어서, 말하자면 너무도 그 이슈가 커서 차분하게 우리의 최근 역사에 대한 자료 정리에 눈을 돌리려 하지 않는 실정인 것입니다. 지금의 이 큰 바람이 좀 자고 매사가 보다 안정되고 정상화되면 분명 일반의 주목의 대상이 되리라고 봅니다. 그렇다고 마치도 Hume의 『Treatise』 모냥 '전기'가 출판과 더불어 사장되었다고는 할 수 없을 것입니다. 이 책을 읽은 양식 있는 식자들로부터 제가 그동안 오랜만에 매우 감명 깊은 책을 읽었다는 인사를 많이 받았으며, 선생님께서 여기 계신 줄 알고 한번 뵈었으면 하는 사람들도 꽤 있었습니다.

또 한편으론, 분단 현실에 구애됨이 없이, 최근 국내 사학계에서 무수히 산재한 자료들을 수집, 우리의 독립운동사를 집대성하려는 노력이 경주되고 있으며, 민주화 운동도 거셀 뿐 아니라 우리 학문의 정통성 문제도 다시 검토해 보려는 움직임 등이 강하게 태동하고 있음을 볼 때, 저는 언제고 선생님에 대한 이 '전기'가 제대로 평가될 날이 있을 것을 확신합니다.

근자에 유럽 사회의 놀라운 변화를 목도하면서 대전 후 계속된 세계가 조만간 구태의연한 알력과 갈등을 넘어서서 인류의 참다운 이상을 창조하는 시대로 도약하지 않을까 하는 희망을 갖습니다. 이런 역사적 대열에 우리 민족이 이젠 적극적으로 일익을 담당해야 하리라고 보며 또 그런 사명은 오늘을 사는 저희에게 맡겨져 있다고 믿습니다.

저는 금년 가을에 책을 하나 냈습니다. 그간 썼던 글들의 일부를 우선 모아보았는데 내용이 대단찮아 선생님께 보내드리는 걸 주저하던 차, 세진 씨가 이미 알고 우송했다니 더욱 죄송스럽습니다. 늦었으나 직접 한 부 부쳐 드립니다. 우리 사회에선 철학서적의 독자는 많이 확보하지 못하는 게 상례입니다. 저희 사회는 물론, 동양 문화권에선 전통적으로 철학적 사유보다는 역사적 사유가 늘 우세한 것 같습니다. 학풍의 변혁을 위해서도 철학하는 이들의 책임이 무거울 것 같습니다.

이곳의 금년 가을 날씨는 괴이하다고 하겠습니다. 일찍이 추워져서 내륙에 때 이른 얼음까지 얼더니 한 여름 날씨 모양 며칠을 계속해서 비가 내려 감기 안 든 사람이 없을 정도입니다. 비가 그치면 꽤 쌀쌀한 기운이 들 것 같습니다. 선생님 계신 곳은 역시 따뜻한 편이겠죠. 좋은 기후의 혜택을 많이 보셨으면 합니다. 세진 씨네가 백련사 근방의 집을 팔고 올림픽촌의 아파트로 이사했다고 하니 매우 쾌적한 곳이리라 짐작됩니다. 해가 바뀌고 다시 봄이 오면 사모님과 한번 다시 돌아오셔서 새집에서 지내시도록 하시지요. 내내 건강하시고 유쾌한 나날이 되시기를 빌면서 이만 줄입니다. 안녕히 계십시오.

1989. 11. 8 서울에서

박상규 올림

새해에 多福(다복)하시기를 祝願(축원)합니다.

나는 작년 10월에 이 동쪽으로 왔습니다. 내 둘째가 이리로 왔기에 따라와 살고 있습니다. 본국과는 더 멀어지고 있음으로 고국, 고향 생각 더 간절합니다.

언제 좋은 바람 불면 서울 가볼까! 비옵나니 宅內安康(댁내안강)하소서.

1991년 (1월)

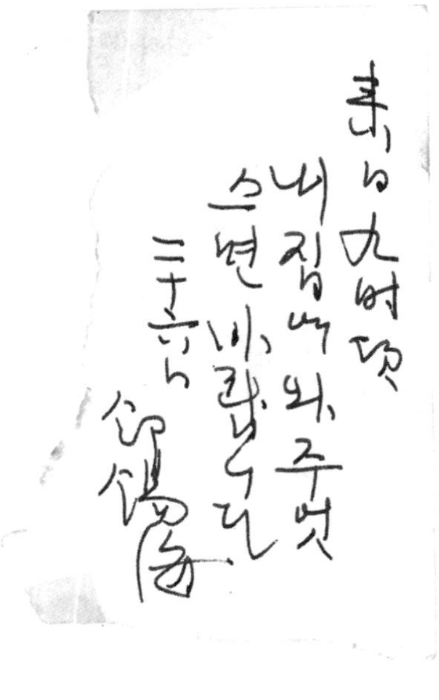

선생이 제자 박상규의 연구실 문에 붙여놓은 메모.
"내일 9시경 내 집에 와주엇스면 바랍니다—26일, 정석해"

선생님께 드립니다.

그동안 건강이 어떠신지요. 사모님께서는 안녕하신지요. 바쁜 생활 중에도 간혹 선생님 생각을 하게 되면 궁금할 따름입니다. 자제분이 그곳에 이주한 후론 소식 듣기가 정말 어려워진 것 같습니다. New Jersey의 환경도 California에 못지않게 좋을 것으로 믿습니다. 밤에는 Hudson강 너머에 불빛 찬란한 New York의 야경이 장관인데, 선생님께서 자주 바라다보시고 기뻐하실 것 같습니다. 서울엔 이제 장마가 거의 그치고, 찌는 듯 무더운 날씨가 시작되고 있습니다. 습기 때문에 불쾌감을 가져다줍니다. 이런 기후가 이곳 노인들에겐 분명히 견디기 어려우리라 여겨집니다.

과거 십수 년 홍익대학교 대학원 미학과를 맡아오면서 간혹 여기저기 썼던 글들을 추려 책을 한권 냈습니다. 변변찮은 것이나 선생님께 한 부 보내드립니다. 출판사 쪽에서 어찌나 오자와 그밖에 실수를 많이 해놨는지, 뒷맛이 개운치가 않습니다. 지저분하기는 해도, 눈에 띄는 잘못을 손대지 않을 수 없어 고친 부분이 많습니다. 용서하시기 바랍니다.

이 글을 쓰면서도, 혹 큰아드님 댁으로 가신 건 아닌지, 뉴저지에서 또 이사를 하신 건 아닌지 궁금하기 이를 데 없습니다.

어디에 계시건, 아무쪼록 건강하시기를 빌면서 이만 줄이겠습니다. 안녕히 계십시오.

1991년 7월 30일

서울에서 박상규 올림

東方에 있을 때 君의 名著 : 美學과 現象學을 받어서 감사합니다.

그 후 이곳 Los Angeles로 도라와 있읍니다. 流轉하는 신세라 상황에 따라 浮游합니다.

바라건대 어서 南北이 統一되어 故鄕에나 가 보아스면 願입니다.

비옵나니 貴宅 諸位 安康하소서.

1991년 10월 6일 主日날

늙은이 정석해 재배